GONE

6. LA LUMIÈRE

G O

N E

6. LA LUMIÈRE

MICHAEL GRANT

Traduit de l'anglais (États-Unis)
par Julie Lafon

POCKET JEUNESSE
PKJ·

Directeur de collection :
Xavier d'Almeida

Titre original :
Light

Publié pour la première fois en 2013 par HarperTeen,
un département de HarperCollins, New York.

L'auteur

Michael Grant a passé la majeure partie de sa vie sur les routes. Élevé dans une famille de militaires, il a fréquenté dix écoles dans cinq États et trois établissements en France. À l'âge adulte, il n'a pas cessé de voyager. À vrai dire, il est devenu écrivain parce que c'était l'une des rares professions qui ne le contraindraient pas à s'enraciner. Son plus grand rêve est de naviguer autour du globe pendant une année entière et de visiter chaque continent. Oui, même l'Antarctique. Il vit en Californie du Sud avec son épouse, Katherine Applegate, et leurs deux enfants.

La série Gone
Gone 1.
Gone 2. La faim
Gone 3. Mensonges
Gone 4. L'Épidémie
Gone 5. La peur
Gone 6. La lumière

Loi n° 49956 du 16 juillet 1949 sur les publications
destinées à la jeunesse : octobre 2013.

ISBN 978-2-266-18426-7

À Katherine, Jake et Julia

L'obscurité ne peut pas chasser l'obscurité ; seule la lumière le peut. La haine ne peut pas chasser la haine ; seul l'amour le peut.

Martin Luther King Jr.

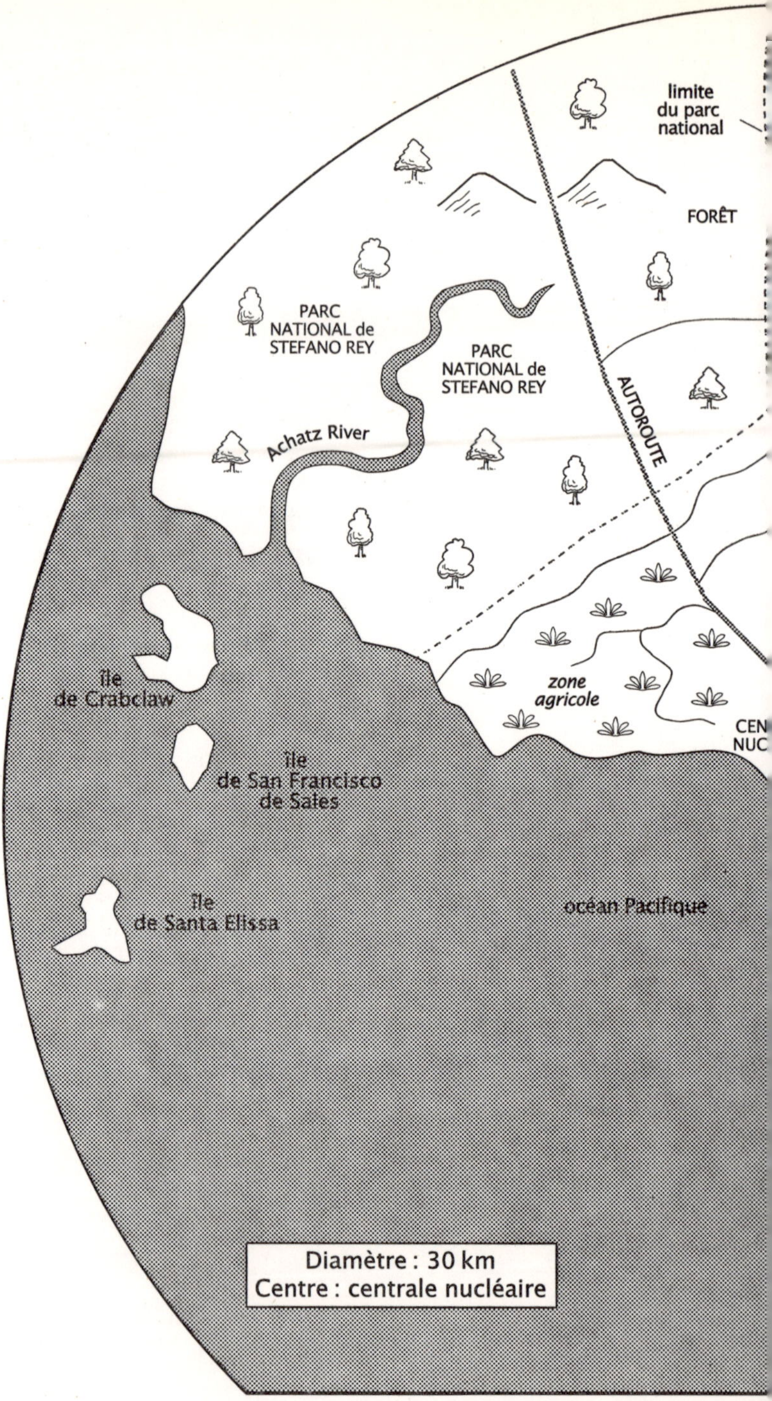
limite
du parc
national
FORÊT
PARC
NATIONAL de
STEFANO REY
PARC
NATIONAL de
STEFANO REY
AUTOROUTE
Achatz River
zone
agricole
CEN
NUC
île
de Crabclaw
île
de San Francisco
de Sales
île
de Santa Elissa
océan Pacifique
Diamètre : 30 km
Centre : centrale nucléaire

LA ZONE

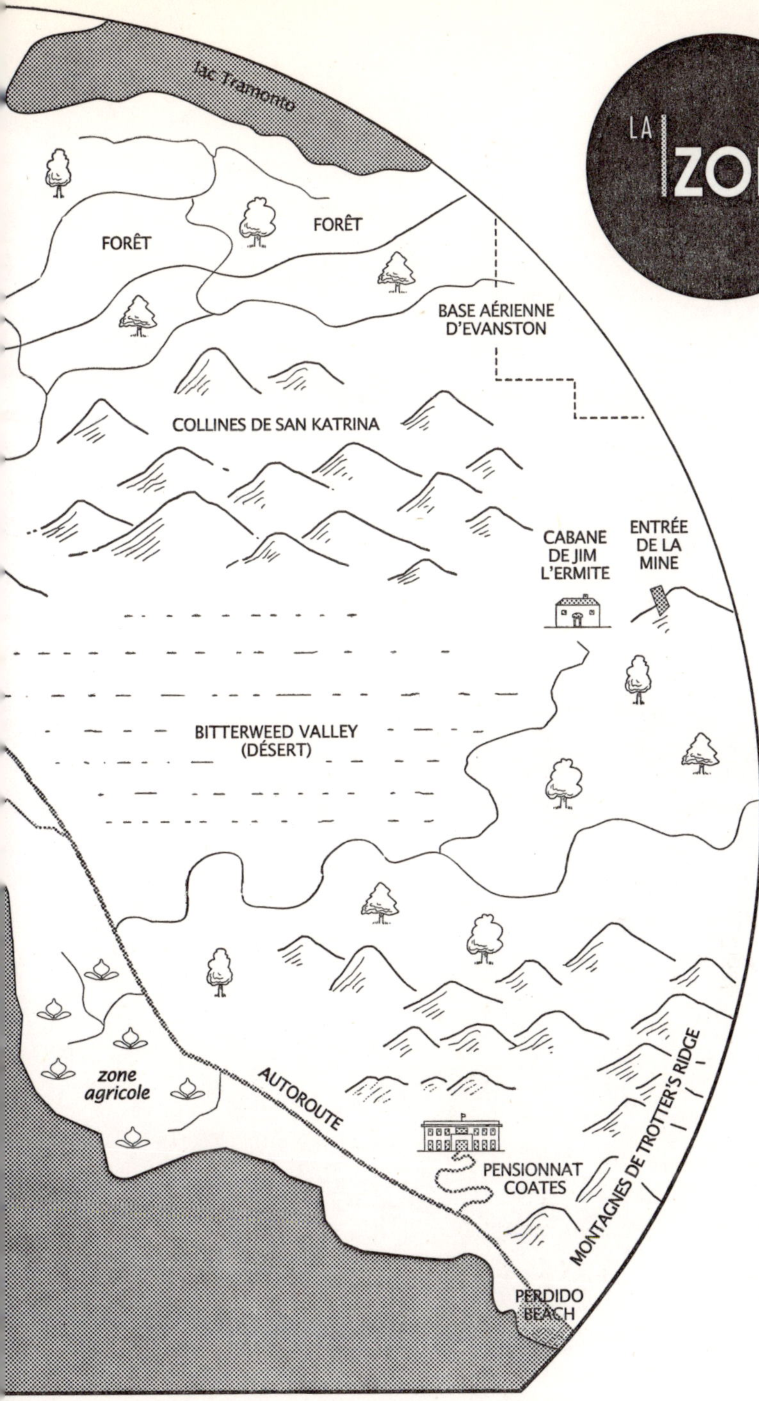
lac Tramonto
FORÊT
FORÊT
BASE AÉRIENNE D'EVANSTON
COLLINES DE SAN KATRINA
CABANE DE JIM L'ERMITE
ENTRÉE DE LA MINE
BITTERWEED VALLEY (DÉSERT)
zone agricole
AUTOROUTE
PENSIONNAT COATES
MONTAGNES DE TROTTER'S RIDGE
PERDIDO BEACH

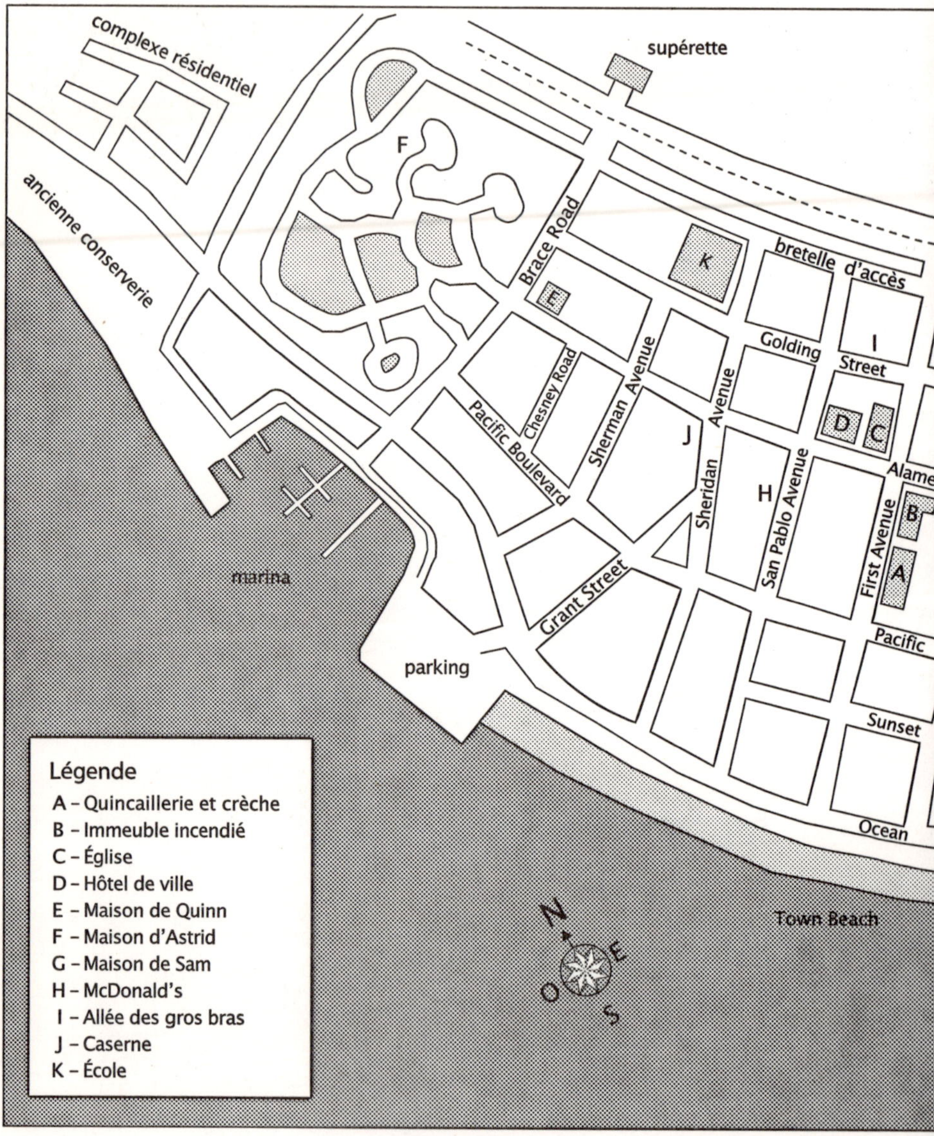
complexe résidentiel
supérette
ancienne conserverie
F
Brace Road
K
E
bretelle d'accès
Golding
Street
I
Chesney Road
Sherman Avenue
Sheridan
Avenue
J
D
C
Pacific Boulevard
H
San Pablo Avenue
First Avenue
Alame
B
A
marina
Grant Street
Pacific
parking
Sunset
Ocean
Town Beach
N
E
O
S
Légende
A – Quincaillerie et crèche
B – Immeuble incendié
C – Église
D – Hôtel de ville
E – Maison de Quinn
F – Maison d'Astrid
G – Maison de Sam
H – McDonald's
I – Allée des gros bras
J – Caserne
K – École

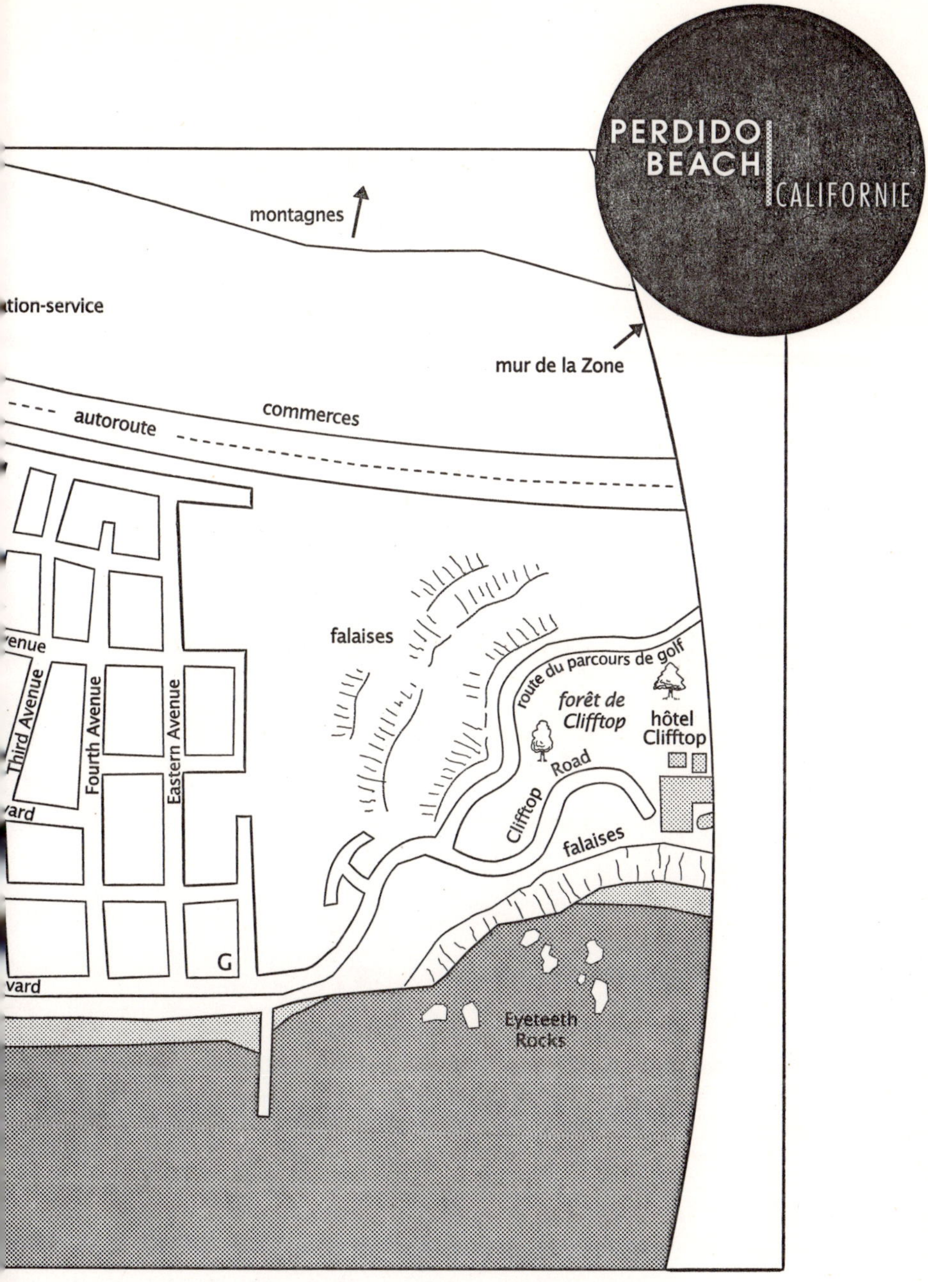

PERDIDO BEACH
CALIFORNIE
montagnes
tion-service
mur de la Zone
autoroute
commerces
falaises
venue
Third Avenue
Fourth Avenue
Eastern Avenue
vard
G
vard
route du parcours de golf
forêt de Clifftop
hôtel Clifftop
Clifftop Road
falaises
Eyeteeth Rocks

1

88 HEURES, 39 MINUTES

LES CHEVEUX DE la petite fille s'embrasèrent. Sam déchaîna de nouveau ses pouvoirs et sa chair s'enflamma à son tour. Pendant tout ce temps, l'enfant, le gaïaphage, le dos tourné à l'assistance, le dévisageait avec une fureur incommensurable. Ses yeux bleus ne cillaient pas. Alors même qu'il brûlait, sa bouche angélique grimaçait un sourire cruel et moqueur.

Gaia avait allumé un feu avec des branchages rassemblés par Diana. Ça n'avait rien d'un feu de joie. Les braises s'éteindraient vite et, une fois de plus, Diana devrait dormir à même le sol glacé.

Deux jours plus tôt, elle avait hésité à rejoindre Caine, qui faisait équipe avec Sam. Elle avait failli laisser Gaia en plan et courir vers lui.

Drake l'en aurait peut-être empêchée, et Gaia aussi. Mais pour une raison inexplicable, elle avait épargné Caine, juste avant que Sam ne déchaîne sur elle ses rayons destructeurs.

À ce moment-là, Diana aurait pu retourner auprès de Caine ; elle en avait même eu envie.

Alors que s'était-il passé ? Était-elle restée avec Gaia par devoir maternel ? Gaia poussait des cris atroces, terrifiants. Elle était blessée.

« Oui, songeait à présent Diana, et puis j'étais trop désespérée, j'avais trop faim, trop froid. » Ça avait dû jouer. Gaia était sa fille et celle de Caine. Quelle idée improbable ! Et quand elle était née dans la douleur et dans le sang, Diana avait senti un lien indestructible se nouer. Il était rassurant, ce lien, parce que auparavant Diana n'aurait pas cru être capable de l'éprouver. Il signifiait qu'elle était humaine, qu'elle était une femme, qu'elle pouvait ressentir quelque chose pour le bébé qu'elle avait mis au monde.

Malgré tout, il y avait encore un espoir pour Diana.

Mais elle avait aussi ressenti de la peur. Gaia était un beau bébé à sa naissance. Et, pas de doute, elle redeviendrait belle une fois que ses horribles brûlures auraient cicatrisé. Mais elle ne serait jamais une enfant ordinaire car une autre force l'habitait :

Gaia était la créature du gaïaphage. Il la possédait. Il avait brutalement étouffé le peu de personnalité que le bébé avait eu le temps de développer pour imposer la sienne. Diana s'en était vite aperçue, elle avait protesté à grands cris, mais le gaïaphage s'en fichait. Il s'en fichait déjà à l'époque où il n'était encore qu'un magma verdâtre au fond d'une caverne, et il s'en fichait encore maintenant qu'il avait pris la forme d'une petite fille à la chair et aux cheveux brûlés qui contemplait les braises d'un air méditatif.

— Némésis, chuchota-t-elle pour la énième fois, comme si elle parlait à l'oreille d'un ami.

Diana savait que sa fille ne l'aimerait jamais. Qu'elle avait été bête d'y croire ne serait-ce qu'un instant !

À moins que…

« À moins que quoi ? songea-t-elle avec colère, car quand elle jugeait, elle ne s'épargnait pas plus que les autres. À quel espoir ridicule tu t'accroches, Diana ? Tu sais bien qui est ta fille. Tu sais bien qu'elle n'est pas vraiment de toi. »

Pourtant, Gaia était si jolie à la lumière du feu ! « Imagine, se torturait Diana, imagine un peu si ce n'était qu'une petite fille, ta fille. Imagine le miracle qu'elle te renverrait. Imagine ce que tu ressentirais, Diana, si cette jolie fillette était vraiment de toi. »

Une jolie fillette, parfaite en tout point… Une terrible, une obscure créature.

— Tu ne sentiras rien, mon petit Némésis, dit Gaia comme pour elle-même.

Diana allait-elle se laisser une fois de plus entraîner sur la mauvaise pente ? D'abord Caine, et maintenant Gaia ? Ses remarques aussi cinglantes qu'inutiles étaient-elles tout ce qu'elle avait pour se défendre ?

Pendant sa brève grossesse, elle s'était laissée aller à fantasmer sur la maternité. Elle serait une meilleure mère que la sienne. Elle se voyait devenir quelqu'un de bien. Elle s'en sentait capable. Elle n'était pas obligée de rester celle qu'elle était devenue. Le salut était encore possible.

— La fin, c'est toujours la meilleure partie d'une histoire, dit Gaia sans s'adresser à personne en particulier.

Diana s'était imaginé la rédemption, un nouveau commencement en tant que mère.

Elle avait cependant enfanté un monstre qui ne s'intéressait qu'à son sort.

— Je ne fais jamais les bons choix, murmura-t-elle en s'allongeant sur la terre, les bras serrés autour d'elle pour se tenir chaud.

— Quoi ? fit Gaia en levant les yeux vers elle.

— Rien, répondit Diana avec un soupir.

Le petit Pete devenait de plus en plus petit. Du moins c'est ce qu'il lui semblait. Il avait l'impression de rapetisser, et il n'était pas sûr de s'en plaindre. Peut-être même que c'était un soulagement.

La vie avait toujours été bizarre et déconcertante pour Pete Ellison. Dès sa naissance, le monde l'avait agressé avec des sons, des couleurs et des contacts désagréables. Toutes ces sensations faciles pour n'importe qui le terrifiaient et le submergeaient. Les autres, ils étaient capables de faire le tri. Les autres, ils savaient faire taire les bruits, mais pas Pete. Pas tant qu'il avait été prisonnier de son corps.

Et ce corps, c'était bien le problème. Il avait été si heureux de s'en délivrer ! Quand sa sœur, Astrid, avec ses yeux bleus perçants et ses cheveux jaunes s'enroulant comme des serpents sur sa tête, l'avait tué, il avait été… soulagé.

Pete avait emporté son pouvoir, avec lequel il avait fait de grosses bêtises. Il le voyait bien, maintenant. Il comprenait ce qu'il avait infligé à Taylor. Il n'avait plus le droit de jouer avec ces figurines abstraites, parce qu'en réalité c'étaient des êtres humains.

Et voilà qu'il s'affaiblissait comme ces lumières commandées par des interrupteurs spéciaux. Il y en avait une à la maison, dans la salle à manger. Un variateur de lumière, c'est comme ça que sa mère l'appelait.

Peu à peu, la lumière au fond de lui s'amenuisait.

Il avait longtemps eu l'impression d'être un élastique sur lequel on tirait trop. Une extrémité était reliée à son corps et l'autre… eh bien, à l'endroit où il se trouvait désormais. Mais maintenant que son corps avait disparu, l'élastique s'était resserré. Ce n'était pas si terrible, en y réfléchissant.

Il pouvait voir l'Ombre et elle-même pouvait s'insinuer dans son espace à lui. Cette créature qui se faisait appeler gaïaphage avait elle aussi connu le déclin, mais elle avait retrouvé ses forces et un corps comme point d'ancrage.

Parfois, Pete arrivait à écouter les pensées du gaïaphage. Il savait qu'il l'épiait, qu'il se moquait de sa faiblesse, mais qu'il n'en était pas moins nerveux. Il avait tenté tant de fois de l'atteindre avec ses tentacules. Il avait surgi tant de fois dans son dos. Il avait essayé tant de fois de mettre la main sur lui, de l'induire en erreur, de lui dicter sa conduite.

L'Ombre se réjouissait qu'il s'affaiblisse car, quand il aurait complètement disparu, son pouvoir disparaîtrait, lui aussi.

Elle lui chuchotait à l'oreille : « Tu ne sentiras rien, mon petit Némésis. Ce sera la fin, rien de plus, comme dans les histoires que ta sœur te lisait. Tu te souviens ? Tu voulais toujours qu'elles se terminent vite parce que sa voix, ses yeux et ses cheveux jaunes t'agressaient.

Ne lutte pas, Némésis.

La fin, c'est toujours la meilleure partie d'une histoire. »

Au coucher du soleil, Orc avait grimpé sur les hauteurs qui surplombaient Perdido Beach. Aux abords de la barrière qui s'élevait au sommet de la colline et la scindait en deux, il avait rampé de peur que sa silhouette se détache sur le ciel étoilé. Il avait parcouru les cinquante derniers mètres à plat ventre.

On ne pouvait toujours pas toucher la barrière. De ce côté-là, rien n'avait changé. Par contre, on pouvait voir à travers, comme avec une vitre. Ce qui sous-entendait que les gens de l'autre côté voyaient aussi ce qui se passait ici.

Cette idée le rendait malade.

Il risqua un œil par-dessus les hautes herbes jaunies par le soleil. Il n'y avait personne sur la colline ; ils étaient tous partis du côté de l'autoroute. Là-bas, il y avait tellement de lumières ! Le fast-food, les motels, éclairés comme des arbres de Noël… Et puis les phares des voitures, des vans et des camping-cars arrêtés sur les voies, qui formaient le plus grand embouteillage du monde ! Il y en avait jusqu'à l'horizon. Des gyrophares clignotaient ici et là, la police essayait de remettre un peu d'ordre dans ce chaos. Le problème, c'est que l'autoroute s'arrêtait net au pied de la barrière. Un rond-point avait été aménagé au bulldozer, mais avec toutes ces voitures stationnées sur le bas-côté et sur les voies, cette histoire de rond-point ne réglait rien du tout. C'était une succession ininterrompue de feux arrière avançant au ralenti.

Quelques gros camions satellite bardés d'antennes paraboliques étaient garés à deux pas de la barrière. Un peu plus loin, il devait y avoir une base militaire, car récemment il avait aperçu des uniformes verts et des jeeps.

Le néon rouge, vert et or de la chaîne de fast-foods Carl's Jr. brillait dans le noir. Rien qu'à le regarder, il en avait l'eau à la bouche. Des frites ! Il aurait donné n'importe quoi pour des frites et un milk-shake au chocolat.

De là où il se trouvait, il ne pouvait pas voir les gamins agglutinés de l'autre côté de la barrière, mais il savait qu'ils étaient là parce qu'il les entendait crier.

Une fillette à la voix suraiguë s'époumonait : « Maman ! Maman ! »

Tout le monde s'accordait à penser que la fin était proche. Ils étaient tous persuadés que la barrière tomberait tôt ou tard. Caine, qui se faisait appeler Sa Majesté Caine, avait demandé à Orc de l'aider à remettre les enfants au travail car dans la Zone, chaque jour il fallait se battre pour manger, et la famine rôdait toujours.

Évidemment, Orc avait refusé. Pas question. S'il descendait là-bas, toutes les caméras braqueraient leur objectif sur lui. Les gens pousseraient de grands cris : il ne pourrait pas les entendre, non, mais il les verrait pointer le doigt sur lui.

Orc avait toujours été un garçon costaud, mais à présent il mesurait près de deux mètres de haut et, même avec les bras le long du corps, il était presque aussi large. Sa peau était recouverte d'une substance qui ressemblait à du gravier ou à du goudron pas encore sec.

Orc était devenu un monstre.

Oh, qu'il avait envie de boire un coup ! S'il avait été ivre mort, alors peut-être qu'il serait descendu là-bas, dans la vallée de l'ombre. Mais sobre, non, il ne pouvait pas le supporter. Sa mère y était peut-être, si son père ne l'avait pas tuée entre-temps.

Il essaya de se la représenter sans bleus sur la figure ou sans poignet plâtré… C'était impossible.

Quant à son père… il ne voulait même pas penser à lui. Pourtant, les images surgissaient dans sa tête contre sa volonté : il le jaugeait de son œil glacial d'ivrogne et s'arrangeait pour que lui, Charles Merriman, que tout le monde appelait Orc, baisse la tête et regarde ailleurs.

Ça l'amusait, son père, de le voir s'efforcer désespérément de l'éviter. Il allait même jusqu'à faire ses devoirs tandis que l'autre buvait bière sur bière puis les jetait à côté de sa chaise, à l'affût du moindre prétexte pour lui tomber dessus.

Sobre, son père était distant, indifférent. Saoul, c'était un monstre. Comme Orc, mais en moins laid.

Il se demanda si son père savait qu'il pouvait venir jusqu'ici pour toiser son fils à travers la paroi du dôme. Et que dirait-il en le voyant ? Il aurait ce ricanement typique qui semblait dire : « Tu n'es qu'un bon à rien. »

Si ça arrivait…

Son père, il était baraqué. Mais Orc était plus costaud que lui, désormais, et il avait de la force à revendre. Il pouvait le casser en deux comme un bout de bois mort.

De son gros doigt osseux, Orc toucha délicatement le petit bout de peau humaine près de sa bouche. Ça le chatouillait.

Si la barrière tombait, on verrait sa tête sur toutes les chaînes de télé. Et tôt ou tard, son père la verrait, lui aussi.

Orc était certain que, s'il recroisait la route du bonhomme, il le tuerait.

C'était la mort qui rôdait dans la vallée. La mort et le mal. Et Dieu avait intérêt à se dépêcher s'il voulait éviter une catastrophe.

— Fais qu'elle ne tombe pas, Seigneur, dit-il. Je sais qu'ils veulent tous retrouver leur mère et tout mais, s'il te plaît, Dieu, fais que la barrière ne tombe pas.

Sam avait fini par s'endormir tout nu, à plat ventre, la tête tournée de l'autre côté.

Il avait laissé une lumière allumée. Sam, le héros des enfants de la Zone, avait un peu peur du noir, aussi il avait laissé une veilleuse pour éclairer leur petit espace plongé dans l'obscurité.

Il ne s'agissait pas d'une veilleuse à proprement parler, mais d'une minuscule sphère lumineuse pas plus grosse qu'une bille qui flottait dans un coin, juste au-dessus de la couchette. Astrid avait scotché dessus un bout de papier rouge pour atténuer sa lumière verdâtre. Le scotch s'était décollé, si bien que l'abat-jour de fortune, agité par la faible brise qui faisait doucement tanguer le bateau, ne bloquait plus la lumière que par intermittence. Quand elle revenait, Astrid distinguait un dos large, un postérieur rond et pâle, un bout de cuisse musclée. Quand elle s'éteignait, elle ne discernait plus qu'un souffle, une odeur, une chaleur corporelle.

Elle aurait dû le border avec les couvertures. Il finirait par se réveiller à cause du froid ; alors, il s'apercevrait qu'elle ne dormait pas et ça l'inquiéterait.

« Mais pas tout de suite », songea-t-elle.

Elle essayait de lire dans la semi-pénombre. C'était un manuel juridique, et il avait fini par la convaincre qu'elle ne deviendrait jamais avocate. Elle pouvait lire n'importe quoi mais ce livre était trop ennuyeux et ne parvenait pas à la distraire de la vue.

Elle se sentait heureuse.

La seule idée du bonheur était absurde, presque un crime. La situation était désespérée, mais c'était le cas depuis longtemps. Le désespoir était devenu la norme.

Si la barrière disparaissait… si c'était vraiment la fin de la partie… Ils avaient quinze ans. Là-bas, de l'autre côté, il n'existait aucune loi qui leur permette de vivre ensemble.

Ils avaient connu l'enfer. Ils en avaient même connu plusieurs, et pourtant ils étaient toujours côte à côte. Cependant, aux yeux de la loi, ça ne signifiait rien. D'un simple claquement de doigts, ses parents ou la mère de Sam pouvaient détruire tout ce qu'ils avaient construit.

Ce n'était pas la première fois qu'Astrid se disait que la fin de la Zone ne serait peut-être pas une si bonne nouvelle.

2

78 HEURES, 26 MINUTES

LA BRISE ÉTAIT célèbre. Son interview avait été diffusée au *Today Show*, une émission de télé très populaire.

C'était une interview un peu inhabituelle, étant donné que le présentateur, Matt Lauer, ne pouvait pas s'adresser à Brianna et qu'elle ne pouvait pas lui répondre. La communication avec le monde extérieur était uniquement visuelle. Dehors, ils voyaient ce qui se passait dans la Zone, et dedans, les gamins voyaient ce qui se passait au-delà de la barrière, point barre.

Par conséquent, l'interview avait été menée au moyen d'un Twitter primitif. Le journaliste écrivait sa question sur un bloc-notes ou, dans le cas du *Today Show*, qui était un peu plus high-tech, sur un écran géant installé de sorte à être visible depuis l'intérieur du dôme. Ensuite, il suffisait d'écrire la réponse et de la brandir vers les caméras braquées au-dehors.

Ce système donnait lieu à des interviews extrêmement pénibles. Le journaliste avait ses questions préenregistrées, mais le gamin de l'autre côté de la barrière devait prendre le temps d'écrire ses réponses. Et c'était lent. Très lent.

Sauf pour la Brise.

En fouillant l'école, Brianna avait récupéré un fragment de tableau et un bâton de craie et, grâce à sa rapidité surhumaine, elle écrivait en moins de temps qu'il n'en aurait fallu pour formuler une réponse.

Malheureusement, Brianna n'était pas la personne la plus raisonnable ou la plus mesurée de la Zone. Elle était intrépide, très dangereuse au combat, et elle possédait un charme indéniable. Mais ce n'était pas quelqu'un qui réfléchissait avant de parler.

Aussi, quand Matt Lauer lui avait demandé si des enfants étaient morts dans la Zone, elle avait répondu : « Des tas. C'est pas Disneyland par ici ! »

Ce qui n'était pas faux en soi, mais une onde de choc avait parcouru les parents rassemblés.

Quant à sa réponse suivante, elle avait déclenché un tollé.

Matt Lauer : « Et toi, tu as ôté des vies ? »

Brianna : « Évidemment. Je suis la Brise. À part peut-être Sam et Caine, c'est moi la terreur du coin. »

Avant que Matt Lauer puisse passer à une autre question, Brianna avait continué à écrire à toute vitesse, puis elle avait brandi joyeusement son ardoise vers les caméras.

« Il y en a d'autres que je buterais bien mais des fois, c'est pas facile. J'ai découpé Drake avec du fil de fer et une machette, et je lui ai explosé le crâne d'un coup de fusil. Eh ben, il n'est toujours pas mort ! LOL »

Puis :

« Je pense que je vais le découper en morceaux puis les disperser un peu partout dans les montagnes et dans la mer. On va bien voir s'il peut ressusciter après ça. LOL »

En résumé, Brianna avait confessé plusieurs meurtres, alors qu'en réalité elle n'avait tué personne hormis des coyotes et des insectes géants, et elle s'était vantée de vouloir continuer. Avec le sourire. En prenant la pose face aux caméras, en ajoutant LOL à la fin de ses réponses, en faisant des démonstrations de vitesse avec un couteau et une machette, et en brandissant le fusil à canon scié pour lequel elle avait fait un trou dans son sac à dos.

Bien sûr, toute cette histoire revint aux oreilles de Sam.

— Tu as perdu la tête ? « LOL » ? Franchement ! s'écria-t-il. Je croyais pourtant avoir recommandé à tout le monde de ne pas parler aux gens de l'extérieur sauf si ce sont vos parents. Je te l'ai dit et Edilio te l'a répété. En plus, comme je savais parfaitement que tu n'écouterais pas, je t'ai regardée droit dans les yeux (il joignit le geste à la parole) et j'ai même ajouté : « Brise, ne va pas raconter des horreurs. »

— Il pense vraiment qu'il te l'a dit.

C'était Toto, le « diseur de vérités », qui venait de se mêler à la conversation. Il ne pouvait pas s'empêcher d'intervenir en permanence pour attester la véracité d'un propos. Il tombait toujours juste et il était toujours énervant.

Sam, Astrid, Brianna et Toto se trouvaient sur le pont supérieur de la péniche. Deux jours s'étaient écoulés depuis que le dôme était devenu transparent et, pour la première fois en pratiquement douze mois, ils pouvaient voir le monde extérieur. Cela faisait deux jours que Sam avait transformé Penny en torche humaine sous les yeux de sa propre mère. Deux jours depuis que l'enfant maléfique,

Gaia, s'était enfuie avec sa mère, Diana, et la créature mi-Drake, mi-Brittney.

— Je t'ai regardée droit dans les yeux, répéta Sam malgré l'air innocent que prenait Brianna.

— Brianna, écoute, dit Astrid. Tu es très utile pour communiquer avec l'extérieur, mais ne va pas leur confesser des crimes graves.

— Des crimes ! s'exclama Brianna avec une moue de mépris. Hé, je fais seulement ce que j'ai à faire.

— On le sait, répliqua Sam d'un ton las. Mais le reste du monde, peut-être pas. (Puis il ajouta comme pour lui-même :) LOL.

— Ouais, eh ben ils peuvent tous aller se faire voir, lança-t-elle avec colère. Qu'est-ce qu'ils font pour nous sortir de là ? Ils ont essayé de tous nous tuer et maintenant ils nous jugent ?

L'expression de Sam trahissait son approbation, aussi il garda les yeux baissés dans l'espoir qu'Astrid ne remarquerait rien.

— Ils ne voulaient pas nous tuer, protesta-t-elle. Ils essayaient de faire exploser le dôme.

— Avec un missile nucléaire ? s'écria Brianna.

— Elle n'y croit pas, intervint Toto avant de clarifier sa pensée : Astrid ne croit pas ce qu'elle dit, Spidey.

Toto avait perdu l'habitude de s'adresser à sa tête de Spiderman, l'objet avec lequel il avait partagé ses longs mois de solitude, et que Sam avait détruit, mais cela arrivait encore de temps à autre. Personne n'y prêtait attention : ils en étaient arrivés à un stade où tout le monde avait un peu perdu la tête.

— D'accord, fit Astrid d'un ton glacial. Laisse-moi reformuler : ils n'avaient pas l'intention de nous tuer, mais ils étaient prêts à courir le risque.

Toto hésita avant de déclarer :

— Elle le pense.

Mais à présent, Astrid était en colère, bien qu'elle n'en veuille ni à Toto, ni à Brianna, ni à Sam – au soulagement de ce dernier.

— Ils voulaient récupérer leur autoroute, poursuivit-elle. Ils avaient envie que ça se termine. Et il ne fallait pas que les gens sachent que, pour les mutations, ils étaient au courant depuis des mois. Alors ils ont balancé une bombe sous le dôme. Ça te va, Toto ? Ils pensaient peut-être qu'elle le ferait exploser, et qu'on serait délivrés. (Un silence.) Quand je pense que ces idiots, ces irresponsables, ces pourris voulaient nous tuer après tout ce qu'on a fait pour rester en vie !

S'ensuivit un long chapelet d'injures. Astrid n'avait jamais été du genre à dire des gros mots, mais elle était très instruite et, visiblement, elle avait accumulé quelques connaissances récemment.

Quand elle eut terminé, sous le regard à la fois suspicieux et stupéfait de Sam et de Brianna, Toto déclara :

— Elle pense ce qu'elle dit.

— Ça, j'en suis sûr, répliqua sèchement Sam. Fais-moi une faveur, Toto : va chercher Dekka et Edilio, s'il est disponible. On perd du temps, là.

Toto leva un sourcil mais ne fit pas de commentaires et descendit de la péniche. Il avait l'habitude qu'on l'envoie faire des courses, il en venait à soupçonner les gens de le trouver agaçant.

— Brise, tu sais ce que je vais te demander. Je comprends que tu aimes divertir le public, mais il faudrait que tu te remettes à patrouiller.

— J'y allais justement, répondit-elle avec humeur.

Elle s'éloigna à toute allure, réapparut au bout du ponton puis rebroussa chemin pour ajouter :

— Au fait, ils veulent t'interviewer, Sam.

À ces mots, elle disparut.

— Pourquoi j'ai l'impression d'être la mère d'une gamine de douze ans complètement tarée ? marmonna Astrid.

Le regard que Sam posa sur elle trahissait tant d'affection que même un aveugle l'aurait remarqué. L'époque où ils questionnaient leur relation était révolue. Non qu'ils en aient vraiment discuté depuis : c'était gravé dans le marbre, point.

Astrid se tenait bien campée sur ses deux jambes, les bras croisés. Elle portait un tee-shirt à manches longues, un jean si usé qu'il semblait avoir été découpé à la tronçonneuse, et les cheveux coupés court. Ses yeux bleus n'avaient rien perdu de leur intensité, ils observaient le monde avec plus d'attention que le commun des mortels.

Elle était toujours Astrid le Petit Génie, la fille qui l'intimidait tellement qu'avant l'apparition de la Zone il n'osait même pas lui adresser la parole. À ses yeux, elle venait d'une autre planète.

Le plus drôle, c'est qu'il était encore impressionné par elle, mais elle n'était plus cette déesse glaciale et distante qui, telle Athéna, l'observait de son Olympe avec un mélange d'affection et de désappointement. Elle était avec lui. Et désormais, c'était comme si une barrière invisible les séparait du reste du monde.

Ils passaient leurs journées et leurs nuits ensemble bien qu'ils n'aient pas cessé pour autant d'être en désaccord, de se disputer, de s'envoyer des piques. Ils ne faisaient plus qu'un et seule la mort pourrait les séparer.

Ce qui était d'ailleurs très probable et, à cette pensée, le sourire satisfait de Sam s'évanouit.

« La fin de la partie ». Cette expression avait rapidement été intégrée dans les conversations de la Zone. Il avait tenté de la rayer du vocabulaire commun, Edilio aussi et, à Perdido Beach, Caine avait fait de même. Il ne fallait pas que les enfants commencent à penser que la fin était proche.

Sam en était lui-même persuadé, il le sentait au fond de lui. Mais quand il essayait d'imaginer cette fin, c'était toujours horrible. Il voyait les autres quitter la Zone. Quant à lui, il n'en sortait pas vivant.

À quel moment cette pensée morbide avait-elle fait son apparition ? Venait-elle seulement de faire surface parce que le sujet était sur toutes les lèvres ?

Edilio et Dekka s'avancèrent sur le ponton. Ils avaient eu la présence d'esprit de ne pas ramener Toto avec eux.

Sans se lever, Sam les salua d'un geste tandis qu'ils grimpaient à bord de la péniche. Edilio se laissa tomber dans une chaise longue. Il semblait fatigué, et ses vêtements étaient couverts de poussière. Il aurait été exagéré de dire qu'il faisait vieux : c'était toujours un adolescent à la peau brune, tannée par le soleil, en jean et bottes, avec un chapeau de cow-boy trouvé Dieu sait où posé sur sa tignasse hirsute. Pourtant, pour une raison indéfinissable, il ressemblait plus à un homme qu'à un jeune garçon.

Cette impression découlait en partie du fait qu'il portait un fusil d'assaut en bandoulière.

— Le bruit court à Perdido Beach que Caine essaie de convaincre Orc d'éloigner les enfants de la barrière et de les remettre au boulot, annonça-t-il.

— Son idée n'est peut-être pas si mauvaise, dit Sam.

— Sauf que ça ne marche pas, objecta Dekka. Orc refuse de s'approcher de la barrière. Il ne veut pas qu'on le voie. Tu sais comment il est. Le truc, c'est qu'il n'y a plus rien à manger à Perdido Beach, pas même des choux. Sans Quinn qui continue à rapporter du poisson, ils crèveraient tous de faim. J'en viendrais presque à souhaiter qu'Albert revienne, si ce n'était pas un sale traître.

Quant à Dekka, elle n'avait jamais eu l'air jeune ; elle était née avec un air sérieux qui, avec le temps, s'était mué en mine sévère. Quand elle était énervée (comme en ce moment), son expression pouvait devenir franchement intimidante. Et une Dekka en colère, c'était mauvais signe.

— J'imagine que vous êtes au courant pour Brise ? ajouta-t-elle d'un ton trahissant à la fois l'exaspération et l'affection.

Dekka n'avait peut-être pas tiré un trait sur Brianna, mais elle ne souffrait plus de s'être fait éconduire. La passion s'était éteinte, mais pas les sentiments.

— Oh oui, on sait, répondit Astrid. Tu viens de la louper.

Edilio n'était pas d'humeur loquace. Il semblait préoccupé.

— On est vulnérables en ce moment. On ne sait pas où sont Diana et son bébé-phénomène-de-foire. On ne connaît pas non plus les pouvoirs de Gaia, à part que si c'était vraiment une gamine normale, elle serait morte. On ne sait même pas ce qu'elles veulent. Peut-être rien, d'ailleurs. (Il haussa les épaules.) Mais notre point faible, c'est probablement Perdido Beach. On a à peu près deux cent cinquante gosses au total, entre le lac et la ville. La moitié au moins se trouvent à l'endroit où l'autoroute est coupée en deux par la barrière. Ils font des signes de la main, ils pleurent, ils écrivent des mots. Les petits, en particulier. Le problème, ce n'est pas seulement que le travail n'est pas fait ; c'est qu'ils sont là-bas à découvert sans personne pour les protéger.

— Ils sont devenus une cible, dit Astrid.

— La cible rêvée, oui, ajouta Dekka.

— C'est le territoire de Caine, objecta Sam, cédant malgré lui à la tentation de se décharger de sa responsabilité sur son frère ennemi.

— Oui mais une grande partie d'entre eux viennent de chez nous, lui rappela Edilio. Tu as remarqué à quel point c'est calme ici ? La moitié des enfants ont parcouru quinze bornes pour aller pleurer devant leur famille.

La remarque d'Edilio ne recelait aucun sarcasme. Il ignorait le sens de ce mot.

— Nous avons les mêmes priorités qu'au début, déclara Astrid. Nourrir toutes ces bouches et tenir l'ennemi à distance.

Sa façon un peu théâtrale de s'exprimer arracha un sourire à Sam.

— Il nous faut un plan, lança Edilio. Parce que à part prier pour que Brise les retrouve…

— J'espérais que tu en aurais un à nous proposer, répliqua Sam d'un ton badin, mais Edilio n'était pas d'humeur à plaisanter.

Sam eut la même impression que s'il venait d'être surpris en train de rêver en classe. Il se redressa sur son siège et, malgré lui, baissa la voix d'une demi-octave :

— Tu as raison, Edilio. Qu'est-ce que tu veux faire ?

À un moment donné – mais il n'aurait pas vraiment su dire quand – Edilio avait cessé d'être son second et il était devenu son égal, son partenaire à part entière. Ce changement avait marqué les consciences parmi la population du lac sans que la moindre proclamation s'impose. Plus personne ne disait qu'il « fallait voir avec Sam » : en tout sauf dans le cadre d'une guerre, c'était Edilio qui commandait.

Sam n'aurait pas pu s'en réjouir davantage. Il avait découvert qu'il n'avait aucun talent pour s'occuper des détails ou pour organiser. Et quel plaisir de pouvoir rester au lit avec Astrid sans avoir le sentiment que le monde entier dépendait de lui ! À vrai dire, à la regarder en ce moment même avec son tee-shirt qui bâillait un peu et la finesse incroyable de ses jambes… Il dut fournir un effort pour se concentrer sur ce que disait Edilio.

— Bon, deux choses. D'abord, tant qu'il est encore temps, je veux me préparer au pire. Il ne nous reste plus grand-chose, mais je veux qu'on arrête de toucher aux réserves de Nutella et de nouilles déshydratées. Je veux qu'on entrepose tout ça dans un bateau amarré sur le lac.

Pareil pour les légumes cultivés par Sinder, en tout cas ce qui n'est pas périssable. Je n'ai pas envie qu'on soit de nouveau pris par surprise. Dorénavant, s'ils veulent manger, ils n'ont qu'à se remettre au boulot.

Sam hocha la tête.

— D'accord.

Au-dessus d'eux, des nuages s'amoncelaient dans le ciel. Ce n'étaient pas des nuages ordinaires. Ils se déplaçaient bizarrement : les plus proches bougeaient très vite tandis que vers le nord, à l'horizon, ils semblaient dériver plus lentement. Au sud-est, le ciel avait pris une teinte bleu sombre. C'était une des conséquences des récents bouleversements.

La sphère – transparente depuis peu – qui contenait la Zone mesurait trente kilomètres de diamètre. Cela signifiait qu'au-dessus de la centrale, qui se trouvait pile en son milieu, quinze kilomètres séparaient le sol du sommet du dôme. À cette altitude proche de la stratosphère et située au-dessus des nuages, l'oxygène se raréfiait. Le lac Tramonto, lui, était situé au nord-ouest de la sphère, suffisamment près de la barrière pour qu'il soit possible d'espionner les enfants de l'extérieur avec une bonne paire de jumelles.

Même quarante-huit heures après le changement radical qui s'était opéré dans la barrière, Sam avait encore du mal à s'habituer au fait qu'il pouvait voir le lac dans son intégralité. Il y avait une deuxième marina de l'autre côté, à moins d'un kilomètre. Il distinguait des bateaux et des gens, quoique en petit nombre. Certains s'étaient même aventurés sur les eaux du lac pour les observer, le nez quasiment collé à la barrière, comme on regarde des animaux dans un zoo. À cet instant, Sam voyait un bateau avec deux hommes à son bord qui les filmaient en faisant semblant de pêcher. Il agita la main dans leur direction et se sentit ridicule.

La vie dans la Zone avait changé.

Comme pour illustrer sa pensée, Astrid regarda à l'horizon en se couvrant les yeux de sa main.

— Un hélicoptère !

L'appareil avait un logo peint sur la carlingue. Était-ce la police ou une chaîne de télé ? Difficile à dire à cette distance. Il volait au-dessus de l'autre marina en braquant sans doute une caméra dans leur direction. Peut-être même qu'elle zoomait sur eux quatre tandis qu'ils parlaient. Sam résista à l'envie puérile de faire un geste obscène.

Edilio parlait toujours et, pour la seconde fois, Sam se fit l'effet d'un élève distrait en classe.

— Le plus important, disait Edilio, c'est de découvrir ce qu'ils manigancent. Et concrètement, qu'est-ce qu'ils peuvent contre nous ? Pour l'instant, on navigue à l'aveuglette… Je dois parler à Caine. Je vais à Perdido Beach. Il faut qu'on fasse équipe ensemble.

— Tu veux que je vienne avec toi ? demanda Sam.

— Si c'est toi qui vas là-bas pour essayer de remotiver les enfants, tu vas le mettre en colère. Et on n'a pas le temps de se mettre les gens à dos. Pour être honnête avec toi… eh bien, je me demandais… Enfin, c'est juste une suggestion…

Sam adressa un sourire affectueux à son ami.

— Si tu as un boulot à me confier, dis-le carrément.

— Ce n'est pas vraiment un boulot. Je… Bon, voilà : même Brise ne peut pas être partout. Elle cherche mais elle s'y prend mal. Je l'adore, hein, mais elle va d'un point à un autre sans réfléchir et elle ne laisse personne lui dicter sa conduite.

Sam opina du chef.

— Tu veux que je me jette dans la gueule du loup, c'est ça.

— Brise quadrille toute la Zone autour de Perdido Beach en partant du principe que Gaia et Drake vont débarquer en ville… et, bien entendu, pour s'assurer que les caméras de télé la filment. Mais peut-être que Gaia se cache en attendant son heure. Le temps de reprendre des forces.

Sam réfléchit quelques instants.

— La mine, la base aérienne, le parc de Stefano Rey ou la centrale.

— J'en suis arrivé à la même liste. Mais tu n'emmèneras pas Dekka avec toi. On a besoin d'elle ici.

— Alors qui ?

— On ne sait pas de quoi est capable Gaia. Sam, tu n'es peut-être pas de taille à te mesurer à elle, que tu sois seul ou épaulé par Dekka. (Il adressa un signe de tête respectueux à l'intéressée.) Ne le prends pas mal, Dekka.

D'un geste, Dekka lui signifia qu'elle n'était pas vexée. Elle connaissait les limites de son pouvoir.

— Je ne crois pas qu'il faille attendre que Gaia choisisse l'heure et l'endroit, reprit Edilio.

— Elle s'est enfuie avec Diana et Drake, intervint Astrid. Et pour l'instant, elle n'est pas revenue. Ça ne me donne pas l'impression qu'elle soit si dangereuse que ça.

Sam sourit.

— Si Toto était là, il dirait que tu racontes des salades, Astrid. Le gaïaphage n'aurait pas décidé de s'incarner dans un corps s'il pensait que ça l'affaiblirait. Tu le sais très bien.

L'humeur générale commençait à s'assombrir. Edilio rappelait tout le monde à la réalité.

Astrid, à bout d'arguments, finit par répondre :

— Je ne veux pas que tu te fasses tuer, Sam. Si tu pars à la recherche de Gaia…

— Edilio pense qu'il faut que j'emmène quelqu'un avec moi, pas vrai, Edilio ?

Sam prit la main d'Astrid et la serra dans la sienne. Elle ne réagit pas.

— Il ne faudrait pas trop tarder, dit Edilio. On se retrouve dans une heure ?

Sam hocha la tête, tel un condamné acceptant l'inévitable sentence.

— OK, à dans une heure.

3

77 HEURES, 37 MINUTES

— J'AI FAIM, DIT Gaia pour la énième fois depuis son réveil.

Au cours de la nuit, Drake avait rapporté quelques artichauts et le cadavre d'un rat, mais ça n'avait pas suffi. Gaia l'avait immédiatement renvoyé chercher de quoi manger.

C'était une petite fille vorace. Un monstre en devenir.

D'abord, elle avait un peu tété le sein de Diana, mais, au vu de sa croissance extrêmement rapide, un régime exclusivement constitué de lait maternel ne lui permettrait pas de survivre. En outre, le corps de Diana était une épave : mal nourri, battu, couvert de bleus. Il n'avait eu que quatre mois pour s'adapter à une grossesse qui devait normalement en compter neuf. Quant à l'accouchement lui-même, il s'était déroulé dans la douleur, au fond d'une caverne sombre et surchauffée… Bref, Diana n'était pas dans une forme olympique.

Ces deux derniers jours, pendant que Gaia grandissait et pansait ses plaies, Drake était parti en quête de nourriture. Il avait sillonné les champs, attaqué un convoi en partance pour le lac, tué des animaux. Avant de les manger,

Gaia les avait fait cuire grâce à la lumière qui jaillissait de ses mains.

Mais son appétit grandissait encore, au point de devenir menaçant. Diana n'avait même plus droit à sa part. Et surtout, le regard fixe que sa fille posait sur elle commençait à l'inquiéter. Gaia n'était pas douée pour cacher ses émotions : elle regardait Diana comme un repas potentiel. Parfois, elle salivait comme un chien devant un os.

Ils continuaient obstinément à longer la barrière ceignant l'espace que tout le monde appelait désormais la Zone. C'était Howard Bassem qui, le premier, avait employé ce terme. Howard n'était plus qu'un souvenir ; il avait été dévoré par des coyotes.

Drake s'était remis en quête de nourriture et Diana se trouvait donc dans une position inhabituelle, celle d'espérer que son ennemi juré relèverait le défi, et rapidement.

Diana et Gaia avaient fait halte dans les collines qui surplombaient la mine du gaïaphage. Pour la première fois, Diana voyait les hauteurs au-delà du dôme. Leur campement se dressait sur les contreforts de la chaîne montagneuse, suffisamment haut néanmoins pour qu'on distingue l'océan au loin. Les îles à l'horizon formaient des taches sombres sur l'immensité bleue.

— Je sais où on peut trouver à manger, lança Diana.

— Tu l'as déjà dit : à Perdido Beach. Mais je ne suis pas encore prête à y aller. Il faut que tu sois idiote pour ne pas t'en souvenir.

— J'en ai vraiment marre de me faire traiter d'idiote, répliqua Diana avec colère. Tu peux m'appeler maman ou Diana. L'un et l'autre me vont.

Gaia hésita, regarda fixement Diana, puis cligna des yeux.

Soudain, Diana poussa un hurlement.

— Aaaaah ! Non, non, non !

Elle avait l'impression qu'une lame chauffée à blanc lui transperçait le crâne. La douleur était épouvantable : il lui semblait qu'un animal terrifié cherchait à sortir de sa tête.

Son supplice cessa aussi brusquement qu'il était venu. Trois secondes à peine s'étaient écoulées – une éternité, pour Diana. Quelques instants de plus, et elle serait devenue folle. Agenouillée sur le sol, elle tremblait de tous ses membres. Elle ravala une forte envie de vomir malgré son estomac vide.

Gaia s'approcha d'elle.

— Tu n'es pas en situation d'exiger quoi que ce soit.

Ce n'était qu'une enfant, mais elle était dotée d'un pouvoir immense. Elle avait des yeux très bleus et des cheveux presque noirs. Elle promena ses doigts potelés sur le dos et sur la nuque de Diana en tâtant la chair comme un cuisinier évaluant un morceau de steak.

— Tu m'obéis. Tu es mon esclave. Mon esclave.

Incapable de répondre, Diana hocha la tête ; le souvenir de la douleur résonnait encore à l'intérieur de son crâne.

— Mais puisque j'utilise ce langage humain, il faut bien que je t'appelle par un nom, reprit Gaia d'un ton radouci. Alors je t'appellerai Diana.

— Super, fit Diana entre ses dents.

— Faim, grommela Gaia.

— Il y a une île, là-bas. Tu vois, cette tache grise sur l'océan ?

Gaia scruta l'horizon.

— Je ne vois rien.

— Tu vois l'océan, l'étendue bleue là-bas ?

— Non.

Diana réfléchit quelques instants, regarda autour d'elle et demanda :

— Tu vois ces arbres là-bas sur la crête ? Combien il y en a ?

Il y avait trois arbres assez éloignés les uns des autres.

— Je n'arrive pas à les compter, c'est trop flou.

— Tu as la vue basse, ma parole, dit Diana, puis elle éclata de rire. Un monstre myope ? Il te faut des lunettes ?

Gaia, apparemment, ne se formalisa pas d'être traitée de monstre. Le mot « myope », en revanche, lui fit froncer les sourcils.

— Tu veux dire que tu as une meilleure vue que moi ?

Diana haussa les épaules.

— Un corps, c'est plein d'imperfections. Et puis tu grandis à une vitesse anormale, alors qui peut savoir ce qui se passe dans ton organisme ?

Diana en vint à se demander si Gaia était capable de contrôler ce processus de vieillissement accéléré. Elle avait d'abord supposé que c'était le gaïaphage qui en était la cause, mais peut-être que c'était seulement un autre effet bizarre de la Zone ?

En outre, elle s'interrogeait encore sur ce que l'enfant savait et sur ce qu'elle ignorait. Gaia – le gaïaphage – avait passé sa « vie » au fond d'une mine. Elle maîtrisait le langage, mais sa façon de s'exprimer semblait toujours forcée.

Et si elle connaissait beaucoup de choses, elle avait aussi beaucoup de lacunes.

Diana avait échafaudé une théorie mais, bien sûr, elle n'avait pas questionné Gaia à ce sujet. Pour elle, ce que Gaia savait, elle le tenait des esprits dont elle avait pris le contrôle à un moment donné. Diana, Lana, Caine.

Elle repensa à l'époque qui avait suivi le petit séjour de Caine dans la mine. Il était tombé gravement malade, il souffrait de paranoïa, il délirait. Elle l'avait aidé à s'en sortir. Était-ce pour cette raison qu'en dépit de tout il ne l'avait jamais trahie ?

Mais la gratitude et Caine, ça faisait deux.

— Il va te falloir des vêtements plus grands, dit Diana. Bientôt, tu seras guérie et – désolée – moins horrible. Tu vas… te développer, c'est sûr.

— Me développer ? répéta Gaia qui, visiblement, ne savait pas si c'était une bonne ou une mauvaise nouvelle.

— Laisse tomber, répondit Diana. Je n'ai pas du tout envie d'avoir cette conversation dans l'immédiat. Hé, il y a de quoi manger sur l'une de ces îles là-bas.

— Comment on fait pour y aller ?

— Eh bien, ça dépend, non ?

— De quoi ?

— De ce que tu es capable de faire, Gaia. Des pouvoirs que tu possèdes. Je t'ai vue t'en prendre à ton p… à Caine. Tu l'as fait valdinguer d'un seul regard. C'est ton seul pouvoir, la télékinésie ?

— Je les possède tous, Diana. La vitesse, la capacité de déplacer des objets par la pensée, la force, la suspension de la gravité, la lumière destructrice. Et je peux aussi soigner.

— Alors tu peux te déplacer comme Taylor. Tu pourrais te téléporter sur l'île, nous trouver à manger et revenir en un clin d'œil.

— Je ne connais pas Taylor, dit Gaia, intriguée.

Diana fronça les sourcils.

— Ah bon ?

« Intéressant », pensa-t-elle.

— Elle a le pouvoir de se téléporter. Il lui suffit de penser à un endroit et hop ! Elle y est.

L'embarras se peignit fugitivement sur le visage de Gaia. Elle n'aimait pas avouer ses limites.

« Ça pourrait peut-être servir », songea Diana.

« Servir à quoi ? Tu es sa mère ou son ennemie ? »

« Les deux à la fois. »

Gaia ferma les yeux et se tint immobile, l'air concentré comme si elle priait.

— Cette fille que tu appelles Taylor, dit-elle enfin. Elle n'existe plus. Je n'ai pas… accès à son… pouvoir.

Pendant quelques secondes, Diana resta interdite puis la lumière se fit dans son esprit.

— Tu n'as pas vraiment de pouvoirs à toi ; tu peux juste utiliser ceux des mutants. Tu ne peux pas faire comme Penny parce qu'elle est morte. Et Taylor ?

— Les mutations qui permettent à ces pouvoirs de se développer sont physiques, mais ils existent au-delà des corps qu'ils habitent. Je peux les retrouver et m'en servir.

Gaia s'exprimait d'un ton condescendant comme si elle s'adressait à une enfant, ce qui était particulièrement déroutant du fait de son apparence juvénile.

— Mais tu ne peux pas comprendre, conclut-elle.

Diana retint son souffle, car elle avait néanmoins compris quelque chose.

— C'est pour ça que tu n'as pas laissé Drake tuer Caine. C'est pour ça qu'on s'est enfuis. Tu ne peux pas tuer Caine ni Sam ni Brianna, sinon tu perdrais leurs pouvoirs.

Gaia toisa sa mère d'un œil suffisant.

— Je suis le lien entre toutes ces choses, idiote. Si le pouvoir de mon père existe, c'est parce qu'il a muté grâce à moi. Quand il mourra, le pouvoir qui nous lie s'éteindra avec lui. Mais je provoquerai d'autres mutations. C'est ma nature. Ce que je perds aujourd'hui, je peux le regagner plus tard.

Diana hésita à poser une question. Elles s'étaient remises en route, marchant côte à côte presque comme des amies, en faisant abstraction du fait que l'une était une adolescente de quinze ans affaiblie et abattue, et l'autre une jolie petite fille possédée par un monstre terrible.

Gaia pouvait tuer Diana à tout moment. Pourquoi ne l'avait-elle pas fait? Avait-elle un attachement quelconque pour sa mère, ou servait-elle un but? Si oui, lequel? Ce n'était certainement pas le pouvoir de Diana qui l'intéressait: il consistait juste à évaluer celui des autres.

— Comment tu sais tout ça? demanda Diana en s'efforçant de prendre un ton admiratif.

Le visage d'Astrid s'imprima soudain dans son esprit. Astrid serait folle de jalousie si elle parvenait à percer le grand mystère du gaïaphage avant elle.

— Je savais des choses à ma naissance. J'en ai appris d'autres au cours de ma vie. Je me sers de ce corps mais ce n'est pas moi, répondit Gaia de sa voix enfantine.

Je suis plus grande que toutes les formes que je pourrais prendre.

Diana nota dans un recoin de son esprit que Gaia avait un ego surdimensionné. C'était le genre de détail qui ne pouvait pas échapper à une mère, n'est-ce pas ? Elle aurait dû rayonner de fierté et dire quelque chose du genre : « Oui, Gaia a beaucoup d'assurance. »

« Gaia est en avance sur son âge. »

« Gaia est une enfant douée. »

« Gaia a de l'imagination : elle se prend pour un magma vert qui se serait approprié un corps humain. C'est mignon, non ? »

— Tout ce qui se passe, c'est moi qui en suis la cause, poursuivit Gaia, qui semblait s'émerveiller de sa propre puissance. D'abord, il y a un scénario écrit il y a longtemps, très loin d'ici. Ils n'avaient pas imaginé que je pourrais naître un jour, mais ce scénario, ce virus, a bénéficié d'un régime à base de fortes radiations et d'un peu d'ADN humain couplé à d'autres ADN. Ce n'était pas leur idée au départ ; ils voulaient simplement créer des formes de vie partout dans la galaxie.

— Tu parles du météorite qui a percuté la centrale, dit Diana.

Jusqu'à présent, Astrid avait vu juste. Mais il n'était pas nécessaire d'être un génie pour deviner que le désastre qui avait valu à Perdido Beach son surnom de Tchernobyl avait un lien avec ce qui s'était produit par la suite.

— Attends une seconde. De l'ADN humain ?

— Un humain se trouvait dans la centrale quand le météorite l'a percutée. Son code génétique a fusionné avec le mien, nourri par l'uranium de la centrale. C'est alors que je suis née. Je parle de ma véritable naissance, ajouta Gaia précipitamment en jetant un regard dégoûté à Diana. Pas de l'accouchement monstrueux qui m'a donné un corps, mais du bel accident qui m'a créée.

Gaia parlait d'une voix suraiguë qui n'exprimait ni joie ni étonnement. Sa voix était haut perchée à cause de ses cordes vocales encore peu développées : c'était un fait biologique qui ne reflétait en rien l'esprit derrière la voix.

Diana se demanda si cette créature éprouvait autre chose qu'une haute opinion d'elle-même et une soif inextinguible de pouvoir. Elle se questionna aussi sur l'origine des mots qu'elle employait. Quel esprit avait-elle pillé pour les connaître ?

Que savait-elle au juste ?

Pas tout, certainement. Elle n'était pas au courant pour Taylor. « C'est peut-être pour ça qu'elle me garde en vie, pensa Diana. Pour combler ses lacunes. »

— Cet « accouchement monstrueux » a bien failli avoir ma peau, lâcha-t-elle avec amertume.

Elle avait encore mal, et le traumatisme que son corps avait subi sapait ses forces.

« Ce n'est pas ma fille, songea-t-elle. Elle me ressemble, elle a le menton de Caine et mes yeux, mais ce n'est qu'une illusion. Si ma fille a jamais existé, c'est le gaïaphage qui se tient devant moi. Je marche à côté d'un monstre. »

— On se trouve près de l'endroit où j'ai passé mon… mon enfance, dit Gaia. Je le sens.

— La mine ? Oui, on n'est pas loin. On ne va pas là-bas, dis ? Si Sam est à ta poursuite, c'est le premier endroit où il viendra te chercher.

— J'ai faim... Je vais appeler les coyotes, peut-être qu'il y en a qui ont survécu. Un seul d'entre eux pourrait nous nourrir pendant quelque temps.

— Je ne crois pas qu'il en reste beaucoup. Je...

— J'ai faim ! J'ai faim ! Il faut que je mange ! rugit Gaia comme une enfant capricieuse. Ce corps doit être nourri ! À quoi tu sers sinon à me décourager ? Je fais ce que je veux : je suis le gaïaphage !

Elle serrait les poings, le visage blême de fureur. « La rage. Voilà une émotion qu'elle peut ressentir », pensa Diana. Elle recula, de peur que Gaia ne s'en prenne à elle, et se ratatina dans l'attente de la souffrance. Mais Gaia avait reporté son attention sur autre chose.

— Qu'est-ce que c'est ?

Diana se retourna et n'en crut pas ses yeux. Elles se trouvaient dans les collines, loin de la ville, dans la région la plus au nord de la Zone, à deux pas de la barrière. De l'autre côté, deux hommes âgés d'une vingtaine d'années et vêtus comme des alpinistes les observaient.

Ils semblaient à la fois surpris et excités de les voir. Diana prit soudain conscience qu'elles devaient offrir un spectacle bien curieux, l'adolescente couverte de bleus et la petite fille brûlée au troisième degré.

Les deux grimpeurs cessèrent d'assembler une échelle en aluminium pour leur adresser un signe de la main. L'un d'eux, un jeune homme roux, sortit un iPhone de son sac à dos.

Diana lui fit un geste obscène, et il éclata de rire.

— Allons-nous-en d'ici, grommela-t-elle.

— Non.

— Ces deux idiots projettent d'escalader le dôme pour nous prendre en photo.

— Ils n'iront pas loin, dit Gaia. Ils peuvent appuyer des objets contre la barrière, mais ils ne peuvent ni les caler ni enfoncer des crochets dans la paroi.

— Alors ils vont se casser la figure.

— Arrête de parler, il faut que je réfléchisse.

— Tu réfléchis à quoi ?

Gaia eut un sourire sinistre.

— À Némésis.

Gaia ferma les yeux en serrant ses petits poings. Chaque muscle de son corps se tendit et sa peau prit un léger éclat verdâtre. Les deux hommes adossèrent leur échelle au dôme sans rien remarquer.

Diana risqua un signe de tête discret dans leur direction : « Non, fuyez. Fichez le camp d'ici. »

Le jeune homme roux entreprit son ascension avec sa corde et ses pitons à portée de main. Arrivé au sommet de l'échelle, il s'efforça de coller une ventouse sur la paroi. Sans succès.

Il haussa les épaules à l'intention de Diana d'un geste un peu comique, l'air de dire : « Hé, je pensais vraiment que ça marcherait. » Puis il tenta en vain de planter un piton dans la paroi. Son compagnon lui tendit deux autres pièces en métal qu'il fixa à l'échelle afin de se hisser quelques mètres plus haut sur la structure branlante.

— Ils ne sont pas très malins, hein ? observa Diana.

Gaia ne pouvait probablement rien contre eux. Mais la petite fille qui n'en était pas une regardait dans le vide avec un rictus féroce ; elle semblait bien s'amuser dans cet espace invisible auquel Diana n'avait pas accès.

— Juste pour un moment, Némésis, murmura-t-elle.

Diana avait l'impression de plus en plus nette que la situation allait mal tourner. Elle regarda, fascinée, cette créature qu'il ne lui avait pas été donné de voir depuis une éternité : un adulte, mais surtout un vrai humain, avec des vêtements propres et une vraie coupe de cheveux, et qui ne soit pas armé d'une barre de fer ou d'une batte de baseball. À quand remontait la dernière fois qu'elle avait vu quelqu'un sans arme ? Dans la Zone, tous les enfants âgés de plus de quatre ans possédaient ne serait-ce qu'un bâton pour se défendre.

— Tu m'énerves, chuchota Gaia. J'ai faim.

Ses yeux se mirent à briller comme si quelqu'un avait allumé une lampe torche à l'intérieur de son crâne. La lumière filtrait à travers le pourtour de ses globes oculaires. Elle serrait si fort les mâchoires qu'elle grinçait des dents.

À présent, le jeune homme roux était bien au-dessus de la tête de Diana et, suspendu à l'extrémité de son échelle, il s'était figé pour filmer correctement la scène en dessous de lui. Le dôme mesurait quinze kilomètres de haut, et aucune échelle au monde ne pouvait couvrir ne serait-ce qu'une fraction de…

— Aaaah ! cria Gaia, et soudain, le monde trembla comme sous l'effet d'un léger séisme.

Diana sentit un souffle d'air sur son visage. Une rafale

de vent siffla dans ses oreilles, et le jeune homme roux tomba à ses pieds.

Dans la Zone.

Sonné, il les observa toutes deux d'un œil ébahi, regarda de l'autre côté de la barrière son ami qui était resté bouche bée, puis sourit et lança :

— Waouh ! Trop cool !

Gaia eut un petit sourire et dit :

— Manger.

Le coup avait atteint le petit Pete d'une manière inexplicable pour quelqu'un qui vivait dans un univers normal. Pete n'avait pas de corps mais il avait pourtant reçu un coup de poing très violent qui lui avait fait voir trente-six chandelles.

Il n'avait jamais rien éprouvé de tel. Ça ne pouvait venir que de l'Ombre. Cette fois, les tentacules verts qui essayaient souvent de s'immiscer dans son esprit l'avaient carrément frappé.

Le gaïaphage l'avait tapé assez fort pour lui faire perdre conscience pendant une fraction de seconde.

Il était choqué. Il ne pensait pas qu'une chose pareille était possible. Personne n'avait le droit de le frapper ! Ce n'était pas bien. Sa sœur et sa mère le lui avaient expliqué des tas de fois.

Ce n'était pas bien de frapper quelqu'un. Même si on était en colère.

Si c'était arrivé une fois, ça se reproduirait. L'esprit obscur qui l'avait approché si souvent, qui l'avait modelé à certains égards, qui l'avait manipulé et effrayé parfois sans jamais cesser de le craindre, ce compagnon à la fois distant et omniprésent venait de s'en prendre à lui.

Pete avait commencé à accepter sa lente disparition, la sensation presque agréable de renoncer à une vie courte mais remplie de souffrances. Il était prêt à s'en aller, à disparaître.

Mais il n'avait rien fait pour mériter cette attaque brutale.

C'était mal. Et il était furieux.

« Ne me frappe plus jamais, pensa-t-il. Ou sinon… »

4

76 HEURES, 52 MINUTES

Ils fermèrent la porte de la cabine. Il n'y avait pas assez de place pour se tenir debout à l'intérieur, aussi ils s'allongèrent dans les bras l'un de l'autre sur la couchette.

Sam embrassa Astrid en s'efforçant de se convaincre que ce n'était pas la dernière fois.

Il était heureux. C'était ça le pire. Il était enfin heureux. Ici, maintenant, dans ce lit, avec cette fille dans les bras. Était-ce pour ça qu'il avait l'impression que le couperet allait s'abattre sur lui ? Non, quelle idée ! Le bonheur ne signifiait pas forcément que la tragédie l'attendait au détour du chemin. Si ?

— Il n'a pas le droit de te demander ça, dit Astrid.

— Bien sûr que si. Qui d'autre que moi peut y aller ?

— Tu en as fait plus qu'assez. Cent fois plus qu'assez.

Ils étaient si près l'un de l'autre que Sam sentait le souffle d'Astrid sur sa joue quand elle parlait, et il entendait son cœur battre trop vite.

— C'est la fin de la partie, Astrid, dit-il doucement.

— Et toi tu es censé survivre, objecta-t-elle d'un ton implorant.

— Qu'est-ce que je vais faire ? Me cacher ici avec toi en attendant que tout explose ?

— Peut-être, oui. Cette fois, tu ne devrais pas chercher la bagarre. Laisse quelqu'un d'autre s'en charger.

— Si Gaia s'est enfuie avec Drake et Diana, ce n'est pas parce qu'elle était affaiblie, à mon avis. Et dans le cas contraire, c'est parfait ; on pourra peut-être lui régler son compte plus facilement.

L'opinion de Sam était parfaitement sensée. Astrid n'avait pas d'argument à lui opposer.

— Mais elle a dû reprendre des forces. Et si elle est aussi dangereuse qu'on le craint, qu'est-ce qu'on va faire, Sam ?

— On ferait bien de la retrouver avant qu'elle ait entièrement récupéré. Il vaut mieux ne pas la laisser choisir l'heure et l'endroit. (Il appuya sa tête contre celle d'Astrid.) Edilio a raison, tu le sais bien.

Elle ne réagit pas, et il en fut un peu déçu. Au fond de lui, il espérait qu'il avait tort. Le silence d'Astrid scellait son destin.

Encore une bataille. À combien d'autres pourrait-il encore survivre ? Il ne devait son salut qu'à la chance. Comment avait-il pu croire un seul instant que l'univers conspirait pour qu'il soit heureux avec Astrid ? Ce n'était pas ce monde-là qu'il connaissait.

— Je t'aime, dit-il.

— Et je t'aime aussi, mais pour ce que ça change… répondit-elle avec amertume.

Elle semblait en vouloir au monde entier. Elle poursuivit dans un souffle :

— D'abord, isole-la. Débarrasse-toi de Drake. Et, Sam, s'il le faut, débarrasse-toi aussi de Diana.

Sam resta bouche bée.

— Diana ?

Depuis quand Astrid avait-elle recours à des euphémismes tels que « débarrasse-toi » ? Depuis quand prodiguait-elle des conseils aussi impitoyables ?

— Gaia semblait proche de Diana. Si elle est encore en vie, c'est parce que Gaia a besoin d'elle ou qu'elle s'est attachée à elle. C'est un point faible que tu ferais bien d'exploiter.

Sam s'efforça de prendre sa suggestion à la légère.

— Tu viens de plomber l'ambiance.

— Je vais me rattraper. Mais avant, tu dois me promettre que tu feras tout pour survivre.

— Astrid…

Sans crier gare, elle lui prit le menton.

— Écoute-moi. Je n'ai pas envie de te perdre parce que tu as voulu être réglo. Ne va pas te faire tuer. Ce n'est pas l'opération de la dernière chance, compris ? Je n'ai pas envie de te pleurer jusqu'à la fin de mes jours. On va se sortir ensemble de ce cauchemar. Toi et moi, Sam.

Un long silence s'installa. Sam ne savait pas quoi répondre.

Astrid agrippa le bas de son tee-shirt et le fit passer par-dessus sa tête. Elle défit sa ceinture et fit tomber son jean par terre. Elle le repoussa gentiment mais fermement contre les oreillers. Puis elle se déshabilla et se tint devant lui dans la pénombre, le regard plongé dans le sien.

— Tu me donnes une raison de vivre, dit-il d'un ton qui se voulait badin.

— J'essaie de me rattraper, répliqua-t-elle en s'efforçant de paraître désinvolte.

Elle s'assit à califourchon sur lui.

— On va s'en sortir ensemble, Sam. Toi et moi. Quels que soient les obstacles.

— Toi et moi, dit-il.

Visiblement, elle n'était pas encore décidée à se donner à lui.

— Quels que soient les obstacles, répéta-t-elle. Dis-le.

Après un silence, il obéit.

— Toi et moi. Quels que soient les obstacles.

— Jure-le.

— Astrid…

— Jure-le. Je veux t'entendre dire : « Je le jure. »

— Je le jure, ça te va ?

Il avait parlé sans grande conviction, parce qu'il avait envie de la rendre heureuse ici et maintenant.

Il l'embrassa avec une énergie où se mêlaient espoir et désespoir.

— Ce n'est pas la dernière fois, Sam, dit-elle.

— Ce n'est pas la dernière fois, répéta-t-il, conscient que l'un comme l'autre, ils n'y croyaient pas.

Lana Arwen Lazar s'éveilla en sursaut, saisit le gros pistolet qu'elle cachait sous son oreiller et se redressa d'un bond.

Sanjit Brattle-Chance tomba à plat ventre sur le sol

et, d'un ton étonnamment raisonnable étant donné sa position, il lança :

— Si tu me descends, je ne pourrai pas te dire où j'ai caché tes cigarettes.

— Tu as fait quoi ? s'écria-t-elle.

Il faisait encore sombre dans la pièce. La chambre de l'hôtel Clifftop, où elle vivait depuis l'apparition de la Zone, était dotée de rideaux épais qui bloquaient la lumière du soleil. La seule clarté provenait d'un trou dans le tissu causé par une des cigarettes en question.

— Je trouve que tu devrais réduire ta consommation, dit Sanjit en se relevant bravement bien que Lana n'ait pas baissé son arme.

Pat, le fidèle compagnon de Lana, qui était capable de flairer une situation dangereuse, saisit l'occasion pour bondir hors du lit et aller se réfugier derrière le canapé.

— Réduire ma consommation ?

— En fait, tu devrais carrément arrêter. Mais dans l'immédiat, réduire, oui, ce serait une bonne idée.

— Rends-moi mes cigarettes.

— Impossible.

— Tu vois ce flingue ?

— J'ai remarqué, oui.

— Rends-moi mes cigarettes.

— Je n'ai pas envie que tu attrapes un cancer des poumons. Tu es très forte pour soigner des blessures, mais tu sais aussi que tu ne peux pas grand-chose contre la maladie.

Lana dévisagea longuement Sanjit.

— Tu vois ce lit ? Tu t'imagines que tu vas pouvoir te recoucher dedans ? Avec moi ?

Sanjit soupira tristement. Maigre, de taille moyenne, il avait les cheveux et la peau sombre, et des yeux plus sombres encore, souvent éclairés par un sourire insouciant. Mais en ce moment même, il se gardait bien de l'afficher.

— Je ne vais même pas répondre à cette question parce que le jour viendra où tu auras honte d'avoir pu suggérer…

— Rends-moi mes cigarettes.

Sanjit fouilla dans sa poche et tendit quelque chose à Lana.

— Qu'est-ce que c'est ?

— Une demi-cigarette.

Sans poser son arme, elle prit son briquet, alluma le mégot et aspira la fumée.

— Où est l'autre moitié ?

— Je change complètement de sujet, mais il se passe quelque chose de bizarre…

— Dans la Zone, il se passe toujours quelque chose de bizarre, et à la minute même, c'est le fait que je vise ton œil.

Sanjit ignora sa remarque et alla tirer les rideaux.

— Oui, la lumière du jour est bizarre, dit Lana en clignant des yeux.

Elle avait fumé la demi-cigarette jusqu'au bout, et elle était déterminée à en prendre une dernière bouffée, quitte à se brûler les doigts.

Pour finir, la curiosité l'emporta ; elle se leva du lit avec un grognement et se dirigea vers la baie vitrée. Sanjit ouvrit la porte coulissante et s'effaça pour la laisser passer. Elle sortit sur le balcon et se figea.

Sa chambre offrait une vue imprenable sur l'océan. Mais

depuis son emménagement au Clifftop, la paroi gris perle de la Zone obstruait le panorama à sa gauche. Deux jours plus tôt, elle était devenue transparente, si bien qu'elle voyait maintenant le reste de l'océan et, bien sûr, le reste de l'hôtel. Or, six personnes se tenaient sur le balcon voisin, à moins de deux mètres d'elle. Des caméras – allant du téléphone portable à un énorme objectif – étaient braquées dans sa direction.

Lana avait les cheveux hirsutes, elle portait un vieux tee-shirt ainsi qu'un boxer de garçon, et elle tirait sur un mégot éteint.

Mais surtout, elle avait un pistolet automatique dans la main droite.

Elle retourna dans la chambre et demanda :

— Bon, où sont mes cigarettes ?

— Comment c'est arrivé ? demanda le jeune homme roux à son ami.

Il tendit la main pour toucher la barrière et reçut une décharge électrique.

De l'autre côté, l'expression de son ami reflétait le même étonnement. Il dégaina son téléphone portable et se mit à filmer la scène.

— Comment c'est arrivé ? demanda une Diana sonnée en se tournant vers Gaia.

Gaia ne semblait pas surprise, mais elle avait l'air troublé.

— J'ai frappé Némésis, dit-elle comme si c'était une évidence. Mais ça n'a pas vraiment aidé.

Soudain, elle se mordit l'ongle du pouce, un tic que Diana associait à Caine.

— Il était plus fort que je l'imaginais, poursuivit Gaia. Je crois que je viens juste de lui faire comprendre... Aucune importance. Je vais peut-être devoir agir plus vite que prévu. (Elle soupira.) Mais au moins, j'ai de quoi nourrir le corps que tu as fabriqué pour moi, Diana.

— Je n'en reviens pas, dit le jeune homme aux cheveux roux. (Il se tourna vers Diana, la main tendue.) C'est génial, non ? Je suis le premier à entrer ?

Gaia s'avança vers lui, posa une main sur son poignet, l'autre sur son biceps et, d'une brusque torsion, elle lui arracha le bras comme un os sur une dinde trop cuite.

— Gaia ! cria Diana.

Le jeune homme poussa un hurlement atroce et bascula en arrière. Du sang coulait à flots de son épaule.

Diana tomba à genoux près de lui.

— Oh, mon Dieu, oh, mon Dieu, gémit-elle.

Gaia déposa tranquillement le bras sectionné sur une roche plate et, avec le même geste que Sam, dirigea ses mains vers lui. Un rayon de lumière en jaillit, qu'elle promena sur le morceau de chair et d'os pour le cuire.

— Non, non, non ! brailla le jeune homme. Aaaah ! Aaaah !

— Il va mourir, Gaia !

— Peut-être, fit cette dernière en examinant le bras brûlé. Il a perdu beaucoup de sang...

— Gaia !

De l'autre côté de la paroi, l'autre grimpeur poussa un cri inaudible, les yeux écarquillés d'horreur, le téléphone toujours à la main.

Diana ouvrit le petit sac à dos du blessé, y trouva un tee-shirt qu'elle plaqua sur le moignon sanglant. Les yeux du jeune homme roulèrent dans leurs orbites et il perdit connaissance.

— Gaia ! Sauve-le ! gémit Diana.

Levant les yeux, elle vit l'enfant arracher un lambeau de chair sur le bras encore fumant avec ses petites dents.

— Oui, ce sera plus facile de le déplacer s'il est vivant, acquiesça-t-elle.

Elle arracha un autre bout de muscle puis, sans cesser de mâchonner, elle se pencha vers le jeune homme inconscient et posa la main sur son épaule mutilée.

Diana recula précipitamment. Gaia lui tendit le bras calciné d'un geste désinvolte.

— Tu devrais manger, toi aussi. Il y en a assez pour deux.

Diana se détourna, prise d'un haut-le-cœur. Elle n'avait plus rien à vomir mais elle se plia en deux, les yeux larmoyants.

Tout à coup, le garçon battit des paupières. En apercevant Gaia, il se remit à hurler, mais plus faiblement. Son compagnon tapait sur la barrière avec un fragment de l'échelle, vociférant des menaces inaudibles.

Diana rampa à l'écart, assaillie par un tourbillon d'images et de souvenirs. La faim et l'odeur de la chair brûlée de Panda, le souvenir de son goût dans sa bouche et du soulagement horrible qu'elle avait éprouvé à ce moment-là, la sensation de satiété.

— Non, non, non, non, non, geignit-t-elle encore et encore en s'écorchant les genoux sur la roche.

Soudain, alors qu'elle tenait à peine debout, elle se redressa et tenta de fuir. D'un simple geste, Gaia la ramena auprès du blessé. Il posa sur elle un regard effrayé, confus, trahi.

Elle eut l'impression de dégringoler dans un gouffre insondable. Elle pria pour s'écraser au fond, mourir enfin. Et, Dieu merci, elle perdit connaissance.

5

74 HEURES, 41 MINUTES

— MAIS OÙ SONT-ILS tous passés ? s'écria Caine sans s'adresser à quelqu'un en particulier.

Il était le roi de Perdido Beach, mais à quoi bon être roi si on n'a pas de courtisans ? La seule personne qui se trouvait à ses côtés en ce moment même, c'était Virtue Brattle-Chance, un garçon étonnamment sérieux pour son âge – carrément sinistre même. Avec ses frères et sœurs, les enfants adoptifs d'un couple d'acteurs très riches et très célèbres, il habitait auparavant sur l'île San Francisco de Sales. Mais quand Caine avait trouvé le chemin de leur petit paradis, ils avaient été contraints de prendre la fuite.

Il y avait donc – pour employer un euphémisme – un précédent entre Caine et les enfants Brattle-Chance. Un précédent violent et traumatisant.

À sa manière, Virtue était un garçon efficace. Il suffisait de demander à Choo (c'est ainsi que tout le monde le surnommait) de livrer un message pour que ce soit fait. De même qu'il suffisait de lui demander d'aller vérifier s'il y avait du monde qui travaillait dans les champs pour avoir une réponse complète et précise.

Cependant, Choo n'était pas Drake, ni même Turk. Il ne fallait pas compter sur lui pour distribuer des coups de poing, et encore moins pour tuer qui que ce soit. Choo n'était pas un homme de main ; c'était un assistant administratif.

Or, Caine était nostalgique. Ses hommes de main lui manquaient. Et surtout, Diana lui manquait.

C'était triste à dire, il regrettait les premiers temps de la Zone. À une époque, il régnait sur le pensionnat Coates. Un jour, il avait mené une expédition jusqu'à Perdido Beach. En ce temps-là, Orc et ses brutes, ainsi que Drake, Chef et Penny étaient ses bras droits.

Penny était devenue folle et elle l'avait trahi. Chef avait été tué et son remplaçant aussi. Drake était parti servir le gaïaphage. Quant à Orc, il était entré en religion. Or, s'il existait une chose pire qu'Orc ivre mort, c'était Orc citant la Bible.

Les seconds couteaux comme Turk et ce petit morveux de Bug avaient fini par lui attirer plus d'ennuis qu'ils ne lui rendaient de services. Bug traînait toujours dans les parages en se servant de son pouvoir d'invisibilité pour espionner les gens, sans jamais lui apporter le moindre renseignement utile, et quand il n'épiait pas quelqu'un en train de se curer le nez, il volait de la nourriture et causait des problèmes superflus.

Lentement, inexorablement, la domination de Caine s'était affaiblie. À présent, il avait beaucoup plus de responsabilités que de pouvoirs. Si certains enfants l'appelaient encore Majesté, le ton de leur voix dénotait l'ironie plus que la crainte.

Oh, il pouvait encore recourir à son pouvoir pour les jeter contre un mur ou les noyer dans l'océan, mais à quoi bon ? Il n'avait pas besoin de cadavres ; il lui fallait des enfants bien vivants pour aller ramasser ces satanés choux. Albert avait toujours veillé à ce que les récoltes soient faites, mais il était monté à bord d'un bateau et il avait mis le cap sur l'île avec un chargement de missiles.

Albert lui manquait, lui aussi, tout comme ses hommes de main. Pas autant que Diana toutefois. Il la voyait quand il fermait les yeux. Il se rappelait chaque détail de son corps et de son visage. Ses lèvres ? Oh oui, il s'en souvenait. La douceur de sa peau ? Oui, ça aussi il s'en souvenait très bien.

— Quand ils auront vraiment faim, ils iront ramasser des légumes, dit Virtue.

— Choo, tu ne comprends rien aux gens. Ce qu'ils vont faire, c'est paniquer, commencer à se voler les uns les autres et, très certainement, mettre le feu à ce qu'il reste de cette ville. Les gens sont bêtes, Choo. Ne l'oublie jamais : les gens sont perfides, faibles, lâches, idiots et paresseux.

Virtue ne fit pas de commentaires.

Caine examina son nouveau quartier général : un bureau qu'il avait fait léviter au sommet des marches de l'église pour dominer la place. Et une chaise à roulettes.

Ses anciens quartiers généraux lui manquaient. Celui-ci était complètement nul.

Il n'aurait jamais dû quitter l'île. Il y avait vécu quelque temps avec Diana et Penny. Il aurait pu pousser cette dernière du haut d'une falaise, et il aurait coulé des jours tranquilles là-bas, avec de quoi manger, une belle propriété, l'électricité, et un lit douillet avec Diana dedans.

Qu'est-ce qui lui avait pris de partir ?

Il était même nostalgique des remarques cinglantes de Diana, de son ton râleur, de sa façon de lever les yeux au ciel ou de le regarder, les paupières mi-closes, comme s'il était trop bête pour mériter toute son attention. Il aurait réglé son compte à n'importe qui d'autre qui l'aurait traité de la sorte. Mais Diana n'était pas n'importe qui.

Ses cheveux. Son cou. Ses seins.

Elle, elle le comprenait. Et elle l'aimait, à sa manière. S'il l'avait écoutée, il serait toujours sur l'île. Il aurait fini par trouver du fuel pour alimenter le groupe électrogène. Enfin, peut-être. Une fois les réserves de nourriture épuisées, ils auraient souffert de la famine, mais bon, c'était la Zone et, dans la Zone, tout ce qu'on pouvait espérer, c'était que les malheurs arrivent le plus tard possible.

— J'ai pris de mauvaises décisions, songea Caine tout haut.

— Eh bien, tu es impitoyable, narcissique et complètement dépourvu de morale, déclara Virtue.

Caine le foudroya du regard et se demanda s'il y avait du compliment là-dessous. Probablement pas. De la part de Diana, il aurait eu droit à un savant mélange de sarcasme et d'admiration, mais Virtue semblait avoir décidé à un moment donné qu'il mériterait son nom. Ce gamin-là n'avait aucun sens de l'humour. Il faisait toujours preuve d'une morale exemplaire et, pour Caine, c'était déroutant.

— Si je suis aussi impitoyable, comment ça se fait que

je ne sois pas allé chercher ces gosses à la barrière pour les forcer à m'obéir ?

Virtue haussa les épaules.

— Parce que ta mère biologique ou tes parents adoptifs sont peut-être là-bas et qu'ils pourraient te voir ?

Caine se mordit l'ongle du pouce, un tic nerveux qui le prenait chaque fois qu'on le contrariait.

— Sans compter les caméras de télé, ajouta Virtue.

— Sam a fait rôtir Penny devant sa... notre mère, protesta Caine pour la forme.

Virtue ne répondit pas.

— Quoi ? fit Caine avec colère.

— Eh bien... Sam est plus fort que toi.

Caine avait bien envie de faire voler Virtue au milieu des ruines de l'église pour se détendre un peu. Mais s'il obéissait à son impulsion, il provoquerait la colère de Sanjit, le frère de Virtue, or Sanjit et Lana étaient proches, et Caine ne voulait pas de problèmes avec la Guérisseuse. Elle lui avait sauvé la vie et, bien qu'il soit incapable de gratitude, ce n'était pas une bonne idée de se mettre à dos la personne qui se rapprochait le plus d'un médecin.

— On a des visiteurs, annonça Virtue.

Caine avait lui aussi entendu le moteur de la voiture. En ces temps où l'essence était aussi rare que la nourriture, c'était un bruit qui ne résonnait pas souvent.

Un van blanc s'engagea lentement dans San Pablo Avenue du fait, sans doute, de l'inexpérience de son conducteur. Il s'arrêta à quelque distance d'eux, et Caine se surprit à espérer qu'on vienne lui chercher des poux. Se battre, ça il savait faire. Et ça le distrairait.

Edilio descendit de voiture, suivi de Sam un instant plus tard.

Peut-être qu'il y aurait bel et bien de la bagarre. Enfin !

Mais alors qu'Edilio s'avançait vers lui, Sam resta en arrière, l'air réticent, voire honteux. Puis Toto, ce gamin bizarre qui faisait une fixette sur sa tête de Spiderman, émergea à son tour du véhicule.

— On n'est pas venus ici pour te chercher des ennuis, lança Edilio, anéantissant sur-le-champ tous les espoirs de Caine.

— C'est vrai, dit Toto.

Caine soupira.

— Super. Bon. Choo, va me chercher deux chaises.

— Caine, dit-il.

Sam lui adressa un signe de tête.

— Sam, qu'est-ce que tu viens faire ici ? Le surf, ça se passe bien ?

Sam désigna Edilio d'un geste du menton.

— C'est lui qui voulait venir.

Une fois les chaises apportées, ils s'installèrent autour du grand bureau vide. Caine ne prit pas la peine de fournir un siège à Toto.

— Je vous aurais bien offert du thé et des petits gâteaux, mais on est à court.

Il posa les pieds sur le bureau pour leur rappeler qui était le patron.

— C'est la vérité. Il n'a pas de thé ni de petits gâteaux, dit Toto.

Edilio entra directement dans le vif du sujet.

— On ne peut pas continuer comme ça. Il faut que le

travail reprenne. On doit réfléchir à un moyen de gérer la situation avec tous ces gens qui nous observent. Il nous faut de nouvelles règles et une organisation.

— Super idée, lâcha Caine. J'aurais dû y penser. Choo, note ça : il faut qu'on les remette au boulot. Waouh, génial. Tu as fait tout ce chemin pour me dire ça ? Tu me demandes d'aller là-bas pour leur botter les fesses ?

Edilio ignora son sarcasme.

— Non. En fait, je ne crois pas que tu puisses nous aider, Caine. Personne ne te fait confiance. Personne ne te suivra.

— C'est la vérité, dit Toto. (Puis, en réponse au regard assassin de Caine, il ajouta :) Spidey.

— Oh, je vois, fit Caine. Personne ne me fait confiance, mais saint Sammy, on va l'écouter, lui. Je ne voudrais pas paraître impoli, mais…

Caine leva brusquement la main, et un coup de poing invisible atteignit Sam en pleine poitrine. Il fit un vol plané de quelques mètres, atterrit sur les fesses et roula sur lui-même.

Caine éclata d'un rire joyeux. C'était quand même beaucoup plus drôle que de rester assis autour d'une table.

Sam se releva plus vite que prévu et parvint à éviter le coup suivant de son vieil ennemi. Il tendit les bras dans sa direction. Il se trouvait à moins de trois mètres de Caine qui, lui, n'avait pas eu le temps de se lever de sa chaise. Ce n'était pas facile de bouger rapidement quand on avait les pieds sur la table.

— Je préférerais ne pas avoir à te tuer, dit Sam. Mais si tu remues le petit doigt…

Caine garda les mains suspendues dans le vide et déplaça prudemment sa cible de quelques centimètres. Il observa le visage de Sam. Son regard était plongé dans le sien. « Petit malin », songea Caine. Sam avait pris de la bouteille depuis le temps. Un combattant inexpérimenté aurait fixé les mains de son adversaire ; un garçon intelligent comme Sam le dévisageait.

Caine s'efforça de ne pas regarder sa cible. La main droite de Sam était toujours dirigée vers lui. Mais ce fut de sa main gauche que jaillit la lumière verte aveuglante. Elle fit un trou dans un pied de la chaise de Caine, qui bascula.

Il atterrit sur le flanc, roula sur lui-même et, au moment où Sam repartait à l'assaut, il mit en pratique une nouvelle tactique consistant à faire exploser le béton directement sous ses pieds pour se donner de l'élan. Gagné ! Sam se jeta sur lui et rencontra le vide. Malheureusement, la tactique de Caine n'était pas une technique de précision. Il perdit l'équilibre, se cogna la tête contre une marche et vit trente-six chandelles.

Il essaya de se relever mais se retrouva plaqué au sol. Une fois qu'il eut retrouvé ses esprits, il vit Edilio qui se dressait au-dessus de lui, le canon de son fusil automatique pointé sur un endroit stratégique de son anatomie.

— Si tu bouges, Caine, je tire dedans, marmonna-t-il. Toto ?

— Il le fera, dit l'intéressé.

Caine jeta un regard haineux à Edilio.

— Si tu fais ça, je t'arrache la tête.

— Il croit vraiment qu'il peut le faire, intervint Toto.

— Je n'en doute pas, dit Edilio. À toi de voir si un

meurtre de plus peut compenser la perte... de cette partie de ton corps.

— C'est quoi ton problème, Sam? lança Caine Tu ne sais plus te battre tout seul? Il faut que tu fasses appel à ton pote pour te couvrir?

Sam allait répliquer, se ravisa et recula d'un pas.

— Toto, reprit Edilio, je vais dire deux trois trucs à Sa Majesté Caine, alors écoute bien.

— D'accord, Spidey.

— Primo, je n'obéis à personne.

— Il le croit.

— Deuxio, j'en ai ras le bol de vos histoires de famille.

— Il en a vraiment ras le bol.

— Tertio: le gaïaphage et Drake - ou ta fille et ton ancien partenaire, si tu préfères...

— Partenaire? C'était mon second, protesta Caine. Partenaire, ça signifierait qu'on était égaux. Drake n'a jamais été mon égal.

— Tertio, répéta Edilio, le gaïaphage et Drake sont dans les parages, et à mon avis ce n'est pas pour faire du camping.

Toto hésita.

— Il ne croit pas qu'ils font du camping.

— Et maintenant, j'ai une question pour toi, Caine: tu penses que tu peux venir à bout de Gaia tout seul? Oui ou non?

Le regard de Caine se posa sur Toto. Vraiment, il détestait l'idée de passer au détecteur de mensonge. On ne pouvait pas gouverner sans être malhonnête. Mais il se prit à réfléchir à la question d'Edilio. Il s'imagina combattre seul le gaïaphage. Il voyait clairement la scène, la peur qui lui grignotait le cerveau, les souvenirs d'une souffrance terrible… le désespoir.

— Oui ou non ? répéta Edilio.

— Tu connais la réponse, marmonna Caine.

Edilio baissa son fusil et lui tendit la main pour l'aider à se relever, mais Caine lui jeta un regard noir et se remit à grand-peine debout tout seul. Il regarda sa chaise qui n'avait plus que trois pieds.

— Elle était confortable…

Il épousseta son pantalon. L'idée – même non formulée – de ne pas pouvoir affronter seul Gaia le déprimait au plus haut point. Depuis le début, il craignait qu'un pouvoir plus grand que le sien n'émerge. Au début, il n'y avait que deux mutants « à quatre barres » : Sam et lui. Peu à peu, ils s'étaient rendu compte que le petit Pete était hors catégorie, ce qui n'avait pas inquiété Caine outre mesure car, quelle que soit l'étendue de ses pouvoirs, le petit Pete n'était qu'un gamin autiste.

Et voilà que survenait Gaia, l'incarnation du gaïaphage, et Caine connaissait trop bien cette créature pour imaginer qu'une personne seule douée de télékinésie soit capable de la vaincre.

— Donc je suis censé laisser la place à Sam, dit-il. Ce n'est pas…

— Pas moi, l'interrompit Sam. Lui.

Caine jeta un regard incrédule à Edilio.

— Qui ça ? Le métèque avec sa mitraillette ?

Sam se figea. D'un geste imperceptible, Edilio lui fit signe de laisser tomber.

— Il y a seulement cinq personnes qui ont su gagner la confiance de tout le monde ou presque. J'en fais partie, mais je suis nul pour donner des ordres…

— C'est vrai, dit Toto, ce qui lui valut un regard glacial de Sam.

— Lana, on lui fait confiance, poursuivit-il, mais… bon, c'est Lana, et elle a du boulot. Dekka aussi, on peut compter sur elle, mais… elle est la première à dire qu'elle ne veut pas jouer les chefs. La quatrième personne, c'est Quinn.

— J'ai essayé de lui confier d'autres responsabilités que la pêche, protesta Caine.

— Je sais. Et enfin, il y a Edilio.

Caine éclata d'un rire incrédule.

— Sérieux, tu veux que ce soit Edilio qui commande à Perdido Beach ?

— Il commande déjà au lac.

— C'est… (Toto hésita et dit :) C'est vrai la plupart du temps.

— Ouais, eh bien je suis toujours le roi ici, lâcha Caine.

Lui-même trouva cette déclaration ridicule. Il pointa le doigt sur Toto.

— Non, ne dis rien.

— Je peux former une bonne équipe avec Quinn, déclara Edilio. Je m'entends bien avec Lana, ainsi qu'avec Astrid et Dekka, qui resteront au lac. Sam me fait confiance. Et le fait est que toi aussi, tu me fais confiance, Caine.

— Ah bon ?

— Oui.

— Il le croit, marmonna Toto.

— Tu es toujours aux ordres de Sam, Edilio.

— Sam ne sera ni ici ni au lac. Il part à la recherche de ta fille.

Caine préféra ne pas contester cette désignation, même si elle provoquait chez lui des émotions extrêmes et contradictoires.

— Seul ? Si moi je ne peux pas y arriver sans les autres, lui non plus.

— Il le croit.

— Qui a dit qu'il partait seul ? lança Edilio.

Il fallut quelques instants à Caine pour comprendre.

— Non. Va mourir. Non, non, non.

— Ça te plaît de compter les poissons et de harceler des gosses pour qu'ils aillent bosser ? demanda Edilio.

— Non, répondit Virtue, coupant l'herbe sous les pieds de Toto, ce qui lui valut un regard exaspéré de Caine. Ça fait à peine deux jours et il s'ennuie déjà.

— Voici ma proposition, dit Edilio en remettant son fusil en bandoulière. Je viens à Perdido Beach, je travaille avec Quinn et Sanjit – et Virtue, bien sûr. Peut-être même que je vais emmener Jack le Crack avec moi. Quant à Lana, elle fera ce qu'elle voudra, comme d'habitude.

— Attends, je croyais que Jack était mort.

— Non, Lana l'a soigné à temps, répondit Sam. Mais il a été remué, ça c'est sûr. Un changement d'air et de nouvelles occupations lui feraient le plus grand bien.

Caine secoua la tête, sans conviction. Sam se pencha vers lui, les coudes posés sur les genoux.

— Caine, tu n'es pas plus roi que je ne suis maire de cette ville.

— Alors je suis quoi ? s'écria Caine.

Son ton implorant le fit tressaillir d'embarras.

— Une brute, un psychopathe, un assassin. Mais tu es malin, puissant, et difficilement impressionnable.

— C'est vrai, affirma Toto.

— Et tu aimes Diana, ajouta Virtue.

— Quoi ? La ferme, Choo.

Tous les regards se tournèrent vers Toto, qui hocha la tête et dit :

— C'est la vérité.

— C'est sans doute la seule personne qui ait jamais compté pour toi, déclara Edilio. Et c'est aussi la seule qui t'aime, très certainement. Tu veux la laisser avec Drake et cette gamine monstrueuse ?

Soudain, Caine décela chez Sam une émotion qu'il était visiblement anxieux de masquer. De la culpabilité ? D'un geste brusque, il se passa la main sur la figure. Son instinct le mettait en garde contre… contre quoi ? Il ne savait pas exactement. Et Sam garda le silence, si bien que Toto ne fut plus d'aucune utilité.

Caine lança un regard désespéré à Edilio qui hocha la tête comme s'il prenait note de sa capitulation.

— Tu sais quoi ? fit Caine. Tu veux Perdido Beach ? Elle est à toi, mon pote. Elle est toute à toi.

« Et ainsi se termine mon règne éclair », songea-t-il avec amertume. Il réprima un sourire et poussa un long soupir satisfait. Puis il croisa le regard de Sam. Celui-ci souriait d'un air entendu. Il comprenait mieux que quiconque le soulagement qu'éprouvait Caine à présent qu'il avait renoncé au pouvoir.

— C'est vraiment parce que je m'ennuie, marmonna-t-il. Je n'ai aucune intention de voler au secours de Diana et faire le bien, ça ne m'intéresse pas.

— Ce n'est pas… dit Toto, mais Virtue plaqua la main sur sa bouche.

« Au moins, Diana sera contente », songea Caine. À cette pensée, il sourit : « Bah, tu parles ! »

6

73 HEURES, 3 MINUTES

Ils n'avaient pas tardé à s'apercevoir que Gaia avait besoin de se nourrir. Diana aussi, mais Drake se fichait pas mal d'elle : elle pouvait bien crever de faim. Avec un peu de chance, elle connaîtrait une mort lente et douloureuse par sa main.

Gaia, c'était une autre paire de manches. Gaia pouvait provoquer une douleur atroce dans sa tête. Pourtant, ce corps invulnérable que Drake partageait avec Brittney ne ressentait pas grand-chose en temps normal. Seule une douleur très intense pouvait l'atteindre.

Et ce que faisait Gaia quand elle était en colère, ça l'atteignait.

De toute manière, Drake n'aurait pas pu désobéir à Gaia. Elle avait beau avoir les traits d'une petite fille, il savait très bien qui elle était réellement. Qui d'autre aurait-il pu servir ? Caine et lui avaient pris des chemins différents. Caine était devenu faible. Drake n'avait pas d'endroit où aller depuis qu'il ne faisait plus équipe avec lui. Et dans le gaïaphage, il avait trouvé quelqu'un de beaucoup plus cruel, de beaucoup plus exigeant. De beaucoup plus puissant. Le gaïaphage, lui, ne serait jamais faible.

Le regard perçant de Drake détecta du mouvement sur un rocher. Un lézard. Il déplia son bras-tentacule – un appendice rougeâtre de plus de trois mètres de long – qui était enroulé autour de sa taille, visa soigneusement et frappa. La créature vola dans les airs.

Il saisit au vol l'animal mort et le déposa dans le sac en toile pendu à sa ceinture. Jusqu'à présent, il avait attrapé une bonne vingtaine de lézards : c'était tout ce qu'il avait trouvé dans cette zone désertique. Devait-il les rapporter à Gaia ? Serait-ce suffisant ? Ou allait-elle le punir d'avoir si peu à lui offrir ?

Même ici, à plus d'un kilomètre d'elle, Drake sentait sa faim. Elle était devenue la sienne. Sa première faim depuis qu'il n'avait plus besoin ni de nourriture, ni d'eau, ni d'air pour respirer.

Mais la douleur ? Il la ressentait encore, ou du moins celle que le gaïaphage lui infligeait. Si Drake ne lui apportait pas assez à manger, il lui ferait subir ce supplice horrible, cette petite visite en enfer dont il avait le secret.

C'est alors que Drake aperçut un géocoucou, cet oiseau du désert américain. Il mesurait bien cinquante centimètres d'envergure. Bien sûr, ces bestioles-là étaient principalement faites de plumes et d'os. Mais peut-être qu'il y avait aussi quelques grammes de vraie viande là-dedans et, s'il parvenait à l'attraper, il pourrait retourner auprès de Gaia avec la certitude de recevoir un accueil, sinon chaleureux, du moins indifférent.

Ces oiseaux-là étaient rapides, tout de même. Pas autant

que le Bip Bip du dessin animé, mais ils étaient vifs et rusés. Le géocoucou, la tête penchée sur le côté, fixait Drake de son œil droit. Drake se figea. Il avait besoin d'évaluer la distance avant de frapper.

L'oiseau bondit et happa un lézard dans son bec. Le reptile, toujours en vie, se débattait, et Drake profita de la diversion pour se rapprocher à pas lents et silencieux.

Soudain, la sensation désagréable qui annonçait l'apparition de Brittney se réveilla. Depuis qu'ils avaient été enterrés ensemble et ressuscités, ils partageaient… non pas un corps, en réalité. À vrai dire, ils ne partageaient rien sinon le droit d'exister à tour de rôle. Quand Brittney émergeait, il disparaissait tout bonnement.

— Pas maintenant ! siffla-t-il, frustré à l'idée de perdre sa proie.

Il fendit l'air de son fouet et rata de quelques centimètres le géocoucou, qui s'envola à tire-d'aile.

Brittney ouvrit les yeux et constata qu'elle était seule dans un endroit désolé où il n'y avait que du sable, des ronces et de la roche. Elle remarqua le sac pendu à sa ceinture, dans lequel elle trouva un tas de lézards à moitié déchiquetés pour la plupart.

La faim qui avait tenaillé Drake l'assaillit elle aussi. La faim de son dieu. L'idée que Gaia mange bien et qu'elle reprenne des forces amena un sourire sur ses lèvres. Quel miracle que son dieu ait pris forme humaine, qu'il soit devenu un beau bébé ! « Que dis-je, pensa Brittney, une jolie petite fille ! » Et qui grandissait à vue d'œil. D'ici à ce que Brittney revienne, elle serait peut-être déjà une adolescente. Comme c'était excitant !

Mais d'abord, trouver à manger.

Elle vit un géocoucou sautiller à l'abri d'un buisson de ronces. Elle n'était pas assez rapide pour l'attraper, mais ça valait le coup d'essayer…

Brittney tomba à genoux et rampa en direction du taillis en se protégeant les yeux du soleil aveuglant qui tapait très fort à cet endroit situé près du centre de la Zone.

Il y avait un peu d'ombre sous le buisson, et Brittney trouva sa récompense : un nid bien circulaire qui contenait trois petits œufs blancs de trois à quatre centimètres de diamètre.

Avec mille précautions, elle les glissa dans son sac en les enveloppant de brindilles du nid pour qu'ils ne se cassent pas. Gaia aurait droit à un vrai festin !

Elle recula lentement, avec précaution, indifférente aux épines qui lui lacéraient la peau, et ne vit pas le fil s'enrouler autour de sa gorge. En un clin d'œil, il sectionna ses artères vides et se resserra autour de son cou.

— J'aurais préféré que ce soit Drake et pas toi, Britt, lâcha Brianna.

Prenant appui sur le dos de Brittney, elle tira de toutes ses forces. Le fil trancha le cartilage, et soudain la tête de Brittney se détacha et atterrit lourdement dans la terre.

Elle ne pouvait plus la bouger, mais elle s'était débrouillée pour rouler de façon à voir Brianna. Celle-ci essuya la sueur sur son front d'un revers de main en tenant dans l'autre son arme artisanale, une corde métallique longue d'une cinquantaine de centimètres tendue entre deux poignées en acier, vestiges d'un appareil de gym.

Elle baissa les yeux vers Brittney, l'air satisfait.

— Maintenant, je vais te découper en petits morceaux et les éparpiller un peu partout. On verra bien si toi et Drake, vous pourrez tout réassembler.

Brittney n'était pas morte. À part le fait que sa tête n'était plus attachée à son corps, elle ne sentait pas de différence. Elle avait juste un peu mal au cou. Du coin de l'œil, elle voyait son corps, à quelques pas d'elle, qui essayait de se relever.

Mais quand elle tenta de parler, elle s'aperçut qu'elle ne pouvait que murmurer.

— Tu ne peux pas nous tuer, souffla-t-elle.

— Peut-être pas, c'est vrai. Mais je vais quand même essayer.

Brianna transportait un fusil à canon scié dans son sac à dos, ainsi qu'une machette qu'elle fit tournoyer si vite que Brittney ne vit pas la lame bouger. Elle constata seulement qu'à présent il manquait une jambe à son corps, qui bascula sur le côté.

Un nuage de poussière s'envola et clac ! clac ! clac ! clac ! – ce qui restait du corps de Brittney finit en pièces, ses bras coupés en plusieurs morceaux, son tronc taillé en parties inégales. Il n'y eut pas une seule goutte de sang. C'était comme si Brianna avait découpé un corps embaumé.

Cette pensée troubla Brittney. Comment pouvait-elle vivre sans une goutte de sang dans les veines ?

— Tu veux voir ? demanda Brianna.

Elle agrippa les cheveux de Brittney et déposa sa tête sur un rocher plat. Elle dut s'y reprendre à plusieurs fois car la tête roulait sans cesse sur le côté. Mais elle finit par la faire tenir en équilibre sur la roche, si bien que Brittney put voir son corps débité en une douzaine de morceaux qui rampaient déjà par terre pour se rejoindre.

Quand ce fut au tour de Drake d'émerger, il découvrit qu'il était en piteux état. La mine révulsée, Brianna commença à ramasser les morceaux pour les jeter au loin.

— Je ne vais pas te laisser te reconstituer, Brittney... Ah, attends, ne serait-ce pas Drake qui revient?

Brianna exécuta une petite danse triomphale et marcha – accidentellement, sans doute – sur un bout de chair qui allait certainement manquer à Drake.

— Parfait, dit-elle. C'est bien mieux comme ça. Salut, Drake. Je suis tellement contente que tu aies pu venir. J'allais justement disperser tes morceaux aux quatre vents. Et ensuite, j'irai chercher Sam pour qu'il les fasse frire. Je crois que c'est fini pour toi et ton petit fouet.

À ces mots, elle tapota la tête de Drake puis, après avoir ramassé un pied et un morceau d'épaule, elle disparut dans un sillage de poussière, non sans lui avoir adressé un clin d'œil.

Quinn ramait en direction du rivage. Il mettait un point d'honneur à toujours accomplir sa part de labeur, voire à travailler plus que les autres, car un patron se devait de donner l'exemple. Aussi, même s'il s'était planté un hameçon dans le bras, et que la blessure saignait toujours à travers le bandage trempé d'eau de mer qu'il avait fixé avec un bout de scotch, il ramait avec ardeur.

Il n'y avait pas un seul membre de ses équipages pour dire qu'il les traitait de haut ou qu'il les assommait de travail. Ou quand ils le disaient, c'était pour plaisanter.

— Tu vires à gauche, capitaine ! s'exclama Amber.

— Au moins, moi je rame, répliqua Quinn.

— Tu sais, si tu te sens faible à cause de ton bobo, tu peux demander à Cathy de te remplacer, dit Amber entre deux grognements d'effort.

— Il faudrait m'amputer d'un bras pour que je rame aussi mal que Cathy, répondit Quinn en riant.

Cathy, qui manœuvrait la barre à la poupe du bateau, lança :

— C'est une bonne chose qu'on n'ait pas attrapé beaucoup de poisson, sans quoi on n'atteindrait jamais la marina.

— Oui, c'est une bonne chose, dit Quinn, incapable de masquer l'inquiétude dans sa voix. Il y a à peine de quoi nous nourrir, alors le reste de la ville…

Il jeta un coup d'œil au bateau de plaisance qui naviguait non loin d'eux. Il ne s'était toujours pas habitué au fait de voir ce qui se passait à l'extérieur. C'était trop bizarre. Rien n'avait changé dans sa routine quotidienne, mais à présent il voyait au-delà des murs de sa prison. C'était toujours une prison, mais avec vue.

Deux femmes en bikini se trouvaient à la proue du bateau, et deux hommes beaucoup plus âgés qu'elles pêchaient à l'arrière, une cannette de bière à la main. Le capitaine, qui semblait appartenir à une catégorie sociale différente, était un homme d'une trentaine d'années avec des cheveux touffus blanchis par le sel, une peau tannée et des lunettes de soleil. Il observait les embarcations de Quinn avec intérêt.

Le bateau de plaisance, un cabin-cruiser, soulevait des vagues que Quinn admirait et enviait. Ce devait être quelque chose de pêcher sur un bateau à moteur !

— Dis-leur bonjour, Cathy, dit-il.

Cathy s'exécuta et le capitaine lui rendit son salut. Puis l'une des femmes à la proue ôta son haut de maillot de bain.

— Eh bien, je ne m'attendais pas à ça, admit Quinn.

— Elle est bourrée, lâcha Amber.

Le capitaine, manifestement mécontent, donna un coup de gouvernail qui fit perdre l'équilibre à l'exhibitionniste, et qui aurait sans doute cassé les lignes des deux hommes s'ils ne les avaient pas ramenées précipitamment.

Quinn les vit s'égosiller contre le capitaine qui poussa le moteur en les ignorant stoïquement. Avant que le bateau s'éloigne, Quinn le vit secouer la tête d'un air incrédule.

Une fois à quai, ils déchargèrent leur pêche et tout leur matériel. L'eau salée leur menait la vie dure. Quinn connaissait désormais le moindre rocher immergé ou la plus petite épave qui aurait pu endommager ses filets, mais il fallait néanmoins les vérifier et les réparer tous les jours.

D'un accord mutuel, il fut dispensé de cette partie du travail car il avait rendez-vous avec Caine, or personne ne voulait s'acquitter de cette corvée-là.

Tout en remontant la rue menant à la place, il se sentait tiraillé entre deux émotions : d'un côté, il regrettait Albert, l'homme pragmatique, et de l'autre il le maudissait d'avoir été si lâche et si perfide. Il était toujours difficile de discuter avec Caine. Ce n'était pas un homme d'affaires :

il s'imaginait qu'en menaçant Quinn il lui ferait pêcher plus de poisson. Et parfois, il avait tendance à s'apitoyer sur son sort ou à déprimer. Jusqu'à récemment, c'était Albert qui s'occupait de lui, mais depuis deux jours, Quinn s'inquiétait à l'idée que la responsabilité du bien-être de ce « roi » lunatique ne lui retombe dessus.

Ce fut donc avec une joie frôlant l'euphorie qu'il reconnut Edilio, assis derrière le bureau de Caine. Virtue était avec lui, et des enfants allaient et venaient, manifestement pour recevoir des instructions.

Dans une autre vie, Quinn avait traité Edilio de métèque, de clandestin. À présent, il avait presque envie de l'embrasser.

— Dis-moi que c'est toi qui commandes maintenant, lança-t-il après avoir gravi les marches quatre à quatre.

— Oui, c'est moi, répondit Edilio avec un sourire timide.

— Si j'étais moins fatigué, je danserais de joie.

Ils se serrèrent la main.

— J'ai entendu dire que tu avais du mal à obtenir quelque chose en échange de tes poissons.

Quinn hocha la tête.

— C'est la vérité.

— Tu me donnes vingt-quatre heures pour régler ça ?

— D'accord. Alors, où est Sa Majesté ?

— Il est parti avec Sam, répondit Edilio, impassible.

— Ils sont en train de s'entretuer ?

— Pas que je sache. Ils sont à la recherche de Gaia.

Le sourire de Quinn disparut.

— Oh.

— Oui. C'est moi qui leur ai demandé de s'en charger.

Bien que je n'aie pas dû beaucoup insister pour les convaincre. Assieds-toi si tu as une minute.

Quinn s'exécuta. Virtue avait un carnet dans lequel il prenait des notes, tel un secrétaire rédigeant le compte rendu d'une réunion.

— L'île, lança Edilio.

Quinn soupira bruyamment. « Oh non. »

— Oui ?

— Tu as vu quelque chose par là-bas ?

— Comme Albert qui nous observerait de la falaise avec un télescope ?

— Oui, un truc dans ce genre-là. Ou peut-être qu'il aurait pu essayer de renouer la communication avec toi.

Quinn secoua la tête.

— Non. Albert et moi, on n'est plus amis. Et il a emporté des missiles avec lui, je te rappelle.

— Tu crois qu'il a réussi à les hisser jusqu'en haut de la falaise ?

— J'en suis même certain. J'ai une bonne paire de jumelles. Je les ai vus s'entraîner, lui et ses copines. Il voulait que je le voie.

— Il t'a déjà menacé ?

— Il n'en a pas eu besoin. Je ne vois pas pourquoi j'irais chercher des ennuis là-bas.

Edilio réfléchit et hocha la tête.

— C'est triste. Vous travailliez bien ensemble. Maintenant, Albert doit regretter d'avoir paniqué.

— Edilio, demande-moi ce que tu veux, sauf d'amadouer Albert. Il nous a poignardés dans le dos.

— Caine a fait bien pire, et Sam fait équipe avec lui.

— De toute manière, Albert refuserait de m'écouter. Il se croit mieux que moi. Pour lui, je ne suis qu'un ouvrier qui sent le poisson. Le cerveau, le grand organisateur, c'est lui. Il me tirerait dessus avant même que j'aie pu accoster l'île.

Edilio poussa un soupir et se pencha, les coudes posés sur la table.

— Écoute, Quinn. Il faut reprendre nos habitudes, rouvrir le marché et remettre les gens au travail, sinon on va avoir de gros problèmes. Les enfants vont mourir de faim en regardant leurs parents manger une pizza à deux mètres d'eux. Ils se comportent comme si tout était fini, or c'est loin d'être le cas. Ce n'est pas parce qu'ils voient ce qui se passe au-dehors qu'ils vont sortir. Tous ceux qui devraient être dans les champs à planter et à ramasser les récoltes regardent des émissions de télé, assis près de la barrière, parce que je ne sais quelle chaîne a installé un écran géant avec des sous-titres. Ces gens de l'autre côté, ils n'ont pas conscience du mal qu'ils font. Autant distribuer de la drogue à ces gosses.

Quinn ne pouvait pas le contredire. Il avait perdu deux membres de ses équipages de cette manière. Les autres restaient par loyauté envers lui.

Edilio laissa le problème en suspens, ce qui agaça Quinn au plus haut point, car ça signifiait qu'il s'attendait à ce qu'il cède.

— De toute manière, il n'y a pas de poisson, marmonna-t-il après un silence.

Puis, avec un regard agacé en direction d'Edilio, il ajouta :

— Quand ?

Il espérait trouver un prétexte pour rendre visite à Lana. Il était triste de la voir avec Sanjit, mais c'était moins pénible que de ne pas la voir du tout. Et puis, il s'était blessé au bras.

Edilio lui lança un regard contrit.

— Super, lâcha Quinn.

7

71 HEURES, 12 MINUTES

LA TÂCHE SE révéla épuisante pour Brianna. Elle se précipitait pour disséminer quelques morceaux de la créature Brittney/Drake aux quatre coins de la Zone… à son retour, elle trouvait son corps en partie reconstitué, et elle devait de nouveau le tailler en pièces.

Pourtant, le tas diminuait. Certains morceaux étaient à quinze kilomètres les uns des autres. Ça faisait une trotte à parcourir pour un bout de cuisse. D'autres parties du corps flottaient – si elles le pouvaient – au beau milieu de l'océan.

Entre deux allées et venues, Brianna s'aperçut que la tête toujours posée sur son rocher n'avait pris l'apparence de Brittney que pendant quelques minutes avant de redevenir Drake, comme si elle s'affaiblissait et n'était plus capable de se manifester très longtemps.

Ce constat mit Brianna en joie. Brittney n'avait jamais été foncièrement mauvaise ; elle était folle, d'accord, mais qui n'aurait pas perdu la boule en pareille situation ? Elle avait été enterrée vivante, après tout. Et quand elle avait repris conscience, c'était pour se retrouver inextricablement liée à Drake. « Si ça ne t'ébranle pas, alors c'est que tu es inébranlable », songea Brianna.

— Je ne sais pas trop quoi faire de toi, Drake, dit-elle en s'accroupissant pour le regarder dans les yeux.

— Le gaïaphage va te faire la peau, répondit-il dans un souffle.

— Je devrais peut-être apporter ta tête à Sam pour qu'il la fasse cramer. Au fait, pourquoi tu te balades avec un sac rempli de lézards morts ?

Drake répondit par un sifflement, puis couvrit Brianna d'insultes plus grossières les unes que les autres, si bien qu'elle finit par se mettre en colère et, après avoir pris son élan, elle abattit sa machette sur la tête tranchée avec toute la force et la rapidité dont elle était capable, ce qui n'était pas peu dire. La lame trancha les os du crâne, le visage, le cou de Drake, et fit même voler quelques éclats de pierre.

La partie gauche de la tête, qui comprenait presque l'intégralité du nez mais un quart de la bouche, roula par terre tandis que l'autre moitié restait bien en place sur le rocher.

Brianna ouvrit le sac contenant les œufs et les lézards morts et y jeta les deux parties de la tête. Il lui parut étonnamment lourd, et elle dut se contenter de courir à une trentaine de kilomètres à l'heure en sifflotant gaiement.

Il lui fallut une dizaine de minutes à peine pour atteindre le lac. Elle se précipita vers la péniche en balançant son sac avec nonchalance ; elle avait un peu l'impression d'être une de ces filles pressées de montrer leurs emplettes à leurs amies après une journée de shopping.

Astrid et Dekka étaient en grande discussion sur le pont

du bateau. Astrid semblait impatiente, comme si elle se retenait de lancer une remarque mordante. Quant à Dekka, elle paraissait sur le point d'exploser d'un instant à l'autre. En résumé, les deux filles étaient dans leur état normal.

Astrid fut la première à remarquer l'arrivée de Brianna.

— Tu n'es pas censée patrouiller, toi ?

— Où est Sam ?

— Il est parti avec Edilio, répondit Dekka. Tu vas nous dire ce qu'il y a dans ce sac ou il faut qu'on devine ?

Brianna était déçue. Dans son imagination, elle voyait un Sam Temple débordant d'admiration, ce qui aurait été une grande première. C'était lui qu'elle cherchait à impressionner ou, le cas échéant, Edilio qui, en général, se montrait gentil avec elle.

Mais elle était fatiguée, le sac était lourd et elle ne pouvait pas garder son secret plus longtemps.

Elle se hissa prestement sur le pont de la péniche et demanda avec un sourire radieux :

— C'est l'anniversaire de quelqu'un aujourd'hui ? Parce que j'ai un cadeau.

— Brise… dit Dekka d'un ton menaçant.

Brianna ouvrit le sac et Dekka jeta un coup d'œil à l'intérieur.

— Qu'est-ce que c'est ?

Brianna vida le contenu du sac sur le pont ; des cadavres de lézards, des coquilles d'œuf et la tête de Drake atterrirent sur le sol antidérapant. Astrid et Dekka poussèrent un hurlement.

— Je sais, dit fièrement Brianna.

— Oh, mon Dieu.

— Oh, c'est…

Le spectacle qui s'offrait à elles aurait fait pâlir d'envie un expert en effets spéciaux de films d'horreur.

Astrid et Dekka restèrent bouche bée tandis que Brianna affichait l'air satisfait d'une écolière montrant son beau dessin.

— Ta-dam ! s'exclama-t-elle.

Connie Temple avait donné trois interviews, assise près de sa caravane, sur les hauteurs au sud de la barrière. On lui avait installé une télé pour qu'elle puisse les voir sur MSNBC, la BBC et Nightline.

Elle avait remarqué le changement soudain de… température. Une semaine plus tôt, les médias auraient adopté un ton compatissant.

Désormais, elle était la mère de deux criminels.

Le pays entier avait changé d'avis. Avant, l'opinion était inquiète mais lasse : toute cette histoire durait depuis trop longtemps. Les gens en avaient soupé de l'anomalie de Perdido Beach.

Mais à présent, les gamins à l'intérieur étaient considérés comme une menace. C'étaient des monstres dangereux.

Les images passaient en boucle. Des enfants qui semblaient sortir tout droit de *Mad Max* se baladant avec des couteaux et des battes de baseball hérissées de pointes. Une gamine maussade et débraillée armée d'un pistolet, une cigarette fichée au coin de la bouche. Des bambins sales errant nus comme des vers. Des gosses aux joues creuses et aux yeux révulsés comme les enfants affamés du tiers-monde…

Sur ces vidéos, on voyait aussi Sam se servir d'une lumière surnaturelle pour brûler le cadavre mutilé d'une fille.

Les enfants racontaient par écrit des histoires terrifiantes de famine, de meurtres, de vers carnivores, de coyotes parlants, d'un parasite dévorant le corps de l'intérieur. Ils faisaient aussi allusion à un certain Drake et à une créature appelée le gaïaphage.

Le gros titre utilisé par Fox News était « Petits monstres », et il s'accompagnait d'une photo de Sam. Les journalistes faisaient des comparaisons hâtives avec des criminels de guerre, les Khmers rouges, les nazis.

Le tollé soulevé par la tentative de destruction du dôme avec une arme nucléaire était rapidement retombé. On entendait ici et là des gens suggérer que, la prochaine fois, il faudrait avoir recours à une bombe plus puissante. L'opinion réclamait une intervention de l'armée pour encercler l'anomalie « en cas de fuite », comme pour un produit hautement toxique.

Il y avait encore des gens pour défendre les enfants de la Zone (ce mot emprunté à leurs pancartes se généralisait). Pour eux, c'étaient des victimes, et on ne pouvait pas les blâmer d'avoir fait ce qu'il fallait pour rester en vie. Mais ils étaient moins nombreux et ils avaient du mal à faire entendre leur voix.

Contrairement au président, qui évitait la presse, de nombreux politiciens s'étaient emparés du sujet et multipliaient les déclarations, en appelant à l'armée et à la garde nationale. Un député de Caroline du Sud avait affirmé d'un ton catégorique que « l'abomination de Perdido Beach », comme il l'avait nommée, devait être rayée de la carte. « La seule solution, c'est une mort simple et rapide, avait-il dit. Laissons Dieu mettre de l'ordre dans tout ça. »

Cette déclaration avait finalement décidé quelques personnes influentes à essayer de calmer l'hystérie galopante. Le pape avait lancé un appel à la compassion. Les stars de cinéma Jennifer Brattle et Todd Chance, parents d'une ribambelle d'enfants, avaient dénoncé par voie de presse l'attitude des médias, et rappelé à tout un chacun que ce n'étaient que des enfants.

L'Union américaine des libertés civiles avait publié un communiqué de presse délivrant en substance le même message : ce n'étaient que des enfants s'efforçant de survivre.

Quant au *Wall Street Journal*, il avait fait paraître un sondage selon lequel vingt-huit pour cent des personnes interrogées souhaitaient que la Zone et ses habitants soient éradiqués.

Tout cela s'était produit avant qu'une vidéo atroce soit postée sur YouTube : on y voyait une petite fille arracher puis dévorer le bras du premier adulte ayant réussi, on ne savait comment, à pénétrer à l'intérieur de la Zone.

Une onde de choc parcourut l'opinion. Soudain, on prenait conscience que ce n'était pas qu'une histoire d'enfants. Le pouvoir mystérieux qui se terrait dans la Zone pouvait aussi menacer les adultes. D'après les prévisions de Connie, le prochain sondage ferait apparaître qu'une majorité de gens étaient favorables à l'éradication pure et simple de la Zone.

Après s'être munie d'une grande ardoise blanche et de deux feutres noirs, elle prit la direction de la barrière. Ce n'était pas facile de se frayer un chemin parmi la foule qui grossissait d'heure en heure malgré le barrage routier établi par la police pour tenir les curieux à distance.

Ce n'étaient pas seulement les familles qui affluaient, mais aussi n'importe quel fou capable d'agiter une pancarte, ou des touristes venus pique-niquer avec leur marmaille comme pour un festival en plein air. Des vendeurs circulaient parmi tout ce petit monde en brandissant des pin's lumineux et des tee-shirts sur lesquels était inscrit : « Ne les laissez pas sortir. »

La foule s'entassait maintenant au nord et au sud de l'autoroute, de chaque côté de l'hôtel Clifftop coupé en deux et désormais à l'abandon. Des surfeurs s'aventuraient tout près de la barrière, et des dizaines de bateaux naviguaient dans les eaux plus profondes.

Une zone d'exclusion aérienne avait été instaurée par les autorités, mais la règle ne s'appliquait pas aux hélicoptères des médias et aux drones prêtés par l'armée. Google avait reconfiguré l'un de ses satellites afin de permettre l'observation de la Zone.

Connie contourna la foule par le nord en cherchant des yeux une brèche. Par-dessus les innombrables têtes des spectateurs, elle voyait les enfants, au nombre d'une centaine, plantés de l'autre côté de la barrière comme des poissons asphyxiés dans un aquarium mal entretenu.

Elle dut gravir une colline poussiéreuse pour trouver un peu de solitude. Il n'y avait pas d'enfants à cet endroit, mais elle se dit qu'avec un peu de patience, l'un d'eux viendrait peut-être. Elle inscrivit sur son ardoise : « Je suis la mère de Sam Temple et de Caine Soren », puis elle attendit.

Une éternité s'écoula avant qu'une fille âgée de quatorze ans environ remarque sa présence et gravisse la colline. Elle n'avait ni papier ni crayon mais, au moyen d'un bâton, elle traça dans la terre: «Je suis du côté de Sam.»

Connie écrivit: «Quel est ton nom?»

«Dahra.»

«Dahra Baidoo? Je suis amie avec ta mère!»

«Elle m'a dit.»

Chaque fois que Dahra écrivait, elle devait effacer l'inscription précédente sur le sol du plat de la main.

«Il faut que je parle à Sam», écrivit Connie.

«Sam et Caine sont partis chercher Gaia.»

Connie hocha la tête. Alors ses garçons faisaient équipe. Voilà qui ne corroborait guère les histoires de rivalité implacable qu'on racontait à leur sujet. Elle dévisagea longuement Dahra.

«Je peux te faire confiance?»

Dahra eut un sourire las.

«Tout le monde me fait confiance.»

Connie ne détecta aucune vantardise dans cette affirmation. Dahra, à l'instar des autres enfants que Connie avait vus, avait l'air hagard, fatigué, et le regard d'une vieille personne.

C'était donc elle, la fille qui avait endossé le rôle d'infirmière en distribuant les médicaments qu'elle avait sous la main et en prenant soin des malades. Connie Temple éprouva un élan de compassion. À quoi ressemblait la vie de cette gamine? Quelles épreuves avait-elle dû traverser?

«Les choses se gâtent par ici.»

«Oui.» Dahra montra d'un signe de tête la multitude de pancartes au pied de la colline.

«Il vous faut un plan. Avec qui je pourrais en parler?»

Dahra réfléchit. «Edilio ou Astrid.»

«Comment je peux entrer en contact avec eux?»

«Edilio est très occupé.» Puis Dahra ajouta: «Astrid. On la surnomme le Petit Génie.»

Connie acquiesça. Elle connaissait ce nom, comme celui de la plupart des enfants de la Zone. Ce devait être Astrid Ellison. Ses parents étaient des enquiquineurs, la mère à moitié hystérique, et le père un coincé avec l'allure typique d'un ingénieur. Ils n'avaient apporté quasiment aucune contribution à l'association qui représentait les familles.

À en juger par la première impression de Connie le jour où la barrière était devenue transparente, Astrid était la petite amie de Sam.

«J'ai besoin de parler à Astrid. C'est URGENT. Comment?»

Dahra réfléchit quelques instants, soupira et traça un cercle au sommet duquel elle dessina ce que Connie identifia comme un lac. Elle planta son bâton au milieu et traça une ligne en zigzag jusqu'à elle. Puis elle désigna Connie, traça une seconde ligne à l'intérieur du cercle et se montra du doigt.

Dahra expliquait à Connie qu'elle devait se rendre au lac. De son côté, elle irait trouver Astrid et l'amènerait jusqu'à elle. Connie hocha la tête.

Soudain, l'air effrayé, Dahra porta la main au tuyau de plomb pendu à une lanière en cuir fixée autour de sa taille. Connie lui adressa un signe. Elle ne voulait pas lui attirer d'ennuis. Devait-elle rester à l'écart? Elle voulut dire à Dahra qu'il valait mieux tout oublier, mais celle-ci avait déjà tourné les talons.

— C'est quoi, la signification de tout ça, Sammy ? C'est quoi ?

Sam ne se donna pas la peine de répondre. Caine cherchait juste à le provoquer parce qu'il s'ennuyait.

Chacun d'eux transportait dans son sac à dos deux bouteilles d'eau et du poisson séché, ainsi qu'un couteau de chasse pour Caine et un gros couteau suisse pour Sam. Ils s'étaient coiffés d'une casquette. Caine était armé d'un fusil de chasse de calibre douze qu'il portait en bandoulière, et Sam d'un des automatiques d'Edilio.

Cela dit, ils possédaient des armes beaucoup plus puissantes dans leurs seules mains. Et qui disait fusil disait munitions, or elles pesaient lourd dans leur sac. Au bout de trois kilomètres, Sam commençait déjà à regretter d'en avoir emporté.

— Tu as réfléchi à ce que les gens vont penser de toute cette histoire ? poursuivit Caine.

Sam n'avait que ça en tête. Mais il n'était pas près de mettre son âme à nu devant Caine.

— On a d'autres chats à fouetter pour l'instant.

Caine partit d'un rire incrédule.

— Un bon fils comme toi y a forcément pensé.

Caine marchait à quelques pas devant Sam. Était-ce parce qu'il se méfiait moins de l'avoir dans son dos que l'inverse ? Peut-être. « Ou alors il a les jambes plus longues », songea Sam.

— Tu y as forcément pensé, répéta Caine, visiblement

peu découragé par le silence de Sam. Tu as fait cramer Penny devant ta mère.

— Tu veux dire notre mère, répliqua Sam, piqué au vif.

Caine secoua la tête.

— Non, je veux dire la tienne. C'était peut-être son ovule et son utérus, mais ce n'est pas ma mère.

Sam fit la grimace.

— Tu ne rates pas grand-chose.

— L'infirmière Connie Temple, marmonna Caine. Je savais qu'elle m'espionnait au pensionnat Coates. Je ne comprenais pas pourquoi jusqu'à ce que j'apprenne la vérité.

— Tu croyais qu'elle s'intéressait à toi parce que tu étais un salaud, une brute et un manipulateur ?

— En gros, oui.

Caine refusait la provocation, et Sam se sentait incontestablement mal à l'aise. Leur petite mission pouvait prendre des jours. Il ne fallait pas qu'il laisse Caine lui embrouiller les idées. Il devait accepter le fait qu'il faisait équipe avec lui et, pour ça, il ne devait pas convoquer des images mentales de ses amis, les mains emprisonnées dans un bloc de ciment, ou de la ville à moitié incendiée à la suite d'un complot fomenté avec Zil et sa petite bande de fanatiques. Sans oublier un millier d'autres crimes.

Cependant, Caine n'était pas l'unique criminel de la Zone. Bien sûr, Sam avait agi dans le seul but de sauver des vies et d'empêcher Caine et Drake de nuire. Mais il doutait qu'un tribunal voie les choses sous le même angle que lui.

Pour se torturer, Sam passa en revue la longue liste de ses actes considérés comme criminels. Vol avec effraction.

Destruction de propriété privée. Coups et blessures volontaires. Ivresse sur la voie publique. Conduite sans permis. Dommages causés à une centrale nucléaire.

Caine se percha au sommet d'un promontoire rocheux et l'observa.

— Tu en fais une tête, Sammy. Il suffit de te regarder pour savoir que tu ne penses qu'à ça.

— Je te rappelle que je suis encore mineur, répondit Sam sans conviction.

Caine partit d'un rire incrédule.

— Mais oui, ça fera l'affaire. « Je ne suis qu'un enfant, Votre Honneur ! » Laisse-moi rire. Ils vont devoir trouver quelques boucs émissaires, et devine qui sera désigné ? Toi et moi, mon pote. Toi et moi.

— Tu te comportes comme si c'était sûr qu'on allait sortir d'ici.

— Ah oui ? C'est marrant parce que j'ai plutôt l'impression qu'on va tous y passer. Je vais te dire pourquoi. Tu vois cette Gaia ? On sait tous les deux qui elle est vraiment. Je ne pense pas que le vieux monstre vert ait choisi de s'incarner dans un corps juste pour s'amuser. Je pense qu'il veut sortir d'ici vivant.

Malheureusement, Sam était du même avis.

— C'est la fin de la partie, marmonna-t-il pour lui-même.

— Exactement. La fin de la partie. Le mur de la Zone va tomber ; en tout cas, c'est mon opinion. On a quatre-vingt-dix pour cent de chances de ne pas s'en sortir. Dans le cas contraire, on finira tous les deux en prison. (Caine rit.) Ce n'est pas juste, franchement. Le méchant, c'est moi. Toi, tu es le gentil héros.

— Alors pourquoi on se fatigue ? répliqua Sam. Pourquoi cette mission ?

Caine fit demi-tour et vint se planter devant lui. Sam fut frappé par le charisme indéniable de son frère, même après avoir été battu et humilié par Penny. Ce garçon était le mal incarné, certes, mais sous des traits charmants.

— Pourquoi ? répéta-t-il. Tu le sais parfaitement. Parce que c'est la guerre. C'est peut-être la dernière bataille, d'ailleurs. Mais qu'est-ce qu'on sait faire d'autre, toi et moi ? Qu'est-ce qu'on va faire si jamais on s'en sort ? Retourner en classe ? S'inscrire à la fac ? Passer le permis ? (Caine rit de plus belle.) Je suis à peu près sûr d'être admis à Harvard. C'est vrai, quoi : ils ne doivent pas avoir beaucoup d'anciens rois qui postulent.

Après une hésitation, Sam demanda :

— Et Diana ?

— Un corps magnifique, répondit Caine d'un ton jovial. Et un esprit très ouvert.

Sam n'y crut pas une seconde.

— C'est bien plus que ça, votre histoire.

Le silence de Caine fut éloquent.

— Allez, dit Sam au bout d'un moment. Plus on discute, moins on avance.

— Ta-dam ? répéta Dekka en jetant un regard stupéfait à Brianna.

Astrid s'agenouilla pour examiner le monstrueux trophée. Elle était vraiment tentée de se moquer de Drake, lui qui avait été sa bête noire pendant tout ce temps. Il lui avait clairement fait comprendre qu'il la tuerait à petit feu en ayant recours à toutes les humiliations que son esprit malade pouvait imaginer. Astrid avait passé près de quatre mois dans la forêt, et la peur de Drake ne l'avait pas quittée. Elle s'était entraînée à dégainer et à viser pendant des heures afin, le moment venu, d'avoir le temps de tirer.

Une autre pensée lui vint en voyant Drake aussi vulnérable : Sam aurait un ennemi de moins à affronter. Ses chances de survie venaient brusquement d'augmenter.

Dekka avait dû se faire la même réflexion car elle dit :

— Un de moins.

La chose se reformait lentement. Une queue de lézard avait fusionné avec sa chair, pile entre ses deux yeux.

— Qu'est-ce qu'on est censés faire de lui ? demanda Dekka.

C'est alors que Roger, que tout le monde surnommait Artful Roger parce qu'il dessinait bien, s'avança sur le pont.

— Edilio est dans le coin ? Parce que… Aaaaah ! Oh non ! Oh non !

— Hé, Roger, lança Brianna. Tu connais Drake ?

— Oh, nom de Dieu. Oh… oh…

— Je sais ! s'exclama fièrement Brianna. On parlait justement de… Hé, tu sais quoi ? Tu devrais le dessiner pour qu'on se rappelle toujours à quoi il ressemblait.

— Roger, on peut t'aider ? demanda sèchement Dekka.

— Est-ce que…

Il avait manifestement oublié la raison de sa visite.

— Tu cherchais Edilio, c'est ça ? Il est à Perdido Beach.

— J'ai pensé que Sam ferait cramer la tête de Drake, dit Brianna.

— Il ne rentre pas tout de suite, lâcha Astrid d'un ton qui se voulait désinvolte.

Elle s'inquiétait beaucoup pour Sam, et elle se sentait submergée par des émotions contradictoires : amertume, rage, triomphe. Elle avait longtemps vécu dans la peur de Drake, et voilà qu'il était à sa merci.

L'envie de le frapper était presque irrépressible.

— Vas-y, dit Dekka, qui avait lu dans ses pensées.

Il fallut quelques instants à Astrid pour réagir, mais elle secoua lentement la tête. Elle haïssait Drake, inutile de le nier. Mais elle ne devait pas céder à ses instincts.

— Je, euh… j'y vais, lança Roger avant de battre en retraite.

— Pourquoi tu as mis des œufs et des lézards morts dans ce sac ? demanda Astrid.

Drake jura d'une voix à peine audible.

— Où sont Diana et Gaia ? reprit-elle.

— On ferait mieux de le découper en rondelles, suggéra Brianna. Je n'aurai qu'à éparpiller les morceaux un peu partout comme je l'ai fait avec le reste de son corps. Si j'ai apporté sa tête, c'est juste pour la montrer à Sam.

Astrid et Dekka échangèrent un regard. C'était à elles de prendre les décisions en l'absence d'Edilio. Mais ni l'une ni l'autre n'avait envie de s'occuper de cette histoire. Ce n'était pas une éventualité dont elles avaient discuté.

Une pensée traversa l'esprit d'Astrid.

— Tôt ou tard, Brittney réapparaîtra. Ce sera peut-être plus facile de parler avec elle.

Dekka acquiesça.

— C'est vrai. Elle acceptera peut-être de nous aider si on arrive à la convaincre.

— Mais il faudra rester prudent, ajouta Astrid. On ignore de quoi il est capable. D'après ce qu'on sait, les parties de son corps peuvent se régénérer séparément. (Elle lança un regard inquiet à Brianna.) Tu te rappelles tous les endroits où tu les as jetées ?

— Oui, répondit Brianna d'un ton hésitant, le regard perdu dans le lointain comme si elle essayait de se souvenir.

— S'il peut se régénérer… commença Dekka.

— Alors on risque de se retrouver avec plusieurs Drake sur les bras, tous reconstitués à partir d'un de ses morceaux.

— Vous avez vraiment décidé de gâcher ma bonne nouvelle ? s'écria Brianna d'une voix stridente. Je l'ai eu ! Je l'ai eu, je l'ai taillé en pièces et je vous ai rapporté sa tête.

— Tu as très bien fait, Brise, dit Dekka. Mais sois gentille, va jeter un coup d'œil à ces morceaux. Assure-toi qu'ils sont toujours à l'endroit où tu les as mis, OK ?

— OK, mais d'abord laissez-moi manger quelque chose. J'ai parcouru pas loin de deux cents bornes aujourd'hui.

À ces mots, Brianna s'éloigna en trombe, laissant Astrid seule avec Dekka et la tête de Drake qui émettait toujours des sifflements furieux.

— J'ai une idée, dit Dekka. J'ai une glacière dans ma caravane. Je fais des trous dedans, je mets la tête à l'intérieur, je la leste avec des pierres, et je l'immerge dans le lac au bout d'une longue corde. Peut-être que ça finira par le tuer.

Astrid soupira.

— Ça, ce serait une bonne histoire pour le *Today Show*. Je vais chercher des pierres.

8

68 HEURES, 42 MINUTES

À L'EXCEPTION D'UN ÉCHO bizarre, Drake entendait parfaitement ce qui se passait autour de lui. En tout cas, il entendait plutôt bien pour quelqu'un dont on avait séparé la tête du corps avant de la couper en deux.

Il avait entendu ce que les filles projetaient de faire, et il avait peur. C'était un sentiment étrange, déconnecté du corps ; il n'avait ni l'estomac noué, ni le souffle court, ni le pouls qui s'accélérait. Mais il avait peur. Il avait passé de longues semaines enseveli sous terre… et cette expérience avait eu un impact sur lui. S'il n'était (peut-être) plus humain, il était encore capable d'éprouver des émotions telles que la crainte et la souffrance. Pas comme par le passé, certes, mais il sentait toujours son corps bien qu'il ne soit plus attaché à sa tête.

Son fouet le démangeait. Il allait leur faire payer, à ces deux sorcières. Oh ça oui. Il s'y voyait déjà. Il s'était tant de fois représenté la scène, surtout avec Astrid. Depuis combien de temps la détestait-il ? Probablement depuis leur première rencontre. Astrid, c'était ce genre de fille qu'on haïssait dès le premier regard.

Cependant, maintenant...

Dekka, la lesbienne, se servait d'un tournevis pour percer des trous dans une glacière en plastique. Ce n'était pas facile ; elle s'acharnait sur la glacière comme un tueur fou. Elle en avait déjà foré une douzaine.

Astrid la regardait faire tout en jetant de temps à autre des coups d'œil à Drake. Il savait ce qu'elle avait envie de lui dire : « Ah, tu vois ! Maintenant c'est moi qui commande. C'est moi qui te regarde de haut. » Elle n'arrivait pas à cacher son air de triomphe, pas à lui en tout cas.

— C'est bon, dit Dekka.

Astrid s'accroupit pour soulever la tête de Drake par les cheveux, et soudain il se retrouva à se balancer dans le vide. En voyant la glacière ouverte, il voulut crier. Il ne parvint qu'à émettre un son à peine audible. De toute façon, il ne voulait pas leur donner cette satisfaction.

Astrid le déposa sans brutalité dans la glacière.

— J'ai une chaîne de vélo que je peux enrouler autour, suggéra Dekka. Puis j'y attacherai une corde au cas où on aurait besoin de le sortir de l'eau.

— Drake, dit Astrid, c'est ta dernière chance : dis-nous où on peut trouver Gaia et Diana.

Pendant quelques secondes terribles, Drake hésita. Mais il savait que les souffrances infligées par ces deux-là n'étaient rien en comparaison de ce que pouvait lui faire subir le gaïaphage.

Il finit par pousser un juron d'une voix étranglée.

Les deux filles lestèrent la glacière avec des fragments de béton. Puis Astrid referma le couvercle et les ténèbres se firent autour de Drake. La seule lumière provenait des trous percés dans le plastique.

Il sentit la glacière ballotter de droite et de gauche tandis qu'elles enroulaient la chaîne puis la corde autour.

— Ça tiendra, dit Dekka.

Elles soulevèrent la glacière qui tangua dangereusement. Drake sentit qu'il basculait dans le vide, puis il y eut un grand plouf.

L'eau commença à s'infiltrer par les trous. Bientôt Drake se retrouva partiellement immergé. Il poussa un juron, et l'eau s'engouffra par sa gorge tranchée.

Il lui sembla que la descente durait une éternité. Puis il y eut un bruit sourd ; la glacière venait de toucher le fond du lac. Il lui fallut dix minutes pour se remplir intégralement. D'abord la bouche, ensuite le nez, et enfin les yeux furent immergés. Mais il n'était pas mort pour autant.

De minuscules poissons s'insinuèrent dans les trous et lui mordillèrent la chair. Avec leurs écailles légèrement phosphorescentes, ils ressemblaient à des lucioles.

Ils étaient toujours là quand Drake poussa un cri inarticulé juste au moment où il cédait la place à Brittney.

L'idée de devoir faire face à Taylor sans cigarette contrariait un peu Lana. Non qu'elle soit dépendante au tabac. Seuls les gens très faibles étaient dépendants, or elle était tout sauf faible.

Le tremblement de ses mains et son humeur encore plus maussade que d'habitude ne prouvaient pas qu'elle soit dépendante. Pas plus que le fait qu'elle ait consacré la plus grande partie de la journée à chercher des cigarettes ou à houspiller Sanjit.

Pourtant, elle y pensait encore quand elle tourna la clé dans la serrure. L'ancien système de verrouillage électronique des portes ne fonctionnait plus, évidemment, mais n'ayant pas très envie de laisser Taylor circuler à sa guise – comme si elle le pouvait ! – Lana avait demandé à Sanjit d'ajouter un verrou. Il était très adroit de ses mains. Dommage qu'elle doive lui tirer une balle dans la tête avant la fin de la journée.

Quelle drôle d'idée d'avoir enfermé Taylor ! Avant sa… mutation, qui n'en était pas vraiment une, elle avait le pouvoir de se téléporter. Peut-être qu'elle en était encore capable mais, où qu'elle aille, elle aurait eu du mal à se tenir debout.

Lana ouvrit le verrou et entrebâilla la porte.

— Taylor. C'est moi.

Les rideaux n'étaient pas tirés et les rayons du soleil couchant éclairaient la pièce. La lumière avait changé. Lana n'aurait su dire en quoi elle était différente, mais l'ancien ciel et l'ancien soleil avaient toujours le même aspect, quelle que soit la saison. À présent, le vrai soleil se couchait un peu plus tôt, et les nuages bas qui s'accumulaient au-delà de la barrière en tamisaient l'or.

La peau de Taylor était d'un or différent, plus métallique. On aurait dit qu'elle était faite d'or massif. Ils l'avaient installée sur le lit, appuyée sur son moignon, tandis que son autre bras intact était posé sur ses genoux. Ils avaient laissé ses jambes à côté d'elle, mais l'une d'elles avait dégringolé par terre.

Taylor était entièrement nue mais ça n'avait aucune importance. Son corps était asexué. Elle ressemblait à un personnage en pâte à modeler doté d'un seul bras et d'une longue langue verte reptilienne.

D'après la théorie la plus vraisemblable, c'était le petit Pete qui était la cause de sa mutation. Il ne l'avait sans doute pas fait exprès ; Pete était incapable de méchanceté. Ou d'intention, d'ailleurs. Il était peut-être la personne la plus puissante de la Zone mais il n'en demeurait pas moins un gamin autiste de cinq ans. On ne pouvait pas lui en vouloir. Il cherchait peut-être juste à s'amuser, tel un petit dieu insouciant.

Lana repensa à cette réplique tirée du film *Spiderman* : « Un grand pouvoir implique de grandes responsabilités. » Ce n'était certainement pas le cas du petit Pete.

— On va faire un nouvel essai avec ta main, Taylor, dit-elle. Où est-elle ?

Taylor comprenait peut-être ce qu'elle lui disait. Ses oreilles semblaient normales, mais comment savoir ce qui se passait dans son cerveau, si elle en possédait encore un ?

Lana ne trouva pas la main de Taylor, ce qui acheva de la dérouter. Elle n'avait aucune preuve qu'elle pouvait se lever de son lit. Pourtant, elle découvrit le membre en question derrière le poste de télévision. Les parties du corps de Taylor pouvaient-elles se déplacer de façon autonome ? Un jour, Brianna avait expliqué à Lana que Drake était capable de se reconstituer, comme si les parties de son corps possédaient une vie propre. Taylor avait-elle la même faculté ?

Non, Drake avait gardé la même apparence. Mais peut-être y avait-il un point commun ? C'était comme un puzzle. Un puzzle effrayant.

Lana ramassa la main et s'efforça de la rattacher au bras de Taylor avec son pouvoir. Si Taylor avait été un être humain normal, ça aurait peut-être marché. Ce n'était pas la première fois que Lana était confrontée à ce genre de cas. Mais ça ne fonctionnait pas plus que les fois précédentes.

— Qu'est-ce que je fais avec toi ? demanda-t-elle à Taylor. Qu'est-ce que tu es, d'abord ? Sûrement pas un être humain ni même un mammifère. À moins que…

Une pensée lui traversa l'esprit. Était-elle certaine que Taylor était ne serait-ce qu'un animal ? Une autre idée encore plus perverse l'effleura : que se passerait-il si elle la traînait jusqu'au balcon pour la montrer à la bande de fouineurs ? « Hé, les touristes, regardez ! Voilà de quoi alimenter vos cauchemars pendant quelque temps. »

Elle se demanda dans quelle mesure les « puissants » de la Zone – Sam, Caine, Edilio et Astrid – avaient réfléchi au regard que portait le monde extérieur sur ce qui se passait. La réalité était bien plus bizarre que ce que les adultes s'imaginaient. Elle ne se résumait pas à une bande de gosses prisonniers d'une bulle ; ils vivaient une expérience sans précédent sur cette planète. La barrière n'était pas la seule séparation d'avec l'extérieur : il se produisait des choses ici qui ne pouvaient pas exister là-bas.

Par exemple ? Une fille capable de guérir grâce au toucher.

« Ne commence même pas avec ça », se dit-elle. Elle examina de nouveau Taylor.

— Tu ne serais pas une plante, par hasard ?

On frappa doucement à la porte.

— Je peux entrer ?

— Si tu veux, répondit Lana avec aigreur.

Sanjit fit quelques pas dans la pièce.

— Du nouveau ?

Lana secoua la tête.

— Si ce n'était pas un animal mais une plante, qu'est-ce qu'on ferait pour rattacher une tige cassée ? Apporte-moi un couteau. Le gros qui coupe bien.

Sanjit s'exécuta.

— Maintenant, tiens son moignon, dit Lana.

Sanjit frissonna.

— Tu sais, Lana, c'est une de ces phrases que j'aurais voulu ne jamais entendre dans ma vie.

Il avait vu beaucoup de choses étranges, mais Taylor lui flanquait la trouille. Pourtant, il contourna le lit et lui prit le bras.

Lana saisit le couteau et commença à découper une petite partie du moignon. Taylor tourna la tête pour la regarder, impassible. Quant à Sanjit, il était devenu vert.

Lana brandit le morceau prélevé vers la lumière comme s'il s'agissait d'une vulgaire tranche de saucisson et l'examina avec attention. Après l'avoir mis de côté, elle découpa un tronçon similaire dans la main et pressa les deux morceaux l'un contre l'autre.

— Va me chercher du scotch.

— Du quoi ?

— Du scotch, répondit-elle avec impatience. Des agrafes. Ce qui te tombe sous la main.

Il fallut vingt minutes à Sanjit pour trouver un rouleau de bande Velcro.

— Comment tu veux que je m'y prenne avec ce machin ?

— C'est comme du scotch. J'ai aussi trouvé une agrafeuse, mais ça marchera mieux avec ça. Et puis c'est moins dégoûtant.

— Mauviette. Donne-moi une clope.

Il prit une autre moitié de cigarette dans sa poche, la glissa entre les lèvres de Lana occupée à presser le bras et la main l'un contre l'autre et l'alluma.

Puis il déroula une trentaine de centimètres de Velcro et scotcha les deux morceaux ensemble.

Une heure plus tard, ils ôtèrent la bande avec mille précautions.

— Ça s'est recollé, dit Lana. Un peu, en tout cas. Waouh. Tu crois que tu pourrais aller faire un petit tour en ville ?

— Pourquoi ? Pour que tu puisses chercher tes clopes tranquillement ?

— Oui, ça aussi. Mais avant tout, je pense que tu devrais amener Sinder ici. Je l'ai croisée en ville, elle venait du lac. Il se peut aussi qu'elle soit allée à la barrière pour dire bonjour à ses parents. Dans tous les cas, ramène-la-moi : elle a les doigts verts.

— Je ne sens rien, dit Sam.

Caine secoua la tête.

— Moi non plus.

Ils se trouvaient à l'entrée de la mine. Ils n'avaient même pas discuté de leur première étape ; ils savaient juste que ce devait être là où le gaïaphage s'était terré pendant des années en attendant son heure. Cette mine, c'était le ventre du mal, son foyer.

— Tu crois qu'on devrait entrer pour jeter un coup d'œil ?

— Non, répondit Caine. J'y suis allé. Je n'en ai pas gardé un très bon souvenir.

— J'imagine.

— Oh non, dit Caine d'une voix dépourvue d'émotion. Tu ne peux pas imaginer.

Pressé de se remettre en route, Sam lui lança un regard teinté d'impatience, mais il observait l'entrée de la mine, l'air fasciné. Avant, elle était consolidée par des poutres ; désormais, ce n'était qu'un trou dans la terre, une gueule tordue avec des dents de pierre.

Ce souvenir l'effrayait encore. Il avait laissé en lui une empreinte indélébile de peur, de souffrance, de solitude.

— Lana sait, dit-il enfin. Et je suppose que Diana sait aussi maintenant.

Cette idée parut l'ébranler.

Quand il était sorti de cet endroit terrible, en proie au délire, Diana l'avait secouru. Mais qui l'avait secourue, elle ?

— Une fois que c'est entré dans ta tête, poursuivit-il, ça ne te lâche jamais. C'est comme une vilaine coupure qui ne se referme pas.

— Lana l'a combattu, objecta Sam.

— Moi aussi ! s'écria Caine. (Puis, d'un ton radouci, il répéta :) Moi aussi. Et je le combats encore. Il est toujours dans ma tête. Il m'appelle encore de temps en temps. (Il hocha la tête et ajouta comme pour lui-même :) Faim dans le noir.

Il l'avait combattu, oui. Mais pas tout seul.

Il sentit les larmes lui monter aux yeux. Diana lui avait donné la becquée, elle l'avait protégé, lavé. Et lui, qu'avait-il fait ? Il était resté en ville, à se lamenter sur son sort, il l'avait laissée seule avec cette chose.

— C'est ça que tu vas raconter aux gens si on s'en sort ? demanda Sam. Tu vas leur dire que c'est le gaïaphage qui t'a forcé ? Moi, je ne marche pas.

Si Sam s'attendait à une réponse cinglante, Caine le déçut. Il n'allait pas se laisser démonter. Au vrai, en cet instant, il se fichait pas mal de Sam.

La lumière du couchant étirait les ombres sur le sol. Il leur faudrait penser à trouver un endroit pour la nuit.

— Ça ne fera aucune différence, ce que je vais leur dire, répondit-il à mi-voix. Ce ne sera pas moi qui leur raconterai toute l'histoire. Ce seront les enfants. Tous ceux qui ont courbé l'échine du début à la fin, ce seront eux qui parleront.

— Pourquoi tu dis ça ?

Caine ricana.

— Tu es si naïf parfois. Tu crois que toi, moi et les autres balèzes, on va être les seuls à parler aux flics et au FBI ? Ne sois pas bête. Tu te figures que les adultes vont nous écouter ? Ils vont nous craindre, oui.

— Tu crois qu'on aura toujours nos pouvoirs ?

— Ce n'est pas le problème, Sammy.

Caine tourna le dos à la mine. Ce mouvement parut lui coûter beaucoup d'efforts, et il hocha la tête comme pour dire : « Oui, oui, je peux le faire. »

— Ce n'est pas une question de pouvoirs, reprit-il. Simplement, on n'est plus des enfants. Regarde tout ce qu'on a traversé. Regarde-toi, mon pote. Nos parents n'ont pas vécu le quart de ce qu'on a vécu. On a dû affronter un monde cent fois plus impitoyable que le leur. Si on sort d'ici vivants, on ne pourra plus courber l'échine devant qui que ce soit. Il y aura des types ayant pris part à des guerres qui, en entendant nos exploits, penseront : « Waouh ! » Toi et moi, on pourra leur dire : « Tu as eu une médaille, soldat ? Eh bien moi, j'ai survécu à la Zone. »

— Je n'ai jamais trop réfléchi à ce qui nous attendait après, hormis une bonne pizza.

Sam essayait de détendre l'atmosphère, probablement parce que ce que disait Caine lui faisait froid dans le dos. Mais celui-ci n'avait pas terminé.

— Ils nous craindront, mon frère, et pas parce qu'on a des rayons laser dans les mains ou qu'on peut jeter des gens contre un mur. Ils nous craindront parce qu'on est la preuve vivante que leur âge ne fait pas d'eux des êtres supérieurs à nous. Ils nous craindront et ils nous haïront. Pour la plupart, en tout cas. Et ils essaieront de se servir de nous, de gagner du fric sur notre dos. (Il soupira.) Tu ne sais pas grand-chose de la nature humaine, pas vrai ?

Caine eut un sourire narquois et hocha la tête, satisfait de son petit discours et de la mine déconfite de Sam.

— Bon, pour revenir à la réalité, il faudrait veiller à ce que le gaïaphage ne puisse plus se réfugier ici, dit-il. Bouchons cette entrée une fois pour toutes.

Caine se retourna pour observer la mine.

— Ça, c'est une excellente idée.

Il leva les mains, paumes ouvertes, et un déluge de rochers s'abattit sur le trou. Ils volèrent dans le vide à la vitesse d'un boulet de canon avant de s'écraser dans une pluie de gravier, de brindilles, de terre et d'éclats de bois avec un bruit de tornade.

— Tu vois ce rocher qui dépasse? (Sam désigna un promontoire rocheux blanchi par le soleil aussi haut qu'une maison.) Si je le décroche, tu peux le soulever?

— On verra bien.

Sam dirigea ses rayons de lumière verte vers le rocher et le maintint sous un feu nourri pendant plusieurs minutes. Sa teinte, orangée dans les lueurs du soleil couchant, passa bientôt au rouge incandescent. Il y eut un énorme craquement, et il se scinda en deux.

Caine se concentra pour stopper sa chute au bas de la colline. Puis il le fit léviter et le laissa tomber à l'entrée de la caverne.

— Il faudrait le casser un peu plus, dit-il.

Sam dirigea de nouveau sa lumière destructrice vers le rocher et attendit qu'il commence à fondre. Il se brisa en deux parties inégales que Caine déplaça sans difficulté pour obstruer l'entrée de la mine.

Une fois encore, Sam déchaîna son pouvoir pendant plusieurs minutes, éclairant le flanc de la montagne de reflets verdâtres, jusqu'à ce que la roche se transforme en magma et scelle définitivement l'ouverture. Seule une grande quantité de dynamite aurait pu en venir à bout.

Sans regarder Caine, il lança :

— Ça, c'est un truc qu'on sait faire.

— Oui. Mais écoute-moi bien, Sammy, j'ai une condition pour la suite. Quand on affrontera le gaïaphage, il ne faudra pas blesser Diana.

Cette déclaration prit Sam par surprise.

— On n'aura peut-être pas le choix.

— Tu ne m'écoutes pas. Je suis venu avec toi pour tuer celle qu'on pourrait appeler ma fille, même si, à mon avis, ce n'est la fille de personne. Mais si tu t'en prends à Diana, notre pacte est rompu. C'est bien clair ?

Sam hocha la tête.

— Très clair.

— Au fond, Diana, c'est quelqu'un de bien, conclut Caine en soupirant. Moi, je ne vaux rien mais elle, c'est quelqu'un de bien.

9

64 HEURES, 25 MINUTES

DÈS QUE LA lumière était revenue, Albert avait compris qu'il avait commis une erreur. Il n'avait entrevu que des promesses de malheurs quand le dôme s'était assombri. Mais soudain, le soleil était réapparu.

À présent qu'il ruminait son manque de jugement, le soleil – le véritable soleil – se couchait sur l'océan, et Perdido Beach était nimbée d'or.

Vu sous cet angle, Albert avait cédé à la panique. Vu sous cet angle, il n'avait pas agi en homme d'affaires réfléchi. Pour parler franchement, il s'était comporté comme un lâche.

Perché sur la pointe sud de l'île San Francisco de Sales, il avait pu constater, au cours des trois derniers jours, que les enfants terrifiés n'avaient pas mis le feu à Perdido Beach comme il l'avait craint. En fait, en braquant sur la ville le télescope très sophistiqué qu'il avait trouvé dans la maison des Brattle-Chance, il voyait, sans distinguer leur visage, des gamins déambuler dans les rues et, au-delà de la barrière, les motels, le fast-food, les camions satellite.

Leur petit univers s'offrait désormais à la vue du monde extérieur.

Si ça s'était produit une semaine plus tôt, Albert Hillsborough aurait été l'un des grands héros de la Zone. Qui avait fait tourner le McDonald's à l'époque où ils avaient encore l'électricité? Albert Hillsborough. Qui avait ouvert le marché près de l'école? Albert Hillsborough. Qui avait créé une monnaie stable – le Berto – en utilisant de l'or refondu et des pièces en plastique? Albert Hillsborough.

Il avait mis les enfants au travail.

Il les avait sauvés de la famine. Tout le monde le savait.

Si c'était arrivé au bon moment, il aurait eu un avenir tout tracé. Les universités se seraient battues pour lui proposer une bourse d'études.

« Albert Hillsborough, récemment diplômé de Harvard, vient de se voir offrir le poste de vice-président de General Electric. »

« Albert Hillsborough devient le plus jeune président de Sony Corporation. »

Tous ses rêves envolés dans un moment de panique. Le récit de sa défection était peut-être déjà dans les journaux. Il se pouvait que la moitié du pays le méprise à l'heure qu'il était.

« Albert Hillsborough achète une villa en bord de mer dans le sud de la France. "Il me fallait un endroit pour amarrer mon yacht." »

« Albert Hillsborough donne une fête à bord de son yacht. Les plus grandes stars ont prévu d'y assister. »

Mais il avait vraiment accompli plein de bonnes actions. Il les avait tous sauvés sans jamais lever la main sur quiconque et sans prétendus pouvoirs. Son intelligence avait suffi. Il n'était pas un génie comme Astrid, mais il était malin et il travaillait dur.

« Albert Hillsborough file le parfait amour avec un top model. "Le mariage n'est pas dans mes projets", dit-il. »

« Albert Hillsborough refuse de se présenter aux élections présidentielles malgré tous les sondages qui le donnent favori. Ce n'est pas assez bien payé d'après lui. »

Soudain, il vit se détacher, noire sur l'océan doré, la silhouette d'un bateau.

L'un de ses missiles était caché sous une bâche maintenue par des pierres non loin de là, sur le domaine jadis planté d'une pelouse luxuriante et désormais envahi par les herbes hautes. Il avait lu les instructions avec attention. Lancer un missile, c'était un jeu d'enfant. Pas étonnant ! Ces armes étaient censées être manipulées par de simples soldats au cœur de la bataille, donc il ne fallait pas que ça soit trop compliqué.

Albert reconnut l'un des canots à rames de Quinn.

Il dirigea son télescope vers l'embarcation et distingua un dos musclé courbé sur les rames. Il faudrait au moins une heure à Quinn pour accoster.

Jusqu'à présent, Albert n'avait jamais eu à rougir de quelque chose. La honte lui était une émotion étrangère. Mais il avait fallu que ce soit Quinn qui vienne.

Au début, Quinn était le meilleur ami de Sam. Dans un moment de faiblesse, à l'époque où Sam se cherchait encore, il était passé du côté de Caine. Mais celui-ci s'était montré trop violent pour que Quinn tolère la situation, si bien qu'il s'était vite retrouvé seul, ayant perdu la confiance de Sam et l'intérêt de Caine.

Néanmoins, avec le temps, Quinn avait trouvé sa place. Et lentement, imperceptiblement, le garçon irresponsable et peureux était devenu Pêcheur avec un P majuscule. D'ailleurs, le Pêcheur, c'était comme ça qu'on l'appelait, de même qu'on surnommait Lana la Guérisseuse.

Ses équipages lui étaient entièrement dévoués. Il travaillait plus que n'importe qui dans la Zone. C'était en partie grâce à lui que les enfants de Perdido Beach avaient de quoi manger. Il s'était opposé à Penny et à Caine, alors qu'il n'avait rien d'un héros.

Enfin, c'était Quinn qui avait pris les choses en main quand Albert s'était enfui.

Non, Albert n'avait pas envie de parler à Quinn.

Il jeta un coup d'œil vers le missile. Ce serait du gâteau. Mais là-bas, à l'horizon, au-delà de la barrière, un bateau de croisière d'une blancheur éclatante naviguait tranquillement sur les flots calmes. Il devait se trouver à moins d'une dizaine de kilomètres. À cette distance, les passagers postés sur le pont et dotés d'une bonne paire de jumelles ne pourraient pas rater l'explosion.

— Et il y a le fait que je ne tue pas les gens, admit Albert presque tristement. Je suis un homme d'affaires, moi.

Il regagna lentement la maison pour annoncer à Leslie-Ann et à Alicia qu'ils auraient un invité.

— Oh, nom de Dieu, ce que ça fait mal !

Le jeune homme roux titubait en poussant des hurlements, puis s'interrompait pour regarder son moignon d'un air horrifié, les yeux remplis de larmes. Sa chemise était couverte de sang coagulé.

« Il n'a pas l'habitude de souffrir, celui-là, songea Diana. Eh bien, soyez le bienvenu dans la Zone, monsieur. Ce n'est pas un endroit pour les lavettes. »

Gaia marchait devant eux d'un pas alerte en suivant la barrière tandis que le soleil se couchait sur la mer. Ils se trouvaient tout près du point le plus au nord, à l'endroit où un train avait déraillé, déversant sur les rails la marchandise contenue dans une douzaine de wagons.

Leurs ombres s'étiraient sur le sol. Le soir tombait vite. On s'attendait presque à voir surgir des monstres et des revenants dans ce paysage désolé.

— Le train du Nutella, dit Diana.

Évidemment, elle était au courant pour le train découvert par Sam, Dekka et Jack. La plus grande partie du chargement comprenait des objets inutiles allant de lunettes de W-C à des meubles en rotin. Mais ils avaient également mis la main sur une énorme réserve de Nutella, de sachets de nouilles déshydratées et de Pepsi. Cette découverte figurait parmi les plus belles heures de l'histoire de la Zone.

Dans l'immédiat, Diana aurait donné n'importe quoi pour un bol de nouilles.

Toutes les denrées comestibles avaient été transportées jusqu'au lac et consommées ou troquées contre d'autres biens avec les habitants de Perdido Beach. Gaia, à l'époque où elle se trouvait encore dans le ventre de sa mère, avait bénéficié d'un régime constitué pour l'essentiel de Nutella. Edilio et Sam s'étaient montrés généreux avec Diana par souci de préserver la santé du bébé. Ce même bébé qui causerait probablement leur destruction.

— Comment s'appelle ce truc ? demanda Gaia.

Une fois de plus, Diana nota que sa fille avait des lacunes. Elle connaissait beaucoup de choses mais elle ne savait pas tout. C'était son point faible.

— Ça s'appelle un train.

Quand exactement Diana avait-elle commencé à relever les faiblesses de Gaia ? Quand avait-elle cessé de penser qu'elle avait un devoir envers sa fille et réfléchi à un moyen de l'arrêter ?

Gaia marchait, le bras cuit du jeune homme jeté sur l'épaule. Elle en avait dévoré la plus grande partie.

Diana connaissait le goût de la chair humaine. C'était pour ce crime horrible qu'elle avait été punie par un dieu capable de voir ce qui se passait jusque dans la Zone. Gaia était son châtiment, la malédiction qu'on lui avait envoyée pour la punir.

— Pourquoi vous ne me laissez pas voir un docteur ? gémit le jeune homme roux.

— Il n'y a pas de docteur dans la Zone, répondit Diana. Tu te crois où ?

— Elle… Oh, mon Dieu ! cria le jeune homme.

— Tu te sentiras mieux si tu arrêtes d'y penser. Ta blessure ne saigne…

— Elle bouffe mon bras !

Diana aperçut un long bâton – le pied d'un parasol, sans doute. Il figurait peut-être parmi les meubles de jardin chargés à bord du train. Elle le ramassa pour l'examiner. Il mesurait environ un mètre quatre-vingts ; léger, il était pointu à une extrémité et doté d'une bague en cuivre à l'autre bout. Ça ferait un bon bâton de marche.

— Plante-le-lui dans le dos ! siffla le jeune homme.

Diana faillit éclater de rire.

— Il vaut mieux ne pas s'en prendre à elle.

— C'est un monstre !

— Oui. On a des monstres ici. Elle en fait partie. C'est même le pire monstre qu'on puisse imaginer. Mais tu ne la tueras pas avec un bâton.

Le jeune homme avait le teint cendreux, et il semblait en état de choc. Il avait l'air de souffrir terriblement et il avait perdu beaucoup de sang. Gaia n'avait pas guéri sa blessure, mais elle l'avait cautérisée. Elle ne se préoccupait pas beaucoup de l'aspect esthétique ; elle ne s'était même pas souciée de faire cicatriser complètement son propre visage. Si elle avait consenti à soigner le blessé, c'était afin qu'il vive assez longtemps pour la nourrir encore. Il n'y avait pas d'autre raison.

— J'ai un couteau dans mon sac à dos.

Cette fois, Diana rit franchement.

— Vas-y, essaie pour voir.

Son ricanement cynique coupa le jeune homme dans son élan.

— Tu es… comme elle ?

— Je suis sa mère, répondit Diana.

— Nom de Dieu !

— Mouais, on ne l'a pas vu beaucoup par ici, celui-là.

Décidément, Diana aimait beaucoup ce bâton. Il lui permettait d'avancer dans le sable au même rythme que Gaia.

— Mais vous êtes qui, toutes les deux ?

Jusqu'à présent, le jeune homme était tellement choqué qu'il en avait oublié de poser les questions élémentaires.

— Je m'appelle Diana et elle, c'est Gaia. Elle…

Comment lui expliquer qui était Gaia ?

— Disons qu'il ne faut pas se fier aux apparences, poursuivit Diana. Sous ses airs de petite fille, c'est Satan en personne. Et toi, comment tu t'appelles ?

— Alex. Alex Mayle. J'ai l'impression que je deviens fou. Je ne sais pas…

— Qu'est-ce que tu fichais là-bas ?

— J'essayais juste de filmer une vidéo cool pour la poster sur YouTube.

— Tu as toujours ton appareil ?

— Mon téléphone ! J'ai mon téléphone.

Avec la seule main qui lui restait, il parvint à sortir son iPhone de sa poche et à composer un numéro.

— Les urgences ? Tu plaisantes ? s'exclama Diana en riant.

— Il n'y a pas de signal.

— Oh, ça, c'est une surprise. Imagine-toi qu'aucun de nous n'a eu l'idée d'appeler le numéro des urgences pour demander de l'aide. On aurait dû y penser.

Non que Diana s'amusât du calvaire d'Alex. Mais il lui rappelait tout ce qu'elle avait enduré. Et pourtant, elle était toujours là, bien vivante. Et elle n'avait pas encore complètement perdu la tête.

Alex ouvrit l'application appareil photo sur son téléphone et le braqua sur Gaia qui leur tournait le dos, puis il glissa l'appareil dans son sac en le maintenant entre ses genoux.

— Je vais mourir, gémit-il.

— Pas encore, dit Diana d'un ton lugubre. Pas avant qu'elle trouve un autre moyen de se nourrir.

En entendant ces mots, il s'arrêta net. Diana poursuivit son chemin et bientôt, elle entendit les pas de l'homme s'éloigner dans son dos. Sans même se retourner, Gaia leva la main ; Alex fit un vol plané et atterrit lourdement à ses pieds.

— Laisse-moi ! cria-t-il.

— Je pourrais te tuer maintenant et emporter ta viande, mais ça me ralentirait, dit-elle. Alors tu vas te porter tout seul jusqu'à ce que je trouve mieux à me mettre sous la dent. Si tu essaies encore de fuir, je te ferai souffrir. Ça ne te tuera pas, mais tu regretteras de ne pas être mort.

— Qui es-tu ? gémit-il en se redressant sur les genoux.

— Je suis le gaïaphage, répondit fièrement Gaia. Je suis ton maître. Obéis-moi.

Gaia devait manifestement trouver la situation amusante car elle sourit à Diana d'un air de conspiratrice, comme si elles projetaient de démembrer ensemble le malheureux. Elle reprit sa route, et Diana aida Alex à se relever.

Ça faisait drôle de voir un adulte, le premier en presque un an. Elle avait souvent imaginé ce moment. Sa rêverie incluait généralement des policiers et des pompiers se précipitant pour lui offrir de l'aide, de la nourriture, du réconfort.

Mais cet adulte-là n'était pas venu pour la sauver. Ce n'était qu'un autre être égaré, ahuri, désespéré et encore plus effrayé qu'elle.

— Je veux rentrer chez moi, dit-il avant de se remettre à pleurer.

La faim tenaillait Diana. Cette sensation familière au creux de son estomac était à jamais gravée dans sa mémoire; elle convoquait des images intolérables. C'était une sensation aussi terrible que le fait de saliver à la vue du bras calciné d'Alex.

«Non, se dit-elle. Non, pas cette fois. Plutôt mourir.» Elle songea au couteau d'Alex dans son sac à dos. Pas les poignets: Gaia pourrait trop facilement les soigner. La carotide. Un coup de couteau rapide, précis. Et une mort certaine avant que sa fille, cette créature maléfique, puisse l'arrêter.

L'espoir, cette chose cruelle, revenait la torturer. Caine viendrait la chercher, n'est-ce pas? Il devait se douter qu'elle avait besoin d'aide. Car au fond de lui, il était attaché à elle, non?

Mais quand il viendrait – s'il venait – Gaia le tuerait. «Et alors, je le ferai», se dit Diana. Un coup de couteau rapide et précis.

Albert avait emmené trois personnes avec lui sur l'île. Leslie-Ann s'occupait du ménage. C'était une petite chose timide et pas très utile la plupart du temps, mais elle lui avait sauvé la vie une fois.

Pug – elle avait un vrai nom, sauf qu'Albert ne parvenait pas à s'en souvenir – était une fille robuste et pas très maligne mais loyale envers lui sans qu'il sache vraiment pourquoi. Elle n'était pas assez intelligente pour causer des ennuis.

Et enfin, il y avait Alicia. Edilio l'avait entraînée, de sorte qu'elle savait se servir d'une arme à feu. Elle avait fait partie de ses forces de sécurité jusqu'à ce qu'il la surprenne en train d'extorquer des pots-de-vin. Ensuite, Albert l'avait engagée comme espionne. C'était une fille rusée, une bonne observatrice, qui avait su le tenir informé de tout.

Elle était aussi très grande ; elle devait bien mesurer dix centimètres de plus que lui, ce qui n'était pas pour lui déplaire, et elle avait de gros seins, ce qu'il aimait aussi. Mais elle n'était pas loyale comme Pug ou Leslie-Ann ; elle était trop opportuniste pour ça. Elle avait été une des premières élèves de Coates à abandonner Caine pour rejoindre Perdido Beach. Ensuite, elle s'était de nouveau rangée de son côté et plus tard encore, elle avait tourné autour de la bande de Zil.

Si elle se trouvait sur l'île, c'était parce que depuis quelque temps, Albert commençait à s'intéresser aux filles. Quand il lui avait paru certain que la Zone serait plongée dans des ténèbres permanentes, il s'était dit que dans ces circonstances… eh bien… Mais la lumière était revenue.

Et maintenant il se retrouvait coincé avec Alicia.

Pour l'instant, elle braquait une lampe électrique sur Quinn qui grimpait à la corde le long de la falaise avec l'agilité d'un singe.

— Il est fort, observa-t-elle.

— Il passe ses journées à ramer.

— Mmmm. (Un silence.) Tu sais, tu devrais faire de l'exercice, Albert. On a une salle de gym. Tu as vu tes bras ? On dirait des brindilles.

Albert cherchait une repartie cinglante quand Quinn se hissa au sommet de la falaise et s'avança vers lui en époussetant ses vêtements.

— Albert.

— Qui t'envoie, Quinn ?

Albert n'avait pas de temps à perdre en bavardages. Alicia tenait Quinn en joue et, à quelques mètres de là, Pug en faisait autant.

— Moi aussi, je suis content de te voir, lâcha Quinn.

Albert hésita, hocha la tête et répondit :

— Entre, on va discuter.

Il tourna les talons et se dirigea vers la maison sans attendre son visiteur. Alicia ferma la marche.

À l'intérieur, il y avait l'électricité, chose qu'on n'avait pas vue à Perdido Beach depuis des mois. Mais une unique ampoule éclairait les lieux ; le fuel était rationné. La priorité d'Albert était de maintenir en marche la pompe d'alimentation en eau et d'économiser suffisamment d'énergie pour prendre une douche pas trop froide.

Ils s'installèrent dans le salon, dont les grandes baies vitrées donnaient sur la mer. À cette distance, Perdido Beach n'était qu'une tache noire cernée par les lumières du monde extérieur.

Leslie-Ann apporta un pichet de thé glacé et des verres remplis de glaçons, que Quinn regarda comme s'il venait de trouver les portes du paradis.

— Alors ? fit Albert tandis que Quinn se servait du thé, ajoutait du sucre – un autre luxe improbable – et prenait une gorgée de son verre.

— Alors, j'ai remarqué que tu n'avais pas lancé un missile sur moi, Albert.

— Exact.

— Ce qui signifie que tu cherches à savoir ce qui se passe. Bref, tu peux arrêter de prendre tes grands airs avec moi. Je ne travaille plus pour toi. Si je suis là, c'est seulement parce que Edilio m'a demandé de venir.

— Edilio ? (Albert fronça les sourcils.) Et pas Caine ?

— Eh bien, tu ne peux pas le savoir, Albert, puisque tu es parti quand la situation a tourné au vinaigre, mais pas mal de choses ont changé depuis que la barrière est devenue transparente.

— Oui, il y a plus de lumière pendant la journée, répliqua sèchement Albert.

— Il y a plein de gens agglutinés près de la barrière du côté de l'autoroute. Des caméras de télé, des parents, des dingues... C'est le bazar parce que...

— Je les ai vus, l'interrompit Albert. Laisse-moi deviner : plus personne ne travaille, ils font des grands gestes à leur famille et bientôt, ils auront tous très faim.

Quinn ne prit pas la peine de confirmer.

— Et Caine ? demanda Albert.

— Il est parti chercher Gaia avec Sam. Maintenant, c'est Edilio qui commande, heureusement.

Albert prit une gorgée de thé en réfléchissant. Il pouvait travailler avec Edilio. C'était un garçon beaucoup plus raisonnable que Caine. Pour commencer, il n'aurait pas l'idée de se proclamer roi et de permettre à ses alliés psychopathes de terroriser son peuple.

— Edilio veut que je revienne pour remettre tout le monde au travail, résuma Albert.

— Oui.

— Et toi, Quinn ?

— Moi ? (Quinn le regarda droit dans les yeux.) Je pense que tu es un lâche et un égoïste.

L'insulte ne blessa pas particulièrement Albert. L'égoïsme était une vertu, et si l'instinct de conservation était considéré comme de la lâcheté, alors oui, il était lâche.

— J'ai tout ce que je veux ici, dit-il en levant son verre en guise de preuve numéro un.

Puis, à titre de preuve numéro deux, il désigna Alicia d'un signe de tête et enfin, il balaya d'un geste ample la pièce élégamment meublée et laborieusement éclairée par l'ampoule de quinze watts.

Quinn reposa son verre et se passa la main dans les cheveux, ce qui fit gonfler son biceps de manière impressionnante. Alicia se pencha légèrement sur son siège, au grand dam d'Albert.

— Je vais te dire, mon pote, lança Quinn. À ce stade, tu resteras dans l'histoire comme un sale petit trouillard qui s'est enfui en laissant tout le monde crever de faim.

— L'histoire avec un grand H ? s'enquit Albert d'un ton moqueur.

Quinn haussa les épaules.

— Tout le monde a l'air de penser que la barrière va disparaître. Juste avant de partir, j'ai vu des images à la télé d'un adulte qui est tombé de l'autre côté. Oui, dans la Zone. En tout cas, le gaïaphage, lui, croit qu'on va sortir, c'est certain : sinon, pourquoi il se serait incarné dans un corps ?

Albert ne put le contredire.

— Donc, oui, l'histoire avec un grand H, poursuivit Quinn. En ce moment, tout le monde nous regarde et nous juge. Il y a quelques jours encore, tu étais un héros. Maintenant, tu es un moins que rien. Le seul moyen d'arranger ça, c'est de revenir et de faire ce que tu sais faire.

10

61 HEURES,
36 MINUTES

Cette nuit-là, Sam et Caine campèrent à un kilomètre environ de Gaia et de Diana.

Quinn dormit dans un lit avec de vrais draps tandis qu'Albert faisait les cent pas dans la maison de San Francisco de Sales, en proie au doute. N'avait-il pas commis une erreur en acceptant de revenir ?

Astrid, allongée sur la couchette qu'elle partageait d'ordinaire avec Sam, essaya de penser à sa vie d'après… mais ses réflexions la ramenaient toujours à Drake, qui reposait au fond du lac, à cinq mètres sous la surface, dans sa glacière remplie d'eau. Elle tenta de se focaliser sur des souvenirs de Sam… Drake s'immisçait toujours dans son esprit. Pour finir, elle renonça à chercher le sommeil et prit un livre.

Diana se roula en boule par terre, près d'un tas de pierres que Gaia avait consenti à faire chauffer, priant pour ne pas faire de cauchemars. Raté. Elle rêva d'une chambre d'hôpital trop éclairée et d'un incubateur. En s'approchant, elle vit qu'il contenait une créature ensanglantée qui frappait violemment contre les parois en plexiglas. Autour d'elle, les infirmières la dévisageaient d'un air surpris.

Edilio s'écroula sur un vieux matelas dans ce qui était auparavant le bureau du juge de la ville. Alors qu'il s'évertuait à organiser sa journée du lendemain, il s'endormit si soudainement et si profondément qu'en s'éveillant au matin il s'aperçut qu'il n'avait ôté qu'une seule de ses chaussures.

Étendue à côté de Sanjit, Lana songea à Taylor ; Sinder, qui avait accepté de passer le lendemain, pourrait-elle faire la différence ? Ensuite, ses réflexions se tournèrent vers Quinn, et elle se demanda s'il se serait assez soucié d'elle pour l'obliger à arrêter de fumer. À cette pensée, elle se sentit déloyale et elle s'efforça de s'imaginer ce qu'elle ferait une fois sortie de la Zone.

Dekka rêva de Brianna.

Brianna rêva de vitesse et sourit dans son sommeil.

Le petit Pete n'avait pas la même notion du temps que le commun des mortels. Il dérivait paisiblement et, pendant quelque temps, il lui sembla qu'il cessait de penser, voire d'être. Puis sa conscience refit brusquement surface, et il se répéta encore une fois que ce n'était pas bien de frapper.

À l'endroit où la barrière bloquait l'autoroute, quatre-vingt-sept enfants à demi morts de faim, traumatisés et armés jusqu'aux dents dormaient, emmitouflés dans des sacs de couchage ou des couvertures sales, non loin d'un fast-food affichant sur sa vitrine que le Memphis Barbecue Burger ne coûtait que trois dollars quarante-neuf cents.

11

52 HEURES, 10 MINUTES

ORC SE MIT en route vers le milieu de la matinée. Il avait décidé une fois pour toutes d'aller se mettre à l'abri quelque part. À l'ouest, il y avait une forêt avec de grands arbres feuillus et plein de bonnes cachettes. Astrid lui avait raconté sa vie là-bas, les mûres protégées par des buissons d'épines. Oh, ce qu'il avait faim ! Elle avait aussi précisé qu'elle tendait des pièges aux écureuils et aux bêtes sauvages. Mais surtout, les mûres. Les épines, ça ne gênait pas Orc.

C'était dans cette forêt, où elle avait passé quatre mois seule, qu'Astrid avait perdu Dieu. Orc était un peu inquiet car en trouvant Dieu, il était devenu quelqu'un de meilleur. Il ne buvait plus. Il ne faisait plus de mal à personne. Et il n'éprouvait plus au fond de lui cette colère qui l'avait habité toute sa vie.

Enfin si, il se mettait encore en rogne, parfois. Howard lui manquait. Il voyait bien maintenant qu'il s'était servi de lui. Et puis Howard était un pécheur, lui aussi, ça c'était sûr. Il n'empêche qu'il avait toujours été son ami. Pas le meilleur qui soit, peut-être, mais son ami quand même.

Howard avait été tué par Drake et dévoré par les coyotes.

Un jour, Orc avait lu dans la Bible l'histoire d'une femme qui avait été mangée par des chiens sauvages. Il s'en passait, des sales trucs, dans ce bouquin.

Mais Orc n'avait pas peur des coyotes.

Il marchait en foulant de ses énormes pieds nus les rochers, la terre, les buissons d'épines, mais il ne sentait rien. Comme Astrid avant lui, il voulait juste trouver un endroit, au milieu de la nature, où il pourrait être seul.

Un jour, Jésus était parti dans la nature, lui aussi. Il avait rencontré Satan et il l'avait traité d'arriéré.

« Mais non, idiot, lui avait dit Howard quand il lui avait lu le passage en question. "Arrière", pas "arriéré". C'est ce qu'il dit à Satan pour le tenir à distance parce qu'il le pousse à mal agir. »

Orc avait souri. Enfin, il avait essayé de sourire, ce qui, d'habitude, effrayait les gens. « Arrière, c'est peut-être ce qu'il faudrait que je te dise, Howard. »

Quelquefois, Howard avait une manière bien à lui de regarder Orc en penchant la tête et en souriant à demi. « Je serai toujours derrière toi, espèce d'arriéré », avait-il dit ce jour-là.

Ce souvenir lui fit monter les larmes aux yeux. Son Satan à lui, qui était aussi son seul ami, était parti pour toujours, et il se sentait très seul.

Levant les yeux, il songea sans la moindre appréhension à la journée qui se préparait. Charles Merriman avait déjà connu le pire. Enfin, probablement. Et puis il y avait des mains plus grandes encore que ses grosses paluches couvertes de gravier, et c'étaient ces mains-là qui tenaient son destin.

« Des mûres et des épines », se dit Orc en essayant de s'imaginer l'endroit dont Astrid lui avait parlé.

Quinn avait passé la nuit sur l'île. Il avait mangé du fromage – du vrai fromage qu'après une fouille minutieuse de la maison Albert avait trouvé dans une pièce spéciale dédiée à sa maturation. Apparemment, ni Caine, ni Diana, ni Sanjit avant eux n'avait eu l'idée de visiter les caves, mais depuis son arrivée sur l'île, Albert, fidèle à lui-même, avait déjà localisé et listé tout ce qui pouvait être utile.

Quinn devait bien l'admettre : lui non plus n'y aurait pas pensé. L'idée qu'une pièce puisse servir uniquement à entreposer des fromages ne lui aurait jamais effleuré l'esprit.

Au matin, Albert avait demandé à Leslie-Ann et à Pug de descendre, au moyen d'un filet, une énorme meule de parmesan dans le bateau de Quinn. Alicia retournerait sur le continent avec Albert, mais Leslie-Ann et Pug resteraient sur place. Pug avait pour instructions de lancer les missiles sur tous ceux qui auraient l'intention de débarquer sur l'île à l'exception d'Albert.

Il lui fallut un bon moment pour se préparer. Vers midi, après avoir déjeuné de crackers et – ô merveille ! – de beurre de cacahuète, ils se mirent en route. Quinn s'efforçait de ne pas penser au fait qu'il devrait bientôt reprendre son travail quotidien. La traversée était longue et harassante jusqu'à Perdido Beach, d'autant qu'Albert et son fromage géant pesaient des tonnes, et qu'à l'évidence ni l'un ni l'autre n'allait manœuvrer les rames.

Alicia rama pendant quelque temps, mais elle les ralentissait plus qu'autre chose et, pour finir, elle posa les pieds sur le fromage et vint s'ajouter au poids mort dans le bateau.

— Quoi qu'on en dise, j'ai mené mes affaires de façon logique, lança Albert.

Il était d'humeur inhabituellement loquace, ce qui agaçait Quinn au plus haut point. D'habitude, quand il ramait, il devenait contemplatif, et il s'interrogeait sur le sens de la vie ou se posait des questions moins fondamentales du type *Star Trek* contre *Star Wars*.

— J'ai l'habitude qu'on me critique et je sais bien que ma réussite agace, poursuivit Albert. J'imagine que c'est inévitable.

Parfois, et bien malgré lui, Quinn pensait à Lana. Ce genre de réflexion n'amenait rien de bon en général. Quinn aimait bien Sanjit, et il était content que Lana soit heureuse, si c'était possible pour elle.

— Mais ils n'ont pas le droit de me détester. Je ne dois rien à personne, moi. C'est même plutôt le contraire. Sans moi, ils seraient tous morts de faim.

À une époque, Quinn pensait que Lana et lui finiraient par… quoi, sortir ensemble ? Bah. Ce genre d'idée semblait bizarre dans la Zone. Traîner ensemble ? Cette expression l'amusa. S'ils s'en sortaient vivants, il devrait s'accommoder d'un monde où les gens « traînaient ensemble » et où la notion de travail à temps plein n'existait pas pour un gamin de quatorze ans.

— S'ils n'avaient pas paniqué, je n'aurais pas eu besoin de déménager sur l'île.

Cette déclaration arracha enfin Quinn à ses réflexions.

— « Déménager », tu crois t'en tirer avec ça ? Bon courage ! En général, on appelle ça de la trahison ou de la lâcheté, mais tu peux toujours essayer.

— Tant que j'agis dans mon intérêt, ce n'est pas ma faute.

— Gros naze.

— Quoi ?

— J'ai éternué, marmonna Quinn.

Levant les yeux, il aperçut le bateau de la veille. Cette fois, le capitaine ne regarda pas dans sa direction.

Ils croisèrent les équipages de Quinn, qui effectuaient leur sortie en mer. Quinn eut droit à quelques gentils noms d'oiseaux et à des plaisanteries ayant trait au fait qu'il était dispensé de travail pour la journée. Albert eut droit à des commentaires moins bienveillants.

Edilio avait dû les apercevoir au loin, car il les attendait sur le quai comme s'il était venu accueillir une célébrité en visite. Il tendit la main à Albert pour l'aider à descendre du bateau.

— Je suis content que tu aies pu venir, Albert, dit-il, diplomate. On a besoin de toi.

— Je ne suis pas surpris, répondit Albert. Tu veux que les gens se remettent au boulot et tu as déjà compris que ça ne sert à rien de les supplier ou d'essayer de les raisonner.

— Les menacer, ça ne marche pas non plus.

— Tu n'as pas employé les bonnes menaces, c'est tout.

J'ai apporté du papier et un stylo. Il me faut un bâton. Non, il m'en faut plusieurs.

Une demi-heure plus tard, Albert se dirigea d'un pas alerte vers la barrière, Edilio sur ses talons. Le campement de fortune installé par les enfants était bien misérable. Ils étaient une centaine au moins, sales et dépenaillés, qui regardaient de l'autre côté de la paroi leurs parents, leurs frères et sœurs, le fast-food qui se trouvait à quelques dizaines de mètres de là, les écrans de télé ou les journalistes qui tentaient de les interviewer. On aurait dit un camp de réfugiés, sauf que tout ce qui séparait les gens bien nourris – voire trop nourris – des enfants affamés, c'était une paroi de verre.

Albert jeta un coup d'œil aux caméras de télévision. Pendant qu'Edilio apportait une demi-douzaine de pancartes fixées sur des bâtons, il fila vers une petite butte d'où il chassa sans cérémonie les enfants qui y étaient assis. Il ôta son sac à dos et l'ouvrit.

— Attention ! Attention, vous tous ! J'ai du fromage !

Puis il se mit à jeter des morceaux de parmesan.

Les enfants affamés accoururent aussitôt, se bousculant et poussant des cris. Bientôt ils commencèrent à se battre, à se griffer, à se donner des coups de pied.

Edilio se précipita.

— Je vais…

Albert l'interrompit brutalement.

— Non ! Ne fais rien !

Une fois les rations de fromage épuisées et l'émeute calmée, les enfants battirent en retraite pour essuyer leur nez en sang. Albert brandit ses écriteaux un par un.

Sur le premier, il était écrit: « Ces enfants vont mourir de faim s'ils restent là à vous regarder. »

Sur le deuxième: « Ils doivent retourner travailler. S'ils restent ici, ils vont mourir. »

Sur le troisième: «Je ne peux les nourrir que s'ils travaillent. Partez ou restez et regardez-les mourir. »

Sur le quatrième: « Vous pourrez leur rendre visite entre 17 heures et 20 heures. Maintenant, partez. »

Enfin, sur le dernier écriteau: « ALBERCO: pour que vos enfants mangent. Albert Hillsborough, P-DG. »

Puis Albert se tourna vers la foule d'enfants hébétés, couverts de bleus et d'égratignures.

— C'est très simple. Je vais mettre Quinn au chômage, ce qui veut dire: plus de poisson. C'était votre dernier repas avant que vous vous remettiez à bosser. Chacun va reprendre son poste. Si vous venez du lac, retournez-y ou venez me voir pour que je vous donne un travail.

Si ça ne marchait pas maintenant, songea Albert, ça ne marcherait jamais. Un murmure mécontent s'éleva de la foule ; il l'ignora.

— Maintenant, dites au revoir à vos familles, et au boulot.

Quelques enfants commencèrent à s'éloigner en traînant les pieds, puis d'autres suivirent. De l'autre côté de la barrière, des parents les imitèrent, les yeux remplis de larmes.

Quant aux caméras de télévision, elles se braquèrent sur Albert. Il avait une allure impressionnante malgré son physique d'avorton: il portait un pantalon propre et repassé avec une chemise rose un peu trop grande mais immaculée. Il tira de sa poche un tube d'au moins dix centimètres de long et en sortit un gros cigare. Parmi les trouvailles qu'il avait faites sur l'île il y avait un humidificateur. Après avoir coupé une extrémité du cigare avec une petite lame en chrome, il le porta à ses lèvres, l'alluma avec un briquet luxueux et souffla un nuage de fumée.

À cet instant, il avait deux certitudes. La première, que les images de ses pancartes et de lui-même dans son rôle d'homme d'affaires arrogant seraient retransmises dans le monde entier. La deuxième, que son erreur récente serait vite oubliée et que s'il parvenait à sortir vivant de la Zone, il deviendrait millionnaire avant même d'entrer à l'université.

— Tu as bien fait de venir me chercher, Edilio, dit-il.

Pour toute réponse, Edilio soupira.

À l'instar de nombreux objets de l'ancien temps, les vélos étaient devenus des objets de luxe dans la Zone. La plupart avaient été vandalisés ou bêtement détruits, notamment en accomplissant des cascades qu'il était plus difficile de faire avec des adultes dans les parages, comme descendre les marches de l'hôtel de ville à toute allure ou sauter par-dessus une voiture au moyen d'une rampe de fortune.

Dahra avait dû venir en aide à des gamins qui s'étaient essayés à ce dernier défi. Elle avait aussi soigné un garçon qui avait voulu franchir une fenêtre à vélo, et un autre qui avait sauté de son toit. Lana avait quant à elle refusé de les guérir sous prétexte qu'ils étaient idiots.

Et puis il y avait eu les pneus crevés, les chaînes cassées et tous les incidents susceptibles de se produire avec un vélo, sans compter les pièces volées et les engins transformés en brouettes. Le vélo de Dahra – une relique appartenant à des jours meilleurs, qu'elle gardait précieusement, cachée sous une bâche dans son garage – était donc une rareté. Il était en un seul morceau, mais les pneus étaient à plat ; Dahra avait passé la plus grande partie de la journée de la veille à chercher une pompe avant d'en dénicher une dans le garage d'un voisin. À présent, elle craignait d'être en retard et que, par sa faute, Astrid ne puisse pas rencontrer Connie Temple. Mais dans la Zone, pour se rendre d'un point à un autre, vous ne pouviez pas supplier vos parents de vous emmener en voiture. Elle ferait de son mieux, point barre.

À une époque dans l'histoire de la Zone, elle aurait eu peur de tomber sur un gang ou sur une meute de coyotes en s'aventurant hors de la ville mais, ces derniers temps, tout le monde ou presque campait près de la barrière et ne prêtait pas grande attention à ce qui se passait ailleurs. Quant aux coyotes, le bruit courait que Brianna les avait tous éliminés.

L'autoroute s'était transformée en un cimetière de voitures accidentées dans les jours qui avaient suivi l'apparition de la Zone. Par la suite, d'autres véhicules avaient été vandalisés ou incendiés. Tous avaient été forcés par des enfants en quête de nourriture, de drogue ou d'alcool. Les batteries étaient mortes depuis bien longtemps, et il n'y avait plus une goutte d'essence dans les réservoirs.

Dahra slalomait entre les carcasses de voitures et les débris en tout genre. La distance qui séparait Perdido Beach du lac était sans doute la plus grande qui puisse exister dans la Zone d'un point à un autre. Il fallait probablement une bonne journée de marche pour la parcourir mais beaucoup moins de temps à vélo.

Dahra franchit l'intersection de la centrale, le centre névralgique de la Zone. Dans son esprit, cet endroit correspondait à peu près à la moitié du chemin. Les collines de Santa Katrina se dressaient à sa droite sous le soleil levant, et à présent elle devait décider du chemin à prendre. Le trajet le plus court était une piste en terre pleine de cailloux, ce qui n'était pas idéal à vélo. En prenant par le parc de Stefano Rey, elle trouverait une route bétonnée mais plus escarpée : c'est du moins ce que racontaient les enfants. Il y aurait de l'ombre sous les arbres, perspective agréable. Il faisait chaud et elle n'était pas au mieux de sa forme. Elle avait passé l'essentiel de l'année précédente cloîtrée dans le sous-sol de l'hôtel de ville, dans l'hôpital qu'ils avaient aménagé avec les moyens du bord, à lire des manuels de médecine et à distribuer les médicaments au compte-gouttes.

Elle avait appris à panser une blessure, à fixer une attelle, à faire des points de suture, car Lana n'était pas toujours disponible. Elle s'était même, non sans apréhension, improvisée dentiste avec une pince-étau.

S'ils parvenaient à sortir un jour de la Zone, peut-être qu'elle s'inscrirait à la fac de médecine une fois ses études secondaires achevées. D'ici là, elle devrait redevenir une adolescente comme les autres.

Elle avait « parlé » avec sa mère à la barrière. Celle-ci lui avait demandé si elle était à jour dans ses devoirs. Qu'est-ce qu'on était censé répondre à une question pareille ?

Elle n'avait pas eu droit à une vraie nuit de sommeil depuis… une éternité. Elle avait dû veiller chaque soir ou presque de l'année précédente pour appliquer des compresses froides sur des fronts fiévreux, nettoyer les vomissures et les diarrhées… jusqu'à ce que surviennent la grande épidémie, les toux mortelles, les invasions d'insectes meurtriers.

Cette catastrophe l'avait anéantie pendant quelque temps. Puis elle avait repris le dessus.

Dahra fit une pause pour boire de l'eau, regretta de ne pas avoir emporté de nourriture, se consola à la pensée qu'on lui donnerait à manger au lac et se remit en route.

La pancarte de Stefano Rey était toujours à sa place. Il n'y avait pas assez de monde sur cette route pour la vandaliser comme les autres panneaux de la Zone.

Pourquoi s'infligeait-elle un tel périple ? Parce qu'elle n'avait pas pris assez de risques jusqu'à présent ? Parce qu'elle s'était tenue à l'écart des guerres sauf pour assister les blessés ? Parce qu'elle voulait, juste une fois, jouer les héroïnes plutôt que les infirmières ?

Ridicule.

Il faisait frais sous les arbres, mais la route était pentue, et bientôt Dahra fut en nage. Dans un moment d'inattention, elle heurta de plein fouet une branche et fit un vol plané. Elle tomba à plat ventre sur le goudron sans avoir le réflexe d'amortir le choc avec les mains.

Elle resta étendue là, sonnée, hors d'haleine. Un goût de sang lui emplit la bouche. Elle tâta fébrilement ses extrémités. Elle pouvait bouger les jambes et les bras. Ses genoux et la paume de ses mains saignaient, mais elle n'avait rien de cassé. Elle avait une drôle de sensation dans la mâchoire, comme si elle se l'était déplacée. Ce n'est qu'en essayant de se relever qu'elle ressentit une douleur aiguë à la cheville. Elle tenta de la bouger et, oh, pas de doute, elle avait mal.

La roue avant du vélo était voilée. Il était inutilisable, et quand bien même, elle n'aurait pas pu s'en servir avec une entorse à la cheville.

Elle s'efforça de contenir sa panique. Elle se trouvait encore à plus de six kilomètres à vol d'oiseau du lac, et plutôt huit par la route. Ça faisait une trotte pour quelqu'un qui devait clopiner sur une jambe.

Elle chercha des yeux un bâton pour s'en servir de béquille.

— J'aurais cru que c'était facile de trouver un bout de bois dans une forêt, songea-t-elle tout haut en espérant que le son de sa voix lui redonnerait courage.

Ses plaies la faisaient souffrir et elle aurait donné cher pour les laver.

— Ça va aller, dit-elle.

Mais l'ombre des arbres et la petite voix dans sa tête lui tenaient un tout autre discours. Après avoir survécu à l'épidémie, elle avait eu l'impression d'avoir joué sa dernière chance. Elle avait décidé de défier le destin à nouveau et voilà qu'elle se retrouvait perdue dans les bois, alors qu'une issue heureuse était peut-être toute proche.

« Et tout ça pour quoi ? Pour transmettre un message ? » se demanda Dahra, médusée.

Alors elle s'assit au bord de la route et fondit en larmes.

12

44 HEURES

VISIBLEMENT, GAIA AVAIT grandi et guéri pendant son sommeil. La veille en s'endormant, elle avait la peau encore brûlée et les traits d'une enfant de sept ou huit ans. Au matin, on lui donnait près de dix ans et son visage avait cicatrisé.

Diana avait décidé de ne pas la réveiller. « Laissons les monstres dormir. »

Alex avait déliré pendant une grande partie de la nuit. Il s'était réveillé plusieurs fois après le lever du soleil en poussant des cris de souffrance, puis il avait sombré dans un sommeil agité.

Diana s'efforçait de ne pas regarder le bras presque entièrement dévoré posé à côté de Gaia qui ronflait doucement. Vers midi, elle s'était réveillée en sursaut puis levée d'un bond pour aller soulager sa vessie derrière un arbre. À son retour, elle avait rongé le bras jusqu'à l'os sous le regard à la fois haineux, horrifié et fasciné d'Alex.

« Il perd pied », avait conclu Diana.

— J'ai faim, annonça Gaia. Faire pousser ce corps à une vitesse accélérée, ça demande beaucoup d'énergie.

— Gaia, non, dit Diana.

Alex émit un cri étranglé et tenta de fuir. Gaia agita l'index et il se retrouva en train de faire du sur-place, les pieds gigotant dans le vide.

— J'ai… Attends ! Attends ! J'ai une barre de céréales !

— C'est quoi, une barre de céréales ?

— Ça se mange ! Ça se mange ! cria Alex en faisant glisser son sac à dos de son épaule intacte.

Une barre de céréales… Cette expression Diana en saliva. La faim la tenaillait. Si Gaia prenait l'autre bras d'Alex, elle lui laisserait peut-être la barre de céréales.

« Prends-le, tue-le, mange-le, je m'en fiche. »

Diana prit le sac des mains d'Alex. De petit format, il était visiblement adapté à un coureur et non à un campeur. Elle en vida le contenu par terre. Un tube de crème. Un couteau. Une bouteille d'eau. Un iPhone avec des écouteurs et une espèce de chargeur solaire. La précieuse barre de céréales. Une carte.

Gaia se rapprocha d'Alex.

— C'est quoi qui se mange ?

Diana regarda la barre de céréales, un luxe inimaginable dans la Zone. De l'avoine, des raisins, des dattes : elle en avait les larmes aux yeux. Il lui suffisait de dire : « Tue-le ! » et la barre de céréales était à elle.

— Tiens, la voilà ! cria Alex. Prends-la !

Gaia la prit, l'examina en fronçant les sourcils, comprit qu'il fallait ôter l'emballage et la dévora en deux bouchées.

Diana soupira. « Décision prise. »

— Qu'est-ce que c'est ? demanda Gaia en désignant l'iPhone.

— Son téléphone portable, répondit Diana. Ça ne marche pas ici.

— J'ai quelques morceaux de musique, dit Alex avec empressement. Tu veux les écouter, Gaia ? Tu veux écouter de la musique ?

— C'est quoi, de la musique ?

— Tiens, regarde. Tu mets les trucs blancs dans tes…

Il saisit les écouteurs de sa main restante et les tendit à Gaia qui les prit.

— Gaia, je sais comment aller au lac, dit Diana. Je peux te trouver de quoi manger là-bas.

« Et me trouver de quoi manger par la même occasion. »

Gaia rit en triturant les écouteurs.

— Une fois au lac, on pourra se remplir le ventre. Il y aura plein de choses à manger.

— Tu… Attends, dit Diana, troublée. Tu avais prévu d'aller là-bas ?

— Bien sûr, idiote, répondit Gaia, les yeux pétillants de joie. Une fois qu'il fera nuit. Sinon, comment tu veux que je les tue tous ?

— Tous ? répéta Diana, le regard vide.

— Tous les humains qui pourraient servir à Némésis. Je croyais pourtant que c'était clair, Diana. Je ne peux pas lui laisser l'occasion de se trouver un corps pour l'héberger. Tu te rends compte de la puissance qu'il aurait ? Non, il doit mourir. Mais d'abord, les enfants du lac. Ce sera plus facile. Puis Perdido Beach. Il y a beaucoup d'endroits pour se cacher là-bas. (Elle hocha la tête d'un air suffisant.) Combien y a-t-il d'humains en vie dans notre petit univers ?

— Gaia, tu ne peux pas…

Diana se retrouva plaquée au sol ; la violence du choc lui coupa le souffle. Puis elle fit un vol plané en poussant un cri de terreur. Elle allait s'écraser sur les rochers. « Oui, s'il te plaît, laisse-moi mourir », pensa-t-elle.

Mais à cinquante centimètres du sol, Gaia stoppa sa chute. Ses traits enfantins étaient déformés par un rictus féroce.

— Ne me dis pas ce que je dois faire.

Et elle laissa retomber Diana par terre.

— Tu vois, c'est elle qui cause des problèmes ! s'écria Alex en désignant Diana de sa main restante, la bave aux lèvres, les yeux exorbités. Mange-la ! Mange-la ! Ah ah ah !

Diana ne s'offusqua même pas de sa réaction. Il avait déboulé au milieu d'un cauchemar sans la moindre idée de ce qui l'attendait. Ses yeux étaient injectés de sang. La folie le gagnait. « Attends qu'il ait assez faim pour que l'odeur de sa propre chair cuite commence à… »

Gaia éclata de rire.

— Tu ne veux pas nourrir ton dieu ? demanda-t-elle à Alex.

Elle s'approcha de lui et le saisit par l'oreille. C'était un acte de pur sadisme. Gaia n'était pas seulement impitoyable ; elle se délectait de la peur qu'elle suscitait.

— Tu as encore de l'espoir, susurra-t-elle. Tu crois que tu as une chance de m'échapper. Imbécile. Tu ne comprends pas ? Si tu vis encore, c'est pour me nourrir. Prie pour que je te mange. Implore-moi. Car si je ne peux pas te manger, tu mourras.

Alex eut si peur qu'il en mouilla son pantalon. Il tomba à genoux.

Gaia partit d'un rire joyeux.

— Tu vois ? dit-elle à Diana. Il se traîne à genoux devant moi.

— Tu cherches à les tuer ou à les humilier ? demanda celle-ci d'un ton amer.

— Quoi ? Je ne peux pas faire les deux ?

— Pourquoi, Gaia ? Pourquoi tu fais ça ?

— Némésis pourrait avoir l'idée de s'incarner dans un corps, lui aussi, expliqua-t-elle d'un ton d'institutrice. Alors, qu'est-ce que je deviendrais ? Il faut qu'il meure pour que la barrière tombe, Diana, et qu'enfin je sois libre d'aller où je veux. Je suis prête. Cet endroit est trop petit pour moi à présent. Regarde le monde au-dehors. (Elle désigna d'un grand geste la barrière transparente et le désert au-delà.) Il n'en finit pas. C'est grand comment là-bas, Diana ?

— Quoi, le pays ? La Terre ?

— Tout. La Terre, c'est comme ça que tu l'appelles ? D'accord. Alors, c'est grand comment, la Terre ?

Diana haussa les épaules.

— Je ne sais pas, moi. Je n'ai jamais été première de la classe. Astrid saurait te répondre au kilomètre près, ça tu peux en être sûre.

Gaia se tourna vers elle, les yeux brillants d'excitation.

— Mais c'est grand, hein ? Il y a combien d'humains ?

— Des milliards.

Gaia resta bouche bée.

— Même toi, tu ne peux pas tous les massacrer, dit Diana, ragaillardie par son air consterné.

Mais elle sembla accepter rapidement la nouvelle.

— Je n'aurai pas besoin de tous les tuer, Diana. Quand Némésis aura disparu, je serai la seule à régner. Je grandirai, je m'étendrai, je passerai d'un corps à l'autre et bientôt je me serai tant multipliée qu'il sera impossible de me détruire. Pour finir, tout le monde sera moi et je serai tout le monde.

— Tu n'as pas peur de t'ennuyer ? objecta Diana. Imagine, tu n'auras plus personne à qui parler de tes plans machiavéliques. Plus personne à terroriser.

Gaia hocha la tête d'un air pensif.

— Oui, c'est vrai. J'en laisserai quelques-uns en liberté pour leur apprendre la peur et la souffrance.

Diana l'observa, interloquée. Elle ne voyait plus la fille qui grandissait à toute allure mais le monstre en dessous. Il lui avait donc fallu tout ce temps pour comprendre ? Le sadisme. Les petits jeux. Les peurs irrationnelles et les visions grandioses.

Diana avait observé suffisamment de cas dans la Zone ; comment n'avait-elle pas détecté la folie chez cette créature ?

Oui, Gaia était folle. Elle allait tuer tout le monde, les bons comme les méchants, c'était son plan. Diana comprenait à présent. C'était la fin de la partie. Le gaïaphage ne pouvait pas permettre que le petit Pete se réincarne, il allait donc tuer tous les enfants encore en vie dans la Zone.

Et ce n'était pas une simple question de survie pour Gaia. Elle y prendrait du plaisir. Elle jouirait de les voir fuir devant elle, de les pourchasser, de les tuer. Gaïa n'agissait pas seulement par égoïsme et par ambition à l'instar de Caine. Elle était le mal incarné, comme Drake. Une psychopathe. Une bête féroce.

Malgré elle, Diana songea à Orc. Le moins qu'on puisse dire, c'est qu'il n'avait pas un profil ordinaire. Il avait été une brute, un assassin, un alcoolique, mais il avait fait pénitence. Comme Diana, il en était venu à regretter ses actes. Même s'il l'exaspérait avec ses citations de la Bible et ses éternelles questions, il avait trouvé le chemin de la rédemption.

L'histoire de sa vie allait-elle s'achever dans les flammes de Gaia juste pour nourrir son ego psychotique ? Et Sinder, qui était si dévouée à son jardin ? Et Dahra, qui avait fini par s'enfoncer dans la dépression à force de soigner les malades et les blessés ? Et Jack ? Il était perdu, désorienté et à une époque Diana l'avait manipulé, mais de là à mourir par la main de cette… abomination ? Et Astrid, cette sale petite donneuse de leçons ? Et Brianna, que Diana avait petit à petit appris à apprécier. Et Dekka, qui, sans l'avoir jamais aimée, avait fini par lui pardonner à sa manière. Et Lana.

Et Caine. Oui, surtout Caine.

Toutes ces batailles, toute cette rage ? Fallait-il que ça se termine ainsi pour que cette créature malfaisante puisse aller semer la destruction dans le monde extérieur ?

Elle se souvenait des caresses de Caine. Qui aurait pu penser que ce garçon égoïste et assoiffé de pouvoir était capable de tendresse ? Oh, et ça s'était si bien terminé, n'est-ce pas ? Elle s'était retrouvée enceinte d'un bébé mutant sacrifié dès sa naissance aux besoins du gaïaphage.

Mais Caine ne pourrait jamais être libre hors de la Zone, Diana le savait. C'était un criminel, un bon à rien, et on le mettrait en prison. Elle pourrait lui rendre visite et elle aurait alors tout loisir de se moquer de lui à travers la vitre du parloir. Mais elle l'attendrait des années, s'il le fallait. Toute sa vie, même.

« Tu fais de mauvais choix, Diana, se dit-elle. Un de plus, ça ne changera pas grand-chose. »

À cet instant précis, Diana sentit qu'un changement s'opérait en elle. Elle en fut étonnée. À un moment donné, comme Alex, elle s'était cramponnée à l'espoir : elle avait essayé de se convaincre que sa fille était toujours là, quelque part…

Mais ce n'était pas une petite fille qui se tenait devant elle. C'était un monstre avec de beaux yeux bleus et un visage d'ange.

Gaia avait laissé tomber le téléphone et les écouteurs par terre tandis qu'Alex pleurait et gémissait à ses pieds. Diana les ramassa.

— De la musique, dit-elle entre ses dents.

— De la musique ? répéta Gaia, déconcertée.

— Ça ne te plairait pas, Gaia. Ça n'est que pour les humains.

Gaia savait beaucoup de choses mais elle ne connaissait rien à la psychologie humaine.

— Je veux écouter !

Il ferait presque nuit quand ils atteindraient le lac. Diana ne présumait pas beaucoup de ses chances : c'était une idée risible, désespérée, certainement stupide. Mais après tout, qu'est-ce qu'elle risquait à essayer ? Les paroles d'une vieille chanson lui revinrent en mémoire : « La liberté, c'est un autre mot pour dire qu'on n'a plus rien à perdre. »

Gaia retourna les écouteurs dans ses mains, les sourcils froncés, et reproduisit les gestes que sa mère lui avait montrés.

À son propre amusement, Diana, elle, s'apprêtait à jouer les héroïnes.

Plusieurs heures s'étaient écoulées, il ferait bientôt nuit et Dahra avait réussi non sans mal à parcourir trois cents mètres en boitant. Elle avait les mains en sang et elle ne comptait plus ses chutes, qui laissaient des empreintes rouges sur le goudron.

Peut-être, songea-t-elle, que la barrière tomberait enfin et que soudain, des dizaines de voitures surgiraient sur cette route. Si c'était le cas, il valait mieux qu'elle ne traîne pas. Il faisait maintenant nuit noire. Elle distinguait à peine les arbres sur les bas-côtés. Levant les yeux, elle observa le ciel couleur d'encre et vit, très loin à l'est, les lumières clignotantes d'un avion de ligne. Il devait être rempli de passagers voyageant tranquillement de San Francisco à Los Angeles. « Mesdames et messieurs, à droite de l'appareil, on distingue l'anomalie de Perdido Beach. »

Peut-être que si le cauchemar se terminait un jour, on organiserait des visites de l'ancienne Zone. « Et c'est là que Dahra Baidoo est morte de faim. »

À cette pensée, elle se remit à pleurer. Qu'avait-elle fait pour mériter ça ? Soudain, un bruit lui fit lever la tête, et elle aperçut un coyote à quelques mètres d'elle. Ses yeux brillaient dans l'obscurité. Il était sale, hirsute, n'avait que la peau sur les os. Dahra savait que Brianna avait semé la terreur parmi la population de coyotes de la Zone en les pourchassant un par un. Après la terrible attaque qu'ils avaient menée au sud du lac, Sam l'avait chargée de les éliminer une bonne fois pour toutes.

Mais manifestement, l'un d'eux avait survécu.

Le coyote renifla l'air. Il était nerveux mais, surtout, il avait faim.

— Va-t'en ! cria Dahra. J'ai rendez-vous avec Brise. Elle sera là d'un instant à l'autre.

L'animal n'en crut pas un mot.

— Pas ici, dit-il de sa drôle de voix étranglée.

Il s'avança prudemment vers Dahra, le museau luisant de bave.

Une terreur folle s'empara d'elle. Le coyote n'allait pas seulement la tuer ; il la dévorerait vivante et elle devrait assister à son propre calvaire jusqu'à ce qu'une trop grande perte de sang lui fasse perdre conscience. Elle savait. Elle avait entendu des tas d'histoires ; elle avait vu les survivants mutilés qu'on avait transportés à l'hôpital en attendant le salut des mains de Lana.

Elle commença à prier.

— Tue-moi d'abord, dit-elle tout haut. Tue-moi avant de… avant…

Le coyote se trouvait maintenant à moins d'un mètre d'elle. Il flairait son odeur, la gueule écumante.

— Non, murmura-t-elle. Oh non…

Le coyote se figea, les oreilles dressées, puis arqua le dos et Dahra entendit à son tour un craquement de feuilles mortes et de brindilles.

— À l'aide ! À l'aide ! cria-t-elle.

Le coyote n'avait pas l'air d'apprécier la présence du nouveau venu. Il poussa un grondement sourd. Le bruit se rapprocha et avec un gémissement furieux, il détala.

— À l'aide ! cria encore Dahra.

D'abord, elle ne comprit pas ce qu'elle voyait. Ça ressemblait à une personne, mais démesurément grande, avec une silhouette indistincte. Puis elle reconnut son sauveur et manqua défaillir de soulagement.

— Orc !

Il gravit sans difficulté la pente qui menait à la route et s'accroupit près d'elle.

— Dahra ? Qu'est-ce que tu fiches ici ?

— Je priais pour que tu viennes, hoqueta-t-elle.

Orc ne pouvait pas vraiment sourire ; seule une petite partie de son visage était encore capable d'exprimer une émotion.

— Tu as prié Dieu comme dans la Bible ? s'exclama-t-il.

Dahra avait envie de répondre qu'elle aurait prié le diable s'il l'avait fallu, mais elle se contenta de murmurer :

— Oui, Orc. Comme dans la Bible.

— Et Il m'a envoyé, dit-il.

Cette idée sembla lui procurer une immense satisfaction. Bombant le torse, il répéta :

— Il m'a envoyé !

— Je suis tombée de vélo. J'ai une entorse à la cheville. Tu peux m'emmener jusqu'au lac ?

— Tu devrais pas plutôt aller voir Lana ?

— Le lac d'abord, si ça ne t'embête pas. J'ai un message important pour Astrid.

Orc hocha la tête.

— N'oublie pas de lui dire que c'est Dieu qui t'a sauvée. Il m'a conduit jusqu'ici pour que je te sauve. Peut-être qu'Astrid… Bon, je vais te porter.

Il souleva Dahra comme un fétu de paille. Il l'avait toujours terrifiée. Il semblait venir d'une autre planète. Pourtant, en ce moment même, elle se sentait en sécurité dans ses bras.

Quant à Orc, il se mit en route en riant tout seul.

13

40 HEURES, 3 MINUTES

POUR ASTRID, C'ÉTAIT une nouvelle nuit loin de Sam. Sa présence lui était vite devenue indispensable, bien qu'elle ait dormi seule pendant quinze ans. N'avait-elle pas toujours vécu près de lui ? Ne s'était-elle toujours pas réveillée avec ses caresses ?

Elle s'efforça de ne pas penser à lui. Mais tout dans cette cabine réveillait son souvenir. Elle essaya aussi de ne pas penser à Drake, dont la tête se trouvait dans une glacière au fond du lac, à cinq ou six mètres de profondeur.

Un pas lourd résonna sur le ponton, puis sur le pont de la péniche. Astrid s'empara de son fusil et alla jeter un coup d'œil au-dehors. Le garde d'Edilio aurait dû arrêter l'intrus. Elle entendit quelqu'un uriner dans l'eau non loin d'elle et comprit : ce devait être la sentinelle en question.

Astrid traversa le couloir en braquant son arme devant elle, gravit sans bruit les marches accédant au pont supérieur et aperçut Dahra Baidoo dans les bras d'Orc.

— Ne tire pas, dit-elle, les dents serrées.

— Dieu m'a envoyé la sauver ! s'écria Orc.

— Qu'est-ce qui t'est arrivé ? demanda Astrid en posant

son arme pour l'aider à allonger la blessée sur une banquette.

— Je suis tombée de vélo en venant te voir, répondit Dahra. J'ai une entorse à la cheville.

— Elle a triplé de volume, observa Astrid.

— Oui, Astrid, je m'en suis aperçue.

D'habitude, Dahra n'était pas du genre à donner dans le sarcasme, mais Astrid ne pouvait pas lui en vouloir.

— Qu'est-ce que je peux faire pour toi ?

— Il va falloir que tu m'emmènes voir Lana dès que je t'aurai expliqué la raison de ma visite.

— Peut-être que je peux m'arranger pour qu'on te ramène en voiture, suggéra Astrid en se demandant si l'état de Dahra le justifiait.

Auquel cas, elle devrait trouver une façon de rentabiliser le trajet. Peut-être qu'elle pourrait en profiter pour vérifier si Sam était dans les parages…

— Je t'écoute.

— D'abord, il faut que je mange quelque chose, dit Dahra.

— Bon, puisque tu es blessée, je peux te donner un bol de nouilles déshydratées. Je suppose que vous y avez droit tous les deux.

Pendant que l'eau chauffait, Dahra se détendit et raconta son histoire.

— Je suis tombée sur Connie Temple, la mère de Sam, à la barrière. Elle veut te parler.

— Moi ?

Astrid fronça les sourcils.

— Elle dit que ça commence à sentir le roussi dehors. Et elle a raison. J'ai vu une pancarte sur laquelle il était écrit : « Tuons-les tous et laissons Dieu mettre de l'ordre dans tout ça. »

— Ce n'est pas très chrétien, ça, commenta Orc dans un soupir.

— Ça non, répliqua sèchement Astrid.

— Je suppose que Mme Temple veut en discuter avec quelqu'un. Sam est parti, Edilio trop occupé, il ne restait donc plus que toi, Astrid.

— Je suis le troisième choix ?

Dahra haussa les épaules et tressaillit de douleur.

— Elle t'attend près de la barrière. Désolée, j'aurais voulu t'avertir plus tôt, j'ai mis plus de temps que prévu. Demain, peut-être ? Il te faudra du papier et un crayon pour communiquer.

Astrid réfléchit quelques instants.

— Merci, Dahra, dit-elle enfin. Et merci, Orc.

— C'était pas moi, dit-il d'un ton solennel en levant un index boudiné vers le ciel. Peut-être qu'Il a des projets pour moi.

Astrid sourit.

— Tu es vraiment devenu un type bien, Orc. S'il existe un exemple de rédemption, c'est toi.

Elle le serra dans ses bras avec un peu d'appréhension. Comme son corps était bizarre au toucher ! Il semblait trop ému pour parler. Astrid s'écarta de lui, l'esprit déjà tourné vers ce qu'elle et Sam appelaient « la fin de la partie ». Ce n'était pas tout d'avoir survécu à une guerre ; il fallait prévoir la suite.

Elle était contente que Connie Temple demande à la voir. Se préparer à l'après, c'était sans doute la chose la plus importante qui restait à faire. Et Astrid pensait qu'elle pouvait s'acquitter parfaitement de cette tâche.

Gaia chantait. Plutôt mal, certes – elle avait la voix fluette et aucune expérience de la musique – mais elle chantait, les écouteurs vissés sur les oreilles.

Ils s'étaient installés derrière une butte, tout près du lac. Gaia avait allumé un petit feu de brindilles. C'était Diana qui lui en avait donné l'idée en espérant que la lueur des flammes serait visible du lac et que Sam prévoyait déjà une attaque surprise qui mettrait un terme à cet enfer.

Alex ne semblait pas d'humeur à bavarder. En tout cas, pas avec elle. Entre deux phrases inintelligibles, il répétait sans cesse : « Fondu, mec. Fondu. » Quoi que cela puisse signifier, il avait manifestement perdu la boule.

Diana espérait qu'il tomberait dans les pommes ou qu'il s'endormirait. Elle ne lui faisait pas confiance : il pouvait la trahir pour se faire bien voir de Gaia.

Diana avait déjà vu des gens péter les plombs. Mais jamais aussi vite. Était-il déjà paumé ou fragile avant de s'aventurer dans cet enfer ? Ou était-ce dû à son âge ?

Elle réfléchit à la question pendant quelques instants. On disait les enfants capables de résister à bien des chocs, ce qui impliquait que les adultes étaient moins solides. Diana se demanda comment les choses se seraient passées avec trois cents adultes piégés dans la Zone en compagnie du gaïaphage et de dangereux mutants, humains ou non.

Mais là n'était pas la question. Elle devait agir avant Gaia. Elle était certaine qu'elle attendait la tombée de la nuit pour attaquer, or il faisait presque noir.

Le moment était donc venu. La fin avait sans doute sonné pour Diana, mais tant pis. « Mon pouvoir secret : prendre les mauvaises décisions », songea-t-elle.

— Il faut que j'aille faire pipi, annonça-t-elle, les dents serrées.

Elle se redressa péniblement en faisant craquer ses genoux. Gaia ne leva même pas la tête, et Diana s'aperçut qu'elle avait les yeux fermés. En ce moment même, elle paraissait moins redoutable. On aurait pu croire qu'elle dormait si elle ne s'était pas remise à fredonner. Diana s'éloigna en s'efforçant de paraître nonchalante malgré ses jambes raides.

Gaia ne sembla même pas s'apercevoir de son départ, mais Diana craignait qu'Alex n'y voie le signal pour s'enfuir à son tour. Heureusement, il était trop occupé à répéter « Fondu, fondu » et à feindre d'apprécier la voix de Gaia dans l'espoir ridicule qu'elle finirait par se prendre d'affection pour lui. « Pauvre crétin, pensa Diana. Prie plutôt pour qu'elle n'ait pas un petit creux. »

Ils se trouvaient dans un endroit vallonné. De gros rochers émergeaient çà et là de la terre dure. Des touffes d'herbe sèche poussaient autour d'un bosquet d'arbres noueux. Diana reconnut l'endroit : le jardin de Sinder était situé juste de l'autre côté de la colline. Le lac était donc à moins de quatre cents mètres.

Dès qu'elle fut assez loin, elle détala. En dépit de la lune – la vraie, pas l'imitation qu'ils voyaient auparavant – qui venait de se lever, il faisait très sombre. Diana trébucha à plusieurs reprises, sans cesser de courir. Elle se blessait chaque fois qu'elle tombait, mais elle avait vécu bien pire.

Elle espérait que Sam, Dekka, Brianna et tous ceux qui se sentiraient de taille à affronter Gaia se trouvaient de l'autre côté de la colline.

Sam l'aimait bien, il avait été gentil avec elle ; il pouvait la sauver. Elle se cramponnait à cet espoir. En l'absence de Caine pour jouer les chevaliers en armure, il restait Sam.

Elle entendait le crissement de ses pas dans le sable, son souffle entrecoupé, les martèlements de son cœur. L'espoir renaissait, or il était cruel.

Apercevant une silhouette au loin, elle se précipita vers elle.

— Hé, qui va là ? cria une voix juvénile.

— Diana, chuchota-t-elle d'un ton pressant. Parle moins fort !

— Montre-moi ton visage !

Elle se força à ralentir – elle ne voyait pas l'utilité de se faire tirer dessus par ses sauveurs – et attendit que le garçon l'ait reconnue. Pour sa part, son visage ne lui disait rien, mais elle ne s'était pas fait beaucoup d'amis au bord du lac.

— Tu peux donner l'alerte ? demanda-t-elle.

— Hein ?

— L'alerte ! répéta-t-elle d'un ton cassant.

— Je peux tirer en l'air.

— Non, elle va t'entendre. Viens, il faut les prévenir !

La peur de Diana était contagieuse, et le garçon ne se fit pas prier. Devant eux ils apercevaient les lumières du lac, des bougies pitoyables allumées derrière les vitres des caravanes et les hublots des bateaux.

— Qu'est-ce qui se passe ? demanda le garçon, hors d'haleine, dans son dos.

— Le diable arrive, répondit Diana.

Elle jeta un coup d'œil en arrière : aucun signe de Gaia. Mais elle déferlerait comme un ouragan, aussi vite que Brianna. Diana ne la verrait même pas venir.

Elle déboula dans le campement constitué d'une douzaine de caravanes et de camping-cars, de tentes en mauvais état, et de quelques bateaux amarrés au ponton ou un peu plus au large.

Diana avait vécu là quelque temps, elle connaissait donc les lieux. Elle se précipita vers la péniche en criant :

— Sam ! Sam !

— Sam est sorti, dit la sentinelle, à bout de souffle.

— Quoi ?

— Il est parti à Perdido Beach.

Cette nouvelle lui fit l'effet d'un coup de poing dans l'estomac. Sans Sam, ils n'avaient aucune chance de vaincre Gaia. « Cruel espoir, tu m'as encore eue ! »

Dekka surgit sur le pont.

— Qu'est-ce qui se passe ?

— Dekka ! Dieu merci. Gaia est de l'autre côté de la colline. Elle va tuer tout le monde.

Dekka resta un instant interdite. C'était la première fois que Diana décelait de la peur sur son visage. Dekka se tourna vers le garde et dit :

— Va chercher Jack immédiatement !

— Qui d'autre est là ? demanda Diana.

— Tu parles de ceux qui peuvent se battre ? Il n'y a que Jack et moi. À moins que Brise ne soit déjà rentrée.

Brise ! Brise ! Si tu es là, réveille-toi ! (Silence.) Peut-être qu'elle s'est endormie, mais elle est sortie patrouiller un peu plus tôt dans la journée, je crois. Brise !

Une silhouette imposante apparut à son tour sur le ponton, et Diana reconnut Orc avec soulagement.

— Orc ! s'exclama Dekka. Heureusement que tu es là ! Est-ce que Brise est dans les parages ?

Orc secoua la tête.

— Mais moi je suis là parce que le Seigneur m'envoie.

— Je suis bien contente qu'Il t'ait appelé ! (Dekka saisit le bras de Diana.) Qu'est-ce qu'elle peut contre nous ? C'est quoi, son pouvoir ?

— Elle prétend qu'elle les possède tous. Mais si tu meurs, elle perd ton pouvoir. C'est pour cette raison qu'elle n'a pas tué Sam et Caine. Elle garde les mutants pour la fin.

— Pourquoi est-ce qu'elle veut tuer tout le monde ?... Oh, laisse tomber. Où est Astrid ?

— Aux toilettes, répondit Orc. Elle arrive.

Astrid et Jack accoururent, précédés par le garde qui était allé les chercher.

— Gaia sera là d'une minute à l'autre, expliqua brièvement Dekka.

Elle répéta ce que Diana lui avait raconté.

— Il faut évacuer dans les bateaux, dit Astrid.

— On peut aussi se battre ! protesta Dekka. Moi, Jack, et Orc, on peut l'affronter !

— D'accord, mais les autres devront se réfugier sur l'eau, répliqua froidement Astrid. Il faut suivre les consignes.

Dekka hocha la tête et ordonna à la sentinelle de donner l'alerte.

— Non ! s'écria Diana. Soyez discrets ! Si elle entend quoi que ce soit…

— Tu as raison.

Se réfugier sur les bateaux amarrés au milieu du lac… Un jour, ils avaient réussi à repousser une attaque pourtant déterminée de Drake grâce à cette simple tactique. L'eau était leur seule défense.

— Dahra est en bas dans la péniche, annonça Astrid. Elle s'est blessée et elle ne peut pas courir. Dekka ?

— Jack, Orc et moi, on devra faire barrage entre Gaia et le lac. Si on grimpe au sommet de la falaise là-bas…

— D'accord, dit Astrid.

— J'aurais aimé que Sam soit là, marmonna Diana.

— Et moi, donc, répliqua sèchement Astrid, mais on n'a que Dekka, Jack et Orc sous la main. C'est un début.

— Non, dit Jack.

— Quoi, non ? fit Dekka, étonnée.

— Je ne me battrai pas. Vous avez vu ce qui m'est arrivé la dernière fois ? J'ai failli crever !

— Et tu crèveras si tu refuses de te battre, lâcha Diana. C'est du gaïaphage qu'on parle. Il a prévu de tuer tous les humains pour éviter que le petit Pete s'incarne en l'un d'eux.

Astrid leva les sourcils.

— Ah, intéressant.

— Tu trouves, madame Spock ? C'est « fascinant », la réplique exacte ! s'écria Diana avec un grognement de frustration. Quelqu'un a quelque chose à grignoter ? Si je dois mourir, j'aimerais bien que ce soit avec le ventre plein.

— Je ne me battrai pas, répéta Jack, obstiné. C'est pas parce que je suis costaud que je sais faire.

— Que tu te battes ou non, il y a de fortes chances pour que tu y passes. Tu comprends à qui tu as affaire, là ?

Jack se contenta de secouer la tête. « Plus solides que les adultes ? Tu parles ! songea Diana. Il est aussi fêlé qu'Alex. »

— Il faut démarrer le moteur de la péniche et larguer les amarres, dit Astrid. Dekka ? Orc ? Bonne chance. Jack, tu peux au moins aider les autres à embarquer.

Prenant Diana par le bras, Astrid l'entraîna à l'écart tandis que les autres se dispersaient, et la regarda droit dans les yeux.

— Je te conseille de la fermer au sujet de Petey et de cette histoire de pouvoirs.

— Pourquoi tu me serres le bras ? marmonna Diana. Lâche-moi !

Astrid obéit mais se rapprocha d'elle.

— Je veux dire par là que si ça s'ébruite et que Sam est tué, Caine mourra aussi. Tu m'as bien comprise ?

Les enfants surgissaient déjà des tentes et des caravanes pour se précipiter vers le ponton. Voyant qu'une évacuation s'organisait, ceux qui étaient à bord des bateaux mirent les moteurs en marche ou vinrent chercher à la rame leurs amis restés sur la terre ferme.

La procédure d'évacuation ayant été répétée à maintes reprises, grâce à l'insistance d'Edilio, tout se déroulait comme prévu.

Et soudain, dans un déluge de lumière qui éclaira les collines alentour, Gaia déferla sur eux

14

39 HEURES, 40 MINUTES

DEUX RAYONS DE lumière verte aveuglante balayèrent la berge. Une caravane s'embrasa et une tente près du ponton se désintégra sous l'effet de la chaleur.

— Sautez ! cria Astrid en joignant le geste à la parole.

Se souvenant de Dahra, Orc fonça vers l'escalier. Elle s'était levée de son lit et s'avançait vers lui en clopinant. Il eut à peine le temps de se demander comment faire demi-tour dans l'étroit couloir en la portant dans ses bras quand la péniche explosa.

Il fut projeté contre une cloison qui vola en éclats avant même qu'il passe à travers. Il était cerné par les flammes qui, un instant plus tard, laissèrent place à des trombes d'eau. Il coula à pic et but la tasse, repoussant par des moulinets des bras et des jambes les débris du bateau qui affluaient de toutes les directions : fragments de contreplaqué, lambeaux de couvertures et de vêtements dérivant sous l'eau tels des fantômes, et même une lunette de W-C. La seule lumière provenait des flammes qui dansaient au-dessus de sa tête, à la surface de l'eau.

Affolé, il chercha des yeux Dahra mais ne la vit pas. Les poumons en feu, il battit des jambes pour remonter, et c'est alors qu'une pensée horrible lui traversa l'esprit: le gravier était forcément plus lourd que la chair.

Il coula au fond du lac, cerné par les bulles d'air qui s'échappaient des multiples crevasses de son corps.

Près de lui, il aperçut une glacière fermée avec une chaîne. Il ne prit pas la peine de s'interroger sur son contenu. Ce qu'il voulait vraiment savoir, c'était si Dieu comptait lui venir en aide sur ce coup-là.

Quant à Dahra, elle n'eut même pas le temps de comprendre ce qui se passait. Ayant entendu des bruits et des voix agitées au-dessus d'elle, elle s'extirpa péniblement de la couchette qu'Astrid lui avait prêtée. Puis elle vit Orc se précipiter dans sa direction.

Et soudain, elle fut pulvérisée par une énorme explosion.

Diana et Astrid avaient eu le temps de sauter à l'eau.

Quand Astrid eut regagné la surface, elle aperçut Diana qui flottait près d'elle, le visage immergé. Elle avait dû perdre connaissance. Après l'avoir rejointe en quelques brasses, elle la retourna et lui renversa la tête en arrière.

Diana toussa et ouvrit les yeux. Au-dessus d'elle, le ciel s'éclairait de reflets verts.

À une quinzaine de mètres, un voilier se transforma en boule de feu et fut consumé en quelques secondes.

— Dekka ! Jack ! cria Astrid. Orc !

Dekka tomba littéralement du ciel dans une gerbe d'eau. Elle avait échappé à l'explosion en suspendant la gravité sous elle, mais les flammes avaient grignoté ses chaussures et le bas de son jean.

— Donnez-moi vos mains, toutes les deux ! lança-t-elle.

— Non, trouve Orc ! cria Astrid. Vu son poids, il ne peut pas nager !

Un autre rayon vert éclaira la nuit, et un troisième bateau s'enflamma comme une torche. Le rivage était en flammes, les tentes avaient disparu, les caravanes explosaient au contact de la lumière. L'une d'elles s'éleva dans le ciel, se figea quelques secondes dans le vide, puis alla s'écraser contre un minivan ; ses occupants, qui poussaient des cris d'épouvante, moururent sur le coup.

Dekka prit une grande bouffée d'air et plongea sous la surface.

Sur le ponton, un dénommé Bix fut fauché en pleine course par un rayon de lumière verte et il disparut instantanément dans les flammes. « Comme au ball-trap », songea Astrid. Gaia ne se contentait pas de massacrer tous ceux qui croisaient sa route ; elle y prenait du plaisir.

Le petit ami d'Edilio, Artful Roger, tenta de sauver quelques-uns de ses dessins avant que la lumière verte ne touche le bateau où il avait élu domicile, mais elle fut plus rapide que lui. Par chance, une caravane faisait écran entre le bateau et Gaia, si bien qu'une partie de la coque fut épargnée.

Alors que Roger reculait en appelant Justin, un petit garçon qu'il avait pris sous son aile, celui-ci fut transformé en torche à quelques mètres de lui. Roger poussa un cri d'horreur silencieux, car la chaleur avait aspiré tout l'air de ses poumons. Il tituba jusqu'à l'échelle, émergea sur le pont du voilier qui penchait dangereusement et roula jusqu'à l'eau. Là, il perdit connaissance.

Caine secoua Sam sans ménagement.

— Réveille-toi !

— Qu'est-ce que…

— Lève-toi. Il faut que tu voies ça.

Il se dirigea vers le sommet de la colline où ils avaient installé leur campement pour la nuit après avoir consacré la journée à passer au peigne fin les abords de la mine et le désert, jusqu'aux ruines calcinées de la cabane de l'ermite.

Ils avaient décidé de garder la centrale pour la fin et de prendre la direction du parc de Stefano Rey quand la nuit les avait surpris.

Sam repoussa sa couverture et rejoignit Caine. Loin vers le nord, des flammes éclairaient le ciel de reflets jaunes.

— Le lac ! cria-t-il.

— Je crois qu'on vient de retrouver Gaia, dit Caine. On est à quoi, sept, huit kilomètres ? La route n'est pas tout près, mais c'est peut-être plus rapide. En coupant par…

Sam s'était déjà éloigné au pas de course.

Caine se précipita derrière lui. Ils progressèrent dans le noir, laissant la forêt à leur gauche, jusqu'à ce que Sam trébuche et comprenne qu'il allait finir par se rompre le cou s'il ne regardait pas où il allait. Il alluma une boule de lumière dans sa main gauche et la suspendit au niveau de son épaule. Elle ne produisait pas beaucoup de clarté, mais c'était toujours mieux que d'essayer de se repérer au clair de lune.

S'ils parvenaient à maintenir ce rythme, ils seraient au lac dans une heure. Peut-être un peu plus.

Mais ils savaient tous deux qu'il serait trop tard.

Gaia traversa le campement en flammes, les écouteurs toujours vissés sur les oreilles, traînant dans son sillage un Alex terrifié qui se ratatinait d'épouvante, tel un elfe sorti de *Harry Potter*.

Chaque fois qu'elle voyait quelque chose bouger, elle déchaînait ses pouvoirs. Les rayons destructeurs se révélaient très efficaces à son goût, et beaucoup moins lents ou imprécis que le pouvoir télékinétique de son père. Mais c'était tout de même plus drôle de faire voler des objets pour qu'ils s'écrasent par terre. Elle éprouvait un plaisir certain à projeter un corps humain dans le ciel nocturne et à le laisser retomber. Son cri était immanquablement interrompu par un craquement d'os très agréable à l'oreille. Elle aimait aussi abattre une voiture comme un marteau sur un fuyard et regarder les tonnes d'acier écrabouiller son corps comme un ballon rempli d'eau.

En voyant fuir un groupe d'une vingtaine d'enfants, elle accéléra et les rejoignit en un éclair. Elle leva les mains, non pas pour les tuer, mais pour voir la terreur se peindre sur leur visage. On aurait dit un troupeau affolé fuyant devant un prédateur, les yeux écarquillés, la bouche ouverte, les joues inondées de larmes. Elle était le loup, ils étaient les moutons.

Décidant de jouer avec ses autres pouvoirs, elle suspendit la gravité sous leurs pieds et les regarda s'élever maladroitement dans le vide en tournant sur eux-mêmes.

Elle éclata de rire et, d'un simple geste de la main, choisit une première victime. Une fille s'enflamma comme une torche dans le ciel. Quel spectacle merveilleux !

Les autres poussaient des hurlements implorants en prenant de l'altitude, incapables de fuir, incapables de se cacher.

Elle fit feu et rata son coup, à sa grande honte. Le clair de lune ne lui permettait pas de voir distinctement ses victimes, même quand elle plissait les yeux. Elle rétablit donc la gravité afin de les repérer plus facilement, et les carbonisa un à un. Ils brûlaient joliment, projetant une lumière orangée sur le sol en dessous d'eux.

Elle ôta ses écouteurs pour entendre le crépitement des flammes, trébucha et tomba à plat ventre, la tête dans la terre, et s'aperçut bientôt qu'elle regardait sa propre jambe, détachée du reste de son corps.

Un second coup de couteau assené par une force invisible, si rapide qu'il semblait surgir de nulle part, l'atteignit au ventre. Une douleur insoutenable la tordit en deux.

Maintenant qu'elle n'avait plus d'emprise sur elles, les torches humaines se crashaient les unes après les autres dans une gerbe de flammes. L'une d'elles éclaira brièvement la silhouette d'une fille, et Gaia vit celle-ci dégainer un objet.

Elle roula sur le côté au moment où une détonation retentissait. Les balles ricochèrent à l'endroit où elle se tenait une seconde plus tôt. Elle continua de rouler sur elle-même, enfonçant un peu plus la lame du couteau dans son estomac.

Elle l'arracha d'un coup, s'étonna de la douleur aiguë qu'elle ressentit, et appliqua la main sur sa blessure.

Sa jambe sectionnée se trouvait maintenant à plusieurs mètres d'elle.

BOUM ! Une autre détonation. Elle fut trop lente cette fois, et la balle lui traversa le biceps dans un jet de sang. Elle en avait déjà perdu beaucoup et ses forces s'amenuisaient à une vitesse alarmante.

La peur l'assaillit, ainsi qu'un sentiment d'humiliation à l'idée d'être vaincue.

— Qui es-tu? demanda-t-elle dans un souffle.

La fille se figea quelques instants pour l'observer avec un sourire narquois, et répondit :

— Qui je suis ? On m'appelle la Brise, pétasse !

Cette Brise était une mutante. C'était d'elle que Gaia tenait sa vitesse prodigieuse. Elle ne pouvait donc pas la tuer. Mais si elle ne faisait rien…

Un rayon de lumière jaillit de ses mains, décrivit un grand arc de cercle au ras du sol et faillit atteindre sa cible. Rapide comme l'éclair, la fille l'évita d'un bond et, au moment où elle sautait, Gaia l'entendit tirer un autre coup de feu.

Alors elle eut recours à son pouvoir télékinétique, et la mutante vola dans les airs.

Gaia appliqua une main sur son genou, à l'endroit où sa jambe avait été sectionnée et, de l'autre, elle la fit voler jusqu'à elle. Elle arriva un peu trop vite et la heurta en pleine figure, si bien qu'elle retomba sur le dos. Maintenant, elle avait vraiment peur, car si la diablesse à la vitesse surnaturelle revenait à l'attaque, elle se retrouverait sans défense.

Mais sa riposte précédente avait dû être efficace, car elle eut même le temps de stopper l'écoulement de sang sur son ventre avant que la contre-attaque ne survienne.

Cette fois, sa persécutrice ne se déplaça pas aussi vite : elle avait été blessée, elle aussi. Gaia déchaîna sa lumière destructrice. La fille fit un bond pour l'esquiver, mais elle fut touchée à la tempe et, avec un cri de douleur, elle laissa tomber son fusil.

« Justice est faite », pensa Gaia. Elle remit sa jambe en place et se concentra sur sa guérison en ignorant les cris et les corps embrasés autour d'elle. Elle attendit que la peau se soit reformée au minimum autour de son articulation – elle ne pouvait toujours pas marcher et encore moins courir – puis elle s'éloigna à cloche-pied.

Sa retraite fut douloureuse et n'eut rien de glorieux, mais personne ne se lança à sa poursuite.

15

38 HEURES,
58 MINUTES

LE CAMPEMENT DU lac était devenu un brasier.

Astrid nagea jusqu'à la berge, transie par l'eau glacée et en état de choc. Elle se traîna lourdement sur le sable. Dekka se trouvait déjà sur la rive et Diana les suivait de près.

D'autres survivants nageaient dans la même direction ou venaient de sortir de l'eau. Aucun d'eux ne parlait mais ils étaient nombreux à pleurer à chaudes larmes.

Les eaux du lac se mirent à tourbillonner et soudain, une énorme gerbe s'éleva en poussant Orc vers la berge. Astrid constata qu'il était toujours en vie.

Non loin d'elle, Jack sanglotait, agenouillé par terre, la tête dans les mains.

— Jack, va chercher un canot pneumatique pour repêcher les survivants, ordonna-t-elle.

— Tout le monde est mort, gémit-il.

— Non, c'est faux. Si tu ne veux pas te battre, c'est toi qui vas jouer les ambulances. Debout ! Que ta force te serve à quelque chose.

Brianna s'avança vers eux en titubant et en jurant

bruyamment à chaque pas. La moitié de sa chevelure avait brûlé et un côté de son visage était rouge comme un homard.

— Brianna ! cria Dekka.

Après avoir laissé retomber Orc sur le rivage, elle s'élança vers Brianna, qui s'affaissa dans ses bras. Astrid ne l'avait jamais vue dans un tel état, mais Brianna n'avait encore jamais eu à se battre contre quelqu'un qui possédait les mêmes pouvoirs qu'elle.

— Elle est blessée, et salement ! cria Dekka.

D'autres enfants se dirigeaient vers elles. Orc se releva lentement et regarda autour de lui d'un air hagard.

Astrid distribua des ordres avec un calme feint. Cherchez des véhicules encore en état de marche. Retrouvez les survivants. Si quelqu'un est trop mal en point pour marcher, appelez-moi. Essayez de constituer des réserves de nourriture si vous en trouvez.

Brianna n'avait plus d'oreille gauche et la peau de son cou ressemblait à de la cire fondue.

— Orc, dit Astrid, je sais que c'est terrible de te demander ça, mais il faut quelqu'un pour monter la garde là-bas au cas où Gaia reviendrait. À moins qu'elle ne soit blessée et que…

Soudain, elle fut prise d'un vertige. Le choc, sûrement. Ce fut Diana qui la rattrapa de justesse. Elle s'assit dans le sable boueux, la tête dans les mains, et s'efforça de réfléchir.

Inutile d'aller voir la mère de Sam. La partie n'était pas encore terminée. On était même à des années-lumière de l'après. Le jeu consistait à rester en vie… une minute de plus, une heure de plus…

S'en tenir aux faits. Le van qu'ils utilisaient parfois était intact, et son réservoir plein au quart. Le camping-car qui leur servait de temps à autre de station de recharge avait lui aussi encore un peu d'essence. Une bonne vingtaine de personnes allaient sans doute devoir marcher, mais cela permettrait de transporter les blessés graves, en partant du principe que n'importe qui était capable de conduire ce genre de véhicule sans finir dans un fossé.

Quant à elle, elle devrait rester avec ceux qui fuyaient à pied. Ils seraient probablement tués.

Le niveau sonore s'intensifiait à mesure que les enfants, jusqu'alors en état de choc, prenaient conscience de la situation. Des sanglots et des cris s'élevaient. Ils n'étaient pas bêtes au point de croire que Gaia en avait terminé avec eux ou qu'ils étaient en sécurité.

Jack pagayait sur le lac tandis que le garçon qui l'accompagnait braquait une lampe autour de lui en appelant les éventuels rescapés.

Diana, l'air égaré, regarda Orc s'éloigner dans la direction que Gaia avait prise.

— Elle va tuer tout le monde, dit-elle. Elle va tous nous massacrer.

— J'emmène Brise dans le van, annonça Dekka. (Elle portait son amie dans ses bras comme une enfant.) Elle et un autre blessé.

Astrid hocha la tête, comprenant que personne ne pourrait empêcher Dekka d'accompagner Brianna. Elle garda le regard fixé sur celui de la blessée pour ne pas voir son horrible brûlure.

— Tu as sauvé beaucoup de vies, Brise, dit-elle. Tu es une héroïne.

— Ça, c'est sûr, renchérit Dekka d'une voix altérée par l'émotion.

— Lana va la guérir. Embarque le plus de monde possible dans ce van. Et si tu tombes sur Sam…

Une dizaine de minutes plus tard, le van se mit en route.

Jack le Crack ramena seulement trois survivants en état de choc.

— Il y en a d'autres qui flottent par là-bas, annonça-t-il.

— Alors va les chercher ! s'exclama Astrid.

Jack secoua la tête.

— Il n'y a rien qui presse, dit-il, et elle comprit ce qu'il entendait par là.

Elle l'envoya charger les blessés dans le camping-car.

Orc revint faire son rapport : il avait repéré des traces de sang en direction de l'ouest. Si Gaia suivait la barrière, cela signifiait qu'elle se dirigeait vers les grands arbres de Stefano Rey.

Une odeur de fumée grasse émanait des véhicules calcinés. Le feu achevait de consumer dans les vapeurs d'essence les revêtements intérieurs, les tableaux de bord en plastique et les pneus. Sur le lac, les bateaux avaient tous sombré ; on n'apercevait plus çà et là que des débris de bois et de métal.

— Bon, écoutez-moi tous, s'il vous plaît, dit Astrid, mais sa voix ne portait pas assez pour couvrir les cris et les plaintes.

Il ne restait qu'une trentaine d'enfants valides. Une vingtaine d'autres avaient été entassés dans le van et dans le camping-car qui se frayait un chemin vers la route en cahotant, avec Jack au volant.

Soixante-dix enfants au moins avaient été tués, soit un quart de la population de la Zone. Plus tard, Astrid écumerait de rage, mais pour l'heure elle n'éprouvait que de la tristesse et un immense sentiment de défaite. Ces enfants avaient traversé trop d'épreuves pour mourir maintenant, alors que la fin de leur calvaire était peut-être toute proche…

Astrid s'aperçut soudain qu'ils étaient presque sans défense. Ils avaient Orc pour les protéger, ainsi que quelques fusils, couteaux et battes de baseball. Trente enfants âgés de neuf ans en moyenne contre un monstre qui possédait tous les pouvoirs de la Zone.

— Écoutez ! cria-t-elle de toutes ses forces. Écoutez !

La plupart des enfants se turent et tournèrent vers elle leur visage terrifié éclairé par les incendies.

— On va se mettre en route pour Perdido Beach.

— Il fait noir !

— Et les coyotes ?

— C'est trop loin !

— Écoutez ! répéta-t-elle. Cette chose, le gaïaphage, Gaia, elle est blessée mais elle n'est pas morte, en tout cas je ne crois pas. Il faut rejoindre les autres en ville.

— Est-ce que Sam y est ?

— Je l'espère, répondit Astrid avec ferveur. En tout cas, Dekka et Brianna seront bientôt là-bas, et Lana va la guérir.

Astrid songea que, la veille encore, elle traitait Brianna d'enfant pénible devant Sam. Sans cette enfant, ils seraient tous morts.

— Orc vient avec nous pour nous protéger pendant le trajet. En marchant vite et en se serrant les coudes, on arrivera demain matin.

— Il faut enterrer les morts, dit un petit garçon.

— Oui, répondit doucement Astrid. Mais pas ce soir.

— Ma sœur est morte, reprit-il. Elle a brûlé.

— Vos frères, vos sœurs et vos amis auraient voulu que vous viviez, objecta Astrid, la voix tremblante d'émotion. Il faut vivre. On enterrera les morts plus tard ; pour le moment, il faut s'occuper des vivants.

Pour finir, trois enfants décidèrent de rester. Astrid n'avait ni l'énergie ni la foi de les convaincre. Et elle était pratiquement certaine qu'elle-même et sa petite bande de vagabonds n'atteindraient jamais Perdido Beach vivants.

Il n'y aurait pas de rencontre avec Connie Temple. Apparemment, Astrid s'était trompée : il était encore trop tôt pour planifier l'après. Une fois de plus, il fallait fuir, se cacher, implorer pour sauver sa vie, se battre.

Un piquet de tente était planté dans le sable ; toute la bâche en nylon avait flambé. Astrid chercha des yeux quelque chose, n'importe quoi, et ne trouva rien. Alors elle saisit le bas de son tee-shirt avec les dents et arracha quelques centimètres de tissu. Puis elle y joignit quelques mèches de ses cheveux, forma un nœud avec le tissu et attacha le tout au piquet comme un drapeau. Il faudrait s'en contenter.

Quand Sam et Caine atteignirent le lac au bout d'une heure de course entrecoupée de chutes, ils avaient les poumons en feu et les muscles douloureux. En dévalant la pente, ils comprirent qu'il était trop tard. Le campement avait été totalement dévasté.

Sam tomba à genoux.

— Astrid ! Astrid !

Pas de réponse.

— Éclaire-nous, Sam, ordonna Caine d'un ton morne.

— Astrid !

— Hé, ressaisis-toi, mon pote. Ce n'est pas en pétant les plombs que tu lui rendras service.

Sam se releva, mais il pouvait à peine se tenir debout. De la péniche, il ne restait que la carcasse qui, contre toute attente, flottait toujours.

Elle était morte. Le monstre l'avait tuée.

— Hé, je t'ai dit de faire de la lumière ! cria Caine en le secouant par les épaules.

Sam revint brusquement à la réalité. Une odeur de chair et de caoutchouc brûlés flottait dans l'air. Il y avait encore quelques foyers çà et là, alimentés par les dernières réserves d'essence. Le lac lui-même était noir de suie. Sam se concentra et forma une petite boule de lumière qu'il déplaça à trois ou quatre mètres de hauteur sur le campement comme le faisceau d'une lampe torche. Des voitures, des tentes, des corps calcinés.

Il se précipita vers le cadavre le plus proche. Non, il était trop petit pour être celui d'Astrid.

— Ne fais pas ça, mec. Parce que si c'est elle, il vaut mieux que tu ne la voies pas.

La voix de Caine trahissait presque de la compassion. En d'autres circonstances, Sam aurait peut-être apprécié. Son regard tomba sur le corps d'un gamin.

Caine lui demanda d'éclairer le lac. Un voilier à demi calciné voguait paisiblement, ballotté par la légère houle.

Soudain, un bruit s'éleva. Comme un seul homme, Sam et Caine se tournèrent dans sa direction. Une silhouette marchait vers eux.

— Qui va là ? demanda Caine.

Pas de réponse.

— À trois, tu es mort, reprit-il d'une voix tendue.

— Non !

La voix était bizarrement grave. Caine saisit la boule de lumière pour éclairer le nouvel arrivant et ouvrit de grands yeux.

— Mais c'est un adulte ! s'écria Sam.

— D'où vous sortez ? demanda Caine. Comment vous êtes arrivé jusqu'ici ? La barrière est tombée ?

Pas de doute, l'homme était dans un triste état. Il lui manquait un bras et, à l'évidence, ce n'était pas un chirurgien qui avait fait ça.

— Quel est votre nom ? demanda Sam.

— Alex.

— D'où venez-vous, Alex ?

— Je… je suis passé à travers.

Les deux garçons restèrent bouche bée. Dans un premier temps, ils furent tentés de se comporter avec la déférence naturelle réservée aux adultes mais, à l'évidence, c'étaient eux qui contrôlaient la situation. Cet adulte-là n'avait pas l'air décidé à prendre les choses en main.

— Hé, Alex, il faut que tu nous parles, dit Caine. Comment ça, tu es passé à travers ?

— La déesse… elle m'a fait traverser la barrière pour que je la nourrisse.

Il serra l'unique poing qui lui restait. Pourtant, l'expression de son visage était presque révérencieuse.

Sam et Caine échangèrent un regard. Ils avaient souvent eu affaire à des gamins en état de choc, voire en pleine crise de démence à la suite d'un traumatisme. C'était le premier adulte qu'ils voyaient depuis longtemps, et visiblement il était fou.

— Qu'est-ce qui s'est passé ici ? demanda Sam. Tu as tout vu ?

L'homme pointa du doigt la falaise surplombant le lac et le campement à l'est.

— Elle est venue de là-bas. La déesse de lumière. Elle a fondu sur eux…

— Gaia ? demanda Caine.

— Tu la connais ? s'enquit Alex d'un ton fiévreux. Tu as de quoi manger ?

— Est-ce qu'il y a des survivants ? demanda Sam d'une voix hésitante, car il craignait d'entendre la réponse.

— Oui, quelques-uns. Des enfants. Ils sont partis… (L'homme jeta un regard autour de lui, puis hocha la tête.) Dans cette direction. J'en ai vu qui essayaient de repêcher un cadavre dans le lac. Peut-être qu'ils se sont noyés.

— Ils se dirigent vers Perdido Beach, murmura Sam.

— Il y avait un gros camping-car ou un camion, peut-être, reprit Alex. Je ne me souviens pas. D'autres étaient à pied. Je ne crois pas que ça fera une différence. Elle va tous les tuer, vous savez. Elle va leur griller la cervelle.

— Gaia les a laissés s'enfuir ? demanda Sam.

Cet homme était fou, mais il était manifestement capable de répondre à ses questions.

Alex parut soudain très mal à l'aise.

— Elle… Pendant qu'elle brûlait et tuait… Comment on appelle ça? «Faucher»? Pendant qu'elle… Un tourbillon s'en est pris à elle. Je l'ai vu. C'était le diable! Un tourbillon!

— Un tourbillon? répéta Caine.

— Brianna, dit Sam.

— La déesse a été blessée. Oh, elle va avoir faim! s'exclama Alex d'un ton qui trahissait à la fois la peur et l'excitation. Je… C'est une déesse. Son nom, c'est Gaia. Mais chut. Il ne faut pas le dire.

— Elle n'a rien d'une déesse, s'emporta Sam. Et d'ailleurs, ce n'est pas «elle» mais «il».

— Si elle est blessée, c'est peut-être son sang qu'on a vu sur la route en direction du sud-ouest, dit Caine. Ce qui nous laisse deux possibilités. Soit on va à Perdido Beach pour vérifier que ta copine est toujours en vie, soit on se lance à la poursuite de cette soi-disant déesse complètement barjot.

Sam dévisagea Alex et une pensée horrible lui effleura l'esprit.

— Elle t'a pris ton bras, pas vrai?

Alex ferma les yeux.

— Elle avait très faim. Elle doit grandir et… elle est affamée.

— Il y avait quelqu'un d'autre avec vous? Une fille? Un gars avec un bras qui ressemble à un serpent?

— Une fille, oui. C'est la mère de la déesse, enfin c'est ce qu'elle dit.

— Diana?

Caine fronça les sourcils et se mordilla l'ongle du pouce.

— Elle nous a trahis. Elle est venue prévenir les gens d'ici. (Alex sourit.) Mais c'était trop tard! Vous auriez dû voir ça! Ah! Un spectacle son et lumière, comme à un concert de métal.

Soudain, Sam aperçut quelque chose non loin de lui. Il scruta les ténèbres, forma une boule de lumière dans sa main et se dirigea vers le piquet de tente orné de son pathétique drapeau.

Il prit les cheveux blonds pour les examiner puis les glissa dans sa poche. C'était ça le plus terrible. Savoir qu'ils s'étaient loupés de peu. Qu'il n'avait pas été là quand elle avait besoin de lui. Les larmes lui montèrent aux yeux, et il éteignit la boule de lumière pour que Caine ne s'en aperçoive pas.

Mais elle était vivante. Astrid était vivante et sans doute en route pour Perdido Beach avec les autres rescapés.

Sam s'éclaircit la voix.

— ... Monsieur? Alex? Je suis désolé pour tout ce qui t'est arrivé. C'est un endroit vraiment... terrible ici, parfois. Mais on ne peut pas t'aider. Il va falloir que tu te débrouilles tout seul.

— Alors on va retrouver Gaia? demanda Caine.

Sam hocha la tête.

— On va retrouver Gaia.

16

35 HEURES, 33 MINUTES

SINDER AVAIT PASSÉ l'après-midi, la soirée et une bonne partie de la nuit à s'occuper de Taylor avec Lana. Elles n'étaient pas trop de deux pour rattacher ses morceaux les uns aux autres.

Taylor n'était pas une plante ; le cas échéant, les pouvoirs de Sinder auraient suffi. Elle n'était pas non plus un animal, sans quoi Lana aurait pu la guérir seule.

Toujours est-il qu'avec sa peau dorée, sa langue de lézard, ses cheveux semblables à du caoutchouc, ses yeux morts et son absence de sang dans les veines, elle fichait une sacrée trouille à Sinder. Quant à Lana, elle devait bien admettre que même dans un endroit où un garçon avait un fouet à la place du bras et un autre la peau couverte de gravier, Taylor était bizarre.

— Tu peux te tenir debout ? demanda Lana.

Elles n'étaient pas certaines que Taylor comprenait ce qu'elles disaient, ni qu'elle maîtrisait son corps. En créant par inadvertance cette mutation horrible, le petit Pete avait déclenché un sacré casse-tête.

Taylor ne bougea pas ; seule sa longue langue de lézard sortait de temps à autre de sa bouche.

— Je ne sais pas quoi faire d'elle, dit Sinder.

— Comment va Taylor ? demanda Sanjit en entrant dans la pièce au retour de la promenade de Pat.

— Elle se reconstruit, dit Sinder, voyant que Lana ne se décidait pas à répondre.

Elle jeta un regard noir à Sanjit. Elle avait toujours envie de fumer une cigarette.

Soudain, ils s'aperçurent que le lit était vide. Taylor avait disparu. Médusés, ils regardèrent l'endroit où elle se tenait une seconde plus tôt.

— Ça, je ne m'y attendais pas, dit Sanjit.

Tout aussi brusquement, Taylor réapparut. Sa langue reptilienne jaillit de sa bouche, elle tourna la tête de gauche et de droite, puis elle disparut de nouveau.

— Elle a retrouvé ses pouvoirs, on dirait, commenta Lana.

Au bout de cinq minutes, Taylor ne revenant pas, ils étaient sur le point de retourner vaquer à leurs affaires respectives quand elle réapparut dans un coin de la pièce. Dans sa main, elle tenait un bout d'une substance jaune pâle aux contours irréguliers. Elle le jeta sur le lit.

Après une hésitation, Sinder le ramassa. Il mesurait à peu près la taille d'un morceau de pain.

— C'est du fromage, dit-elle.

Dans son autre main, Taylor tenait un paquet de Marlboro. Lana sourit et accepta son présent malgré les protestations désespérées de Sanjit.

— Enfin, dit-elle. Enfin, mon pouvoir me rapporte quelque chose.

Taylor disparut et, cette fois, elle ne revint pas.

Une minute plus tard, Dekka ouvrit la porte d'un coup de pied et entra dans la pièce en portant Brianna dans ses bras.

Alex se rappelait son réveil ce matin-là, dans sa chambre chez sa grand-mère à Atascadero. Il avait allumé la télé et entamé la journée avec une bière light. Il avait appelé le boulot pour dire qu'il était malade et envoyé un texto à Charlie Rand pour lui fixer rendez-vous.

Ensuite, il avait mis à jour son iPhone pour s'assurer qu'il lui restait plein de mémoire libre pour filmer. Après avoir jeté une corde, une échelle, des pitons et une barre de céréales dans son sac, il avait dit à sa grand-mère qu'il partait faire de l'escalade, ce qui était presque la vérité. Elle lui avait demandé s'il pouvait l'emmener au supermarché samedi. Pestant intérieurement, il avait accepté.

Ce n'était peut-être pas une vie extraordinaire, mais c'était une vie normale. Avec une soudaineté qu'il n'aurait jamais crue possible, tout avait changé. Jusqu'à la semaine précédente, il était athée ; à présent, il vénérait une enfant-monstre cannibale. Il avait encore assez de jugeote pour comprendre que c'était de la folie.

Alex errait sur les berges du lac. Au lever du soleil, c'était un endroit sinistre. Une puanteur atroce flottait dans l'air, et elle le faisait saliver comme l'odeur qui se dégageait de son bras brûlé.

— La nourriture des dieux, dit-il avant de partir d'un rire proche d'un sanglot.

Ce n'était pas du tout à ça qu'il s'attendait quand il était parti escalader la barrière pour tourner une vidéo.

— Mais c'est la vie, mec.

C'était une expérience inédite. Il avait mal en permanence mais, de temps à autre, la douleur se réveillait comme un diable à l'intérieur de lui, et il éprouvait une rage terrible face à sa mutilation.

Il étudia son moignon, partagé entre l'horreur et la fascination. Elle avait mangé son tatouage, celui qu'il avait fait faire à San Diego et qui représentait un homme suspendu à un rocher.

Avec son tatouage, elle avait dévoré son âme, il en était certain. Il sentait bien qu'elle n'était plus avec lui. Cette pensée lui fit monter les larmes aux yeux. Et puis, qui emmènerait sa grand-mère au supermarché ? Elle avait aussi rendez-vous chez… Bah, aucune importance. Il se faisait l'effet d'un jouet cassé, et avec quelle facilité elle l'avait démembré ! C'était ça le plus triste. Il en aurait pleuré s'il avait encore eu une âme.

— Gaia ! cria-t-il. Gaia !

Pas de réponse. Il avait faim, lui aussi. Mais au moins, il avait de quoi boire. Il s'avança vers la berge et se pencha, les mains en coupe. L'eau avait un goût de cendre et d'essence.

C'est alors qu'il vit une corde flotter à la surface en se contorsionnant comme un serpent. Quand il allait faire du ski nautique sur le lac Isabella, il mettait ses bouteilles de bière dans l'eau pour les maintenir au frais. Et si…

Il tira sur la corde et parvint à extraire du lac une glacière percée de trous par lesquels l'eau s'échappait. Elle était trop lourde pour contenir quelques bières. Alex eut du mal à ôter la corde d'une seule main et dut s'aider de ses dents. Il faillit renoncer en voyant la chaîne de vélo mais, après avoir fouillé le campement en s'efforçant tant bien que mal d'ignorer les cadavres, il dénicha une pince.

Il souleva le couvercle de la glacière et réprima un cri. Elle contenait une tête, avec une espèce de queue de lézard fichée entre deux yeux bleu clair, qui se tortillait d'un côté et de l'autre. Elle cracha un long jet d'eau et se mit à murmurer des paroles incompréhensibles en le fixant de son regard glacial qui lui rappelait beaucoup celui de la déesse. Cette monstruosité devait avoir un lien avec elle. Refoulant sa peur et son dégoût, Alex se pencha pour mieux entendre, et avec un gargouillis bizarre, la tête demanda :

— T'es qui, toi ?

Ce fut au tour de Jack le Crack de débouler au Clifftop. Il porta, un par un, jusqu'à la chambre de Lana, des enfants atrocement brûlés au visage noir de suie et aux vêtements couverts de sang.

Le camping-car était tombé en panne, et Jack avait dû le pousser pendant le reste du trajet en mettant à profit sa force surnaturelle. Pour finir, il n'avait pas eu beaucoup d'avance sur les enfants qui venaient à pied.

Un gamin était mort en cours de route, et les autres poussaient des cris et des gémissements de souffrance à chaque cahot du véhicule. Pendant tout ce temps, Jack avait attendu la prochaine attaque, la peur au ventre.

Sanjit courut demander à ses frères et sœurs d'apporter de l'eau et d'installer les nouveaux venus. Sinder procéda à un tri grossier des blessés pour déterminer qui avait le plus besoin de soins urgents. Une chose était certaine, cependant : Brianna passait avant les autres. Une guerre était en cours, et il fallait privilégier les combattants.

Lana posa la main sur le visage mutilé de la blessée, qui jura faiblement.

— Qu'est-ce qui s'est passé, Brise ? demanda-t-elle tout en tendant l'autre bras pour toucher la jambe d'un enfant de quatre ans qui avait été gravement brûlée.

— Gaia, répondit Brianna. Le gaïaphage. Il a essayé de tous nous tuer. Je…

Soudain, ses yeux roulèrent dans ses orbites et elle perdit de nouveau connaissance.

Sanjit s'avança derrière Lana, lui mit une cigarette dans la bouche et l'alluma.

— Combien de morts ? demanda-t-elle.

— Un des enfants m'a raconté que tout avait brûlé, répondit Sinder. Les bateaux, les caravanes… (Elle essuya ses yeux remplis de larmes.) Plus de la moitié sont morts.

— Et Sam ?

— Il n'était pas avec eux.

— Alors on n'est pas encore fichus.

Gaia s'était traînée à l'abri d'un bouquet d'arbres. Elle était sous le choc. Elle avait ressenti une souffrance terrible quand Sam avait déchaîné ses pouvoirs contre elle à Perdido Beach, mais elle n'avait pas eu aussi peur. Elle n'aurait jamais pensé avoir quelque chose à craindre de quelqu'un, hormis peut-être de Némésis.

Ces humains sans défense, mutants ou non, n'auraient pas dû être une menace pour elle. Le fait qu'elle ait failli être vaincue par une fille – une seule fille ! – était extrêmement déstabilisant. Visiblement, elle avait mal calculé son coup. Que lui arriverait-il dans le monde extérieur ? Pouvait-elle être vaincue par de vulgaires humains ?

L'angoisse lui nouait la gorge ; son corps réagissait différemment de ce que lui dictait son esprit. C'était une faiblesse, elle le sentait. Sur le moment, son cœur s'était mis à tambouriner dans sa poitrine, ses sens s'étaient déréglés, ses muscles s'étaient raidis. Il lui avait semblé que son corps échappait à son contrôle. Et la douleur qui la déconcentrait, la forçait à se focaliser sur elle, la douleur et rien que la douleur… Il y avait des inconvénients à avoir un corps. « Tu vois, Némésis ? C'est ce que tu veux ? »

Voilà que de l'eau coulait de ses yeux ! Et où était donc passée cette idiote de Diana ? Elle aurait dû rester auprès d'elle. Sans oublier le problème de la nourriture. Elle avait tué des dizaines d'enfants, et pourtant elle avait faim car on l'avait chassée avant qu'elle ait pu refaire le plein d'énergie. Quelle injustice !

Dès qu'elle se serait soignée, elle achèverait ce qu'elle avait commencé. Il le fallait, surtout maintenant qu'elle se savait vulnérable.

Mais un problème épineux se posait à elle. Elle ne voulait pas tuer les mutants, pourtant il le faudrait bien. Si elle ne se débarrassait pas d'eux, ils finiraient par la tuer.

Si elle les éliminait, elle perdrait le pouvoir qui lui était nécessaire pour détruire ceux qui restaient.

Reconstituer sa jambe exigea des heures de concentration. Quand elle parvint à se lever, elle se sentait encore trop faible pour courir à toute vitesse. Mais est-ce qu'elle possédait encore ce pouvoir ? La dénommée Brise avait peut-être succombé à ses blessures. D'un côté, Gaia souhaitait sa mort ; de l'autre, elle la redoutait.

Le soleil apparaissait à l'horizon, éclairant les bois autour d'elle, les grands arbres, les aiguilles de pin éparpillées par terre, les racines noueuses et les frêles arbustes.

Soudain, elle aperçut deux silhouettes au loin. Bien que sa mauvaise vue ne lui permît pas de voir leur visage, elle les identifia immédiatement. Elle reconnaissait Caine, ça oui. Elle n'avait pas besoin de distinguer ses traits. Même si cela faisait longtemps qu'elle ne s'était pas immiscée dans sa tête, elle en était encore capable.

« Est-ce que tu peux m'arrêter, Némésis ? Le feras-tu ? »

L'autre était probablement Sam, celui qui avait déchaîné sur elle sa lumière et qui lui avait causé tant de souffrances. Lui, elle n'avait jamais pénétré son esprit, mais elle avait souvent essayé de l'approcher. Alors les frères s'étaient de nouveau unis contre elle ? Tiens, tiens, les vieux liens familiaux se resserraient.

Aucune importance. La seule chose qui comptait, c'était que l'un possède le pouvoir télékinésique et l'autre le pouvoir de la lumière. Elle ne pouvait pas les tuer, sans quoi elle serait privée de ses pouvoirs les plus puissants. En revanche, elle pouvait les mutiler, les terroriser, briser leur volonté.

Gaia n'était pas certaine qu'ils l'aient vue. Regardaient-ils de son côté ? Ils avaient apparemment décidé d'aller dans des directions différentes. Elle se prépara à l'assaut.

Une ombre surgit au-dessus d'elle, et elle fit un bond de côté, évitant de justesse l'énorme séquoia qui s'abattit sur le sol, à l'endroit précis où elle se tenait une seconde plus tôt.

Caine !

Elle s'immisça dans sa tête et, beaucoup plus près d'elle qu'elle ne l'aurait cru, un cri de douleur s'éleva.

— Caine ! cria-t-elle. Oui, je peux encore te faire mal !

— Aaaaahhh !

— Implore-moi, père !

Elle entendit un bruit de pas qui se rapprochait à toute allure, puis un craquement de brindilles et de broussailles. Là ! Il fonçait droit sur elle. Levant les bras pour déchaîner sa lumière destructrice, elle visa ses jambes, mais il frappa le premier. Un rayon de lumière verte la frôla et frappa un arbre tombé à terre qui s'enflamma sur-le-champ.

Elle riposta, mais Sam s'était déjà jeté à plat ventre sur le sol. Elle s'avança en clopinant pour se rapprocher de lui, pour y voir plus distinctement. Sa jambe encore faible la faisait atrocement souffrir ; elle trébucha et sentit que l'esprit de Caine repoussait le sien avec une vigueur surprenante. Elle lâcha un rugissement de fureur.

Un rayon de lumière faillit la couper en deux. Elle l'évita de justesse et sentit la chaleur brûler le bas de son pantalon. Le rayon lumineux avait touché le tronc d'un séquoia d'une trentaine de mètres de haut, qui se mit à pencher dangereusement. Un craquement sonore s'éleva, suivi d'un déluge de branches cassées, et l'arbre s'abattit sur le sol, coupant toute retraite à Gaia.

Elle réprima un accès de panique. Non, c'était encore elle la plus forte. Elle était le gaïaphage.

Quant à Caine, il avait un point faible. Gaia s'aplatit sur l'humus en essayant littéralement de s'enterrer, de se rendre invisible, et concentra toute sa malveillance sur lui.

« Crie ! ordonna-t-elle. Crie ! »

Et il cria. Oh oui, il cria comme si elle le taillait en pièces. Sam accourut, conscient, probablement, qu'il ne pouvait pas la vaincre seul. Tandis qu'il essayait de secourir Caine, elle rampa en s'égratignant le ventre sur les branches de l'arbre tombé, folle de rage d'avoir été humiliée.

Gaia passait une très mauvaise matinée après avoir vécu une très mauvaise nuit.

On ne gagnait pas une bataille en ménageant ses adversaires. Elle prit donc sa décision : elle devait attaquer Perdido Beach, faire un maximum de victimes, puis elle prendrait son temps pour torturer Caine afin de le mater. Enfin, elle pourrait régler son compte à ce fauteur de troubles de Sam Temple.

Dans l'intervalle, il lui faudrait établir de nouvelles règles du jeu.

Elle vit un mince ruban de fumée s'élever de l'arbre touché par le rayon destructeur de Sam. Le feu ? Oui, excellente idée. Il inciterait tout le monde à fuir vers Perdido Beach. Et il lui permettrait de couvrir ses arrières en cas d'attaque surprise.

À l'abri derrière l'arbre mort, Gaia commença à faire feu au hasard dans la forêt qui n'avait pas vu une goutte de pluie depuis l'apparition de la Zone. Puis elle s'enfuit, poursuivie par un nuage de fumée tandis que l'incendie s'étendait dans le parc de Stefano Rey.

17

29 HEURES, 24 MINUTES

Astrid, Diana et Orc arrivèrent à Perdido Beach une heure après Dekka et Jack, à la tête d'une procession d'enfants épuisés dont la plupart s'écroulèrent aussitôt de fatigue.

Edilio avait déjà examiné les blessés à l'hôtel Clifftop. À présent, incapable de dissimuler sa panique, il allait d'un enfant à l'autre en scrutant chaque visage.

— Vous avez vu Roger ?

Les enfants se taisaient. Edilio n'était même pas sûr d'avoir été entendu. Enfin, un petit répondit :

— Son bateau a brûlé.

— Tu l'as vu ?

L'enfant secoua la tête.

Le cœur d'Edilio se serra. Non, Roger n'avait pas pu être tué. Ce n'était pas juste. Roger et lui venaient enfin de s'avouer ce qu'ils ressentaient l'un pour l'autre après des mois de tâtonnements.

Le regard d'Edilio croisa celui d'Astrid. Elle n'eut pas besoin d'entendre sa question.

— On ne l'a pas vu, Edilio. Jack a fait une ronde sur le lac… Il y avait des corps dans l'eau. Roger et Justin étaient probablement sur leur bateau. Il a en partie brûlé.

— Mais vous ne… Vous avez enterré…

Il ne put finir sa phrase.

— Écoute, Brianna a empêché Gaia de tous nous liquider, mais on a été obligés de fuir. On avait des blessés sur les bras. Tout le monde était mort de peur ; on ne pouvait pas rester pour entreprendre des recherches.

Edilio hocha la tête d'un air absent. Il était obligé de ravaler sa peine, comme il l'avait fait tant de fois après tant de tragédies.

Sauf que cette fois, c'en était trop. Il ne pouvait pas garder ses larmes pour un moment plus approprié. Un gémissement étranglé franchit ses lèvres. Astrid le prit dans ses bras, et il se mit à pleurer, le visage enfoui dans ses cheveux.

— J'aurais dû être là, murmura-t-il.

— Tu n'aurais pas pu l'arrêter. Est-ce que Brianna, Dekka et les autres ont réussi à venir jusqu'ici ?

Edilio s'écarta d'elle en essuyant ses larmes.

— Brianna est salement amochée, mais elle vit. Elle est au Clifftop avec Dekka.

— Ne me laisse plus jamais lui adresser un seul reproche. On lui doit tous la vie. Edilio, c'était… Gaia aurait… Elle s'amusait à les faire léviter avant de les…

Edilio acquiesça tristement.

— Qu'est-ce qu'on va faire maintenant, Astrid ? Tu as vu Sam ? Il devrait être ici, mais je… Ça n'a pas marché comme prévu. C'est ma faute.

— Mais non, Edilio.

Astrid appela Diana. Pendant ce temps, Orc avait pris l'initiative d'apporter une grande baignoire en plastique remplie d'eau. Les enfants buvaient avidement sous son regard satisfait.

— Écoute-moi, reprit Astrid en prenant le visage d'Edilio dans ses mains pour lui faire lever les yeux. Ce n'est pas le moment de pleurer les morts. Il y a des choses qu'il faut que tu entendes.

Edilio hocha la tête, mais il avait l'esprit ailleurs.

— Diana, raconte à Edilio ce que tu sais sur Gaia.

Diana s'exécuta. Edilio n'arrivait pas à se concentrer. Il était hanté par des images du cadavre de Roger flottant sur le lac... À moins qu'il ne soit gravement blessé ? Avait-il eu le temps de comprendre ce qui se passait ? Justin était-il mort sous ses yeux ? Cela aurait suffi à le tuer. Justin était comme un frère pour Roger.

— Écoute, Edilio, disait Astrid. Gaia a l'intention de se débarrasser de tout le monde. La bonne nouvelle, c'est qu'on a enfin eu Drake. Enfin, c'est Brianna qui l'a eu. Encore Brianna.

— Quoi ? fit Edilio, l'air égaré.

Il n'avait pas écouté un traître mot de ce que lui avaient dit Astrid et Diana. Elles échangèrent un regard.

— Diana... chuchota Astrid avant de désigner Edilio d'un signe de tête.

— Viens avec moi, Edilio. On va aller s'asseoir sur les marches, dit Diana.

— C'était quoi, ce cri ? demanda Sam en examinant Caine. Tu es blessé ?

Caine respirait péniblement, le corps plié en deux comme s'il venait de recevoir un coup de pied dans le ventre.

— Elle m'a eu.

Une odeur de fumée imprégnait l'air. Quelque chose brûlait.

— Où ça ? Où elle t'a touché ?

Caine se redressa lentement, le visage fermé.

— Ici, répondit-il en se tapotant la tempe d'un geste rageur.

— Qu'est-ce que ça veut dire ? On la tenait !

— Tu parles ! cria Caine.

À la stupéfaction de Sam, il avait les larmes aux yeux.

Sam décida de se montrer plus diplomate. Ce n'était pas le moment de se battre avec Caine.

— Écoute, mon pote, je ne sais pas ce qui se passe, alors il faut que tu m'expliques. Tu es censé assurer mes arrières.

Caine nettoya ses genoux pleins de terre en évitant le regard de Sam.

— Le gaïaphage a le dessus sur moi. Ça remonte à l'époque de notre première grande bataille à Perdido Beach. J'imagine que tu t'en souviens.

— Oh, ça oui, répondit sèchement Sam. Toi et Drake, vous avez essayé de me tuer par tous les moyens.

— Après, je suis allé à la mine. Mais tu connais toute l'histoire. Le gaïaphage… Écoute, je ne peux pas l'expliquer et je ne suis pas vraiment sûr que tu comprennes.

— Mais tu t'es battu contre lui par la suite.

— Il était plus faible à cette époque-là. Et il concentrait tous ses efforts sur Lana et le petit Pete. Il est beaucoup plus puissant maintenant.

Sam fronça les sourcils.

— Pourquoi Lana? Pourquoi elle l'intéresse autant?

— Il la déteste. Il la tenait sous sa coupe, comme moi, mais elle a réussi à s'en sortir. Je ne sais pas si c'est grâce à son pouvoir de guérison, mais… cette fille est costaud. Le gaïaphage n'aime pas ça.

— OK, fit Sam, ne sachant pas quoi dire d'autre.

Il en coûtait à Caine d'admettre sa vulnérabilité. Il lui en coûtait d'admettre que Lana avait réussi là où il avait échoué.

La fumée piquait les yeux de Sam. Elle ne pouvait pas seulement provenir de l'unique arbre mort qu'il avait incendié.

Caine s'efforça de s'expliquer.

— C'est comme… comme s'il existait un endroit en dehors du monde, une autre connexion, une chose que je ne peux pas voir mais que je vois quand même, du coin de l'œil, sauf que quand je tourne la tête, elle n'est plus là. C'est par ce biais que le gaïaphage peut m'atteindre.

— Et qu'est-ce qui se passe dans ces cas-là?

— J'ai mal.

— Mal comment?

Caine serra les dents; les mots ne venaient pas. Il brandit un couteau imaginaire et fit mine de l'enfoncer dans sa tête en le faisant lentement tourner.

— C'est comme si on me vrillait une lame chauffée à blanc dans le crâne.

Sam connaissait la souffrance physique. Drake lui avait fait vivre un calvaire avec son fouet. Il s'était déjà senti désarmé. Il avait déjà perdu le contrôle de lui-même. Il comprenait donc ce que Caine voulait dire. Il se retint de poser la main sur son épaule. Ce geste n'aurait pas été apprécié.

Il grimpa sur une branche basse de l'arbre le plus proche pour avoir une meilleure vue des environs. Le feu s'était propagé. Au moins trois arbres avaient pris feu. Au terme d'une année sans pluie, la forêt était vulnérable. Le feu s'étendrait encore, Sam n'avait aucun doute à ce sujet. Et ils ne pouvaient rien y faire.

— Gaia peut t'infliger les mêmes souffrances chaque fois qu'elle nous tombe dessus ? demanda-t-il en regagnant la terre ferme.

Caine haussa les épaules.

— Ça fait longtemps. Je croyais que, comme Lana, j'avais réussi à lui échapper. Mais le gaïaphage devient de plus en plus puissant à mesure que son corps grandit. Il a réussi à sortir de la mine. Quant au petit Pete, il est sans doute mort.

— Astrid pense qu'il vit toujours sous une autre forme.

— Une autre forme ? (Caine eut un rire amer.) Hier encore, on parlait de sortir d'ici et de se gaver de burgers. On a retrouvé l'asile de fous, on dirait.

Sam dévisagea avec curiosité son frère, cet étranger. Ils étaient nés à quelques minutes d'intervalle de la même mère. Il ne connaissait pas les circonstances exactes de leur naissance. Avaient-ils le même père ? Ou leur mère menait-elle une vie un peu plus… aventureuse qu'il ne voulait bien l'admettre ? Pourquoi l'avait-elle gardé lui, et pas Caine ?

Une chose était sûre : l'asile de fous existait bien avant la Zone.

— Je ne crois pas pouvoir la battre sans toi, dit-il après un silence. Et maintenant je ne suis pas sûr que tu ne sois pas une épine dans le pied.

Caine ne se mit pas en colère ; il savait que Sam disait la vérité.

— N'essaie pas de me sauver si elle en s'en prend encore à moi, lâcha-t-il. Elle s'attend à ce genre de réaction de ta part ; c'est pour ça qu'elle a fait ça. On la mettait en difficulté, alors elle m'a attaqué pour te forcer à battre en retraite.

Sam hocha la tête.

— D'accord. Tu as raison. Cela dit, qu'est-ce qu'elle mijote ? C'est ce que je ne comprends pas.

Caine réfléchit quelques instants, puis son visage se ferma.

— Une autre attaque. Elle n'a pas pu tuer tout le monde au lac ; Brianna s'est mise en travers de son chemin. Et puis, on s'est lancés à ses trousses, et elle sait maintenant qu'elle n'est pas invulnérable. Elle doit donc nous pousser dans nos retranchements ; elle ne peut pas se laisser poursuivre indéfiniment parce que la chance pourrait finir par tourner en notre faveur. (Il désigna la fumée qui leur piquait le nez et la gorge.) Le feu, c'est pour ça. Elle n'est plus aussi sûre d'elle. Elle a peur désormais, ce qui joue contre nous. Elle agit plus vite. Si on pensait avoir un peu de temps, c'est raté. La fin de la partie, c'est maintenant.

— Oui, dit Sam d'un ton lugubre. Elle est en route pour Perdido Beach.

La tête qui se faisait appeler Drake avait parlé à Alex. Elle lui avait dit qu'elle servait Gaia. S'il lui ramenait

Drake, elle saurait le remercier. Il récupérerait son bras et plus encore.

Alex avait donc ôté toutes les pierres qui lestaient la glacière et avait laissé la tête dedans pour la transporter facilement. Elle était lourde mais il pouvait la soulever avec un seul bras.

En cours de route, Drake et l'autre personne, Brittney, lui expliquèrent tout ce qu'il devait savoir au sujet de Gaia, afin qu'il comprenne à qui il avait affaire. Il savait maintenant qu'il servait une vraie déesse.

Lorsque Gaia aurait triomphé de ses ennemis – et sa victoire ne faisait aucun doute –, il marcherait, la tête haute, à ses côtés. C'est ce que lui avait expliqué Brittney.

Quand Alex se mit à la recherche de Gaia pour lui rapporter la tête de son lieutenant, il n'avait pas vraiment réfléchi à ce qu'elle allait en faire.

En revanche, Drake Merwin avait, lui, une idée assez précise sur la question.

La veille, dans l'après-midi, Connie Temple s'était présentée à l'endroit où Dahra l'avait envoyée. Il y avait un lac, une marina et, sur la berge opposée à l'intérieur de la Zone, une autre marina qui semblait être le reflet de cette dernière.

Là-bas, elle avait vu des enfants, mais aucun d'eux ne s'était approché de la barrière. Quant à Dahra, elle ne s'était pas montrée. Connie avait donc scotché un mot sur un arbuste à proximité de la barrière et cherché un motel pour y passer la nuit. Elle craignait que Dahra n'arrive plus tard, mais le soir tombait et elle ne connaissait pas bien les environs. Elle avait trouvé un motel à une quinzaine de kilomètres de là et dîné de quelques victuailles achetées à l'épicerie – crackers, fromage en tranches, bouteille de vin et barre chocolatée – avant de s'endormir devant la télé.

Le lendemain matin, peu reposée et affligée d'une légère gueule de bois, elle retourna sur le lieu de rendez-vous, armée d'un café et de donuts. Elle avait peu d'espoir que Dahra ou Astrid viennent.

En descendant de sa voiture avec son café froid et ses beignets secs, elle trouva le mot qu'elle avait laissé la veille, l'arracha de l'arbre et scruta la berge inaccessible.

Du côté de la marina, des rubans de fumée noire s'élevaient de divers endroits. Plus loin au sud, une colonne de fumée beaucoup plus large se détachait lugubrement sur le ciel.

Connie se rendit à la marina et s'avança sur le ponton pour y voir de plus près, regrettant de ne pas avoir de bateau.

— C'est l'enfer qui s'est déchaîné là-bas hier soir.

Connie se retourna et vit un homme de haute taille, légèrement voûté, avec des cheveux blancs et un visage ridé.

— Comment ça?

L'homme désigna la berge d'un signe de tête.

— Je suis ici depuis le lever du jour. Mon petit-fils est là-bas. Enfin, j'espère qu'il est toujours là-bas quelque part.

— Est-ce qu'il y a des enfants qui vivent sur la berge?

— Il semble qu'il y avait un camp, oui. Ils n'avaient pas l'électricité, à la nuit tombée ils s'éclairaient à la bougie. L'autre jour, quelques-uns sont venus en bateau échanger des messages avec nous. (Il haussa les épaules.) Ils ne m'ont rien appris sur mon petit-fils ; ils disaient tous qu'ils ne le connaissaient pas mais ils ont fait une drôle de tête quand j'ai mentionné son nom.

Connie hocha la tête d'un air compatissant.

— Je m'appelle Connie Temple. Mon fils…

— Je vous ai vue à la télé, madame Temple. Je m'appelle Merwin. Mon petit-fils porte le même prénom que moi, Drake.

Connie fit de son mieux pour masquer son trouble. Elle avait entendu parler de ce garçon, et pas en bien. Des histoires terrifiantes circulaient à son sujet.

— Que s'est-il passé hier soir ?

Le vieux Drake Merwin haussa de nouveau les épaules. C'était sans doute une habitude chez lui.

— Eh bien, ça va peut-être vous paraître fou…

Connie attendit la suite.

— On aurait dit que quelqu'un tirait avec des rayons laser. Et il y avait des explosions. Ce matin, je m'attendais à ce que quelqu'un vienne à la rame expliquer ce qui s'était passé. Personne ne s'est montré. J'ai attendu. J'ai une paire de jumelles sur mon bateau ; le problème, c'est que ma vue n'est plus très bonne. Jusqu'à mes soixante-cinq ans, j'y voyais bien, et puis…

Il haussa les épaules.

— Et moi, je peux jeter un coup d'œil ?

Il la conduisit jusqu'à son bateau qui était amarré au bout du ponton. Les jumelles étaient montées sur un pied. Connie dut se baisser pour regarder et, après quelques réglages, un spectacle sinistre s'offrit à ses yeux.

— Si vous voulez bien me dire ce que vous voyez... lança Merwin d'un ton penaud.

— Il y a un voilier à moitié coulé, une caravane qui brûle encore... (Connie sentit sa gorge se nouer.) Des voitures calcinées, des bateaux... On peut s'approcher un peu plus avec votre bateau ?

Merwin s'assombrit.

— J'ai peur de ce qu'on pourrait voir de plus près.

Elle comprit ce qu'il entendait par là et, d'un geste impulsif, elle posa la main sur son bras.

Elle largua les amarres pendant qu'il prenait le gouvernail. Au vu de la superficie du lac réduite par la barrière, le bateau semblait ridiculement imposant. Mais Merwin le manœuvra habilement jusqu'aux abords de la barrière. Puis tous deux allèrent se poster sur le pont supérieur avec la paire de jumelles.

— Est-ce que ce sont... demanda-t-il d'une voix étranglée.

— Oui.

Il y avait des corps dans l'eau. Ils flottaient en heurtant doucement la barrière. En dirigeant les jumelles vers la berge, Connie aperçut un homme, et non pas un enfant, qui portait une glacière blanc et bleu. Le dos tourné au lac, il se frayait un chemin parmi les restes encore fumants du campement.

Elle comprit que personne ne viendrait au rendez-vous aujourd'hui.

— Vous avez dit que vous avez vu des rayons laser ? demanda-t-elle en s'efforçant de maîtriser le tremblement de sa voix.

— Je sais ce que vous pensez, madame Temple, répondit-il. J'ai vu la vidéo de votre fils avec cette lumière lui sortant des mains. Mais il vaut mieux ne pas tirer de conclusions trop hâtives.

— Vous avez raison.

— Il y a une cafetière dans la kitchenette. Je prends juste un peu de lait avec mon café.

Reconnaissante de pouvoir s'isoler pendant quelques instants, Connie descendit dans la cabine. Elle mit la cafetière en marche et attrapa une tasse d'un geste si brutal qu'elle en cassa l'anse. Après en avoir pris une autre et servi deux cafés, elle rejoignit Merwin à la barre.

Il but une gorgée de son breuvage en donnant de petits coups de gouvernail pour stabiliser le bateau.

— J'ai soixante-quatorze ans, dit-il enfin. J'ai combattu au Vietnam. Vous n'étiez peut-être pas née, mais c'était une sale guerre.

— Toutes les guerres sont sales, non ?

Il sourit.

— Oui, c'est vrai. Je me souviens de ce gamin qui avait été nommé caporal à la mort de son supérieur. C'était un gentil gars. Mais un jour, alors qu'il n'avait pas dormi depuis soixante-douze heures, et après avoir vu mourir deux de ses camarades…

Il s'interrompit, se mit à respirer péniblement et détourna le regard. Connie attendit la suite.

— Ils avaient capturé un soldat ennemi. Comme il était blessé, il n'avait pas pu suivre ses camarades qui battaient en retraite. Pendant l'interrogatoire, il a craché à la figure du caporal. Celui-ci lui a tiré une balle dans la nuque.

Silence.

— Tuer un prisonnier sans défense, c'est un crime de guerre. Ça lui aurait valu la cour martiale si quelqu'un l'avait dénoncé.

— Vous ne l'avez pas fait?

Merwin haussa les épaules.

— Non, madame. Personne ne m'a dénoncé pour avoir tiré une balle dans la nuque de cet homme. Parce qu'on avait tous faim, qu'on était tous épuisés, morts de trouille et très en colère. Le plus âgé d'entre nous avait à peine vingt ans.

— Sam n'aurait jamais…

— Oh, il existe d'authentiques saints en ce bas monde, madame Temple : je le sais, j'ai épousé la bonté incarnée. Mais ils sont rares. J'aimerais croire que Drake… mon petit-fils, et pas ce vieux caporal… J'aimerais croire qu'il a trouvé la force de… Malheureusement, c'est un garçon perturbé. Surtout depuis la mort de mon fils. Son beau-père… le beau-père de Drake… (Il laissa échapper un soupir.) Mais je n'en sais rien et vous non plus.

— Et qu'est-ce qui se passera quand on saura? demanda-t-elle d'une petite voix.

— Je suppose qu'on se comportera comme une bande d'hypocrites qui se croient meilleurs que les autres parce que, dans le cas contraire, il faudrait se regarder dans le miroir. Nous sommes tous capables de commettre des actes abominables.

Pendant la traversée du retour, ils restèrent silencieux. Une fois sur le ponton, Connie serra la main du vieil homme.

— Merci pour ce que vous m'avez dit. Ça a dû être lourd de porter ça pendant toutes ces années.

Il sourit, et ses yeux étincelèrent.

— Pas dans le sens où vous l'entendez, madame Temple. Ce qui a été dur, c'est d'admettre que cet acte de vengeance m'a procuré du plaisir. Et que s'il fallait recommencer, j'appuierais encore sur la détente.

Stupéfaite, Connie lâcha la main du vieil homme. Une lueur froide et cruelle brillait dans ses yeux quand il ajouta :

— Les actes terribles sont parfois source de grandes joies.

18

27 HEURES, 13 MINUTES

GAIA MARCHAIT PRESQUE à une vitesse normale, à présent. Sa jambe cicatrisait. Elle aurait même complètement guéri si elle avait eu le temps de s'occuper de sa blessure. Mais les deux mutants étaient à ses trousses, et elle devait mettre de la distance entre elle et l'incendie qui avait déjà consumé la lisière de la forêt.

Le fait qu'elle soit vulnérable au feu et à la fumée, maintenant qu'elle avait un corps, ne lui avait pas échappé. Elle avait passé en revue ses pouvoirs au cas où l'un d'eux la protégerait de l'asphyxie. Rien.

Au moins, elle ne souffrait presque plus et la musique dans ses oreilles l'aidait à se distraire.

Elle avait opté pour une petite route de terre et de gravier en comptant sur le fait qu'elle avait peu d'avance sur ses poursuivants et qu'elle était à découvert, si bien qu'elle verrait venir Sam et Caine avant qu'ils ne l'aient rattrapée. Ils ne l'inquiétaient pas outre mesure. Ce qui l'inquiétait beaucoup plus, en revanche, c'était la certitude que le petit Pete l'observait. Elle sentait son regard peser sur elle. Et bien que Némésis s'affaiblisse d'heure en heure, il n'était pas encore mort.

Un corps, c'était à la fois une aubaine et une malédiction. Une aubaine, parce qu'il lui permettait de concentrer son pouvoir et de se déplacer. Une malédiction, parce qu'il ressentait la souffrance et était vulnérable. Qu'arriverait-il à cette glorieuse créature qu'était le gaïaphage si ce corps venait à mourir ?

Pour tout dire, Gaia n'en savait rien. Elle deviendrait peut-être, à l'instar du petit Pete, un fantôme désincarné. Ou bien elle cesserait tout simplement d'exister.

En outre, un corps, ça avait constamment faim. C'était comme une petite voix insistante dans sa tête : « Nourris-moi ! disait-elle. Nourris-moi maintenant ! »

Elle trouva le cadavre d'un garçon au bord de la route. À première vue, il ne semblait pas blessé. Quand elle l'eut retourné d'un coup de pied, elle vit un bout de bois dépasser de son dos, près de la colonne vertébrale. Il avait dû succomber pendant le trajet entre le lac et Perdido Beach.

Eh bien, ça en faisait un de moins à tuer.

Après l'avoir dévêtu à la hâte, elle enfila ses vêtements. Bien que sales et tachés de sang, ils étaient en meilleur état que les siens, devenus trop petits pour elle. Elle dévora un morceau de la cuisse du garçon avant de se remettre en route. D'ici quelque temps, elle pourrait de nouveau tester sa vitesse. Que c'était ennuyeux de marcher à ce rythme !

Elle avait atteint l'autoroute quand un bus scolaire jaune à moitié couvert de graffitis s'avança en cahotant dans sa direction. Il s'arrêta au bord de la route, et une douzaine d'enfants en descendirent, chargés d'outils et de seaux. Deux d'entre eux poussaient une brouette.

Levant les yeux, une fille aux cheveux noirs aperçut Gaia et fronça les sourcils. Les autres enfants, eux, regardaient derrière elle en pointant du doigt l'incendie qui devait générer beaucoup de fumée. Même à cette distance, Gaia sentait son odeur.

Elle marcha droit vers le petit groupe qui s'avançait à présent dans un champ en jetant devant lui des os et des têtes de poisson, que dévoraient aussitôt des dizaines de vers.

Gaia ôta un de ses écouteurs.

— Tu ferais mieux de te mettre au travail, lui dit un garçon.

Mais la fille aux cheveux noirs, qui l'observait attentivement depuis quelques instants, lança :

— Je ne te connais pas.

— Non, tu as raison, dit Gaia.

Comme elle ne voulait pas alerter les autres, elle se contenta de frapper la fille au visage d'un revers de la main. Celle-ci mourut sur-le-champ.

Le garçon qui donnait des ordres s'écria :

— Qu'est-ce qui...

Il évita son premier coup de poing ; le deuxième lui cassa le bras. Il n'eut même pas le temps de crier.

Gaia lança son corps derrière le bus pour le cacher à la vue des enfants.

Elle les suivit un par un dans les plants de pois mangetout. Elle rattrapa la fille la plus proche et, d'un coup de poing dans le dos, elle lui brisa la colonne vertébrale.

Plus que neuf.

La deuxième eut le temps de crier avant que Gaia ne lui arrache la tête des épaules et l'envoie voler parmi les plants de choux.

Huit.

Son cri alerta les autres qui firent volte-face. Trois d'entre eux moururent instantanément, tués par les rayons de lumière verte de Gaia.

Sept. Six. Cinq.

Pan ! Pan !

L'un d'eux était armé. Il tira quelques coups de feu à l'aveuglette. Déchaînant sa lumière, Gaia le coupa en deux.

Quatre.

Non, il y avait une autre arme à feu. Trop tard !

Pan ! Pan ! Pan !

Gaia se retourna brusquement et l'impact des balles la fit tomber sur le dos.

— Attrapez-la ! Attrapez-la !

Pan ! Pan !

— Je n'ai plus de munitions !

Gaia essaya de se relever, mais elle était blessée, et la douleur était insoutenable.

Une fille armée d'un couteau surgit près d'elle. D'un coup de poing invisible, Gaia la fit voler dans les airs.

Un bruit de pas crissa dans la terre. Gaia se retourna, et reçut en pleine poitrine un coup de batte de baseball hérissée de clous. Rapide comme l'éclair, elle la saisit d'une main pour immobiliser son assaillant et, de l'autre, elle le transperça d'un rayon lumineux.

Trois.

Gaia se redressa péniblement en secouant la tête. Elle avait le vertige, le sang battait à ses tempes et sa poitrine la faisait souffrir.

Comme elle y voyait flou, elle promena son rayon lumineux autour d'elle encore et encore. Un hurlement s'éleva.

Deux.

Elle devait définir ses priorités. Fallait-il qu'elle se soigne sans tarder ? Quelle était sa blessure la plus grave ? Elle souleva son tee-shirt et constata que le clou logé dans sa poitrine avait fait moins de dégâts que la balle qui lui avait traversé le flanc. Elle posa la main sur sa blessure et se concentra quelques instants puis, chassant les larmes de douleur qui lui brouillaient la vue, elle vit deux enfants s'enfuir à toutes jambes sur l'autoroute en direction de Perdido Beach. Elle tendit les bras vers eux pour les foudroyer sur place, mais ils étaient déjà trop loin.

Tuer tous les habitants de la Zone se révélait plus difficile qu'elle ne l'aurait cru. Et rester en vie, encore plus compliqué.

Pourquoi tout était-il si pénible ? Quelle injustice ! Elle était le gaïaphage, et eux, qu'étaient-ils ? De vulgaires créatures de chair et d'os.

Comme toi, l'Ombre. Comme toi.

Gaia sursauta de frayeur. La voix qui venait de résonner dans sa tête était celle de Némésis. Il voyait tout. Il était témoin de l'erreur qu'elle avait commise en s'incarnant.

« Eh oui, Némésis. Tu vois à quel point le fait d'avoir un corps nous rend faibles ? »

Elle espérait semer le trouble dans son esprit et gagner du temps. Mais d'un instant à l'autre, il risquait de passer à l'action et de lui compliquer les choses. Elle n'avait pas le temps de reprendre des forces. Sam et Caine…

Elle commençait à craindre que la conquête du monde extérieur soit plus ardue que prévu, surtout s'ils savaient à quoi s'attendre. Il lui faudrait avancer à couvert, s'échapper de cet endroit sans que les humains du dehors apprennent son existence. Une fois sortie, elle accroîtrait sa puissance. Après tout, elle était une espèce de virus capable de se propager. Elle s'entourerait d'esclaves. Elle prendrait le contrôle d'autres humains. Elle dominerait le monde.

Gaia, l'incarnation du gaïaphage, s'allongea sur le dos et contempla le ciel. Quelque part au-dessus d'elle, au-delà de la fine coquille formée par l'atmosphère, au-delà de ce minuscule système solaire, à une distance inimaginable dans cette galaxie, se trouvait l'endroit où le gaïaphage avait été conçu.

Des millions d'années pour arriver jusqu'ici, tout ça pour se vider de son sang, étendue à même la terre…

Ça ne pouvait pas se terminer comme ça. Le gaïaphage était promis à une grande destinée. Il avait été créé pour transformer son environnement. Son existence même avait commencé à altérer les lois de la physique qui régissaient cette planète.

Aujourd'hui la Zone. Demain le vaste monde.

Mais, dans l'immédiat, Gaia se sentait très fatiguée.

— Il paraît que tu es de retour, dit Astrid.

— Oui, répondit Albert. Et le travail reprend doucement. Des équipes sont déjà rentrées des champs, et j'en ai envoyé d'autres.

Astrid hocha la tête.

— C'est probablement une bonne chose.

— Probablement ?

— Gaia peut débarquer d'un moment à l'autre. En dispersant nos effectifs, on devient plus difficiles à éliminer.

Astrid avait convoqué en hâte une réunion dans l'ancien bureau du maire. Elle songea que si la barrière finissait vraiment par tomber, il y aurait de nouveau un vrai maire à Perdido Beach. Dans une semaine ou dans un mois, un adulte responsable s'assiérait entre ces quatre murs pour régler des problèmes importants, tels que la collecte des ordures, l'approvisionnement en eau, les couvre-feux, mais pas des questions de vie ou de mort.

Albert était présent, ainsi qu'Edilio, Dekka, Quinn et Diana. Elle aurait aimé que Jack assiste lui aussi à la réunion : s'il n'était pas d'une grande utilité, il avait le mérite d'être intelligent. Lana aurait pu les aider, elle aussi, mais le moins qu'on puisse dire, c'est qu'elle était occupée.

Et surtout, comme Astrid aurait aimé que Sam soit là ! Même Caine aurait été le bienvenu. Ils se préparaient en vue de ce qui serait sans doute la dernière bataille, et elle n'avait pas d'autres soldats que Dekka et Orc. Ils avaient beau être forts et braves, ils ne faisaient pas le poids face à Gaia.

Astrid avait cru que le moment était venu de faire des projets pour l'après. Mais à présent, elle craignait qu'il n'y en ait pas. Quand la barrière tomberait, il se pouvait bien que la seule à sortir soit Gaia.

En revanche, s'il y avait une personne dont elle se serait bien passée, c'était Diana. Bien que ce soit la réunion d'Astrid, Albert se tourna vers elle pour l'interroger.

— Diana, tu as passé du temps avec cette Gaia. Raconte-nous tout ce que tu sais.

Diana lança un coup d'œil à Astrid, ce qui n'échappa ni à Albert ni à Dekka. Le silence s'abattit sur la petite assemblée. Même Quinn et Edilio, qui était pourtant distrait, remarquèrent l'atmosphère tendue.

— Hé, fit Quinn. Pas de cachotteries, hein?

D'un ton aussi calme que possible, Astrid renchérit:

— Dis-leur tout ce que tu sais, Diana.

Pour une fois, cette dernière ne vit pas l'utilité d'être désagréable.

— Le corps de Gaia grandit à toute vitesse, expliqua-t-elle. Elle doit se nourrir en permanence et elle se fiche complètement de ce qu'elle ingurgite. Apparemment, elle n'a pas de pouvoirs propres, excepté celui du gaïaphage, qui consiste à s'immiscer dans l'esprit des gens, et en particulier des mutants avec qui elle a été liée par le passé. Elle peut causer des peurs et des souffrances atroces, et…

Dekka l'interrompit:

— Elle peut s'en prendre à Caine?

Diana hocha la tête.

— Sans doute, oui. Et à moi aussi. À tout le monde, sauf Lana.

— Lana? répéta Astrid.

— Gaia la hait. D'une manière que je ne m'explique pas, elle a réussi à la chasser de son esprit. Autre chose, ajouta Diana en évitant le regard d'Astrid. Gaia emprunte les pouvoirs qu'elle utilise. Ce ne sont pas les siens. Elle prétend que, si elle tue Sam, elle ne pourra plus se servir de son pouvoir.

— C'est pour ça qu'elle ne l'a pas tué quand elle en avait l'occasion, déclara Astrid.

Si elle ne pouvait pas réduire Diana au silence, elle pouvait peut-être reprendre les rênes de la discussion.

— Alors, des suggestions ? Des idées ? poursuivit-elle.

— Astrid, dit Diana, le petit Pete…

— Quoi, le petit Pete ? demanda Albert.

Diana fit mine de se lever mais son corps avait dû manifester sa fatigue car elle se ravisa.

— Némésis. C'est comme ça que Gaia l'appelle. C'est la seule personne dont elle ait peur. C'est pour ça qu'elle élimine tout le monde ; elle veut l'empêcher de s'incarner, comme elle l'a fait.

— Je ne vois pas en quoi cette information peut nous être utile, intervint Astrid d'une voix stridente.

— Est-ce qu'on est sûrs que le petit Pete vit encore ? s'enquit Dekka. Peut-être que c'est juste Gaia qui est dingue.

De nouveau, tous les regards convergèrent vers Astrid.

— Que ressent Gaia pour toi, Diana ? demanda-t-elle.

Un silence gêné lui répondit. Ce fut Dekka qui le rompit :

— Astrid, le moment est mal choisi pour jouer les grandes sœurs protectrices.

— Je veux savoir ce que Gaia ressent pour Diana. C'est peut-être un point faible qu'on pourrait exploiter.

Edilio, qui n'avait rien dit jusque-là, prit la parole :

— Cette créature a massacré des dizaines d'enfants, y compris Roger. On doit tout savoir sur elle. Les secrets, les mensonges et les faux-fuyants, c'est terminé.

Astrid le foudroya du regard. D'un coup d'œil, il lui fit baisser la tête.

— Diana nous a dit ce qu'elle savait, déclara Albert d'un ton glacial. C'est ton tour, Astrid.

— J'ai causé la mort de Petey, dit-elle calmement. J'ai fait ce que j'avais à faire ; c'était le seul moyen de lui forcer la main, de le pousser à détruire les insectes. Je l'ai tué, et vous me demandez de… de…

— On est tous paumés, intervint Quinn d'une voix douce. On a tous connu l'enfer. Et on a tous échoué par moments. Toutes les personnes présentes dans cette pièce ont des cicatrices… et aussi des blessures à l'âme.

— On est comme des moutons qui attendent l'arrivée du loup ! s'exclama Albert avec colère. Il n'y a qu'une seule question à se poser : est-ce que l'un de nous va réussir à s'en sortir vivant ?

— Retourne donc sur ton île, répliqua Astrid d'un ton cinglant.

Levant les yeux, elle vit, pour la première fois, la rage se peindre sur les traits d'Edilio.

— Parle, Astrid, dit-il.

Elle sentit sa gorge se nouer et chercha vainement une échappatoire. Mais elle n'était pas de taille à tenir tête à Edilio. Elle se sentait capituler. Son esprit d'une logique implacable nota, non sans sarcasme, qu'il avait lui aussi un superpouvoir : celui de rester lui-même en toute occasion.

— D'accord, murmura-t-elle. Le petit Pete est en vie. Je ne peux pas l'expliquer ; croyez-moi, j'aimerais bien. Quand j'attendais la mort dans le noir avec Cigare, Petey m'a parlé.

— C'était peut-être ton imagination, suggéra Albert.

Astrid secoua la tête.

— Je sens sa présence quelquefois. Le pauvre Cigare le voyait, à sa manière.

— Une chose est sûre, Gaia pense qu'il est toujours vivant, intervint Diana. Elle prétend qu'il est moins fort maintenant qu'il est séparé de son enveloppe physique.

— Donc, il faut que le petit Pete s'incarne, lui aussi, résuma Albert. Bon. Comment on s'y prend ?

Ce fut au tour d'Edilio d'hésiter. Astrid avait déjà mené le raisonnement à sa conclusion inévitable, mais pas lui. Et maintenant qu'il comprenait, il n'aimait pas ça non plus.

Sans surprise, ce fut Diana, avec son ironie habituelle, qui clarifia les choses.

— Alors si j'ai bien compris, Astrid devra demander à son petit frère de se sacrifier pour aller tuer l'enfant à qui j'ai donné la vie.

Un autre silence suivit cette déclaration.

Astrid n'osait même pas y songer, de peur qu'on lise dans ses pensées, mais il existait un autre moyen. Si Caine et Sam mouraient…

Son regard croisa celui d'Edilio, qui lui adressa un signe de tête imperceptible. Oui, il avait pensé à cette solution, lui aussi.

Le silence dans la pièce était assourdissant. Les deux possibilités s'imposaient dans les esprits. Trouver quelqu'un à sacrifier au petit Pete. Ou tuer Sam et Caine.

Sans quitter Astrid des yeux, Edilio lança :

— Dekka, Quinn, venez avec moi. J'aurai besoin de tous ceux qui savent se servir d'une arme à feu. Je vais poster des tireurs aux fenêtres. On va la combattre ici.

— Sans Sam, Caine ou Brianna, on ne pourra pas la vaincre, objecta Diana.

— C'est vrai, dit Edilio.

— Écoutez-moi, intervint Albert, conscient qu'il s'apprêtait à dire l'indicible. Ça ne plaît à personne, mais c'est tout ce qu'on a, pas vrai ? C'est tout ce qu'on a.

— Peut-être, lâcha Edilio, sauf que j'ai des limites. Je veux bien mourir pour essayer de sauver des gens. Mais il est hors de question que je commette un meurtre.

Le fusil posé sur l'épaule, il sortit de la pièce, suivi de Quinn et de Dekka.

19

25 HEURES,
29 MINUTES

SAM ET CAINE virent le bus au loin. Ce n'était pas un spectacle particulièrement inhabituel : on piochait parfois dans les dernières réserves d'essence pour envoyer les enfants dans les champs les plus reculés de la zone agricole.

Toutefois, un silence inquiétant régnait aux alentours du véhicule et du champ. Si le bus avait déposé les enfants, ils auraient dû les voir.

Ils trouvèrent le premier cadavre étendu à plat ventre sur la route, une jambe arrachée. Sa jambe restante était chaussée d'une basket rouge.

— Elle n'est pas loin devant, dit Caine.

— En courant, peut-être… suggéra Sam, mais il était trop fatigué pour ça.

— Pars en éclaireur, moi je prends le bus.

— Ah. Oui, ce serait mieux. Tu as déjà conduit ce genre d'engin ?

Caine secoua la tête.

— Non, jamais.

Sam se souvint de ce lointain moment de gloire et de terreur qui lui avait valu son surnom de Sam-du-bus.

— Bizarrement, moi si, dit-il.

Lana entendit la porte s'ouvrir puis quelqu'un s'éclaircir la voix. Sans lever les yeux, elle s'exclama :

— Je ne peux pas prendre plus de monde !

Elle avait couru d'une chambre à l'autre et jusque dans le hall pour éviter la mort aux cas les plus graves, consacrant une minute ici, cinq minutes là. À l'exception de deux enfants qu'elle n'avait pas pu sauver à temps, tout le monde était vivant. Pour le moment, du moins.

Astrid se tenait sur le seuil. Lana lui lança un regard hostile.

— Qu'est-ce que tu veux ?

— Tu as une minute ?

— Oui, bien sûr. Qui veux-tu sacrifier pendant qu'on discute ?

Pat s'avança vers Lana pour fourrer son museau contre sa jambe, comme s'il sentait que sa maîtresse était à deux doigts de craquer.

Lana avait une main posée sur un garçon d'une douzaine d'années et l'autre sur une fillette de trois ans. Le corps du garçon était en grande partie brûlé, sa peau couverte de cloques. La fillette avait le visage lacéré ; si Lana ne guérissait pas très rapidement ses blessures, elle ne serait plus jamais jolie.

Astrid s'accroupit devant la Guérisseuse qui s'était assise en tailleur sur un gros coussin qu'elle traînait de blessé en blessé.

Lana avait beaucoup de respect pour la loyauté dont Astrid faisait preuve à l'égard de Sam. Elle avait aussi beaucoup de respect pour son intelligence, et elle en était même venue à estimer sa force de caractère. Mais ça ne voulait pas dire qu'elle l'appréciait.

— Le gaïaphage, dit Astrid.

— Quoi, le gaïaphage ?

— Diana dit…

— La sorcière est en ville ? Super. Tu lui fais confiance ?

— Elle nous a révélé des informations importantes. Elle a passé du temps avec Gaia. Sa fille.

Lana ricana.

— Il n'y pas de Gaia. Il n'y a que l'Ombre, qui existe depuis le premier jour.

— Diana prétend qu'elle – pardon, il – te hait.

Lana se remit à rire.

— Ah ouais ? Eh bien, c'est réciproque.

— Le gaïaphage ne peut plus t'atteindre, reprit Astrid d'un ton patient. C'est pour ça qu'il te déteste.

— Et alors ? Ce n'est pas mon principal problème en ce moment.

— Ce que je veux savoir, c'est si toi, tu pourrais t'immiscer dans ses pensées.

— Pourquoi je ferais ça ? répondit Lana, impassible.

— Parce qu'il arrive. Et je cherche toutes les armes susceptibles d'être utilisées contre lui.

— L'arme, c'est moi, fit une voix.

Brianna se redressa sur son lit, le visage toujours brûlé quoique moins rouge. Par endroits, sa peau avait presque retrouvé son aspect normal, mais elle avait un œil enflé.

— Tu es à moitié aveugle, idiote, dit Lana d'un ton affectueux.

Brianna se leva d'un bond, agita les jambes comme la danseuse de claquettes la plus rapide du monde, et remua les bras assez vite pour créer un souffle d'air.

— Assieds-toi ! rugit Lana.

À sa surprise, Brianna obéit, et Pat aussi.

— Écoute, Brianna, reprit-elle d'un ton radouci. C'est une vilaine brûlure que tu as là, et si je ne m'en occupe pas maintenant, tu risques de rester chauve et défigurée. Tu comprends ?

— Il se pourrait bien que l'apparence de Brianna soit le cadet de nos soucis, intervint Astrid. Tu n'as pas idée du danger que représente cette créature. Ce sont les pouvoirs de Sam, de Caine, de Dekka et de Brianna réunis dans la même personne.

Lana eut l'impression que le sol s'ouvrait sous ses pieds, mais il lui sembla aussi qu'elle savait déjà tout ça depuis longtemps.

Elle avait chassé le mal ; elle ne l'avait pas vaincu. Elle n'en était pas capable, elle s'en rendait bien compte. Il lui avait fallu user de toutes ses forces pour fermer son esprit au gaïaphage. C'était un peu comme s'il avait infecté une partie de son cerveau qu'elle avait réussi à guérir. Mais elle en avait gardé une cicatrice toujours sensible au moindre effleurement.

Elle sentait qu'il tentait de s'immiscer dans sa tête. Cela faisait longtemps qu'il attendait un signe de faiblesse. Il n'aimait pas être défié. Il exigeait la soumission. À présent qu'il avait enfin réussi à déclencher une guerre totale dans la Zone, Lana ne pouvait pas rester à l'écart.

— Va aider Sanjit à leur donner à boire, dit-elle d'une voix atone.

— Je ne suis pas venue ici pour…

— Je fais une pause, Astrid, décréta Lana en lui jetant un regard noir, et Astrid hocha la tête.

Lana se releva en faisant craquer ses genoux, et il lui fallut faire quelques pas pour se redresser complètement. Elle sortit dans le couloir, passa près des enfants effrayés, traumatisés, en larmes, qu'on avait allongés à même le sol après les avoir enveloppés dans des couvertures. Les frères et sœurs de Sanjit s'efforçaient de leur offrir du réconfort et des prières.

Elle descendit l'escalier, traversa la pelouse desséchée et se trouva un endroit à l'abri des regards d'où elle pouvait voir l'océan. Elle inspira profondément. Une odeur de brûlé flottait dans l'air.

Elle ferma les yeux et tourna ses pensées vers l'Ombre.

Au prix d'un effort, elle pénétra dans cet espace étrange, reposant uniquement sur des perceptions. Là, elle écouta le silence, chercha un objet qu'elle ne pouvait distinguer qu'en détournant les yeux. Et soudain, le contact s'établit. Le gaïaphage sentit sa présence. Sa réaction fut violente, il essaya de la repousser ; il avait dû flairer un piège.

Lana poussa un cri de douleur. Elle pleura un peu puis, après avoir séché ses larmes, elle retourna à l'intérieur. Astrid l'attendait, les yeux brillants d'espoir.

— Il arrive. Mais il est blessé. Il essaie de se soigner. Il vient par l'autoroute.

— Dans combien de temps il sera là ?

— On peut le tuer, je pense. En tout cas, c'est ce qu'il croit, murmura Lana, étonnée, en touchant d'un geste instinctif le pistolet automatique glissé dans sa ceinture. Il a peur.

— Edilio va lui tendre une embuscade.

— Non ! C'est tout de suite qu'il faut agir. Tout de suite ! Tuez-le pendant qu'il est encore temps. S'il arrive à se soigner, on est tous morts.

Lana agrippa Astrid par les épaules et la regarda dans les yeux.

— Écoute-moi. J'avais une chance de le tuer et il m'a eue. Vous en tenez une autre, mais il n'y en aura pas de troisième. Tuez-le. Tuez-le ! Fais passer le message à tout le monde, Astrid. Tuez-le maintenant !

— La voilà ! s'exclama Caine.

Il s'était assis à l'avant du bus que Sam conduisait avec une grande prudence.

À quelques centaines de mètres devant eux, Gaia venait juste de passer entre deux voitures carbonisées. Elle traînait derrière elle une jambe chaussée d'une vieille basket rouge.

— Accélère ! cria Caine.

— Elle va nous entendre, protesta Sam.

— Regarde bien. Elle a des écouteurs dans les oreilles. On n'est qu'à trois kilomètres environ de la ville. C'est maintenant ou jamais, mon pote ! Accélère ! Accélère !

Sam obéit. Le moteur du bus ne répondait pas très bien à la pédale d'accélération. Il gagna pesamment de la vitesse. Caine garda les yeux fixés sur l'aiguille du compteur.

Trente kilomètres à l'heure.

Quarante.

Cinquante.

Sam donna un grand coup de volant pour éviter un van renversé, et le bus grinça bruyamment.

Cinquante-cinq.

— Elle ne sait pas qu'on est là. Rentre-lui dedans ! Rentre-lui dedans !

Soixante.

Puis, sans crier gare, l'aiguille du compteur redescendit.

— Qu'est-ce que tu fous ? rugit Caine en étreignant de toutes ses forces la barre d'appui du bus.

— Je ne sais pas ! cria Sam. Ce n'est pas moi.

Le moteur se mit à crachoter et soudain, ils poursuivirent leur route en roue libre.

— On est à court d'essence !

Le bus ralentit mais ne s'arrêta pas. Ils roulaient maintenant à vingt kilomètres à l'heure et il leur restait une trentaine de mètres à parcourir. Gaia marchait en plein milieu de la route.

Tout à coup, le moteur trouva quelques dernières gouttes de carburant, et le bus bondit en avant. Juste avant qu'il ne percute Gaia, elle fit un écart.

À présent, le bus roulait au ralenti. Caine vit Gaia se retourner. Son visage paraissait plus vieux : ce n'était plus celui d'une petite fille, et ses yeux étincelaient de rage et d'effroi.

Elle leva la main, et un rayon de lumière transperça le bus à moins d'un pas de Caine, brûlant les sièges des deux côtés de l'allée. Une fumée âcre envahit l'habitacle.

Mais Gaia perdit l'équilibre et tomba. Sam ouvrit la porte pour laisser passer Caine qui, agrippé au montant, envoya d'un geste Gaia dans le décor. Le bus vira brusquement, accrocha une voiture et ralentit encore. Caine sauta sur la route, retrouva son équilibre au prix d'un effort et il s'apprêtait à courir vers Gaia quand un coup de poing invisible le précipita au sol.

À travers un brouillard, il vit Sam sauter du bus à son tour, rouler par terre, se relever d'un bond et faire feu, les bras tendus. Les deux rayons lumineux passèrent au-dessus de la tête de Gaia.

Elle leva les bras à son tour en ricanant et fit léviter Sam qui, déchaînant ses pouvoirs, creusa deux sillons fumants dans le béton de la route.

Mais soudain, il retomba lourdement sur le sol avec un cri de douleur. Il essaya sans succès de se relever.

Gaia se dirigea calmement vers les deux garçons. Alors que Caine rassemblait ses forces pour frapper, il lui sembla que l'intérieur de sa tête explosait. Il tomba à genoux, se prit le crâne à deux mains et poussa un hurlement interminable.

C'était comme des coups de couteau. Comme une bête sauvage se frayant un chemin dans son crâne à travers ses yeux. Comme être prisonnier d'un énorme étau. Caine avait du mal à croire que rien ne le touchait.

— Arrête ! Arrête ! cria-t-il.

Mais la douleur ne cessa pas.

La vue brouillée par la migraine atroce qui l'assaillait, il vit Sam se traîner vers Gaia. Au moyen de son pouvoir de télékinésie, elle fit léviter le van renversé et le laissa tomber juste devant lui pour obstruer son champ de vision et sa ligne de mire.

— Arrête ! supplia Caine.

Gaia se dressa au-dessus de lui, bien campée sur ses deux jambes, le visage éclairé d'un halo verdâtre, et le regarda se tordre de douleur, la tête dans les mains.

Son calvaire se poursuivit encore et encore ; il avait la voix rauque à force de hurler. Son corps entier était secoué de spasmes, il perdait le contrôle de lui-même, la bouche écumante, le pantalon trempé d'urine. Si seulement il avait pu mourir… Mais ça continuait.

Brusquement, la douleur cessa.

Caine s'immobilisa, le souffle court. Son cœur battait à tout rompre dans sa poitrine. Son corps ruisselait de sueur.

— Père, dit Gaia.

— Ne me fais pas de mal, murmura Caine, qui ne trouvait même pas la force de la regarder.

Gaia rit.

— Tu as vu maman ? On dirait que je l'ai perdue.

— Ne recommence pas. Je t'en prie, ne recommence pas.

— Je t'ai posé une question, répliqua-t-elle d'un ton glacial.

Caine ne parvenait pas à s'en souvenir. Elle avait parlé ? Il tremblait encore de tous ses membres en se tenant la tête comme pour se protéger d'elle.

— Est-ce que tu as vu maman ?

— Non. Non. Diana… Je croyais qu'elle était avec toi. Tu l'as… ?

— Tu veux savoir si je l'ai tuée ?

Caine avait peur d'acquiescer, peur qu'elle joue avec lui, qu'elle trouve un prétexte pour le faire souffrir de nouveau.

— Pas encore, reprit-elle. Mais bientôt. Enfin, probablement.

Cette légère incertitude insuffla à Caine un regain d'espoir. Toutefois, il n'osait toujours pas lever les yeux de crainte qu'elle n'y voie une offense.

— J'ai fait tomber mon repas, dit-elle. Rapporte-le-moi.

— Ton… aaaaahhhh !

Cette fois, la douleur ne dura qu'une seconde. C'était juste une manière de lui rappeler qui commandait.

Caine vit la jambe à moitié rognée sur la route.

— Ramasse-la et marche devant moi. Si tu tentes de te retourner, je te ferai souffrir jusqu'à ce que tu perdes la tête. Mon pouvoir grandit, père. Tu ne peux plus me défier. Personne ne le peut. Pas même elle.

Caine ne comprit pas de qui elle parlait. De Diana, peut-être ? L'air sombre, Gaia observa Perdido Beach au loin.

Caine ramassa la jambe et la tint par la cheville. Elle était lourde et dégageait une odeur de barbecue. Sans cesser de trembler, il prit la direction de la ville.

Sam serait-il capable de tuer Gaia au moment où ils passeraient près de lui ? « Pourvu qu'il y parvienne », songea-t-il.

Ils contournèrent le van, et Caine aperçut Sam par terre, le corps disloqué. Appuyé sur un coude, il allongea le bras pour faire feu. Mais il ne parvint pas à garder la main tendue. Les os de son épaule et de son dos devaient être déplacés. Son visage était livide.

D'un geste désinvolte, Gaia fit léviter Caine et le maintint suspendu dans le vide entre elle et Sam. Il devrait tuer son frère pour atteindre sa cible.

En passant près de Sam, d'une simple chiquenaude, Gaia le plaqua au sol. Sa tête heurta le béton avec un bruit mat.

— Tiens-toi tranquille jusqu'à ce que je revienne te tuer, dit-elle. Ce ne sera pas long.

Elle remit ses écouteurs et emboîta le pas à Caine.

20

23 HEURES, 8 MINUTES

D'ABORD L'ÎLE, OÙ elle tomba sur une Leslie-Ann frappée de stupeur.

Puis la centrale, où elle ne vit personne.

La forêt. Même chose, personne. Mais partout, des flammes. Elle repartit sans demander son reste.

La plage, où elle trouva un poisson mort et du bois flotté.

L'hôpital où une fille malade errait en appelant Dahra.

Le lac. Des cadavres gonflés d'eau flottant à la surface. D'autres échoués sur la berge comme des poissons morts.

Taylor s'arrêta quelques instants pour réfléchir.

Des souvenirs surgirent dans son esprit, telles de vieilles photos jaunies. Ils étaient familiers, et pourtant il lui semblait que c'étaient ceux de quelqu'un d'autre. D'une autre Taylor.

Le désert. Personne.

Un train déraillé. Toujours personne.

Un champ d'artichauts. Le sol grouillait de vers qui rampèrent jusqu'à elle avant de battre en retraite.

Au bout d'un moment, elle s'aperçut que quelqu'un la suivait. Pourtant, personne ne pouvait se déplacer aussi vite qu'elle. Sauf lui.

Elle se téléporta dans le village fantôme aux abords de la mine, et il la suivit.

« T'es qui, l'homme invisible ? »

Elle avait sa petite idée sur la question. Elle se téléporta dans une bonne douzaine de lieux différents sans s'y attarder plus d'une seconde. Il la suivait toujours.

— T'es quoi ? finit-il par demander.

— Je n'en sais rien, répondit-elle.

— Je peux peut-être t'aider, dit l'être invisible. C'est ma faute si tu es comme ça. Je ne l'ai pas fait exprès. Je peux peut-être te réparer.

Taylor retrouva brusquement ses sensations. Elle ne sentait rien depuis quelque temps, et voilà qu'elle avait l'impression d'être une eau vive dans laquelle quelqu'un venait de plonger la main. Elle se laissa faire sans broncher.

Pendant un bref moment, elle perdit conscience. Puis émergea de nouveau. Un trouble l'envahit, se dissipa aussitôt. Et soudain, elle inspira de l'air. Quelle sensation étonnante ! Elle ne respirait pas ces derniers temps, mais elle se souvenait que l'autre Taylor respirait, elle.

— Je ne me rappelle pas ce que j'ai fait pour que tu sois dans cet état.

Elle entendait une voix, mais ne voyait personne.

— J'essaie, en tout cas.

Elle toucha sa tignasse.

— Mes cheveux. Ils sont bizarres, dit-elle, et le son de sa propre voix lui causa un choc ; elle lui semblait étrangère.

— Et comme ça ? demanda le petit Pete, qu'elle avait reconnu depuis un bout de temps.

Elle tâta de nouveau ses cheveux ; ils n'étaient plus caoutchouteux au toucher. Ils étaient noirs, tout simplement. Comme avant.

— C'est mieux, dit-elle.

— Tes yeux.

— Oui ?

— Tu y vois mieux ?

De nouveau, cette sensation d'être liquide. Et soudain, elle le vit. Il n'avait pas l'apparence du petit Pete. C'était juste un tourbillon de lumière semblable à un essaim de milliers de lucioles.

— Je ne peux pas faire plus pour l'instant, dit-il. Je suis faible, et l'Ombre pourrait nous repérer. Elle est occupée ailleurs. Elle t'a oubliée.

Une part d'elle-même, celle qui avait repris conscience, un fragment de l'ancienne Taylor, s'apercevait qu'elle n'était pas tout à fait comme avant. Ses yeux voyaient et ses oreilles entendaient différemment, mais au moins il y avait de l'air dans ses poumons, son cœur battait dans sa poitrine et, surtout, elle avait retrouvé ses cheveux.

— Je t'ai causé du tort, même si je ne l'ai pas fait exprès, dit le petit Pete. Je ne peux pas te demander de l'aide.

— Tu n'as pas besoin de demander, répondit Taylor. Je connais l'Ombre. Je sais qu'elle déteste la Guérisseuse. Et je sais de quel côté je suis.

21

18 HEURES, 57 MINUTES

EDILIO AVAIT ENTENDU la mise en garde de Lana de la bouche d'Astrid. Tuer Gaia ? Par quel moyen ? Les enfants rentraient juste des champs. Brianna était encore alitée. Sam et Caine manquaient à l'appel. Jack ne voulait pas se battre. Orc, bien qu'épuisé, était volontaire.

L'attaquer ? Mais où ?

Non, ce conseil aurait été valable en d'autres circonstances, mais pas avec ce qu'il avait sous la main. Et puis, il avait dans l'idée que si Gaia n'était pas déjà là, c'était parce qu'elle attendait la tombée de la nuit. Elle était habituée aux ténèbres, pas au grand jour. Elle avait attaqué le lac en pleine nuit, bien qu'elle détienne le pouvoir de Brianna.

Elle attendrait que l'obscurité revienne.

Edilio avait conscience qu'il jouait avec des vies. Comme n'importe quel général d'armée depuis l'aube des temps, il évaluait ses troupes, essayait de comprendre l'ennemi, lançait les paris, jetait les dés.

Il avait pris ses dispositions. Il avait branché le pilotage automatique ; il ne pensait plus à Roger ni à la vision de ces corps flottant sur le lac.

S'il avait été là, peut-être...

— Dekka, combien de temps tu peux suspendre la gravité ?

— Aussi longtemps que tu voudras, Edilio.

Elle se montrait trop gentille ; elle devait compatir à son malheur.

— Je veux que tu restes cachée.

— Mais chaque fois que je fais mon truc, tout vole autour de moi. La terre, les plantes, les rochers... Ce n'est pas très discret.

— Je sais. Je me suis dit que si tu t'en tenais à une petite fraction de béton sur la route, rien ne pourrait flotter. Et puis, il commence à faire nuit, et avec la cendre du feu...

Dekka hocha la tête.

— Ça peut marcher.

Edilio avait choisi un endroit à la sortie de la ville, près de la supérette. Il ne voulait pas être à découvert : il lui fallait un lieu où il puisse cacher des tireurs, un terrain complexe où il puisse se mettre à l'abri.

Un camion de déménagement était renversé en travers de la route. Évidemment, il avait été vandalisé et son contenu dispersé aux quatre vents : un fauteuil en cuir craquelé ; une table de salle à manger, le bois blanchi par une exposition prolongée au soleil ; un matelas enveloppé d'une bâche en plastique ; des cartons de livres et de vêtements. Des bibelots, des chaises de jardin, des balais et des serpillières, tout cela éparpillé sur la route. Le camion lui-même était vide à l'exception d'un assortiment de tables basses, de quelques chaises et cartons.

— Orc et Jack sont là ? cria Edilio par-dessus son épaule.

— Ils arrivent, répondit Dekka.

— Bon, Dekka, trouve un endroit à une vingtaine de mètres de la route et fais ton truc. Tu n'as qu'à te planquer derrière ce bus Volkswagen.

Orc et Jack s'avancèrent vers Edilio, l'un lourdement, l'autre avec réticence. Il désigna le toit du camion.

— Faites-moi six trous là-dedans, juste assez grands pour qu'un tireur puisse viser.

En s'éloignant, il les entendit frapper à six reprises sur la tôle. Disposait-il de six tireurs compétents ? Il jeta un regard autour de lui. Il avait commencé la journée avec vingt-quatre personnes entraînées. À présent, ils n'étaient plus que dix-sept. Certains, poussés par la faim plus que par la couardise, étaient allés chercher de la nourriture. En ville, dix de ses gars postés sur la place attendaient ses ordres : ils étaient chargés du plan B. Il en viendrait d'autres au retour des champs. Il avait sept autres personnes avec lui. Six pour le camion, et un tireur d'élite armé d'un fusil à lunettes, qu'il posta à dix mètres devant.

— Ne tire pas avant d'avoir vu Gaia trébucher ou commencer à flotter, d'accord ? Quand elle entre dans le champ de suspension de gravité de Dekka, tu peux y aller. (Il leva l'index.) Mais vise bien, comme à l'entraînement, OK ? Ne t'arrête pas avant d'avoir épuisé toutes tes munitions. Ne pars jamais du principe qu'elle est morte. N'oublie pas qu'elle peut guérir, comme Lana.

Orc et Jack les rejoignirent.

— Tu as réussi à dormir, Jack ? demanda Edilio.

— Un peu.

— Un peu, c'est déjà ça.
— Oui, mais je…
— Jack, je sais que tu ne veux pas te battre.
— Je…
— Je m'en fiche, dit Edilio d'une voix blanche. Ce n'est plus à toi de décider. C'est moi qui commande.
— Tu ne peux pas…
— La personne qui compte le plus pour moi est morte. Son corps flotte à la surface du lac. Bientôt, on sera tous morts, y compris toi, Jack.

Jack sentit fondre sa résistance devant le regard d'Edilio.
— Bon, dit celui-ci. Voilà ce qu'on va faire.

Il exposa son plan qui reposait entièrement sur l'hypothèse que Gaia ne verrait pas l'embuscade. Diana leur avait raconté tout ce qu'elle savait au sujet de sa fille, ils n'ignoraient donc pas qu'elle avait la vue basse. Peut-être cela jouerait-il en leur faveur. Ça et le fait que Gaia n'ait jamais vu d'embuscades au cinéma et à la télévision.

Leur plan était pitoyable, il le savait. Gaia franchirait leur barrage sans la moindre difficulté. Ils seraient forcés de battre en retraite, et elle les rattraperait. Les survivants seraient pris dans les tirs croisés des dix tireurs embusqués sur la place. Enfin, s'ils n'avaient pas tous pris la fuite entre-temps.

Edilio s'avança sur la route jusqu'au bord du champ de suspension de gravité formé par Dekka. Il vérifia le cran de sûreté de son fusil automatique. Il effleura la détente de son index.

Où étaient passés Sam et Caine ?

Où était Brianna ? Serait-elle en état de venir ?

Comment en était-il réduit à jouer les appâts ?

Cette idée lui donna un haut-le-cœur. Un appât. Comme un corps flottant à la surface d'un lac. Edilio sentit les larmes lui monter aux yeux. Non. Ce n'était pas le moment.

Une silhouette apparut au loin, rougie par les derniers rayons du soleil. Non, deux silhouettes marchant l'une devant l'autre.

Eh bien, au moins, il savait ce qui était arrivé à Caine. S'était-il rangé du côté de Gaia ? Ils avaient déjà peu de chances de la vaincre seule, alors si Caine lui prêtait main-forte…

« On dirait qu'on va bientôt se revoir, Roger », songea Edilio.

Il leva son fusil automatique et tira six fois dans la direction de Gaia.

Sam avait déjà connu la souffrance. Ce qu'il vivait en ce moment n'était pas pire que les coups de fouet de Drake, mais il n'en menait pas large. Chaque fois qu'il essayait de se traîner sur quelques centimètres, il poussait un cri de douleur. Il ne sentait plus sa jambe droite, et il avait des fourmillements dans la gauche. Il sombrait dans un coma peuplé de cauchemars pour émerger quelques instants plus tard, le corps secoué de spasmes.

À ce train-là, il n'arriverait jamais à Perdido Beach. Il se trouvait à près de deux kilomètres de la supérette. Il mourrait de faim et de soif avant d'avoir réussi à trouver de l'aide. Gaia s'était mis Caine dans la poche, à moins qu'elle ne l'ait torturé pour le soumettre à sa volonté. Ça ne faisait pas de différence car, dans l'un ou l'autre cas, qu'il assiste Gaia ou qu'il se tienne à l'écart de la bataille, leurs chances de l'emporter contre elle devenaient nulles.

Sam continua de se traîner sur le sol en gémissant. Il pouvait essayer de se redresser sur une jambe et de clopiner, peut-être qu'ainsi il progresserait plus vite, mais s'il tombait, la douleur serait atroce.

Peut-être qu'il ne devait pas penser du mal de Caine. Il n'avait aucune idée des souffrances que Gaia pouvait lui infliger. Il avait peur de chuter sur sa jambe cassée ; Caine craignait peut-être bien pire.

Astrid... Au moins Gaia ne ferait pas traîner les choses. Elle semblait déterminée à éliminer tout le monde le plus rapidement possible. Elle mettrait le feu à la ville pour faire sortir les enfants de leur cachette, puis elle les tuerait avec ses rayons lumineux.

À quoi servirait-il pendant l'assaut final ? À rien. Le grand Sam Temple rampait sur une route comme un insecte mutilé tandis que le soleil se couchait sur l'océan. Le dernier coucher de soleil de la Zone.

Ce n'était pas juste. Ils avaient tous cru que la fin de leur calvaire approchait. Finir massacrés comme tous ces pauvres gosses au lac... Toutes ces vies...

Astrid...

Il s'était souvent imaginé qu'ils sortiraient de cet endroit main dans la main. Il avait échafaudé d'innombrables scénarios en se demandant comment ils pourraient rester ensemble une fois dehors.

Et dire qu'elle s'inquiétait au sujet de l'après, du regard que le monde extérieur poserait sur eux ! C'était peut-être mieux ainsi...

Non ! Ils méritaient de vivre. Ils avaient tous payé leur dû un millier de fois. Ils méritaient de vivre.

Soudain, il sentit une présence près de lui. Il leva les yeux, effrayé à l'idée de se trouver nez à nez avec le gaïaphage. Mais la créature qui se tenait devant lui avait la peau dorée et un visage étonnamment lisse.

— Taylor ?

Elle cligna des yeux. Son regard avait changé. Le reste de son apparence aussi. Sa peau avait toujours cette couleur improbable, mais ses cheveux... sa bouche semblaient différents, plus humains en quelque sorte.

— Taylor ! Ne pars pas ! Reste !

Avait-elle compris ? Lana avait dû finir par trouver un moyen de la soigner. Bien qu'elle n'ait plus grand-chose à voir avec la Taylor frivole, irresponsable, avide de ragots, qui avait si souvent flirté avec lui.

— Taylor, aide-moi.

— Oui.

— Tu peux parler !

— Oui, fit-elle, un peu étonnée elle aussi.

— Bon, écoute-moi. Il me faut du papier, un crayon, n'importe quoi...

À peine avait-il prononcé ces mots qu'elle disparut sans même un hochement de tête.

Il recommença à se traîner. Ils allaient tous mourir. Et lui, le grand protecteur, le guerrier, n'assisterait même pas à la dernière bataille. Ensuite, Gaia reviendrait pour l'achever, elle l'écraserait comme un insecte.

Au fait, pourquoi ne l'avait-elle pas déjà tué ? Ça n'avait aucun sens.

Soudain, Taylor réapparut devant lui. Elle tenait à la main un Post-it orange et un stylo.

— Merci.

Que devait-il écrire ? Un dernier « Je t'aime » à Astrid ? Elle le mépriserait s'il se servait de cette ultime opportunité pour lui adresser un geste romantique ridicule. Non, l'heure des adieux n'était pas encore venue.

Il essaya de rassembler ses esprits. Edilio avait une bataille à mener. Dekka devait être avec lui, mais si Sam le lui demandait, elle viendrait le sauver, quoi qu'il lui en coûte. Cependant, il ne pouvait pas priver Edilio de sa présence. Il devait faire appel à quelqu'un d'autre qui soit débrouillard mais pas indispensable à la bataille. Une personne digne de confiance.

Il se mit à l'œuvre. Le premier mot qu'il inscrivit sur le papier fut « Quinn ».

Edilio, campé au milieu de la route, braquait un fusil automatique dans leur direction.

C'était une embuscade, Caine le comprit immédiatement. Sinon, Edilio ne se serait pas tenu au milieu de la route.

Caine portait toujours la jambe du cadavre dans ses bras. Gaia marchait derrière lui en chantant faux.

— Il y a quelqu'un là-bas, dit-elle en ôtant ses écouteurs.

— Oui, dit Caine.

Il n'osa pas prononcer un mot de plus sans son autorisation. Il s'efforça de réfléchir mais il ne pouvait qu'attendre la douleur avec une terreur mortelle.

Que manigançait Edilio ? Croyait-il pouvoir vaincre Gaia ?

Il avait probablement fait appel à Dekka, Brianna, Jack

et Orc. Pouvaient-ils vraiment quelque chose contre le gaïaphage ? Peut-être, s'il intervenait au bon moment. Et s'ils échouaient ? Que lui ferait-elle subir ? Elle ne le laisserait pas mourir malgré ses supplications, elle s'acharnerait sur lui et…

— Qui est-ce ? demanda Gaia.

S'en apercevrait-elle s'il mentait ? Il ne pouvait pas trahir la moindre hésitation.

— Je crois que c'est Edilio.

— Il a des pouvoirs ?

— Non, répondit Caine.

Et il songea : « Hormis le courage d'attendre le gaïaphage, debout au milieu de la route. »

— Alors continue d'avancer, père.

— Il a un fusil.

— Tu crois que j'ai peur d'un fusil ?

« Tu devrais, espèce de vantarde… »

— Non, mais moi, si, dit-il.

— Ah. Je vois. Je ne peux pas te faire tuer tout de suite.

Soudain, des coups de feu éclatèrent. Caine compta six détonations. Gaia éclata d'un rire joyeux tandis que les balles sifflaient autour d'elle.

— Ma jambe est suffisamment remise. Couche-toi, père. J'ai encore besoin de ton pouvoir. Tu ne peux pas mourir tout de suite.

Sur ces mots, elle s'éloigna à toute allure comme Brianna.

Quinn,

Je suis blessé sur l'autoroute. Rejoins-moi en passant par la petite crique si tu peux.

Sam

Quinn dut lire le mot deux fois. À vrai dire, la Taylor bizarre qui se tenait devant lui flanquait la trouille. Elle n'était pas en aussi piteux état que la dernière fois où il l'avait vue, dans sa chambre à l'hôtel Clifftop, mais elle n'était tout de même pas au mieux de sa forme.

Le mot de Sam le touchait. Il avait besoin de lui. Après tous les hauts et les bas qu'ils avaient traversés ! Bien sûr, c'était parce que les autres devaient rester pour se battre. Mais tout de même…

— Ça vaut le coup d'utiliser un peu d'essence, dit-il en s'efforçant de garder son calme. Merci, Taylor. J'espère que…

Elle avait déjà disparu. Et franchement, il était soulagé. Même s'il avait fait du chemin depuis les premiers temps de la Zone, il n'était toujours pas adepte des créatures bizarres.

— Comment ça se fait que je sois devenu plus normal alors que tout devient fou autour de moi ? songea-t-il tout haut.

Il entendit des coups de feu résonner au loin.

Dekka entendit aussi les détonations et vit Edilio s'enfuir en feignant d'être terrorisé – enfin, ce n'était pas que du cinéma. Elle-même était morte de peur. Elle n'osait même pas risquer un œil dans la direction de Gaia de crainte de trahir sa présence. Elle n'avait qu'une seule chance de réussir.

Soudain, d'autres coups de feu retentirent.

Elle surgit de sa cachette et… Oui ! Gaia venait de pénétrer dans la zone de suspension de gravité. Elle courait toujours, mais dans le vide.

Le gaïaphage – car Dekka refusait de le considérer comme une petite fille – se trouvait maintenant à deux mètres du sol, et sa silhouette avait pris une teinte orange dans la lumière du couchant. Il n'avait toujours pas compris ce qui lui arrivait.

Pan ! Pan ! Pan !

Dekka vit une balle traverser le bras de Gaia. Mais ils seraient bientôt à court de munitions. Gaia s'élevait trop vite et trop haut pour être une cible facile. Dekka devait la faire redescendre pour la ramener dans la ligne de mire.

Deux rayons de lumière verte jaillirent des mains de Gaia, et les tirs en provenance du camion faiblirent. Personne n'avait été touché jusqu'à présent, mais l'altitude l'avantageait : elle pouvait maintenant repérer les tireurs et riposter.

On aurait dit la parodie macabre d'un concert de rock avec effets laser : les rayons lumineux creusèrent des sillons dans l'asphalte avant de découper le camion en trois parties inégales.

Dekka entendit un cri et vit les tireurs surgir de leur cachette. La lumière aveuglante les poursuivit tandis qu'ils fuyaient.

Edilio s'arrêta pour viser Gaia, et Dekka vit la balle lui arracher l'oreille droite dans un jet de sang. Elle poussa un hurlement de douleur, et Dekka cria de joie :

Gaia n'était pas pour autant gravement blessée, et elle retrouva brusquement la terre ferme, s'étant servie du pouvoir de Dekka pour rétablir la gravité.

Dekka se concentra de toutes ses forces mais Gaia était plus forte qu'elle. Avec un hurlement de rage, elle déchaîna une tempête télékinésique en direction du camion qui s'envola, laissant à découvert les tireurs restants, lesquels prirent leurs jambes à leur cou.

Gaia tendit la main, et une voiture s'éleva dans le vide. Elle s'en servit comme d'une boule de bowling, qui déferla sur la route en écrasant trois des fuyards comme de vulgaires insectes. Ils n'eurent même pas le temps de crier.

Edilio resta seul, sans défense, au milieu de la route. À croire qu'il suppliait Gaia d'en finir avec lui.

— Jack ! Orc ! cria-t-il par-dessus les coups de feu qu'il tirait.

Un poteau téléphonique en bois d'une dizaine de mètres s'envola comme un javelot en traînant derrière lui un enchevêtrement de fils. Gaia se baissa pour l'éviter, mais il heurta son épaule avant de rouler sur quelques mètres et de s'immobiliser.

Edilio continuait à tirer. Soudain, un coup de poing invisible lui fit faire un vol plané, et Dekka le perdit de vue dans l'obscurité. Avec un rugissement de colère, elle se jeta sur Gaia avec ses poings pour seule arme. Gaia lui saisit le visage d'une main et l'observa en riant tandis qu'elle donnait des coups de poing dans le vide.

— C'est toi qui détiens le pouvoir de suspendre la gravité, pas vrai ? Je pourrais presque me passer de toi, alors ne m'énerve pas trop.

Du sang dégoulinait toujours de l'oreille de Gaia. D'un geste absent, elle toucha la blessure de sa main libre pour stopper l'écoulement. Puis elle repoussa violemment Dekka qui vola sur plusieurs mètres.

Puis elle s'éloigna à toute allure, et en se relevant, Dekka vit un garçon exploser sous la force d'un coup qu'il n'avait pas vu venir. Une fille s'éleva dans le vide puis s'écrasa sur la carcasse d'une voiture avec un craquement atroce. C'étaient les derniers tireurs d'Edilio.

Gaia s'arrêta et porta de nouveau la main à son oreille. Son bras ne saignait déjà plus. Quelque part sur le bas-côté de la route, sous le couvert de l'obscurité, Edilio se remit à tirer. Avec un grognement furieux, Gaia déchaîna son pouvoir télékinésique et les coups de feu cessèrent.

— Edilio ! cria Dekka.

— Ah, c'était donc Edilio, dit Gaia. J'ai entendu parler de lui. J'aurais dû le tuer mais j'avais peur que ce soit un mutant.

Elle s'immobilisa pour se concentrer sur la guérison de ses blessures.

Dekka chercha des yeux une arme.

— Jack ! Jack ! cria-t-elle.

Pas de réponse.

Elle aperçut Caine, toujours chargé de son horrible fardeau, qui s'avançait sur la route d'un pas hésitant.

— Caine ! cria Dekka d'une voix étranglée. Aide-nous !

Caine avait changé ; il n'était plus que l'ombre de lui-même. Il laissa tomber la jambe par terre et contempla ses mains comme si c'étaient celles d'un étranger.

Les coups de feu avaient cessé. Gaia se tenait seule au milieu de la route, l'air triomphant. Soudain, une silhouette imposante surgit de l'obscurité. Gaia plissa les yeux.

— Qui es-tu ?

— Orc.

— Tu n'es pas humain, dit-elle d'un ton dédaigneux. Je n'ai même pas besoin de te tuer. Va-t'en.

— Non.

Gaia pencha la tête sur le côté, l'air intrigué, tout en mâchonnant un bout de chair humaine.

— Tu n'as pas peur?

Orc secoua son énorme tête.

— Le Seigneur est mon berger.

Gaia s'avança vers lui et l'examina avec intérêt en s'attardant sur le petit bout de peau humaine qui lui restait sur le visage.

— Intéressant. Je ne comprends pas comment ça a pu arriver.

Orc projeta son poing gros comme un jambon dans la figure de Gaia. Elle l'évita de justesse, et se servit du pouvoir de Brianna pour éviter ses trois autres tentatives.

— Ce n'est pas une mutation ordinaire, dit-elle, fascinée. Tu pourrais me rejoindre ; je doute que tu sois utile à Némésis.

— Non, souffla Orc, hors d'haleine.

— Mmmm. Dans ce cas, je ferais mieux de te tuer. On ne sait jamais.

— Ce sont des coups de feu ! cria Brianna.

— Brianna, tu n'es pas encore guérie, protesta Lana.

— Quoi, ça? (Brianna désigna son visage défiguré.) Pfff. C'est juste une blessure de rien du tout. (Elle cligna de son œil valide.) Où sont mes affaires ?

Lana montra d'un signe de tête le sac à dos, le fusil à canon scié et la machette entassés dans un coin.

— T'es une sacrée dure, Brise, dit-elle, mais elle parlait déjà dans le vide.

Brianna avait atteint le bout du couloir en une seconde. Il lui fallut moins de temps pour dévaler les marches. Elle traversa le hall à la même allure et accéléra en descendant la colline.

Mais soudain, elle trébucha et fit la culbute. Elle se releva lentement. Ses genoux et ses paumes étaient en sang. Elle toucha son œil enflé.

— Problème de vue, Brise, grommela-t-elle. Problème de vue.

Elle traversa la ville, remonta Ocean Boulevard à un petit cent kilomètres à l'heure tandis que la mer s'assombrissait en engloutissant le soleil à l'horizon. Elle tourna brusquement à droite dans San Pablo, déboula sur la place, ralentit juste assez pour entendre les acclamations enthousiastes des tireurs embusqués aux fenêtres et sur les toits. Elle leur adressa un signe joyeux de la main.

Une fois sur l'autoroute, elle se dirigea vers le bruit des balles, croisa un garçon en fuite, s'aperçut que le nord-ouest de la Zone était en flammes, tira sa machette de sa ceinture et eut à peine le temps de penser : « Ça pourrait tourner mal » avant d'apercevoir Orc agenouillé devant Gaia.

Elle le tenait par la gorge en tournant la tête d'un côté et de l'autre pour éviter ses coups de poing, et elle riait aux éclats, les yeux brillants de joie.

Brianna s'arrêta net.

— Salut, Gaia. Tu te souviens de moi ?

Gaia jeta Orc de côté comme un vulgaire jouet.

22

17 HEURES,
25 MINUTES

L'AFFRONTEMENT DURA EN tout et pour tout six secondes.

Brianna s'élança en faisant virevolter sa machette et manqua sa cible. Gaia la frappa à l'épaule avec la force de Jack et elle s'étala de tout son long sur la route. Elle se releva en un éclair, dégaina son fusil, et une rafale de chevrotine atteignit Gaia en pleine poitrine. Elle recula en titubant, le corps criblé de sept balles.

Brianna repartit à l'assaut en criant : « Crève ! » et, fourrant le canon de son arme dans la bouche d'une Gaia stupéfaite, elle appuya sur la détente.

Il n'y eut pas d'explosion. Le chargeur était vide.

Elle écarquilla son œil valide au moment où Gaia la saisissait par le cou, tenta en vain de lui donner un coup de machette, et finit elle aussi par lui agripper la gorge. Il y avait du sang partout.

Elle avait la tête lourde. Ses forces l'abandonnaient. Elle essaya de nouveau de frapper Gaia, qui contra facilement l'attaque, lui arracha sa machette des mains et la jeta au loin.

Brianna ne voyait plus que le visage de Gaia, ses yeux d'un bleu perçant. Elle sentit sa main se poser sur son cœur et comprit…

— NON ! cria Dekka.

À l'endroit où aurait dû se trouver le cœur de Brianna, il n'y avait plus qu'un trou fumant.

Son corps sans vie, soudain si petit, s'affaissa par terre.

Gaia recula en tâtant son corps criblé de chevrotine, et elle ne tarda pas à comprendre que le plus gros problème venait de son cou, dont l'artère était sectionnée. Elle baignait dans son sang.

Dekka se rua sur elle, suivie d'Orc et de Jack, qui surgit du bas-côté de la route en poussant des hurlements.

Gaia déchaîna sa lumière, manqua sa cible et battit en retraite, aveuglée.

Elle voulut accélérer, se sentit faiblir… Évidemment : elle venait de tuer la fille dotée du pouvoir de courir très vite ! Elle n'avait pas eu le choix : quelques secondes de plus, et c'est elle qui y passait.

Elle se détourna pour fuir. Le monstre gris aurait tôt fait de la rattraper. Prenant son élan, elle bondit dans les airs, suspendit la gravité pour ralentir sa descente et détala dans l'obscurité en laissant une traînée pourpre dans son sillage.

— Non, non, non, Brianna ! hoqueta Dekka en berçant la tête de son amie dans ses bras.

Le trou obscène dans la poitrine de Brianna ne saignait même pas ; il avait été cautérisé. Elle avait les yeux ouverts. Dans des centaines de films, Dekka avait vu les survivants fermer les yeux des morts, mais non, elle ne s'en sentait pas la force. C'était Brianna. Elle ne pouvait pas être morte. Pas la fille drôle, arrogante, terriblement courageuse que Dekka aimait.

— Allez chercher Lana ! rugit-elle. Allez chercher Lana.

— On va aller la chercher, dit doucement Edilio, mais Dekka savait.

Lana soignait les blessés ; elle ne ressuscitait pas les morts. Le cœur de lionne de Brianna avait été arraché de son corps.

Dekka leva les yeux vers Edilio ; les larmes lui brouillaient la vue, si bien qu'elle ne distinguait pas ses traits. Il s'agenouilla près d'elle et l'enlaça.

Sans lâcher Brianna, elle enfouit le visage contre son épaule et se mit à sangloter de manière incontrôlable.

Orc courut après Gaia sans s'arrêter, mais il perdit bientôt sa trace. Elle se cachait peut-être, ou alors elle courait trop vite pour lui. Jack ne tarda pas à le rejoindre.

— Où elle est passée ? cria-t-il.

— Je ne sais pas.

Ils s'arrêtèrent côte à côte sur la route. Ni l'un ni l'autre ne savaient quoi faire, et ne supportaient l'idée de revenir sur leurs pas. Ils n'avaient pas envie de voir Dekka pleurer près du cadavre de la fille qui avait mené bien des batailles et sauvé leur vie plus d'une fois. Tout sauf ça.

— J'ai changé d'avis, Dieu, dit Orc en levant les yeux vers le ciel nocturne. Ça fait rien si les gens me voient. S'il te plaît, laisse-nous sortir. C'est trop triste ici.

Sam s'était évanoui, à moins qu'il ne se soit endormi. Il avait du mal à faire la différence. En ouvrant les yeux, il s'attendait à voir Gaia le dévisager d'un air de triomphe.

Au lieu de quoi, il s'aperçut que Quinn et un garçon de son équipe le soulevaient dans leurs bras. Non loin de là, Taylor les observait puis, soudain, elle disparut.

Sam poussa un grognement et s'évanouit de nouveau, à moins qu'il ne se rendormît. Il n'avait pas l'esprit assez clair pour reconnaître le bruit du moteur ou le clapotis des vagues venant gifler la proue du bateau, mais il se sentit réconforté.

Quand il s'éveilla, ils le portaient sur le quai.

— Astrid ?

— Elle n'allait pas trop mal la dernière fois que je l'ai vue, répondit Quinn.

— Alors tout va bien, marmonna Sam d'une voix pâteuse.

— J'aimerais bien que ce soit vrai, mon pote.

23

15 HEURES,
57 MINUTES

— DE QUEL CÔTÉ tu es dans tout ça, Caine ? demanda Edilio.

Debout au milieu de la route, ils scrutaient les ténèbres. Dekka pleurait toujours. Personne n'avait essayé de la séparer de Brianna.

Orc était revenu après avoir cherché Gaia en vain. Jack se tenait à quelques pas de Brianna, les joues inondées de larmes, n'osant pas s'approcher davantage. Ils avaient eu une histoire compliquée à une époque ; ils s'étaient embrassés une ou deux fois mais ni l'un ni l'autre n'avaient particulièrement apprécié l'expérience. Brianna avait un tempérament trop passionné pour Jack, et il était trop mordu d'informatique à son goût. Mais il tenait à elle, sans éprouver des sentiments aussi ardents que Dekka.

Il restait donc en retrait, mal à l'aise, témoin silencieux du chagrin de l'adolescente.

— Moi ? répondit Caine.

L'air épuisé, vaincu, il regardait Brianna.

— On s'est battus côte à côte contre les insectes, Brise et moi, dit-il soudain. C'était une dure à cuire.

Edilio poussa un soupir excédé.

— Écoute, Caine, je n'ai pas de temps à perdre. Ce monstre pourrait bien revenir dans cinq minutes.

Edilio vit une lueur de fierté s'allumer dans le regard de Caine mais elle s'éteignit aussitôt.

— La vérité, c'est qu'elle me tient sous son emprise, dit-il. Elle est plus forte. Ou peut-être que c'est moi qui suis plus faible. La douleur qu'elle me fait subir… je ne la souhaite à personne.

Edilio lut de la sincérité dans ses yeux hagards.

— Sans toi et Sam, on ne pourra pas la vaincre.

— Sam est dans un sale état. Il est peut-être mort, si ça se trouve.

— Il faut aller le chercher ! s'écria Edilio.

— Tu veux t'aventurer sur cette route maintenant ? Tu as perdu la tête ?

— Je ne vais pas rester les bras croisés pendant que…

— Si tu vas là-bas, elle te tuera. Si tu emmènes des gens avec toi, ils se feront tuer aussi.

Il regarda autour de lui d'un air égaré.

— Si je me bats contre elle, elle me fera perdre la boule. Sam et moi, on a déjà essayé… (Il secoua la tête.) On ne peut pas la vaincre. On ne peut pas vaincre le gaïaphage. Ça devait forcément se finir comme ça. Elle va nous pourchasser un par un. On a toujours été les moutons, et elle le loup.

— La ferme, Caine, souffla Edilio.

Caine sentit monter en lui une colère dangereuse.

— T'es qui pour me parler comme ça ?

— Depuis le début, c'est toi le problème, répliqua Edilio en pointant un doigt menaçant sur lui. C'est ta faute si on n'a jamais pu s'unir contre cette chose. Toi et ton ego, ton besoin imbécile de commander tout le monde. Et maintenant tu viens me dire que tu as peur ?

Cette réaction lui ressemblait si peu qu'elle les surprit autant l'un que l'autre. Il savait que c'était sa propre peur qui le poussait à réagir ainsi, et que Caine ne se trompait pas sur l'issue de la bataille. Mais sa seule lueur d'espoir, c'était qu'il se batte à leurs côtés.

— J'ai perdu quelqu'un que j'aimais au lac, poursuivit-il, la voix tremblante d'émotion. Environ soixante-dix enfants sont morts là-bas. On vient de perdre six ou sept personnes de plus. Brianna est morte et il y en aura d'autres. Eh bien, c'est en partie ta faute, Caine. Alors tu vas nous aider, tu m'entends ? Tu vas nous aider !

Tout était dit, et il semblait que Caine n'avait rien à répondre, aussi il se tourna vers Dekka et Jack :

— Ça suffit, les larmes. On pleurera plus tard si on arrive à s'en sortir. Pour l'instant, on doit se préparer pour le plan B.

— Il y a un plan B ? demanda Jack.

— Je ne veux plus entendre que tu n'as pas envie de te battre, répliqua Edilio avec colère sinon je te jure que c'est moi qui te descends. (D'un ton radouci, il ajouta :) Oui, il y a un plan B. On va combattre cette créature malfaisante jusqu'au bout. Caine, Orc, Jack, Dekka, derrière moi !

Il ne se retourna pas pour vérifier qu'ils le suivaient. Il savait que c'était inutile.

Heureusement que Sam n'était pas dans les parages ! Écumante de rage, Gaia marchait sur la route en poussant des cris de douleur et de frustration. En plus de devoir soigner ses blessures, elle s'était privée d'un pouvoir précieux en tuant Brianna.

Ils étaient plus forts et plus dangereux qu'elle ne l'avait cru.

C'est alors qu'un bruit retentit dans l'obscurité. Elle leva les mains, prête à tuer, et reconnut au loin la silhouette de l'homme adulte, son garde-manger. Il tenait quelque chose dans sa main restante. La tête de Drake !

— Approche ! ordonna Gaia.

Après une brève hésitation, Alex se hâta dans sa direction. Sa seule vue la fit saliver. Elle mourait de faim.

Mais Drake, lui, pouvait être utile… S'il avait pu combattre à ses côtés, elle n'aurait pas subi autant de revers.

— Qu'est-ce qui t'est arrivé ? demanda-t-elle à la tête de Drake. Tu étais censé me trouver à manger.

— Je suis tombé sur Brianna, répondit-il dans un souffle.

— Ah. Eh bien, tu seras ravi d'apprendre qu'elle est morte.

La bouche carnassière de Drake esquissa un sourire effrayant. Pour une raison inexplicable, une queue de lézard se tortillait entre ses deux yeux.

— Je me demande… murmura-t-elle.

Elle avait Alex et Drake sous la main, elle détenait le pouvoir de guérir et elle était affamée. La solution qui s'imposa à elle n'était pas parfaite mais, avec du temps, elle pouvait marcher. Et si elle marchait, Gaia gagnerait un allié fidèle et redoutable. En plus d'un repas.

Elle s'avança vers Alex qui inclina la tête avec un sourire mielleux et craintif.

Gaia lui rendit son sourire pour le mettre en confiance. Puis, d'un simple geste de la main, elle le décapita avec sa lumière mortelle. Sa tête heurta le sol avec un bruit étonnamment creux, la tête de Drake glissa de ses doigts inertes et, enfin, son corps s'affaissa par terre. Il n'y eut pas beaucoup de sang versé : son cœur n'en pompait déjà plus.

Gaia s'agenouilla, ramassa la tête de Drake et la posa sur le cou d'Alex. Drake essaya de parler, mais ses voies respiratoires étaient bloquées.

— Je vais procéder à une transplantation, expliqua-t-elle, et, tout en maintenant la tête en place, elle se focalisa sur son pouvoir de guérison.

Est-ce que ça marcherait ? Drake n'était plus un être humain, et Alex était mort.

D'un autre côté, ses propres blessures s'étaient à peine refermées. Elle repoussait les limites de ses grands pouvoirs en luttant contre la douleur et la faiblesse de son corps. Elle n'y arriverait jamais si elle ne mangeait pas.

Elle tendit la jambe et fit maladroitement rouler la tête d'Alex dans sa direction.

Diana comprit que les choses avaient mal tourné dès l'arrivée de Caine en ville. Il marchait derrière Edilio, les yeux rivés au sol. Sans réfléchir, elle courut au-devant de lui comme une gamine écervelée se jetant au cou d'une pop star.

Voyant qu'il ne relevait pas le nez, elle lui toucha le bras d'un geste hésitant.

— Caine...

— Salut, Diana. Ça roule? lança-t-il d'une voix atone.

— Ça roule? répéta-t-elle, incrédule, mais son ton sarcastique ne sembla pas affecter Caine. Tu veux dire, en dehors du fait que j'ai enfanté un monstre qui va tous nous tuer?

Il hocha la tête.

— Ouais, en dehors de ça.

— En dehors de ça, j'ai connu mieux, Caine.

Il acquiesça de nouveau, leva la tête, mais reporta immédiatement le regard vers sa gauche, vers sa droite, puis au-delà de l'hôtel de ville et de l'église en ruine, comme si, ne parvenant pas à deviner où il était, il voulait désespérément être ailleurs. « Eh bien, songea Diana, moi aussi je voudrais être ailleurs. N'importe quel endroit ferait l'affaire. »

— Combien de temps il nous reste? demanda-t-elle.

— Je ne sais pas. Elle est peut-être blessée. Apparemment, elle n'est pas invulnérable mais elle finira par nous avoir de toute façon. Sam est mal en point. Brianna est morte. Orc et Jack sont...

— Brianna est morte? l'interrompit Diana.

Elle lui serra le bras en enfonçant ses ongles dans son biceps. Il ne parut pas s'en apercevoir.

— Oui. Je... euh... je l'admirais, tu sais. Nous deux...

— Caine, ses pouvoirs, Gaia les emprunte à d'autres mutants. C'est pour ça qu'elle n'est pas restée pour vous achever la dernière fois, Sam et toi. Elle a besoin de vous.

Une expression à la fois incrédule et horrifiée se peignit sur le visage de Caine.

— C'est pour ça qu'elle n'a pas tué Sam : elle s'est contentée de le mettre hors d'état de nuire. Pareil pour moi. Mais alors, pourquoi elle a tué Brianna ?

— Je n'en sais rien. Peut-être qu'elle n'avait pas le choix. (Avec un sourire amer, elle ajouta :) Tu sais, je ne la connais pas vraiment. Ce n'est pas… Même si je lui ai donné la vie, je…

Caine leva enfin les yeux vers elle et sembla la voir pour la première fois. Il y avait toujours eu un climat de méfiance et de duplicité entre eux. Caine n'était pas du genre à montrer des moments de faiblesse. Mais Diana s'aperçut avec étonnement que, pour la première fois, il avait renoncé à son masque. Pour la première fois, elle lisait une tristesse sincère dans son regard.

Il l'attira contre lui et, pour la première fois peut-être, son geste n'avait rien à voir avec le désir ou la volonté de dominer. Ils n'étaient que deux paumés attendant la fin du monde. L'ultime défaite.

Diana s'abandonna à son étreinte en retenant ses larmes. À quoi servait-il de pleurer ? Leur temps était fini : ils avaient grillé toutes leurs chances.

— Il faut s'assurer qu'Edilio a tout pigé au sujet de Gaia… du gaïaphage et de ses pouvoirs, dit-elle. Il est peut-être trop chamboulé pour prendre les bonnes décisions.

Elle regarda Caine dans les yeux. À l'évidence, il avait capitulé.

— Diana, tu t'inquiètes pour Edilio mais toi, est-ce que tu as bien compris ? Si je meurs, si Sam meurt, si Dekka et Jack meurent, le gaïaphage ne sera plus très dangereux.

La chasse aux mutants va recommencer, comme du temps de Zil et de sa bande de crétins.

— Alors on ne fait rien? On attend que Gaia ait tué tout le monde en finissant par toi?

— Peut-être qu'entre-temps la barrière sera tombée.

— Si ce n'est pas le cas, Sam et toi serez les derniers à mourir, et autour de vous il n'y aura plus que des cadavres!

C'était comme si un vent glacé s'était immiscé entre eux. Caine était redevenu lui-même.

— Mais les règles du jeu sont les mêmes pour tout le monde, Diana. On essaie tous de rester en vie. Même si à la fin on va tous mourir.

Diana se retourna et aperçut Astrid à quelques pas d'eux. Visiblement, elle avait entendu toute leur conversation. À son tour, Caine remarqua sa présence.

— C'est quoi ton conseil, Astrid le Génie? Quand notre monstre de fille viendra tous nous tuer, ce sera avec les rayons laser de Sam qu'elle causera le plus de dégâts. Qu'est-ce que tu dis de ça, madame la morale?

Diana se tourna vers Astrid. Caine avait raison et Astrid le savait. Évidemment, elle avait mesuré les conséquences plus vite que n'importe qui. C'était pour cette raison qu'elle avait tenté de perturber la réunion dans le bureau du maire.

« Toujours aussi manipulatrice », songea Diana avec amertume. En même temps, Astrid essayait juste de sauver le garçon qu'elle aimait. Qu'y avait-il de mal là-dedans?

Une petite fille accourut et entraîna Astrid à l'écart.

— Tu vois? fit Caine, comme si Astrid venait d'approuver son point de vue. Quand la fin de la partie approche, on cherche tous à gagner cinq minutes pour sa pomme… et pour ceux qu'on aime.

La fillette qui voulait parler à Astrid était Bowie, la petite sœur de Sanjit.

— Lana dit que tu devrais venir.

— Pourquoi ?

— C'est Sam. Quinn vient de l'amener au Clifftop. Il est blessé.

Astrid traversa la place en trombe et courut jusqu'au Clifftop, le cœur battant. En déboulant dans le hall, rouge et haletante, elle faillit marcher sur l'un des blessés.

Lana leva les yeux à son arrivée et, avant même qu'elle ait pu prononcer un seul mot, elle lança :

— Il survivra.

Sam était allongé par terre dans un coin. Quinn se trouvait avec lui.

— Salut, Astrid, dit-il.

Sans répondre, elle s'agenouilla auprès de Sam et prit sa tête entre ses mains.

— Sam. Sam !

— Ça fait un petit moment qu'il n'a pas repris conscience, dit Quinn.

— Qu'est-ce qui s'est passé ?

— Il est tombé sur Gaia, apparemment. Elle l'a salement amoché.

Astrid tourna la tête vers Lana et cria :

— Pourquoi tu ne l'aides pas ?

— Parce qu'il ne va pas mourir, contrairement à celui-ci ! rugit-elle.

— On a besoin de lui.

— Vous aviez tous besoin de Brianna, et regarde comment ça s'est terminé.

Astrid se leva d'un bond, en proie à une telle fureur qu'elle faillit se jeter sur Lana. Qui, elle, ne broncha pas. Sanjit s'interposa calmement entre les deux filles.

— Hé, doucement.

— Tu veux te rendre utile, Astrid ? lança Lana. Va parler à ton frère.

Astrid recula d'un pas.

— Je sais tout au sujet de Némésis, poursuivit Lana. Tu m'as demandé de me mettre en contact avec le gaïaphage, eh bien c'est fait, et laisse-moi te dire que ce n'est pas très agréable d'entendre dans ta tête la voix de la créature qui a cherché à te réduire en esclavage. Elle me hait. Elle salive presque à l'idée de me tuer. Tu ne sais pas ça, Astrid le Génie ?

Astrid fut frappée par le ton venimeux de Lana et par la fureur qui se peignait sur son visage. Depuis la dernière fois qu'elle l'avait vue, elle semblait avoir vieilli. Astrid avait conscience de faire face à une souffrance qu'elle ne pouvait pas vraiment comprendre. Mais la peur, la peur sur le visage de cette fille pourtant si solide… Ça, elle comprenait.

— Lana, on peut tuer Gaia.

— Et le petit Pete peut tuer le gaïaphage. C'est de ton frère que vient le pouvoir : tu le sais, je le sais. Le gaïaphage est mort de peur ; c'est pour ça qu'il attaque. Il a peur du petit Pete. C'est sa peur qui le pousse à massacrer tout le monde.

— Tu sais de quoi Pete aurait besoin? Tu sais ce que tu demandes?

Lana se tut. Elle regarda l'enfant qu'elle soignait. Elle tâta son cou pour trouver son pouls. Puis elle posa la tête sur sa poitrine pour écouter son cœur. Au bout d'un moment, elle se redressa.

— Je n'avais pas réalisé à quel point... J'aurais dû m'y mettre plus tôt.

Il fallut un moment à Astrid pour comprendre ce qui venait de se passer. Elle recula en titubant et se figea en croisant le regard hébété de Lana.

— Eh oui. C'est ma vie, dit-elle en se touchant la tempe d'une main tremblante. Et pour couronner le tout, il est revenu dans ma tête.

Elle se leva, faillit perdre l'équilibre et s'étira.

— Bon, maintenant, j'ai plein de temps pour Sam.

Elle accepta le verre d'eau que Peace lui tendait et s'assit lourdement à côté du blessé.

— Tu vois cette paire de ciseaux? Il faudrait que tu découpes son tee-shirt. On va commencer par son dos.

Astrid obéit. Elle retint son souffle en voyant l'os, blanc et pointu, qui avait traversé l'épaule de Sam. Quand elles l'eurent doucement fait rouler sur le côté, elle faillit perdre espoir devant l'état de sa colonne vertébrale.

— Oui, ce n'est pas joli-joli, dit Lana. Il va falloir que tu me donnes un coup de main. On va le redresser un peu pour que sa colonne vertébrale soit bien droite. Ça ira beaucoup plus vite si tu le tiens. Où est Dahra? J'aurais vraiment besoin de... (Puis elle se souvint.) Deux blessés sur une route déserte, récita-t-elle doucement. L'un meurt, l'autre est en vie, du moins pour le moment. C'est le dieu auquel tu ne crois plus qui lance les dés.

Sam poussa un grognement quand Astrid découpa le dernier bout de tissu.

— C'était quelqu'un de bien, Dahra, poursuivit Lana d'une voix tremblante.

Elle regarda autour d'elle les blessés qui gémissaient, pleuraient, réclamaient de l'eau.

— Quand je pense à tous ces gens qui sont morts... reprit-elle, puis elle secoua la tête comme pour en expulser quelque chose, et cria : Sanjit ! Envoie Peace chercher une planche de bois. Une étagère ferait l'affaire.

Elle alluma une cigarette, aspira profondément la fumée et souffla un nuage en direction d'Astrid.

— Tu n'y as jamais pensé, Astrid ? Il n'y a pas deux mutants avec le même pouvoir. Il n'existe qu'un Sam, qu'un Jack, qu'une Dekka.

— Oui... fit Astrid d'un ton circonspect.

— Une seule Guérisseuse.

— Oui, on l'avait tous remarqué, répliqua Astrid, sans chercher à dissimuler le fait qu'elle aurait préféré que ça tombe sur quelqu'un de moins inconstant que Lana.

— Mais apparemment, cette Gaia est capable de se guérir, de lancer des rayons laser, de déplacer des objets par la pensée. Intéressant, non ? Les enfants m'ont raconté des tas d'histoires pendant que je les soignais. Bon, maintenant, tiens Sam par la taille. Accroche-toi, ça va être vilain.

Astrid suivit les instructions de Lana. « Ne pleure pas », se dit-elle, mais elle souffrait de voir le garçon qu'elle aimait dans un tel état.

— Tu vas tirer pour que j'essaie de remettre les os en place. Ne t'arrête que quand je te le dis, compris ?

— Oui, répondit Astrid.

— Maintenant !

Astrid s'exécuta et, comme Sam se débattait, elle relâcha son étreinte. Mais Lana la houspilla et elle se remit à tirer de toutes ses forces. Sam ouvrit les yeux, poussa un hurlement, battit des bras. Sanjit accourut pour l'immobiliser et Quinn vint aider Astrid à tirer.

Quand Lana remit les vertèbres en place, un craquement horrible retentit, puis elle glissa la planche de bois sous Sam et laissa Quinn et Sanjit lui bander le dos avec l'attelle pour la maintenir en place.

Sam se calma peu à peu et sombra de nouveau dans l'inconscience.

— Il se peut qu'il ait des blessures internes, dit Lana. Mais je peux peut-être guérir son dos et son épaule. On verra pour le reste.

Astrid se leva.

— Je devrais retourner voir Edilio au cas où il aurait besoin de…

— Oui, dit Lana, et tu devrais aussi réfléchir à ce qui est pire : donner quelqu'un en sacrifice au petit Pete… ou faire l'autre choix.

Lana souriait à présent d'un air de défi. Astrid n'avait pas envie de la questionner, car elle connaissait déjà la réponse. Mais elle ne put s'empêcher de demander :

— Quel autre choix, Lana ?

— Tuer Sam et Caine – si on le retrouve –, histoire de désarmer le gaïaphage.

Astrid se figea et Lana partit d'un rire cynique.

— Eh oui, c'est toi le génie, mais ça ne fait pas de moi une idiote.

Astrid acquiesça. Son regard se posa sur la grosse paire de ciseaux, puis sur le pistolet automatique glissé dans la ceinture de Lana. Elle se mordit la lèvre.

— Et Sam ?

— Je ne vais pas lui faire de mal. Ce n'est pas mon genre. Je suis la Guérisseuse, tu te souviens ?

24

14 HEURES,
22 MINUTES

— JE VEUX RÉCUPÉRER mon fouet.

La tête de Drake avait fusionné à la perfection avec le corps d'Alex, malgré la balafre rouge qui faisait le tour de son cou.

— Estime-toi déjà heureux d'avoir un corps, répliqua Gaia avec colère.

— Je suis heureux, protesta Drake d'un ton qui se voulait obséquieux. Mais je ne peux pas me battre comme ça. (Il désigna son bras amputé.) Tu as réussi une fois. Tu peux recommencer.

Gaia n'en était pas si sûre. Son visage trahissait l'incertitude. C'était une expression bizarre pour une déesse, songea Drake. Mais globalement, elle était bizarre. Il savait, quand il regardait ce beau visage au teint olivâtre et aux yeux bleus, qu'il ne fallait pas se fier aux apparences. Il savait qu'il regardait toujours la créature qui avait auparavant la forme d'un tapis vivant de particules vertes. Mais elle était désormais une jolie fille presque aussi âgée que lui. Aussi jolie que Diana avant que les privations sonnent le glas de sa beauté. Aussi jolie qu'Astrid, et aussi arrogante.

Son apparence le troublait car, d'instinct, il avait envie de lui faire mal. Les images fantasmatiques qui surgissaient dans son esprit le mettaient mal à l'aise. Si elle l'avait deviné, elle l'aurait tué sur-le-champ.

Ce n'était pas une bonne idée de désirer une déesse. Et c'était encore pire de s'imaginer la cingler d'un bon coup de fouet...

« Non, se dit-il. Arrête. » Elle n'était ni Diana ni Astrid. Elle était toujours l'Ombre, le démon qui l'avait recueilli, qui lui avait donné une place, un objectif.

— J'ai besoin de mon bras, répéta-t-il.

Il se permettait d'insister car, sans son fouet, il était faible, désarmé. Sans lui, il n'était plus que Drake.

— Pourquoi tu y tiens tellement ? demanda Gaia. À quoi il te servirait ?

— À me battre à tes côtés, à te défendre, à te protéger...

Impassible, elle plongea son regard dans le sien.

— Dis-moi la vérité.

S'il mentait, elle était bien capable de le foudroyer séance tenante.

— Diana d'abord, siffla-t-il. Astrid ensuite. Plus lentement.

Gaia secoua la tête.

— Plus tard. Enfin, peut-être.

— Peut-être ?

— Si tu me ramènes la Guérisseuse. Elle... elle me résiste. Elle cherche un moyen de m'ôter mes pouvoirs.

Elle s'interrompit brusquement comme si elle regrettait de lui avoir livré ses pensées.

— Ramène-la-moi. Et ensuite tu feras ce que tu voudras.

Elle posa la main sur son moignon.

— Je ne sais pas ce qui poussera.

— Il reviendra, dit Drake. Il le faut bien.

Astrid se tenait au sommet de la falaise qui avait valu son nom à l'hôtel. Au loin, les lumières des bateaux se détachaient sur l'océan noir. En tendant le cou, elle distinguait, à sa gauche, les néons du fast-food et des hôtels flambant neufs. Tout cela semblait si désespérément proche. À quelle distance se trouvait-elle de ces burgers, de ces frites, de ces voitures en état de marche, de ces policiers qu'on pouvait appeler quand on se sentait menacé ? Même pas cinq cents mètres.

Là-bas, il y avait l'électricité, de quoi manger, de la chaleur. Là-bas, on ne connaissait pas la peur. Là-bas, il y avait son père, sa mère, ses cousins, ses tantes et les amis de la famille, qui voudraient tous savoir : *Alors, c'était comment ?*

« *Tu dois être bien contente d'être sortie. Tu as eu peur ?*

— *Atrocement peur.*

— *Je parie que tu as vu des choses horribles.*

— *J'en ai vu tellement que je ne sais pas par où commencer. Tellement que je ne me les rappelle pas toutes. Mais il y en a d'autres que je n'arrive pas à me sortir de la tête. J'ai des cicatrices. Vous voulez voir mes jambes, mes bras, mon dos ? Vous voulez voir mon âme ? J'ai des cicatrices, là aussi, mais elles sont invisibles à l'œil nu.*

— *Je suis sûr que tu as fait de ton mieux.*

— *Ah oui ? Pas moi. J'ai menti. J'ai manipulé des gens. J'ai fait du mal quelquefois. J'ai été cruelle. J'ai trahi la confiance d'autrui. J'ai tué mon frère pour sauver d'autres vies, y compris la mienne. Est-ce que ça me disculpe ?»*

— Autrefois, je t'aurais parlé, Dieu, songea-t-elle tout haut. Je t'aurais demandé conseil. Et je n'aurais obtenu aucune réponse mais j'aurais fait semblant, et j'aurais presque fini par y croire.

Lana guérirait Sam. Ensuite il irait affronter Gaia. Et Gaia le tuerait. Mais seulement après avoir éliminé Edilio, Sinder, Diana, Sanjit, Quinn et... et... Elle finirait par Sam mais avant, elle s'occuperait d'elle pour qu'il voie, et il pousserait des cris de désespoir, et alors seulement Gaia le tuerait.

Sam mourrait, et il mourrait en sachant qu'il n'avait pas pu sauver Astrid.

Soudain, elle vit Sinder longer l'hôtel, cherchant peut-être à rejoindre la foule de désespérés qui s'agglutinaient au bord de l'autoroute. Sa mère se trouvait-elle là-bas ? Astrid ne l'avait jamais questionnée sur sa vie avant la Zone.

Il y avait beaucoup d'enfants qu'elle n'avait pas connus et qu'elle ne connaîtrait jamais. Elle ferma les yeux, et revit en pensée la lumière terrible jaillissant des mains de Gaia. Elle sentit à nouveau l'odeur de caoutchouc, de bois, de toile et de chair brûlés.

Si Sam mourait à cet instant même, Gaia en serait affaiblie, et les enfants auraient peut-être une chance de survivre.

— J'ai déjà fait ce choix-là, dit Astrid, les yeux levés vers le ciel nocturne. J'ai fait ça avec Petey, non ?

Le ciel n'avait pas de réponse. Au sud, il était éclairé par les lumières du fast-food, tandis qu'à l'ouest des bateaux glissaient sur la mer en transportant des voitures, des iPad, de l'essence et des personnes âgées parties voir les baleines.

Au nord, le feu rougeoyait à l'horizon. Sa lueur s'intensifiait de minute en minute. Il avait dû s'étendre au-delà de la forêt. Avait-il dévasté les vastes étendues d'herbe sèche? Dévorait-il les champs qui leur fournissaient des vivres?

Le feu? Elle eut envie de rire. Eh bien, pourquoi pas le feu? On était dans la Zone, après tout.

Quelque part à l'extérieur de la ville, le monstre planifiait leur mort. Et la seule chose qu'Astrid puisse faire pour l'en empêcher, c'était sacrifier quelqu'un, qu'il s'agisse de Sam ou d'une victime sans nom.

C'était donc ça, la leçon à tirer? Que parfois, il n'existait pas de bons choix?

— J'ai appris ça il y a longtemps, dit Astrid.

Elle avait insisté auprès de Sam pour qu'il fasse tout son possible pour rester en vie, quitte à s'en prendre à Diana, quitte à mettre le monde à feu et à sang. « Parce que, Sam, je ne peux pas continuer sans toi. Je ne peux pas sortir d'ici sans toi. »

Astrid ferma les yeux pour éloigner les lumières des bateaux, des étoiles, du fast-food et de l'incendie à l'horizon.

— Petey…

Caine s'avança sur le quai. La solution était évidente : s'il voulait survivre, il devait s'exiler sur l'île. Ça n'empêcherait pas Gaia de le retrouver et, comme il l'avait expliqué à Diana, le truc ce n'était pas d'avoir la vie éternelle, mais d'être le dernier à mourir.

Et de ne plus jamais avoir à souffrir comme ça. Il ne pouvait même pas penser à la douleur sans en ressentir l'écho, et même ça c'était un calvaire.

Un des gars de Quinn montait la garde pour veiller à ce que personne ne s'approche des bateaux de pêche. Caine se contenta de le précipiter contre les planches en bois du ponton jusqu'à ce qu'il cesse de crier. Puis il le ligota et le bâillonna pour éviter qu'il ne donne l'alerte.

Il se dirigea ensuite vers les bateaux réservés aux urgences. Il devait leur rester un peu d'essence. Très peu : ils vivaient déjà sur les derniers stocks quelques jours auparavant, à l'époque où il était encore roi.

Ce souvenir amena un sourire désabusé sur ses lèvres. Le roi Caine. Les choses avaient bien changé depuis. À présent, il essayait de fuir pour grappiller quelques heures de vie supplémentaires.

En un clin d'œil, le roi Caine était devenu Caine le rat.

Eh bien, Penny avait déjà fait tomber sa couronne, n'est-ce pas ? Il se rappelait l'humiliation de s'être réveillé un jour, les mains emprisonnées dans un bloc de ciment, une couronne en papier alu agrafée sur le crâne. Ça aussi, ça faisait mal. Mais il connaissait la souffrance, et même si des agrafes enfoncées dans la tête n'étaient pas une partie de plaisir, ce n'était rien à côté du supplice qu'il avait enduré quand il avait fallu casser le ciment avec un marteau.

Oui, il avait passé un sale moment, de ceux qui changent votre perception des choses. Mais l'humiliation qu'il avait ressentie devant son impuissance lui avait semblé pire que la douleur elle-même.

C'était tout de même moins douloureux que ce que Gaia lui avait fait subir.

Dans son arrogance, il avait cru avoir réussi à se libérer du gaïaphage. Mais tant que ce monstre existerait, il aurait accès à son cerveau et pourrait le faire ramper devant lui…

Il laissa échapper un gémissement, comme un gamin effrayé. Mais c'était bien ce qu'il était, non ?

Il sauta dans un des bateaux. Il n'y avait pas de jauge sur le réservoir. Il jeta un regard autour de lui et regretta de ne pas avoir le pouvoir de Sam pour s'éclairer. Il lui fallut quelques minutes pour trouver un objet assez long et fin pour lui permettre de vérifier la quantité d'essence dans le réservoir : un fragment de canne à pêche d'une trentaine de centimètres en fibre de verre. Il constata qu'il ne restait que quelques centimètres de carburant.

Un gros bateau passa à l'horizon. C'était peut-être un pétrolier transportant à son bord des centaines de milliers de litres d'essence.

— Ça doit être bien, songea-t-il tout haut.

— Qu'est-ce qui doit être bien ?

La silhouette de Diana se détachait sur le ciel étoilé. Il ne l'avait pas entendue approcher. Il ouvrit la bouche pour répliquer, mais aucun son n'en sortit. Elle se tenait sur le quai, et lui en bas, sur le bateau.

— Qu'est-ce que tu fais là ? demanda-t-il enfin.

— Je t'ai trouvé, répondit-elle. Tu t'es enfui.

— Tu n'as pas trouvé grand-chose, lança-t-il avec amertume.

Il se mordit la langue. Elle allait penser qu'il s'apitoyait sur son sort.

— C'est ici qu'on a accosté en revenant de l'île, observa-t-elle tranquillement.

— Oui. C'était un retour triomphal. Le héros conquérant, le roi Caine, ironisa-t-il. Je me remémorais justement la même chose.

— J'avais déjà ce monstre dans mon ventre.

— Ce n'est pas ta faute, lâcha-t-il avec impatience. Ni la mienne, d'ailleurs.

— On peut se poser la question.

— Écoute, on a fait l'amour, non ? Ce n'est pas comme ça que ça s'appelle ? Personne n'est venu nous avertir qu'on allait concevoir un corps pour le gaïaphage.

— On a vraiment fait l'amour ?

— Bon sang, Diana, fit-il d'un ton implorant.

— Réponds, Caine. On a fait l'amour ou on s'est contentés de coucher ensemble ? C'est une question simple, non ?

— Non, répondit-il.

Diana éclata d'un rire sardonique et, à cet instant précis, il devina sa réponse à elle. En entendant ce rire désagréable, presque cruel, il comprit et ce constat le plongea dans un tel émoi qu'il faillit fondre en larmes.

— Non, ce n'est pas une question simple pour nous, admit-elle. (Puis, après un silence :) Est-ce qu'on a fait l'amour, Caine ?

— Oui, Diana, on a fait l'amour.

— Dis-le-moi, Caine.

— À quoi bon ? Je m'en vais. Je sauve ma peau et je t'abandonne. Les rats quittent le navire ! Je suis un lâche qui s'accroche à sa pauvre vie pour une ou deux heures de plus. Je suis mort de trouille ; je ne peux plus lui résister. Alors pourquoi tu tiens autant à entendre ces mots ?

Elle ne répondit pas.

Quand il avait perdu la tête, elle l'avait baigné, nourri à la cuillère, elle était là chaque fois qu'il se réveillait, en proie au délire. Elle l'avait soutenu dans tous ses projets insensés. Elle était restée à ses côtés quoi qu'il arrive.

Il ne distinguait pas ses traits dans l'obscurité, et pourtant il pouvait se représenter son visage jusque dans les moindres détails. Il voyait ses lèvres pulpeuses, son sourire narquois, sa façon de pincer les lèvres comme pour réprimer un fou rire, ses joues, la courbe parfaite de son menton, et ce cou qu'aucun garçon ne pouvait regarder sans avoir envie de l'embrasser. Il voyait ses yeux sombres, ses seins, ses cuisses et…

Diana, fidèle à elle-même, devina ses pensées, car elle dit :

— J'ai eu un bébé. Mon corps n'est pas tout à fait dans l'état où tu l'as laissé. Et il va me falloir du temps avant d'être prête à faire ce qui te trotte dans la tête.

— Ce n'est pas grave, dit-il.

— Menteur.

Une fois de plus, elle l'avait bien eu.

— Je suis un peu rouillée, poursuivit-elle. Je ne suis pas sûre de pouvoir descendre là-dedans.

Il esquissa un geste, et elle s'éleva lentement au-dessus du quai. Elle trébucha en touchant le fond du bateau, ou alors elle fit semblant, mais quelle importance ? Il s'était déjà précipité pour la prendre dans ses bras. Oui, son corps avait changé. Son ventre et ses seins étaient plus gros. Le reste était d'une maigreur pitoyable.

— Et ta bouche, elle marche encore ? demanda-t-il.

Il avait une furieuse envie de l'embrasser.

— Pourquoi ?

Il rit.

— Dis-le, reprit-elle, mais…

— Mais quoi ?

— Mais seulement si c'est la vérité, Caine, murmura-t-elle d'un ton terriblement vulnérable.

— Je t'aime.

Il l'embrassa et, d'un ton grave, il demanda :

— Alors on ne va pas sur l'île ?

— Pourquoi tu voulais aller là-bas ?

Il soupira.

— Pour deux raisons. La première, c'était de me terrer là-bas comme un rat. Je ne peux pas la laisser recommencer… Je préférerais mourir.

— Et la deuxième ?

— Ce n'est qu'une hypothèse… Je pensais aux missiles d'Albert.

— Tu crois qu'on pourrait l'avoir avec ?

Il haussa les épaules.

— C'est peut-être le seul moyen de la prendre au dépourvu.

Il soupira de nouveau. Il devait regarder la vérité en face : il aimait Diana. Mais ça ne le sauverait pas.

— On ne sortira pas d'ici, hein ? lança-t-il.

Diana secoua la tête.

— Non, mon amour.

Ils restèrent longtemps serrés l'un contre l'autre. Puis Caine démarra et mit le cap sur l'île.

Et tandis que Perdido Beach disparaissait dans son dos, Diana, dont les yeux noirs reflétaient la lueur de l'incendie, se mit à pleurer et murmura le nom d'un autre garçon :

— Pete…

Il se nommait Peter Ellison, mais tout le monde l'avait toujours appelé le petit Pete.

Et voilà qu'il entendait son nom monter jusqu'à lui comme une prière.

Il y avait une voix familière, une autre qu'il ne connaissait pas. Et une troisième qui lui parvenait, comme celle de l'Ombre, à travers ce néant qui reliait tous ceux qu'elle avait approchés.

Avec des mots différents, elles disaient toutes la même chose : *Choisis-moi.*

Choisis-moi, Pete.

Choisis-moi, petit monstre.

25

4 HEURES,
44 MINUTES

PUG, CETTE FOLLE, leur avait lancé un missile alors qu'ils approchaient de l'île.

Ce genre d'arme ne pouvait pas grand-chose contre une personne capable de déplacer les objets par la pensée. « Note pour plus tard », songea Caine. Qui sait, en comptant sur l'effet de surprise... Peut-être que Gaia ne saurait pas à quoi elle avait affaire...

Mouais. Peut-être. Ou peut-être pas. Auquel cas, il faudrait passer au plan B.

Caine ne l'aimait pas beaucoup, ce plan B.

Mais, allongé près de Diana dans le grand lit, ce même lit où ils avaient conçu Gaia, il comprenait qu'il n'avait pas d'autre solution. Il devait choisir entre deux maux : la souffrance que pouvait lui infliger Gaia et celle qu'il éprouverait s'il perdait Diana.

Pourquoi l'avait-elle forcé à avouer ses sentiments ?

— L'amour, c'est nul, marmonna-t-il.

Diana se blottit contre lui en frôlant son cou de ses lèvres, ce qui lui donna des frissons dans tout le corps. Le rectangle de ciel bleu nuit visible entre les rideaux laissa bientôt place à un rectangle gris. L'aube était là et il était temps de partir.

Il se glissa sans bruit hors du lit. Où étaient passés ses vêtements ? Il les avait laissés par terre en sachant qu'il devrait se rhabiller discrètement pour s'éclipser sans se faire remarquer.

— Je les ai cachés, dit Diana.

Il se tourna vers elle.

— Pourquoi t'as fait ça ?

— Pour t'empêcher de filer en douce. Franchement, Caine ! Ça fait combien de temps que je te connais ? Et puis...

— Mmmm ?

— Et puis j'aime bien te voir comme ça.

Il déglutit péniblement ; tout à coup, il se sentait vulnérable et un peu bête.

— Tu m'as dit qu'on ne pouvait pas...

— Mmmm. C'est vrai. Mais j'aime encore te regarder. C'est une bonne chose que tu sois pourri jusqu'à l'os, lâcha-t-elle avec un soupir. Ça fait fuir la plupart des filles. Je n'aurais jamais eu la moindre chance avec toi si tu avais été un type bien.

— Je n'essayais pas de m'enfuir.

— Je sais. Je sais ce que tu avais derrière la tête, Caine. Et merci pour ton initiative. Mais je veux être là pour voir la fin. Je veux être là quand tu l'arrêteras.

— Bon, si tu viens, il faut partir maintenant, lança-t-il en s'efforçant de prendre un ton optimiste.

— On a un peu de temps devant nous, dit-elle. Approche. Ça ne prendra pas plus de quelques minutes.

Connie Temple avait renoncé à attendre qu'Astrid vienne au rendez-vous arrangé par Dahra. Elle avait passé la nuit dans un motel, puis elle était revenue au matin au cas où. Elle avait écrit un mot qu'elle avait fixé sur un bâton planté dans la terre, à l'endroit où la berge nord-est du lac rencontrait la barrière. « Désolée de t'avoir ratée. Connie Temple. » Elle avait ajouté en post-scriptum le nom de Sam suivi d'un point d'interrogation.

Son geste lui avait semblé ridicule : c'était un peu comme quand elle laissait un Post-it sur la porte du frigo pour Sam, autrefois.

En s'éloignant, elle remarqua un corps étendu sur la berge. C'était peut-être un survivant endormi ? Non, il s'agissait bel et bien d'un cadavre qui avait dérivé jusque-là. Elle l'examina longuement, jusqu'à ce qu'elle ait la certitude que ce n'était pas Sam.

Des bateaux s'éloignaient de la marina, chargés de voyeurs attirés par la rumeur d'un massacre au bord du lac. Elle ne supportait pas l'idée que des femmes dans la même situation qu'elle puissent voir le corps boursouflé d'un enfant flotter à quelques centimètres d'elles sans avoir la possibilité de le repêcher. Un camion satellite avait débarqué pendant la nuit. Elle distinguait des caméras au loin.

Elle monta dans son véhicule de location et reprit la direction du sud après avoir réglé la radio sur une station d'infos.

« Visiblement, le feu est en train de s'étendre au-delà de Stefano Rey. Les autorités californiennes ont dépêché des équipes d'intervention dans le périmètre de l'anomalie. On craint, en cas de défaillance du confinement, que le feu ne se propage rapidement à la vaste forêt qui se trouve à l'extérieur de la Zone. »

Connie changea de station.

« … des enfants monstrueux et malfaisants, et l'idée qu'on les laisse sortir de cet endroit satanique pour qu'ils infectent d'honnêtes citoyens… »

Au troisième essai, elle tomba sur une voix plus sereine. Mais le sujet restait le même. L'anomalie. La Zone. Les gens ne s'intéressaient plus qu'à ça.

« … physique. Selon une théorie avancée depuis le début, en particulier par le Pr Jacobs de l'université de Berkeley, ces phénomènes démontrent que, dans des circonstances qui nous échappent, les lois qui définissent notre univers ont été altérées. Ce qui nous inquiète, bien sûr, c'est que si c'est arrivé une fois, cela peut se reproduire. Nous ne pouvons pas être entièrement certains… »

Assez ! Elle en avait sa dose de ces intellectuels bardés de diplômes qui tentaient de trouver des explications à ce qui se passait. C'était ce genre d'individus qui avaient convaincu le gouvernement d'essayer de faire exploser la sphère avec une bombe.

Enfin, elle finit par trouver la station dédiée au rock des années quatre-vingt-dix, qu'elle laissa pendant le reste du trajet tout en s'efforçant de réfléchir. Ce n'était pas facile : elle avait sommeil et faillit plusieurs fois sortir de la route.

Si le dôme s'ouvrait, si Sam et Caine parvenaient enfin à s'échapper, il y avait de fortes chances qu'ils soient arrêtés sur-le-champ.

Elle ne pouvait pas faire grand-chose pour l'éviter, hormis avertir les enfants à l'intérieur de la nécessité de préparer leur version des faits. Le procureur de district s'était radouci au sujet des enquêtes et des arrestations, mais d'autres fonctionnaires moins cléments faisaient entendre leur voix dans les médias et, selon toute apparence, le Congrès avait décidé de mettre son nez dans cette affaire.

L'idée qu'au terme de toutes ces épreuves les enfants de la Zone soient incarcérés lui était intolérable. Mais parmi trois cents enfants – sans doute moins nombreux à présent – l'accusation n'aurait aucun mal à en convaincre quelques-uns de témoigner contre d'autres.

Et, honnêtement, certains de ces enfants ne méritaient-ils pas d'être mis derrière les barreaux ?

Elle chassa cette idée de son esprit, mais l'image de Sam et de ces rayons laser jaillissant de ses mains… la petite fille qu'il avait tenté de tuer… l'autre qu'il avait carbonisée… le fait qu'avant que tout cela ne se produise il ait brûlé la main de son beau-père…

Elle avait regardé sur YouTube toutes les interviews des enfants prisonniers de la sphère. Ceux qui mentionnaient Sam le décrivaient comme un chef, un combattant qui leur avait sauvé la vie plus d'une fois. À l'intérieur de la Zone, il était un héros. Mais une interview donnée par Bug, un jeune garçon qui pouvait se fondre dans le décor jusqu'à devenir invisible, avait retenu son attention. Selon lui, Sam était un assassin. « Une fois, il a failli me tuer », avait-il dit.

Les histoires au sujet de son autre fils, Caine, étaient encore plus sinistres. Les enfants jetaient des regards nerveux derrière eux, quand ils parlaient de lui.

« Pourtant, ce n'est pas lui le pire, avait déclaré la petite célébrité qui répondait au surnom de Brise. C'est un salaud, ça oui, mais ce n'est pas un psychopathe comme Drake. »

Oui, peut-être que certains de ces enfants méritaient d'être enfermés comme des animaux enragés.

Que pouvait-elle faire ? Engager un avocat pour Sam ? Elle n'en avait pas les moyens. Mais d'autres pourraient payer, n'est-ce pas ? Les enfants de la Zone avaient besoin d'avocats, de politiciens bienveillants, de célébrités pour jouer les porte-parole, de conseillers, de chargés de relations publiques. Ils avaient besoin de tout ce cirque pour s'en sortir.

Ce qui impliquait beaucoup d'argent.

Connie se gara près de la petite caravane qu'elle partageait avec Abana Baidoo depuis près d'un an. Elle trouva cette dernière d'humeur particulièrement optimiste.

— J'ai parlé – enfin, j'ai correspondu – avec un autre gamin de l'intérieur qui m'a dit que tout le monde aime Dahra, que c'est une fille bien, qu'elle s'occupe de l'hôpital. Où étais-tu passée ?

Connie aurait peut-être dû informer Abana qu'elle avait envoyé Dahra au lac. Mais ça ne servirait qu'à l'inquiéter, et sans doute à tort. Il était très probable que Dahra n'ait pas pu se rendre là-bas. Elle avait sûrement fait passer le message par quelqu'un ou…

Elle ne pouvait pas avouer à son amie qu'elle avait envoyé sa fille au casse-pipe.

— Je suis allée au lac. J'ai entendu dire que Sam était là-bas et… et j'ai voulu aller voir par moi-même.

Abana observa attentivement son amie, la tête inclinée. Elle avait dû sentir que quelque chose ne tournait pas rond.

— Je suis tombée sur la vidéo d'une vieille folle affirmant avoir vu des feux de ce côté-là.

Connie secoua la tête.

— Elle n'a pas eu la berlue. Il s'est passé quelque chose d'affreux.

Ça au moins, elle devait le dire à Abana. Elle finirait par l'apprendre, de toute façon. En revanche, elle n'était pas obligée de lui raconter qu'elle avait envoyé Dahra là-bas. Elle se contenta de lui relater ce qu'elle avait vu. Abana se mit à pleurer, et Connie se joignit à elle.

Ensuite, elles burent une grande quantité de vin. À la télé, les images défilaient sans le son. Connie vit un reportage illustrant la nouvelle entendue à la radio un peu plus tôt dans la journée : les images d'un gigantesque feu de forêt dévastant le parc de Stefano Rey et ses environs. Auxquelles succédèrent des clichés du lac pris au téléobjectif. Le présentateur avait la mine sombre ; manifestement, il mettait en garde les téléspectateurs contre les images qu'ils s'apprêtaient à voir.

La photo d'un cadavre, flottant à la surface du lac, apparut sur l'écran.

Abana n'était pas tournée vers la télévision ; elle riait au sujet de quelque chose que Connie n'avait pas vraiment entendu. Elle ne vit donc pas sa fille, Dahra, flotter sur l'eau.

Quand le soleil se leva, Edilio était toujours vivant. Il en fut étonné. Il avait passé la fin de la nuit sur les marches de la place. Il avait un peu dormi, recroquevillé sur lui-même, la tête entre les genoux. Jetant un regard hébété autour de lui, il se demanda combien de ses gens étaient encore à leur poste. L'idée de marcher jusqu'à la barrière le déprimait, car il craignait de trouver tous ses soldats là-bas.

Albert s'avançait dans sa direction, l'air irrité, ce qui était plus ou moins sa tête habituelle.

— J'ai fait un inventaire de la nourriture, annonça-t-il sans préambule. Ça ne va pas du tout. Je suppose que tu ne sais pas combien de temps on va devoir tenir ?

— Non, le gaïaphage ne m'a pas donné le planning, désolé.

Albert fit la moue.

— Tu as appris à manier le sarcasme, Edilio.

— J'ai appris beaucoup de choses, Albert.

Albert désigna d'un signe de tête deux enfants qui passaient en traînant les pieds près de la fontaine détruite depuis longtemps.

— Tu vois ce gamin ? Ses cheveux tombent. On a déjà des cas de malnutrition sévère.

— Pourquoi tu crois que je t'ai fait revenir ? répliqua Edilio avec colère.

— Tu les as tous enrôlés pour qu'ils jouent aux petits soldats ! Je sais que les affaires, ce n'est pas ton rayon, Edilio, mais il me faut des gens pour travailler dans les champs. Or, s'ils portent des fusils, ils ne peuvent pas s'occuper des récoltes. S'ils ne s'occupent pas des récoltes, ils ne produisent pas de nourriture, et s'ils ne produisent pas de nourriture, ils ne mangent pas.

Malgré sa façon insupportable de présenter les choses, Albert n'avait pas tort, aussi Edilio se mordit la langue et se contenta de hocher le menton.

— Il ne faudra pas s'en prendre à moi, enchaîna Albert. J'ai fait ma part du boulot.

— Ils ne jouent pas aux petits soldats, Albert. Ils sont morts de trouille. Ils sont retournés à la barrière pour mourir près de leur famille.

— Eh bien, c'est idiot, non ?

— Tu trouves ? On a un bus entier de travailleurs qui ne sont pas revenus, tu te souviens ? De toute façon, le feu se rapproche.

Albert secoua la tête avec impatience.

— Dans les champs, ils seraient peut-être plus en sécurité qu'ici. En concentrant tous nos effectifs en ville ou pire, près de la barrière, on facilite la tâche au gaïaphage. En plus, tout le monde crève de faim, y compris moi. J'en ai déjà marre du parmesan. Ça sent le vomi, quand on y pense.

Là encore, Albert disait vrai. La famine était là.

— Tu as raison, concéda Edilio. Emmène aux champs tous ceux que tu trouveras. Dis-leur que c'est moi qui l'ordonne. Soudoie-les. Menace-les. Fais ce que tu sais faire, Albert.

C'était un constat bizarre, mais il fallait bien reconnaître que la chose la plus utile à faire était encore d'aller travailler. Même si un monstre rôdait dans Perdido Beach, quelqu'un devait s'occuper de ramasser les choux.

Sinder se rappelait précisément à quel moment elle avait craqué.

Elle était allée aider Lana au chevet de Taylor. Elle s'était sentie bêtement honorée de la requête de la Guérisseuse et de l'opportunité de travailler à ses côtés.

Avant, Sinder était gothique. Il lui semblait qu'un million d'années s'étaient écoulées depuis. Elle se passionnait pour cet univers sombre, les vêtements, le maquillage, l'allure. Elle tenait des discours du type : « Je me fiche des autres, je vis ma vie. » Ou encore : « Oui, je suis bizarre, il faudra vous y faire. »

Puis la Zone était apparue, et le vernis noir était venu à manquer, au même titre que l'eau et la nourriture.

Sinder avait été témoin d'atrocités. Elle avait perdu des amis.

Elle avait fini par trouver refuge au bord du lac et là, elle s'était découvert un pouvoir, peut-être le meilleur de tous. Elle faisait pousser les plantes. Parmi toutes les mutations bizarres et inimaginables qu'elle avait engendrées, la Zone avait donné à Sinder une nouvelle vie. Une vie de jardinière.

Même maintenant, cette pensée la faisait sourire.

Carottes, choux, radis, toutes les graines qu'on lui trouvait, elle parvenait à en tirer quelque chose. Ça ne sortait pas de terre en une seule nuit, mais elle avait vraiment les doigts verts et, pour peu qu'elle consacre du temps à son potager avec l'aide de Jezzie, elle parvenait à obtenir rapidement des légumes étonnamment gros.

Elle avait laissé le potager aux bons soins de Jezzie. Ensemble, elles avaient pris l'habitude de biner, d'arroser, d'arracher les mauvais herbes tout en parlant de tout et de rien.

Quand les survivants terrifiés, brûlés, mutilés étaient venus du lac, Jezzie ne se trouvait pas parmi eux, ni aucun des amis de Sinder. Toutes les personnes dont elle se sentait proche avaient été massacrées.

C'était là que Sinder avait craqué.

Au beau milieu de la nuit, elle s'était rendue à l'endroit d'où on voyait toutes les lumières. Elles étaient magiques, ces lumières. Il faisait si sombre dans la Zone ! Elle avait souvent l'impression de vivre dans un village reculé du Moyen Âge, ou au fond d'une jungle oubliée. Il faisait toujours noir.

Mais là-bas ! Les néons des motels et du fast-food, les lumières des caméras, les gyrophares des voitures de police… Il lui suffisait de fermer les yeux à demi pour ne plus voir qu'un seul faisceau lumineux qui semblait converger vers elle.

En se dirigeant vers le bas de la colline, elle avait vu tous les autres enfants rassemblés. Combien étaient-ils ? Plus d'une centaine, sûrement. La lumière du dehors était comme un soleil froid éclairant leurs visages.

La plupart d'entre eux n'essayaient même plus de communiquer. Ils avaient déjà vu leurs parents, échangé des messages avec eux, agité la main et ainsi de suite. Pas Sinder. Elle s'était dit qu'elle ne pourrait pas le supporter.

Mais maintenant qu'il faisait jour, elle ne pouvait pas s'empêcher de scruter la foule. Il y avait tant de visages tournés vers eux ! Tous ces gens semblaient si propres ! Ils portaient des vêtements à la bonne taille. Ils se promenaient sans arme. Et ils avaient de quoi manger. Ils avaient des sandwichs, des donuts, du café.

Sinder sentit son estomac gargouiller. Et pourtant, elle était bien mieux nourrie que la plupart de ces enfants. Beaucoup d'entre eux n'avaient que la peau sur les os. En général, les habitants du lac mangeaient mieux que ceux de la ville.

Oui, eh bien, la plus grande partie d'entre eux étaient morts, alors à quoi ça avait servi de les nourrir, hein ?

Son père ou sa mère étaient-ils là ? En passant en revue les centaines de visages, elle remarqua un écran sur lequel on lisait : « Réunir les familles. » Elle s'avança dans sa direction.

Une jeune femme d'une vingtaine d'années qui semblait s'ennuyer à mourir lui lança un regard interrogateur et, après avoir déchiffré la question dans ses yeux, elle brandit un écriteau : « Tu cherches des proches ? »

« Oui, pensa Sinder. Des proches vivants, de préférence. Des proches morts, j'en ai déjà plein. »

« Ton nom ? »

Sinder n'avait pas de papier, aussi elle écrivit dans la terre. La jeune femme mima un appel téléphonique puis sortit un portable de sa poche et se mit à pianoter sur le clavier. Sinder hocha la tête avec gratitude. Son interlocutrice lui signifia de s'asseoir et d'attendre.

Pour tuer le temps pendant qu'elle patientait, et pour se distraire de la nervosité qui accompagnait la perspective de revoir ses parents, elle chercha des yeux une chose vivante qu'elle pourrait faire pousser. Malheureusement, tout le secteur avait été piétiné, et il ne restait même pas un brin d'herbe intact.

— Comment tu te sens, Sam ?

Il ouvrit les yeux, aperçut Astrid, sembla momentanément se demander où il était, puis la regarda de nouveau et sourit.

— Mieux.

Il tenta de se redresser.

— Non, non, vas-y doucement. Tu n'es pas encore guéri. (Elle lui caressa les cheveux.) Tu as une attelle dans le dos.

La panique se peignit sur son visage.

— Et Gaia ?

— Elle est blessée. Elle s'est enfuie.

— Elle n'est pas morte ?

Astrid secoua la tête.

— Ça sent le brûlé, dit-il en reniflant l'air.

— Oui. La forêt est en flammes. Je ne sais pas jusqu'où l'incendie s'est étendu.

Sam ferma les yeux.

— C'est ma faute ou celle de Gaia. Je n'ai même pas réfléchi. J'ai fait feu…

— Tu essayais de rester en vie.

— Et Caine ?

Astrid commença à défaire le bandage qui maintenait l'attelle en place. À en juger par la façon dont Sam s'était redressé, les os de son dos s'étaient ressoudés.

— Est-ce que tu es vraiment d'attaque ? demanda-t-elle.

— Raconte-moi tout, répondit-il. (Il ajouta avec un pâle sourire :) Que tu es belle ! (Puis :) J'ai toujours mal à l'épaule.

Astrid lui fit le récit des derniers événements en omettant le fait qu'il était, avec quelques autres, la source des pouvoirs de Gaia. Elle ne parla pas non plus de sa tentative ridicule de contact avec le petit Pete. Elle s'en tint aux faits : on avait aperçu Caine et Diana à bord d'un bateau mettant le cap sur l'île, Edilio se préparait en vue de la prochaine attaque de Gaia ; un incendie faisait rage au nord-ouest de la Zone ; les enfants avaient été envoyés aux champs mais ils étaient morts de peur.

Elle attendit qu'il ait absorbé toutes ces informations avant de lui annoncer la dernière nouvelle.

— Sam… Brianna est morte.

Il la dévisagea, interdit. Puis, d'une voix à peine audible et presque enfantine, il bredouilla :

— Brise ?

— Elle était à deux doigts de tuer Gaia. Et puis…

Les yeux de Sam se remplirent de larmes.

— Mon Dieu. Comment va Dekka ?

— Elle est anéantie. Roger est mort, lui aussi, alors Edilio… C'est terrible, Sam. Vraiment terrible. On dirait que c'est la guerre.

— Mais c'est la guerre ! Je ne comprends pas pourquoi Gaia ne m'a pas tué.

Lana s'avança vers eux, si bien que Sam ne remarqua pas le silence d'Astrid.

— Comment tu te sens, Sam ?

— Mieux que je devrais. (Après une pause, il ajouta :) Je suis sûr que tu as fait tout ce que tu pouvais pour Brise.

Lana secoua la tête.

— Je n'en ai même pas eu l'occasion. Le gaïaphage l'a touchée en plein cœur avec tes rayons. Il a fait un trou de dix centimètres de diamètre dans sa poitrine. Je ne peux pas soigner ça.

— Comment ça, « mes rayons » ?

Astrid jeta un regard haineux à Lana.

— Il faut que tu lui expliques, dit-elle d'une voix douce mais ferme.

— Il semble que Gaia ait un lien avec ton pouvoir, déclara Astrid. Il y a un… Je ne sais pas comment l'appeler, pour la bonne raison que ça n'existe pas dans le monde du dehors…

Elle gagnait du temps, Sam s'en rendait compte. Elle finit par se lancer :

— D'après Diana, si Gaia vous a laissés vivre, Caine et toi, c'est parce que, si vous mourez, vous emporterez votre pouvoir avec vous.

Sam se pétrifia. Astrid voulut ajouter quelque chose, mais les mots ne venaient pas. Lana jeta son mégot éteint dans un coin de la pièce.

Sam regarda ses mains comme s'il y cherchait une réponse.

— C'est ma lumière qui a tué les enfants du lac, n'est-ce pas ? souffla-t-il. Et Brise ?

Son regard se posa sur le gros pistolet automatique que Lana portait à la ceinture.

— Je sais à quoi tu penses, Sam, dit Astrid. Mais non. Non.

— Je ne pense à rien, protesta-t-il faiblement.

— Tu n'as pas le droit de mettre fin à tes jours, lâcha-t-elle d'un ton sévère. C'est un crime. Un péché.

— Je croyais que tu en avais fini avec ces croyances religieuses.

— C'est pire qu'un péché, c'est une bêtise, intervint Lana. Du moins pour l'instant. (Elle s'agenouilla auprès de Sam, et Pat vint se blottir près d'elle.) Admettons que Gaia soit privée de ton pouvoir. Il lui resterait ceux de Dekka, de Jack et de Caine. Caine s'est tiré, alors, à ton avis, comment on va s'y prendre pour tuer ce monstre ? Jack n'est pas très efficace ces derniers temps et, maintenant que Caine est parti, il n'y a que Dekka et lui pour affronter Gaia. Bref, ça ne se présente pas très bien.

Astrid n'aimait pas ça du tout. Mais elle se garda d'intervenir.

— Dans ce cas, il faut que je m'occupe d'elle avant qu'elle s'en prenne à quelqu'un d'autre, dit Sam.

Il se leva, esquissa un pas chancelant, inspira à fond, puis se dirigea vers la porte.

— Je ne pouvais pas faire mieux, dit Lana à Astrid.

Astrid savait qu'elle ne faisait pas allusion à l'état de Sam mais à ce qu'elle venait de lui dire. Elle hocha la tête et suivit Sam à l'extérieur.

« Où es-tu, petit Pete ? Pourquoi tu refuses de me parler ? Parce que je t'ai tué ? » songea-t-elle avec amertume.

Oui. C'était peut-être ça la raison.

26

2 HEURES,
56 MINUTES

LA JOURNÉE AVANÇAIT. Edilio s'arrangea pour faire porter de l'eau et un peu de nourriture à ses troupes embusquées.

Les travailleurs des champs prirent le chemin du retour sans qu'aucune attaque ait été signalée. La maigre récolte de la journée se composait de choux à demi dévorés par les insectes, d'artichauts encore verts et d'une poignée de betteraves.

Depuis que le clocher de l'église avait été détruit, le point culminant de Perdido Beach était le Clifftop, mais c'était compter sans Dekka. Après s'être élevée à la verticale au-dessus des marches de l'hôtel de ville pour éviter d'être prise dans un tourbillon de poussière et de détritus, elle surveilla les alentours avec des jumelles.

Quand elle redescendit, Sam et Astrid venaient d'arriver.

Sam serra Dekka dans ses bras, et ils restèrent longtemps enlacés en silence. Puis il se tourna vers Edilio :

— Désolé, mon pote. J'aurais voulu… tu sais ce que j'aurais voulu.

Edilio hocha la tête en refoulant ses larmes et attendit d'être certain de pouvoir parler pour répondre :

— Je suis content que tu sois de retour, patron. (Puis il demanda à Dekka :) Qu'est-ce que tu as vu ?

— Le feu, surtout. Au nord, on ne voit plus qu'un mur de fumée.

— Ici non plus, l'air n'est pas très pur, dit Astrid. Tu crois qu'il s'est étendu au-delà de la forêt ?

L'odeur de brûlé était de plus en plus présente, et le ciel se teintait déjà de cendre.

— Je ne suis pas le Smokey Bear[1], répondit Dekka, qui avait apparemment retrouvé un peu de son mordant. Je n'y connais rien en feux de forêt. Mais j'ai eu l'impression de voir une ligne de fumée plus sombre et plus dense à l'horizon, alors que plus près elle s'éclaircit. Ne me demandez pas ce que ça signifie, par contre.

— J'ai des tireurs embusqués tout autour de la place, dit Edilio à Sam. Depuis la mort de Brianna... (Il se tourna vers Astrid pour vérifier qu'elle avait mis Sam au courant.) Bon, tu sais. Depuis la mort de Brianna, Gaia n'est plus censée se déplacer à une vitesse surnaturelle. Donc on la verra arriver et on pourra lui tirer dessus. Elle n'aime pas les armes à feu, on a pu le vérifier. J'ai vu au moins une balle l'atteindre.

— Attendez, dit Astrid en fronçant les sourcils. Attendez, on oublie quelqu'un ?

1. « Smokey l'ours » est la mascotte du Service des forêts des États-Unis, créée pour informer le grand public du danger des incendies de forêt. (*N. d. T.*)

— Qu'est-ce que tu veux dire ? s'enquit Sam.

— Toi, Caine, Dekka, Jack... Qui d'autre possède un pouvoir qu'elle pourrait exploiter ?

Ils s'observèrent en silence pendant une longue minute et, soudain, Edilio claqua des doigts.

— Vite, de la peinture !

Il distribua des ordres à quelques membres de son équipe qui, heureux d'avoir un prétexte pour abandonner leur poste, s'éloignèrent sans demander leur reste.

À cet instant, Quinn revint de la plage en tenant à la main un sac à dos.

— Tu as attrapé quelque chose ? demanda Sam.

Il serra longuement son ami dans ses bras.

— De rien, mon pote, dit Quinn en haussant modestement les épaules.

— Tu plaisantes, frangin ? Si je suis encore là, c'est grâce à toi. Et maintenant, tu vas m'expliquer pourquoi ton sac bouge dans tous les sens.

— Oh, ça, fit Quinn d'un ton désinvolte. Je crois qu'on a repêché le pied de Drake.

Il vida le contenu du sac par terre, ce qui causa un certain émoi parmi les personnes rassemblées. Une douzaine de tentacules avaient poussé sur le pied. Ils essayaient de se déplacer comme un mille-pattes, sans but précis, si bien qu'au final ils ne réussirent qu'à arracher un pas de côté à Edilio.

— Détruis-le, dit Dekka.

Sam tendit les mains vers ce vestige bizarre de l'increvable Drake. De la lumière jaillit de ses paumes et une odeur écœurante de chair grillée emplit l'atmosphère.

La chose se tortilla furieusement, puis finit par grésiller comme un morceau de steak tombé dans des braises et se consuma tel un marshmallow abandonné trop près d'un feu de camp. Bientôt, il ne resta qu'un petit tas de cendre mais Sam insista jusqu'à ce que les ondes de chaleur les aient éparpillées.

— Bon, dit-il. Au moins, on sait que ça aurait marché si ça avait été nécessaire.

— Dommage que ce n'ait pas été la tête de Drake, lança Dekka. Mais ma petite Brianna a fini par l'avoir. Elle nous a enfin débarrassés de lui. Oh… Et moi qui croyais que je n'avais plus de larmes…

— On a pas mal de monde à enterrer.

Edilio regardait les tombes qui s'alignaient sur la place. La première, il l'avait creusée pour une petite fille morte dans un incendie à quelques pas de là.

— Brianna n'aurait pas voulu être inhumée, dit Dekka. Elle aurait choisi l'incinération. Tu pourrais t'en occuper, Sam.

— Il réfléchit, dit Gaia. Némésis. Il réfléchit. Je le sens. Il s'affaiblit. Mais il réfléchit et il s'efforce de me dissimuler ses pensées.

Une lueur d'effroi passa dans son regard, et Drake ne put s'empêcher de la regarder de haut. Comment le gaïaphage pouvait-il avoir peur du petit Pete ? Il n'avait pas l'intention de formuler sa pensée, bien sûr, mais il avait du mal à cacher sa déception.

Le gaïaphage se ramollissait depuis qu'il s'était incarné dans le corps de cette fille. Elle semblait presque paralysée par la peur. Heureusement, Drake avait récupéré son bras. Elle le lui avait rendu, et il était en meilleure forme que jamais. L'heure était venue de se battre, de tuer. Il était de retour ! Ha ! Mais son maître, lui, guérissait lentement. Et surtout, il n'arrêtait pas de se plaindre comme une femmelette.

— Elle me résiste, reprit Gaia. Je la sens qui lutte.

Tout retourné, voilà. Le grand gaïaphage était tout retourné. « Voilà ce qui arrive quand on devient une fille », songea Drake.

— Quand est-ce qu'on part ? demanda-t-il. Ils nous attendent.

— Quand il fera nuit, répondit Gaia d'un ton morne. Une fois la barrière tombée, il faudra que je sorte sous cette apparence pour ne pas attirer l'attention des humains du dehors. J'aurai besoin de temps pour rassembler mes pouvoirs, trouver une nouvelle forme et un endroit où me cacher.

Un endroit où se cacher ? Drake enroula son bras autour de son nouveau corps. Il était plus fort qu'avant. Son fouet était plus long, plus rapide. Et il se sentait prêt.

— Je me garde Astrid, dit-il.

— Tu n'as pas à me donner d'ordres ! rugit Gaia.

Drake rit. Il avait une drôle de voix maintenant : une partie de la gorge d'Alex avait fusionné avec la sienne.

— Tu as peur des gens de l'extérieur ?

— Ce corps me tient en vie, il me permet de concentrer mes forces. Mais il est faible. Je n'avais pas mesuré à quel point. Il a ses exigences. Il me réclame de quoi manger. Il souffre. (Gaia secoua ses longs cheveux noirs.) Il m'énerve.

— Tu ressembles à Diana, tu sais. Enfin, à la Diana d'avant. À l'époque où elle se croyait sexy.

Gaia fronça les sourcils.

— Oui, reprit Drake. Tu as le même air à la fois cruel et sexy.

Il comprit immédiatement qu'il était allé trop loin. Gaia le fixa de ses yeux bleus perçants.

— Tu veux me faire du mal, murmura-t-elle.

Il secoua énergiquement la tête.

— Non, non, ce n'est pas ce que…

— Tu veux malmener ce corps.

— Pas toi, dit-il, au désespoir. Pas le vrai toi.

— Tu crois que tu le connais, le vrai moi ?

Drake secoua de nouveau la tête. Il n'avait aucune envie de poursuivre la conversation. Il voulait juste sentir son fouet claquer. Il voulait entendre des cris de souffrance et de terreur. Il voulait retrouver cette sorcière blonde, le soi-disant petit génie, et la regarder ramper devant lui…

— Le feu se rapproche. Nous mettrons la fumée à profit pour attaquer.

Gaia observa le mur de fumée au nord.

— Je croyais que tu t'inquiétais à cause de Némésis.

— Je n'ai peur de rien, répliqua-t-elle avec impatience.

Drake lut de l'inquiétude dans son regard.

— Il a une sœur, ton Némésis. Quelqu'un à qui il tient beaucoup. Elle s'appelle Astrid. Elle pourrait nous servir d'otage, et nous donner de l'emprise sur lui.

Gaia ouvrit de grands yeux.

— Ah oui ?

Elle sourit. Elle avait des dents très blanches et presque parfaites à l'exception d'une canine qui avançait un peu.

— Si tu la tues, elle ne nous servira à rien, poursuivit-elle.

— C'est pas marrant si elle meurt, protesta Drake avant de partir d'un grand rire. Laisse-moi te la ramener.

— Un otage, dit Gaia d'un air songeur.

Elle jeta un regard suspicieux à Drake. Il sentit qu'elle s'immisçait dans ses pensées pour y détecter une ruse éventuelle. Mais il n'avait pas l'intention de ruser. Il ramènerait Astrid vivante.

Il vit qu'elle hésitait à prendre sa décision. Elle fronça les sourcils, l'air inquiet, regarda autour d'elle comme si elle cherchait quelqu'un, et reporta son attention sur lui.

Il comprit soudain qu'elle répugnait à le laisser partir parce qu'elle n'avait pas envie d'être seule. Au prix d'un gros effort, il parvint à dissimuler son mépris grandissant pour elle. Le corps de cette fille avait donné au gaïaphage des émotions et une faiblesse.

Quand il en aurait fini avec Astrid et Diana… Gaia ?

— Va, dit-elle enfin. Ramène-la-moi.

Astrid trouva Sam dans l'église, ou plutôt ce qu'il en restait. Il était assis sur un banc renversé, les yeux fixés sur les fragments d'un vitrail. On avait appuyé la croix contre un mur et consolidé sa base avec des gravats.

Il avait dû l'entendre approcher, mais il ne prit pas la peine de se retourner.

— Du nouveau ?

— Rien, répondit-elle. Je crois qu'Edilio devient fou à force d'attendre. Il a chargé Orc, Jack et Dekka d'aller à la barrière pour essayer de convaincre d'autres enfants de revenir en ville. Je n'ai pas l'impression que ça marche. Albert est parti à vélo en direction des champs pour veiller à ce que les enfants continuent de travailler.

L'image d'Albert encourageant les travailleurs, perché sur son vélo en chemise et pantalon immaculés, les fit tous les deux sourire.

— Il cherche à se racheter, décréta Sam.

— Ça ne te ressemble pas d'être aussi perspicace, rétorqua Astrid d'un ton moqueur.

Il sourit.

— De temps en temps, j'observe.

Elle s'assit à côté de lui et conclut :

— Ça, il a besoin de se racheter.

— C'est le bon endroit pour aborder ce genre de sujet. (Il regarda autour de lui comme s'il découvrait l'église.) C'est ça, l'histoire, non ?

Il désigna la croix.

— Ne commence pas, Sam.

— Tu crois que tu peux lire dans mes pensées, hein ?

— Toi tu n'as pas besoin de te racheter.

— Alors de quoi j'ai besoin ? demanda-t-il en s'efforçant de prendre un ton badin.

— D'une dernière victoire.

— Une dernière victoire. (Il baissa la tête.) J'ai déjà eu beaucoup de chance, tu ne trouves pas ? Combien de fois j'aurais dû mourir ? Je n'arrive même pas à les compter.

— Arrête, Sam.

— Pourquoi j'ai fait tout ça ? Juste pour survivre ? (Il haussa les épaules.) C'est la raison principale, hein ? Mais aussi, parfois, pour que les autres vivent. Sans vouloir passer pour le gars qui se sacrifie, hein.

— Oui, tu as sauvé la vie de beaucoup de gens. Oui. Alors ça suffit, tu veux bien ? Tu m'as promis, tu te souviens ? Tu m'as promis que tu ferais tout pour rester en vie.

Il soupira.

— C'est comme avec les maths, Astrid. Quand on pose une équation, il n'existe qu'une seule solution, et il faut faire avec.

— Ce n'est pas de maths qu'on parle, là. Et d'ailleurs, je te rappelle que tu étais nul à l'école.

Elle se sentait en colère – c'était la seule parade au désespoir.

— C'est vrai. (Il sourit à ce lointain souvenir.) Mais j'ai gagné beaucoup de batailles. Et j'ai trouvé le coup gagnant des tas de fois. Jusqu'à présent, ça s'est pas mal passé, non ? Eh bien, le fait est que j'ai encore trouvé le coup gagnant cette fois-ci. C'est clair comme de l'eau de roche.

— Ce n'est pas un coup gagnant si tu meurs à la fin.

— Avant, j'aurais été d'accord avec toi. Mais je n'arrête pas de poser la même équation, Astrid. Et chaque fois je me dis qu'on a peut-être une chance de battre Gaia. Mais pas si elle a mon pouvoir. Tu ne trouves pas ça ironique ?

— Ce n'est pas de l'ironie, Sam. C'est du suicide.

— Je sais que tu n'es plus trop portée sur la religion, mais ce qu'il a fait… (il désigna la croix)… c'était quand même quelque chose, non ?

— Tu te prends pour Jésus maintenant? répliqua-t-elle d'un ton lourd de sarcasme.

Il rit tout bas.

— Tu veux la vérité, Sam? Ce que Jésus a fait, c'était du flan. S'il était vraiment le fils de Dieu, il devait savoir qu'il ne risquait rien. Il savait qu'il vivrait une ou deux heures difficiles mais qu'ensuite tout serait fini et qu'une fois au paradis il aurait une super histoire à raconter à ses copains. En revanche, si toi, tu meurs, tu es mort. On en a vu des morts, Sam, et même plein. On sait tous les deux que c'est horrible et permanent.

Il se tourna vers elle, l'air implorant.

— Tu vois la lumière qui jaillit de mes mains, Astrid? C'est elle qui a tué Brianna. Et elle va tuer un paquet d'autres gens. Tu le sais autant que moi.

— Non, dit-elle. S'ils vont mourir, c'est parce que Pete refuse de me parler.

Un long silence s'installa.

— Je me demandais si tu essaierais, dit-il enfin.

Elle balaya sa remarque d'un geste désinvolte.

— Laisse tomber. Je parlais pour ne rien dire.

À présent, c'était au tour de Sam de se mettre en colère.

— Tu aurais dû m'en parler tout de suite. Et si le petit Pete avait décidé de prendre ton corps?

— Il ne l'a pas fait, alors…

— Et à ton avis, qu'est-ce qui se produira s'il passe à l'acte? Celui ou celle qu'il aura choisi finira comme Gaia, sauf qu'elle n'était qu'un bébé et qu'elle ne s'est rendu compte de rien. Mais qu'est-ce qui est arrivé à cette petite fille quand le gaïaphage…

— On n'est pas sûrs qu'il se passerait la même chose.

— On n'est sûrs de rien ! Tu es une hypocrite. Tu me dis qu'il faut que je reste en vie pour que toi tu te sacrifies à ma place ?

Le silence revint. Un rat passa près d'eux sans susciter la moindre réaction. Cela leur rappela qu'ils avaient faim. Ils avaient tous les deux mangé du rat et remercié le ciel d'avoir eu la chance d'en trouver. C'était une période sombre de la Zone, avant qu'Albert ne prenne les choses en main.

— Comme si on était plus heureux maintenant, maugréa Sam sans autre explication.

Mais Astrid avait suivi le même fil de pensées.

— Ne te sacrifie pas, Sam.

— Tu peux parler, rétorqua-t-il.

— Tu nous entends, là ? lança Astrid en riant.

Il secoua la tête.

— J'ai perdu Brianna, Astrid. Et ce n'était pas la première.

— Qui t'a demandé d'être responsable des autres ? (Comme il ne répondait pas, elle ajouta :) C'est moi, hein ?

— Astrid…

— C'est moi, dit-elle d'un ton plus définitif, comme si elle acceptait enfin cette vérité. Je t'ai poussé à devenir chef. Je me suis servie de toi pour protéger mon petit frère et, en fin de compte, c'est moi qui l'ai sacrifié. Maintenant, j'essaie de réparer tout ça. Moi aussi, j'ai besoin de me racheter, Sam, et toi, une fois de plus, tu t'engouffres dans la brèche. Sam arrive à la rescousse même s'il doit y passer !

— Tu ne m'as pas forcé. Tu n'as pas ce pouvoir. (Il leva les mains, et une boule de lumière se forma entre ses paumes.) C'est ça qui a décidé pour moi. Avoir un pouvoir m'a rendu responsable. J'avais le pouvoir et toi l'intelligence. Alors on a été choisis. C'est comme ça que ça marche, non ? Ceux qui le peuvent aident ceux qui sont démunis. Les forts défendent les faibles. Je ne crois pas que tu aies inventé ça, Astrid ; tu m'as juste permis de le comprendre. Eh bien, je l'ai compris. La Zone m'a donné cette lumière, et elle l'a rendue nécessaire. Sauf qu'à présent mon pouvoir ne nous est plus d'aucune utilité. Ce monstre va débarquer en ville et tuer tous les gens que j'aime.

Astrid se leva. Elle tremblait.

— Je ne peux pas…

Sam se leva à son tour pour la prendre dans ses bras, mais elle s'écarta vivement.

— Si quelqu'un doit s'en sortir vivant, c'est toi, Astrid. Dehors, j'aurai des problèmes, tu le sais parfaitement. Ils auront besoin d'un bouc émissaire.

— Tu m'as promis ! Tu as toujours tenu les promesses que tu m'as faites, Sam, et tu dois tenir celle-ci. Tu me l'as juré.

Des cris leur parvinrent du dehors.

— Au feu ! Au feu !

— Vas-y, dit Astrid en le congédiant d'un geste. Et tiens ta promesse, Sam.

Comme c'était bon de pouvoir courir librement sur la plage ! Quand il était enfermé dans une glacière au fond du lac, Drake pensait qu'il ne connaîtrait plus jamais ce plaisir. La sensation d'avoir un corps. Or, il en avait trouvé un autre, et en bonne condition physique. Et surtout, il avait récupéré son fouet ! Son fouet !

Personne ne surveillait la plage. Ils se cachaient tous en ville. Et le plus beau, c'est qu'ils ne s'attendaient pas du tout à sa venue. Astrid avait dû raconter le coup de la glacière à tout le monde. Elle avait dû bien se moquer de lui ! Elle devait croire qu'elle était enfin débarrassée. Plus de Drake. Ah, ce qu'il lui ferait subir !

Il attendait tellement ce moment qu'il en était fébrile. Avait-il déjà autant désiré quelque chose que de l'entendre implorer sa pitié ?

Mais il ne pouvait pas la tuer. Il devait la ramener vivante, ce qui était encore mieux. La vie était synonyme de souffrance. Si Drake avait appris quelque chose – en tout cas, depuis que sa mère s'était remariée –, c'était bien ça. Et infliger des souffrances, c'était une telle joie !

Il avait bien vu le plaisir que son beau-père prenait à frapper sa mère. Et elle devait aimer ça, elle aussi. Il n'y avait qu'à voir tout ce qu'elle faisait pour mettre son mari en rogne. « C'est la loi de la jungle », lui avait dit un jour son grand-père. Les gros mangent les petits. Et Drake savait que le vieux parlait d'expérience. Il le voyait dans ses yeux. Cet homme-là avait dû causer beaucoup de souffrances dans sa vie.

Drake grimpa sur les rochers qui séparaient la plage de celle, plus petite, du Clifftop, et entra dans la ville en prenant la dernière direction à laquelle Astrid aurait pensé.

Tout en escaladant les rochers, il sentait la force de son nouveau corps, la vitalité de son fouet qui lui servait à se hisser aussi efficacement qu'une corde.

« Spiderman ? Tu parles ! Fouet, le seul et l'unique ! »

En se tournant vers le nord, il voyait l'incendie. Le feu de l'enfer. Ah ah ! Parfait. Il sentit ses ambitions prendre de l'ampleur.

Il était ressuscité. Ressuscité pour tuer, un Satan invulnérable venu tout anéantir dans la fumée et les flammes ! Dans son esprit, il se voyait comme le méchant d'une bande dessinée : Drake alias Fouet, surgissant dans un manteau de flammes, tandis qu'Astrid et Diana rampaient à ses pieds en implorant sa miséricorde.

Il en oublia complètement Gaia.

27

1 HEURE,
29 MINUTES

ASTRID REGARDA SAM sortir de l'église et s'efforça de calmer la tempête d'émotions qui l'assaillait.

Sam n'avait pas tort. C'était bien le problème. Il n'avait pas tort. C'était sa lumière qui avait tué tous ces enfants. C'était elle qui avait transpercé la poitrine de Brianna.

Mais ça ne pouvait pas être la seule solution. Pas après tout ce qui s'était passé.

« C'est la seule solution, Astrid. Tu le sais. »

Elle s'avança à son tour vers la porte – ou ce qu'il en restait – et vit Sam traverser la place en courant pour éteindre un feu de détritus.

Deux enfants avaient déjà pris les choses en main et son intervention se révéla inutile.

Astrid sentit le fouet s'enrouler autour de sa gorge. Elle voulut crier mais aucun son ne sortit de sa bouche. Elle avait la respiration coupée.

Elle tenta d'agripper une colonne en pierre, donna un coup de pied dans un bout de bois en espérant que le bruit attirerait l'attention de Sam. Les bâtiments autour de la place étaient censés abriter beaucoup de gens d'Edilio : l'un d'eux la verrait forcément !

Il suffisait à Sam de tourner la tête…

Astrid tomba à genoux en tirant de toutes ses forces sur le bras tentaculaire de Drake, dans l'espoir de lui faire perdre l'équilibre. Mais il était beaucoup trop fort pour elle.

Il l'entraîna dans un coin sombre de l'église. Elle continuait à se débattre, à donner des coups de pied, à essayer de crier, mais ses poumons la brûlaient déjà à cause du manque d'oxygène.

— Salut, Astrid, murmura Drake.

Et elle perdit connaissance.

— Il faut former une chaîne avec des seaux, dit Sam à Edilio. Le vent disperse les braises de l'incendie et les dépose un peu partout.

— C'est ça, je vais mettre tout le monde sur le coup, répliqua Edilio avec colère avant d'ajouter d'un ton radouci : Désolé.

— Je sais que tu es à court d'effectifs, mon pote.

— Le mot est faible, Sam. Il doit y avoir deux ou trois dizaines de personnes dans les champs. J'ai peut-être douze tireurs qui sont restés. Et les autres, tu sais où ils sont.

Sam tourna le regard vers le nord-ouest, dans la direction de l'autoroute.

— Pourquoi elle n'attaque pas ?

— Elle sait peut-être qu'on panique. Ou alors elle attend que le feu fasse le boulot à sa place.

Sam leva les yeux. Le ciel commençait à se teinter de gris.

— Si elle se trouve au nord-ouest de la ville comme on le soupçonne, alors elle est plus près du feu que nous. Peut-être qu'avec un peu de chance…

Il se tut devant le regard sceptique d'Edilio.

— D'accord, poursuivit-il. (Puis, après un silence :) Il va falloir que j'aille la chercher. Si j'attends, elle se servira de mon pouvoir pour tuer. Il faut que j'essaie de l'avoir tout seul.

Edilio ouvrit les bras comme pour dire : « Mais… » Il n'y avait pas de « mais ». C'était la seule solution, et ils le savaient tous les deux.

— La seule autre solution, ce serait de… euh, tu sais… la priver de mon pouvoir. Mon unique chance, c'est qu'elle ait besoin de moi vivant. Ça me donnera peut-être le dessus.

Sam attendit de voir Edilio protester et lui dire qu'il avait tort de croire que seule sa mort arrêterait Gaia. Mais ce n'était pas ce qu'Edilio pensait, il le lut dans ses yeux.

— Elle est plus forte que toi, Sam. C'est comme si tu te battais contre Caine, Jack, Dekka et toi-même en même temps.

— Oui, je sais.

— Parles-en avec Astrid.

— On a en déjà discuté.

— Et elle est d'accord avec cette idée de mission suicide ? Parce que moi non. Si tu vas là-bas, c'est pour gagner, OK ? Ne crois pas que tu nous fais une faveur en te faisant tuer.

Sam soupira.

— C'est la fin de la partie, mon pote.

— Sam…

Edilio se tut ; c'était tout ce qu'il trouvait à dire pour implorer Sam de trouver une autre solution.

— Prends soin d'Astrid pour moi. Veille sur sa sécurité et empêche-la de me suivre.

— Je ne suis pas très doué pour veiller sur les autres, objecta Edilio.

— Tu n'es pas responsable de ce qui est arrivé à Roger. C'est assez d'être malheureux. Tu n'as pas besoin de te sentir coupable par-dessus le marché.

Edilio lui lança un regard reconnaissant, même s'il n'avait pas l'air de son avis.

— Écoute, Edilio, si elle me tue, elle sera privée de mon pouvoir, tu comprends ? Elle n'en sera pas moins dangereuse pour autant. Quand je me battais contre Caine, le pire ce n'était pas quand il faisait tomber des objets verticalement, parce que je les voyais arriver. Le pire, c'était à l'horizontale parce que ça allait beaucoup plus vite. Penses-y quand… si elle arrive ici.

Ils échangèrent une poignée de main.

— C'était… intéressant, pas vrai ? dit Sam avec un sourire forcé.

— Ç'a été un grand honneur de me battre à tes côtés, répondit Edilio.

— Dis-lui que je regrette d'avoir trahi ma promesse, chuchota Sam si bas qu'Edilio dut tendre l'oreille. Dis-lui que je l'aime.

Sam ne se pressa pas. Il savait ce qu'il avait à faire et ce n'était pas de gaité de cœur. Donc il prenait son temps.

Il remonta l'autoroute à pied. Combien de fois avait-il

suivi ce chemin? Combien de fois était-il passé près de cette carcasse de voiture et de ce camion renversé?

Un jour, si la barrière tombait, les dépanneuses viendraient faire le ménage. Il restait peut-être encore quelques vitres et quelques pneus intacts. Les réservoirs d'essence avaient tous été siphonnés, mais beaucoup de ces voitures roulaient encore quand le carburant était venu à manquer.

Dans certaines d'entre elles, des bébés abandonnés étaient morts de faim sur leur siège auto, des gamins avaient péri quand le conducteur avait brusquement disparu alors qu'ils étaient lancés à cent kilomètres à l'heure. La police scientifique essaierait-elle d'élucider les circonstances de ces morts? Parviendrait-elle à identifier les ossements?

Un jour, des familles reviendraient sur place et trouveraient leur maison saccagée, quand elle n'avait pas été réduite en cendre. L'incendie allumé par Zil avait dévasté un quart de la ville, et des habitations avaient été détruites pour servir de pare-feu.

Tous ces gens se scandaliseraient de tout ce chaos en secouant la tête parce qu'ils seraient incapables d'imaginer les épreuves que les enfants avaient traversées. Ces gens-là ne pourraient pas se figurer les batailles sanglantes qui s'étaient déroulées à Perdido Beach.

« Non, on est désolés d'avoir pris les crayons combustibles dans la centrale, mais c'était pour les lancer sur la mine. Pourquoi on a fait ça? Euh… vous n'allez jamais le croire. »

« Vous trouvez que le pensionnat Coates a l'air d'avoir

été dévasté par un duel d'artillerie ? Eh bien, d'une certaine manière, c'est ce qui s'est passé. »

« Oui, il y a au moins une distillerie clandestine de whisky dans les bois. »

« Non, on n'a pas pu enterrer tous les corps. »

« Ces ossements de chats et de chiens ? Ceux qui sont tout carbonisés comme si quelqu'un avait eu l'idée de faire cuire un gentil animal domestique pour le manger ? Eh bien… c'est qu'on avait un petit creux. »

Sam marchait en direction du feu et de la fumée de plus en plus épaisse.

C'était à peu près dans les mêmes circonstances qu'il avait franchi la ligne pour la première fois, lorsqu'il avait entendu un cri de détresse provenant d'un appartement en flammes sur la place. Comme personne d'autre ne se manifestait, il s'était dévoué.

— Et après, ça s'est enchaîné, dit-il pour lui-même.

C'était la première inhumation sur la place. Sam n'avait pas réussi à sauver la petite fille sans nom. C'était Edilio qui avait pris l'initiative de lui creuser une tombe. C'était toujours Edilio qui s'occupait de nettoyer après les fiascos de Sam. Ça n'avait pas changé.

Sam avait assisté à l'ascension de Caine et à sa chute. Il avait vu s'étendre la menace de Zil et de ses fanatiques à tel point qu'ils avaient failli causer leur perte à tous. Il avait vu la douce, la gentille Mary qui s'occupait des petits perdre la tête sous l'influence de ses démons. Il avait vu les vers dévorer le pauvre E.Z. Il avait vu des enfants cracher littéralement leurs poumons. Il avait vu des insectes surgir d'un corps à moitié rongé.

Et combien de morts ? La petite fille de l'appartement en flammes avait été la première d'une longue liste. Son premier échec.

Duck. Ce bon vieux Duck.

Francis.

Combien d'entre eux ? Plus qu'il n'en pouvait compter.

Il avait vu des inconnus devenir les piliers de la communauté. L'expression était un cliché, mais comment définir autrement Edilio ? Quand la barrière tomberait, il serait probablement renvoyé au Honduras. « Merci pour ton héroïsme ; maintenant, dégage, gamin. »

Il avait vu des faibles devenir forts. Quinn, pour ne citer que lui. Et Lana, ce qu'elle avait dû endurer… Dekka, l'intrépide, la passionnée, son bras droit, sa sœur d'armes.

Et toutes ces épreuves, il les avait traversées aux côtés d'Astrid. Elle n'avait jamais été commode. Astrid la condescendante, la réfléchie, la belle, la manipulatrice. Astrid, l'amour de sa vie.

« Ça valait le coup, rien que pour avoir eu la chance de l'aimer et d'être aimé d'elle. »

Soudain, il vit un camion s'avancer dans sa direction. Il progressait lentement, à une vitesse régulière. En l'observant plus attentivement, il s'aperçut que ses roues ne touchaient pas la route. Il traînait dans son sillage un nuage de fumée. Des troncs d'arbres, des pneus et des détritus enflammés s'entassaient sur sa plateforme ; aucun conducteur n'aurait pas survivre à la chaleur infernale qui s'en dégageait.

Gaia marchait à côté de l'énorme véhicule en le faisant léviter. Elle s'arrêta, et le camion s'immobilisa.

— Alors, dit-elle en souriant, tu es prêt à mourir ?

— Eh bien, c'était court, mais j'ai vécu une bonne vie, répondit Sam.

— Je n'ai pas envie de te tuer.

— Oui, je sais pourquoi. Mais je ne te donne pas le choix.

— Pourquoi tu veux te battre contre moi, Sam ?

Elle devait crier pour se faire entendre par-dessus le rugissement des flammes. Un tronc dégringola sur les autres dans une pluie d'étincelles que le vent dispersa sur les champs brûlés par le soleil.

— Parce que tu veux massacrer mes amis, répondit Sam.

Gaia haussa les épaules.

— Ils sont une menace pour moi. J'ai le droit de lutter pour ma survie comme n'importe quelle créature vivante, n'est-ce pas ?

— Je ne suis pas là pour discuter.

— Tu sais combien il y a de créatures comme moi, Sam ? poursuivit Gaia comme si de rien n'était. Aucune. Je suis unique dans l'univers. Tes amis ? Il y en a des milliards comme eux.

Elle se remit en route, et le camion avec elle.

— Chacun d'eux est irremplaçable, mais je doute que tu puisses comprendre ça, dit Sam.

— Est-ce que tu sais au moins à qui tu as affaire ? demanda-t-elle avec un sourire désabusé. Je suis une graine envoyée dans cette galaxie pour créer de la vie. Mais quand j'ai pris racine ici, sur cette planète, tout a changé. Est-ce ma faute ?

Sam recula malgré lui. Il n'était pas venu là pour débattre. Mais il savait comment ça se terminerait. « Et quand la fin se profile, est-ce si mal de vouloir grappiller quelques secondes de plus ? » songea-t-il.

— Tu as tué des gens. Les assassins n'ont aucun droit.

Gaia rit.

— Parce que les humains ne tuent pas, eux? Vous n'avez pas massacré d'autres espèces pour manger ou pour vous divertir ? Vous ne vous nourrissez pas d'autres créatures ? Ne sois pas ridicule. Et si je te proposais de me rejoindre, Sam ? Tu ne serais pas obligé de mourir.

Elle se rapprocha de lui. Sa démarche était sensuelle, déterminée, calculée pour lui plaire.

— Regarde-moi. Je suis humaine, moi aussi, non ? Ce n'est pas humain, ça ? dit-elle en désignant son apparence.

— Tu as déjà tué tout ce qu'il y avait d'humain dans ce corps, répliqua-t-il en reculant encore.

— C'est de la chair humaine que tu t'apprêtes à brûler.

— C'est toi, le gaïaphage, que je tuerai.

— Parce que tu penses pouvoir y arriver, Sam ? Moi, je ne crois pas. Tu es venu ici pour te faire tuer.

— S'il faut en arriver là, dit-il d'un ton morne.

— Voyons ce que tu as dans le ventre.

Elle leva la main. Sam était prêt et il esquiva son attaque en plongeant vers sa gauche. Il fit feu sans cesser de courir, mais Gaia avait appris sa leçon. Elle suivait des yeux ses mouvements, et il manqua sa cible.

Il décrivit un arc de cercle avec son rayon lumineux. Elle lévita tranquillement au-dessus et, cette fois, son coup de poing invisible fit mouche. Sam fut projeté en arrière, le souffle coupé. Il roula dans la poussière, sous les éclats de rire de son adversaire.

— Moi, je ne suis pas obligée de te tuer, Sam. Toi, si.

Il fit feu au moment de se relever et ne réussit qu'à lui roussir quelques mèches de cheveux.

— Allons, on est trop loin de la ville, lança-t-elle d'un ton moqueur. Il faut qu'il y ait des témoins pour te regarder livrer ta dernière bataille. Et puis, je n'ai pas envie que mon petit feu de joie brûle pour rien. Allez, Sam, emmène-moi en ville. Je n'y suis jamais allée. Je vais tous les exterminer. Tu ne veux pas voir ça ?

Sam déchaîna de nouveau ses pouvoirs. Elle esquiva son attaque et fit tranquillement léviter un tronc d'arbre en feu dans sa direction. C'était une démonstration impressionnante de sa force : le tronc devait peser plusieurs tonnes.

Sam n'eut pas le temps de l'éviter. Il orienta ses rayons vers le projectile embrasé qui fut coupé en deux. Les morceaux de bois enflammé passèrent tout près de lui telles deux énormes torches en lui brûlant la peau et les cheveux, puis s'écrasèrent sur la route dans une pluie d'étincelles. Une épaisse fumée s'éleva autour de lui. Aveuglé, il se mit à faire feu au hasard, et le cri de douleur qui retentit quelques instants plus tard lui redonna espoir, mais il ne pouvait pas voir les dégâts qu'il avait causés.

Soudain, Gaia surgit de la fumée devant lui et lui saisit le bras. Plutôt que de résister – ce qui lui aurait coûté son bras –, il se jeta sur elle. Elle perdit l'équilibre et bascula en arrière. Faute de mieux, il la frappa au visage.

Elle le repoussa violemment et il fit un vol plané. Il eut le temps de voir les troncs d'arbres en feu et Gaia étendue sur le dos, puis il heurta la cabine du camion, rebondit et se retrouva par terre.

Gaia le rejoignit en un clin d'œil et, penchée au-dessus de lui, elle lui dit pour le narguer :

— Allez, Sam, je suis sûre que tu peux faire mieux que ça.

Sa main se referma sur sa gorge. Il sentit l'immense pouvoir qu'elle détenait.

— Pas de mort pour toi. Non, tu vas venir avec moi et tu verras tout.

Elle le souleva sans le moindre effort. Une longue chaîne était attachée au pare-chocs du camion ; elle était chauffée à blanc. Il entendit la chair de ses mains grésiller tandis qu'elle l'enroulait autour de lui. Elle poussa un cri de douleur et il hurla à son tour en sentant la chaleur du métal transpercer ses vêtements et brûler sa peau.

— Pas de mort glorieuse pour toi, Sam.

Puis il sentit qu'elle le faisait léviter au-dessus du sol et il tomba dans un tunnel sans fin.

Quand il reprit conscience, il éprouva d'abord la brûlure de ses chaînes, puis leur poids qui plaquait ses bras le long de son corps. Il pouvait encore bouger les mains et se servir de son pouvoir, mais il était incapable de viser.

Il avait l'impression de flotter, immobilisé par ces chaînes qui refroidissaient lentement en se collant à sa peau. En tournant la tête, il voyait Gaia marcher au milieu de la route en faisant léviter le camion en flammes derrière elle.

Elle s'aperçut qu'il remuait.

— Regarde, dit-elle.

Elle leva la main et un tronc s'arracha à la masse de bois incandescente, puis s'éleva dans le vide et traversa le parking comme un missile pour aller s'écraser dans la vitrine déjà pulvérisée de la supérette.

— Le feu, c'est une chouette distraction, tu ne trouves pas ?

Sam n'était pas capable de répondre. Plongé dans un état second, il avait l'impression d'halluciner.

— En voyant la forêt brûler, j'ai trouvé la lumière du feu fascinante. C'est beau et ça attire le regard. Le feu détruit les objets et les gens, et pourtant les humains le vénèrent. Est-ce qu'ils ont un faible pour l'autodestruction, Sam ? Je veux comprendre ton espèce. Je m'apprête à découvrir le monde extérieur et je dois apprendre. Mais chaque chose en son temps. D'abord, pour que je puisse échapper à cette grande coquille, à cet œuf dans lequel je suis restée en gestation pendant de longs mois, il faut que tous les regards soient braqués sur l'incendie, qu'ils soient aveuglés par la fumée, et alors, quand je serai enfin lâchée dans votre vaste monde et ses milliards d'habitants, personne ne me verra sortir. C'est là toute la beauté de la lumière, Sam. Elle révèle, elle peut aussi éblouir et distraire. C'est encore mieux que l'obscurité.

— Ne fais pas ça, l'implora-t-il d'une voix étranglée.

Il vit deux gamins s'enfuir de la supérette, des skateurs qui s'étaient installés là pour les carrelages bien lisses et les rayonnages qui pouvaient servir de rampe.

Sam détourna vivement la tête pour ne pas trahir leur présence, mais il était trop tard. Gaia tendit la main vers eux, et le plus proche des deux, un garçon qui insistait pour qu'on l'appelle Spartacus, vola dans leur direction avec un cri de surprise.

Il était âgé d'une douzaine d'années. Ses cheveux longs jusqu'à la taille étaient rassemblés en dreadlocks irrégulières. Il portait un short trop grand et un tee-shirt troué.

— Regarde la jolie lumière, Sam, murmura Gaia dans son oreille.

— Non ! cria-t-il.

— Depuis le début, tu me poses problème. Tu es un des premiers dont j'aie appris le nom. J'ai vu des images de toi dans l'esprit de la Guérisseuse ou de Caine, voire des versions déformées que me montrait parfois Némésis. Tu m'as défiée. Tu es très volontaire, hein ?

Elle riait de sa propre ruse, des supplications de Spartacus, de Sam qui se tordait le cou pour essayer de ne pas voir. Elle prit sa tête au creux de son bras et le força à ouvrir les yeux.

— Regarde. Regarde ta lumière, Sam. Tout ça parce que tu n'as pas eu le courage de mettre fin à tes jours. Tu voulais que je le fasse pour toi. Le héros a raté sa chance. Regarde maintenant, Sam. Je vais le tailler en pièces, et tu seras responsable de chacun de ses cris.

— Tu es folle !

— Comparée à qui ? Je n'ai pas côtoyé beaucoup de monde.

Un rayon lumineux jaillit de la main de Gaia. Elle s'en servit comme d'une scie électrique pour découper lentement la tête du garçon qui poussa des cris atroces tandis que, sous les insultes de Sam, elle riait aux éclats. Il n'était pas loin du garçon ; peut-être qu'en tournant un peu les mains… Il déchaîna sa lumière verte qui transperça le cœur de Spartacus.

Gaia poussa un cri de joie extatique. Le corps sans vie du garçon retomba par terre et, grâce à son pouvoir télékinésique, elle fit tournoyer Sam dans le vide comme une toupie avec de grands éclats de rire.

— Je t'ai forcé à le tuer ! Je t'ai forcé à le tuer ! cria-t-elle. Comme on va s'amuser !

Elle se mit à danser en cercle en criant vers le ciel noirci par la fumée, telle une enfant moqueuse :

— Trop tard, Némésis ! Trop tard !

28

1 HEURE,
10 MINUTES

— Elle arrive.

Edilio se posta au sommet des marches de la mairie. Depuis que l'église avait été presque rasée, c'était le point culminant de la ville. Dekka se trouvait à ses côtés, Jack et Orc à quelques pas derrière lui.

Gaia venait avec le feu. Elle n'avait pas attendu que l'incendie du parc de Stefano Rey se propage à la ville ; elle l'apportait avec elle.

Comme un char de parade sorti d'un cauchemar, un camion enflammé progressait régulièrement sur l'autoroute, suspendu dans le vide à quelques mètres du sol.

Edilio régla ses jumelles et ce qu'il vit lui glaça le sang. Gaia faisait léviter quelqu'un devant elle, un garçon enchaîné. Bien qu'il ne distinguât pas son visage, Edilio le reconnut immédiatement.

L'air était déjà saturé de fumée, et la terreur comprimait l'oxygène dans les poumons d'Edilio. Il avait du mal à contenir les tremblements de son corps. Le gaïaphage marchait droit sur eux et ils allaient tous mourir, comme Roger, sans la moindre chance de salut.

— Bon, dit-il d'une voix assurée, car c'est ce que les autres attendaient de lui. C'est parti.

Le fusil automatique appuyé sur l'épaule, le doigt posé sur la détente, il dévala les marches. « Ce n'est pas le moment de trébucher, Edilio, se dit-il. Ils te regardent, ils ont peur, tellement peur, car ils savent que c'est terminé, que la mort est là et qu'ils ne peuvent rien contre elle. Attention ! Ne trébuche pas. »

Il franchit le patio qui dominait la place. Là, il trouva une poignée d'enfants qui n'avaient pas encore fui vers la barrière. Et, oui, il y avait toujours quelques canons visibles aux fenêtres.

« Mais vous vous enfuirez à toutes jambes quand elle sera là, songea-t-il. Vous vous enfuirez en hurlant et moi aussi. »

— Écoutez, cria-t-il d'un ton si calme que ça ne pouvait pas être sa voix. Prenez votre temps. Visez bien. Tirez. Recommencez. Et ainsi de suite jusqu'à ce que vous ayez épuisé toutes vos munitions.

— Edilio ! lança quelqu'un, comme un cri de ralliement.

— Edilio ! Edilio ! crièrent en chœur les tireurs embusqués.

Comme dans un rêve, il croisa le regard de Dekka qui hocha la tête et cria à son tour :

— Edilio !

Quinn s'avança, un fusil à la main. Une lueur éclaira son regard.

— Un bateau arrive, annonça-t-il.

Edilio acquiesça comme s'il avait entendu, mais il ne comprenait rien excepté qu'il n'avait pas le pouvoir de repousser la mort en marche.

Drake trimballa Astrid dans Second Avenue pour le seul plaisir de la traîner derrière lui.

Astrid perdait connaissance puis refaisait surface, les yeux voilés d'une brume rouge, les doigts agrippés au fouet de Drake qui lui enserrait la gorge. Une nuit étrange était tombée, une nuit qui empestait la fumée.

Elle avait dû s'évanouir une fois de plus car, quand elle rouvrit les yeux, elle se trouvait dans une maison. De vagues souvenirs de bruits de pas sous un porche et d'une porte qui claquait lui revinrent en mémoire.

Au-dessus d'elle, un lustre en piètre état se balançait dans le vide. L'ancien occupant de la maison avait suspendu des poupées Barbie et des figurines aux pendeloques en cristal avec des bouts de ficelle colorée. Une odeur d'égout se mêlait à la puanteur de la fumée.

Drake poussa Astrid contre la table de la salle à manger. Elle rassembla ses forces pour crier :

— À l'aide ! À l'aide !

Il se pencha pour la regarder dans les yeux. Quelque chose clochait dans son apparence. On aurait dit qu'il avait pris le corps de quelqu'un d'autre. Il semblait plus grand, plus fort, plus musclé. Son visage était livide ; son cou tanné par le soleil. Une queue de lézard lui sortait du front et se tortillait frénétiquement entre ses deux yeux.

Une lueur rouge orangé éclairait les fenêtres. Le feu arrivait. La fin de la partie.

— À l'aide ! À l'aide ! cria Astrid.

Drake hocha la tête, l'air satisfait.

— C'est bien. C'est très bien. Ça fait tellement longtemps que j'ai envie de t'entendre...

Elle essaya de fuir mais, de son fouet, il la ramena contre la table. Elle se débattit en vain. Il avait l'air de beaucoup s'amuser. Il éclata de rire, et les cris d'Astrid cessèrent. Alors il lui cingla le ventre et elle poussa un hurlement de douleur.

— C'est mieux, grogna-t-il.

— T'es un malade, Drake. Espèce de taré !

— Qui, moi ? Hé, qui a mis ma tête dans une glacière avec plein de pierres pour la lester, hein ? Et après, c'est moi qui suis taré ?

— Vas-y, tue-moi parce que si tu ne le fais pas, quand Brittney reviendra, elle me laissera partir.

— J'y ai pensé, figure-toi. J'ai toujours quelques secondes de sursis avant que le changement se produise, alors je n'aurai qu'à te tuer dès que je le sentirai venir. D'ici là...

Il la fouetta de nouveau. Encore et encore. Malgré tous ses efforts, elle ne put s'empêcher de crier, et il éclata de rire.

— Sam va te faire la peau ! dit-elle dans un souffle.

— Il ne manque que lui, marmonna Drake, l'air sincèrement déçu. J'aurais bien aimé qu'il soit là. Ce serait tellement mieux s'il pouvait être témoin de ton calvaire. C'est atroce de voir souffrir les gens qu'on aime.

Astrid saisit la balle au bond.

— Ça t'est arrivé, à toi ? demanda-t-elle dans une tentative désespérée de gagner du temps.

— Tu veux savoir ce qui se passe dans ma tête, c'est ça ? Tu veux comprendre d'où je viens ? T'es pas là pour jouer les psys. T'es là pour souffrir.

Il la frappa de nouveau. La douleur était insupportable. Astrid sanglota tout bas en priant pour s'évanouir, pour mourir enfin.

«Petit Pete. Dieu. N'importe qui...» Mais elle ne percevait aucune présence. Il n'y avait qu'elle et ce psychopathe parmi les ombres projetées par le feu qui faisait rage au-dehors.

— Gaia voulait que je te ramène auprès d'elle pour t'utiliser comme otage. Mais je ne reçois plus d'ordres d'elle. J'ai perdu mon temps à suivre Caine, puis le gaïaphage. Et puis, elle, c'est pas vraiment l'Ombre, pas avec ce corps et ce visage...

— Elle est jolie, murmura Astrid, à bout de forces. C'est ça qui te déplaît? C'est ça, ton vice?

Drake ricana.

— Tu n'as pas idée du nombre de psys qui se sont cassé les dents sur moi. Et tu penses pouvoir faire mieux? Ce doit être une maladie, un syndrome, comme ils disent. Y a qu'à mettre une étiquette là-dessus et tout est réglé. (Cette idée sembla l'amuser.) T'es pas plus futée qu'eux, Astrid. La voilà, la réponse, Petit Génie: c'est agréable de faire du mal aux gens. C'est agréable de se sentir puissant, et de lire de la peur, de la souffrance dans leurs yeux. Allez, petite maligne, tu sais comment ça s'appelle. Tu connais le mot exact. Vas-y, dis-le.

Il porta la main à son oreille et attendit.

— Le mal, dit Astrid.

Drake éclata de rire et hocha la tête.

— Voilà! Le mal! Bravo! Il existe en chacun de nous. T'en sais quelque chose, pas vrai? Je l'ai vu dans tes yeux quand tu me regardais dans cette glacière. On veut tous écraser les autres, avoir le dessus. (Sa voix devint rauque.) On veut tous ça.

Il effleura de son fouet les plaies sur le ventre d'Astrid.

— J'aurais vraiment aimé que Sam soit là. Mais il est sans doute déjà mort. (Il soupira.) Et s'il est toujours en vie, on lui racontera tout, hein ? Jusque dans les moindres détails. Allez, prépare-toi à souffrir, conclut-il.

— Toi aussi, dit-elle.

Il l'observa, un peu perplexe, le visage à quelques centimètres du sien.

Soudain, elle se jeta sur lui et lui mordit le nez de toutes ses forces.

Dans Sheridan Avenue, un groupe d'enfants surgit d'une maison, et Gaia leur barra la route.

Sam essaya de bouger les mains. Il ne pouvait même pas les diriger vers sa tête ou vers l'un de ses organes vitaux. Au mieux, il aurait pu se trancher une artère dans la jambe et attendre de se vider de son sang.

C'était toujours mieux que d'assister à un massacre perpétré avec son pouvoir.

Il posa les mains sur ses cuisses et fit feu. Les rayons lumineux transpercèrent sa chair. La douleur était intolérable. Gaia le rejoignit en un clin d'œil. Elle éloigna ses mains de lui tandis qu'il hurlait de douleur. Avait-il réussi ? « Pitié, pitié, faites que ça s'arrête », songea-t-il.

— Ah non, je ne crois pas que ça peut se finir comme ça, dit Gaia.

Sam se débattit pour lui échapper, mais sa force était dérisoire comparée à la sienne. Elle le frappa du revers de la main, et il perdit connaissance pendant quelques secondes. Il sentit vaguement qu'elle tirait sur ses chaînes pour lui attacher les mains paume contre paume. Il venait de voir s'évanouir sa seule chance.

Il se mit à pleurer. Il avait échoué. N'avait-il pas toujours su que ça finirait comme ça ? N'était-ce pas pour cette raison qu'il avait si longtemps refusé de commander, et qu'il avait été si soulagé de déléguer une grande partie de ses responsabilités à Edilio ?

Il n'était pas un héros. Il ne l'avait jamais été. Sam-du-bus, le grand mythe qui avait poussé les enfants à se tourner vers lui, n'existait pas. Ça n'avait pas été de l'héroïsme. Seulement de la rapidité de réaction et un bon instinct de survie.

Il avait échoué, et il les verrait tous mourir, un par un, parce qu'il avait choisi la vie au lieu de se sacrifier en héros.

Gaia s'était lassée de le faire léviter devant elle comme un trophée. À présent, elle était furieuse. Elle lui fit faire une chute de plusieurs mètres. Il atterrit sur le dos et se cogna la tête sur le béton.

Elle se précipita vers lui en riant et se mit à lui donner des coups de pied en lui cassant quelques côtes au passage, l'envoyant rouler sur la route dans un tintement de chaînes tandis qu'il pleurait comme un bébé, vaincu.

Des enfants couraient. Sam distinguait à peine leur visage à travers la fumée. Trois filles qui n'avaient jamais joué un grand rôle dans la vie de la Zone, trois sœurs, Rachel, Cass et Colby, qui n'avaient jamais pris part à une bataille, qui s'étaient toujours acquittées du travail qu'on leur donnait, la tête basse, se précipitaient vers Gaia en brandissant des clubs de golf et des pieds-de-biche.

Gaia parut désarçonnée. Elle leva la main et les figea sur place.

— Regarde-moi ça, s'étonna-t-elle. Elles sont braves ou stupides, Sam Temple ?

Sam cligna des yeux pour chasser les larmes qui lui brouillaient la vue.

— Laisse-les… balbutia-t-il.

Une quinte de toux l'interrompit.

— Impossible, dit Gaia.

Sam ferma les yeux. À travers ses paupières closes, il vit un éclair de lumière verte. Il n'entendit pas un cri. Juste le bruit sourd des corps heurtant le sol.

— Ouvre les yeux, Sam Temple, dit Gaia. Je les ai coupées en deux avec ta lumière.

Elle le poussa du pied.

— Bien, passons aux autres. En r…

Elle se tut brusquement. Sam ouvrit un œil et vit qu'elle observait les alentours avec nervosité. Comme si elle sentait un regard peser sur elle.

— Où est passé Fouet avec mon otage ? songea-t-elle tout haut. (Puis, se tournant vers Sam comme s'il détenait la réponse :) Où est Drake avec la sœur de Némésis ?

— Astrid ! souffla Sam.

— Tu m'entends, Némésis ? cria Gaia. Tu m'entends ? J'ai ta sœur.

— Je ne la vois pas, dit Sam.

— Ne t'inquiète pas, Sam Temple : Drake va me l'amener.

Gaia se mordit l'ongle du pouce, un tic que Sam avait remarqué chez Caine auparavant.

— Tu as peur, on dirait ! s'exclama-t-il.

Gaia poussa un rugissement de colère, tendit les mains vers lui comme pour le foudroyer, puis partit d'un rire hystérique.

— Ah ah. Tu me provoques ?

Mais elle était troublée. Elle avait senti quelque chose qui ne lui avait pas plu.

— Némésis ? demanda Sam.

Elle ne répondit pas. Elle avait fini de jouer. Elle saisit ses chaînes et commença à le traîner sur la route, puis elle se mit à courir.

Caine et Diana accostèrent dans la marina. Le feu qui avait démarré au nord de la Zone semblait à présent surgir de toutes parts. Des gerbes d'étincelles éclairaient le ciel du côté de l'autoroute. L'air était saturé de cendre ; il devenait difficile de respirer, de garder les yeux ouverts.

— J'amarre le bateau ? demanda Diana.

Caine ne répondit pas. Il s'éleva dans le vide, atterrit en douceur sur le quai puis, avec la même facilité, fit léviter les missiles dans leur caisse et les déposa précautionneusement sur la terre ferme.

— Aide-moi, dit Diana.

Il baissa les yeux vers elle.

— Non, Diana.

— Comment ça, non ?

Il leva la main et le bateau s'éloigna lentement du quai.

— Qu'est-ce que tu fabriques ?

— J'essaie de partir en beauté, répondit-il.

— Caine ! Caine. Qu'est-ce que tu fais ?

— Il n'y a pas de raison qu'on meure tous les deux.

— Caine, arrête de faire l'idiot, dit-elle d'un ton sévère. Tu sais que c'est la fin. Je veux être avec toi. Je ne veux pas mourir toute seule.

— Je sais que tu as demandé au petit Pete de te choisir. Je sais que tu t'es proposée.

— Comment tu sais ça ?

Il haussa les épaules.

— Mais il n'a pas voulu, dit Diana.

— Peut-être parce qu'on lui avait fait une meilleure offre.

— Quoi ? fit-elle d'une voix étranglée. Caine… Non. Non. Ne fais pas ça.

— Il faut que tu comprennes, Diana : je ne cherche pas à être un martyr. C'est le seul moyen que j'ai de battre le gaïaphage. Il croit qu'il me tient. Il croit qu'il lui suffit d'ordonner pour que j'obéisse. Et la douleur… (Il haussa de nouveau les épaules.) Alors… on va faire une petite surprise au vieux monstre vert.

— Caine, ce n'est pas ce qu'on… Non. Non.

Il tendit la main vers elle, et elle s'éleva dans le vide puis vola dans sa direction. Ils tombèrent dans les bras l'un de l'autre. Diana tremblait ; Caine, lui, se sentait étrangement calme.

— Sam est probablement là-bas en train de jouer les héros, comme à son habitude, dit-il. Je ne peux pas le laisser sauver le monde tout seul.

— S'il te plaît, ne fais pas ça, l'implora Diana.

— Écoute-moi. J'ai laissé deux lettres sur l'île. La première, il faudra que tu la donnes à Sam, à Astrid, à quelqu'un de confiance. La deuxième est pour toi. Si tu peux, va les chercher. Elles sont posées sur le bureau, dans la chambre.

— On n'est pas encore fichus, Caine. On n'a pas encore perdu la partie.

— J'ai été roi pendant quelque temps. Je n'étais pas très doué. Je voulais tout un tas de choses. Le pouvoir. La gloire. Je voulais inspirer la crainte. Mais tu sais quoi ? Quand le gaïaphage m'a fait ramper devant lui, j'ai compris que ça ne s'arrêterait jamais. Même si je m'en sors vivant, ça ne s'arrêtera pas, tu comprends ? Qu'est-ce qui va m'arriver une fois dehors ?

— Tu te trompes ! Ils ne peuvent pas tout te mettre sur le dos !

Il rit.

— Tu paries ? Je veux partir en beauté. Je suis allé aussi haut que je le pouvais. Et si je m'en sors, je vais finir en taule avec un matricule sur le dos. On se verra pendant les heures de visite.

— Mais je viendrai te voir. Je t'attendrai.

— Non, fit-il d'un ton décidé. Moi j'aurai mon grand final, et toi tu pourras reprendre ta vie. Laisse-moi passer, Diana.

— Tu ne m'auras pas, Caine. Je sais pourquoi tu fais ça…

— Parce que je veux gagner.

— Oui.

— Et parce que je veux écrire la fin de mon histoire.

— D'accord. Mais aussi parce que tu veux te racheter, dit-elle d'une petite voix.

Il haussa les épaules.

— Si ça te console de croire ça.

— Et parce que tu m'aimes.

Soudain, Caine resta sans voix. Il attendit, le temps de reprendre le contrôle de ses émotions. Ils s'embrassèrent ; les larmes de Diana lui mouillaient les joues. Puis, à l'aide de son pouvoir, il la repoussa doucement et la déposa dans le bateau, qui continuait à dériver vers le large.

— Hé, lança-t-il. Ne parle pas des deux dernières raisons, OK ? Tu n'auras qu'à répondre à ceux qui te demanderont : Caine a géré la situation jusqu'au bout.

Il se détourna brusquement, fit léviter sa charge dangereuse et prit la direction de la ville en flammes.

— Pas encore, petit Pete, chuchota-t-il, et, touchant ses joues, il sentit les larmes de Diana sur ses doigts. Pas encore.

29

42 MINUTES

GAIA FRANCHIT LA bretelle d'accès à l'autoroute en brûlant tout sur son passage, puis elle s'engagea dans Sheridan Avenue et prit la direction de la place. Au coin de Golding Street, elle fit halte pour détruire l'école. Elle promena ses rayons destructeurs sur la façade aux fenêtres cassées jusqu'à ce qu'un nuage de fumée s'élève dans le ciel et que les gamins terrifiés qui s'étaient réfugiés là sortent en courant.

Certains parvinrent à fuir, d'autres pas.

Elle se tourna vers Alameda Avenue en traînant toujours Sam par ses chaînes. Elle le lâchait quand elle voulait avoir les mains libres afin de semer la destruction autour d'elle.

— C'est vraiment toi qui as le pouvoir le plus utile, Sam. Je suis vraiment contente que tu sois toujours en vie.

Dans le quartier, quelques maisons avaient survécu aux flammes et à la destruction. Gaia les incendia. Les enfants fuyaient devant elle comme des rats, sautant par-dessus les haies, trébuchant sur les décombres, et pour elle, c'était un jeu. Elle se comportait comme à un stand de tir.

Ils tombaient comme des mouches.

La contre-attaque survint au coin de San Pablo et d'Alameda. Une salve éclata en provenance du toit de l'hôtel de ville. Mais la fumée et les cendres éparpillées dans l'air empêchaient les tireurs embusqués d'atteindre leur cible. Gaia riposta sans plus de succès.

Elle prit Sam par le bras et le brandit au-dessus de sa tête comme un bouclier. Les coups de feu cessèrent.

— Continuez à tirer ! cria-t-il.

La voix d'Edilio se joignit à la sienne.

— Tirez ! Tirez ! ordonna-t-il.

Sam ne parvenait pas à le voir. S'était-il caché derrière la fontaine ?

Les coups de feu avaient repris, ils provenaient maintenant du centre de la place. Les balles sifflaient autour de Sam et rebondissaient sur les trottoirs. Gaia riposta de sa main libre, mais elle fit chou blanc, elle aussi. Un déluge de balles et de rayons verts s'ensuivit.

Edilio avait nettoyé les rues : il n'y avait pas de voiture que Gaia aurait pu lancer, aucun objet qui aurait pu lui servir de projectile… excepté les gravats de l'église. Après avoir lâché Sam, elle s'élança à sa gauche et soudain… elle disparut.

Il comprit immédiatement ce qui s'était passé. Bug. Gaia avait fini par entendre parler de lui. Avait-elle gardé cet atout pour ce moment précis ? Non, impossible. Elle se serait servie de ce pouvoir plus tôt si elle avait su. Quelqu'un – Drake, sans doute – avait dû le lui dire.

Une fois invisible, Gaia regagnait l'avantage qu'elle avait perdu avec la mort de Brianna. Les gens d'Edilio seraient sans doute pris de court et…

— La peinture ! rugit Edilio. Maintenant !

Deux enfants cachés dans les décombres de l'église jetèrent des ballons remplis de peinture qui explosèrent par terre sans aucun résultat. D'autres ballons furent lancés du toit et, soudain, la lumière verte surgit de nulle part, tuant un gamin sur le coup, brûlant au ventre un deuxième qui s'enfuit comme il put.

Mais les rayons mortels avaient révélé la présence de Gaia.

— Jack ! cria Edilio, et Jack jaillit de derrière la fontaine.

D'un bond, il franchit les marches de l'église et fit volte-face en brandissant deux bombes de peinture. Un jet de peinture rouge et blanc révéla un bras et un bout de poitrine à quelques mètres de lui.

Les tireurs n'attendirent pas l'ordre d'Edilio. Des coups de feu claquèrent en provenance de la garderie, du McDonald's, du toit de la mairie.

Mais Gaia avait maintenant à sa disposition des gravats ainsi que des poutres et leurs supports en acier. Au moyen de son pouvoir télékinésique, elle fit s'abattre un déluge de décombres sur la fontaine. Des cris s'élevèrent dans l'obscurité et, à cet endroit, les coups de feu cessèrent.

Soudain, une balle tirée du toit atteignit Gaia à la cheville ; elle poussa un rugissement de rage et de douleur. Le sang qui se mit à couler de sa blessure ne la rendit que plus visible.

Après avoir fait léviter une énorme traverse qui devait peser quelques centaines de kilos, elle promena son rayon laser sur toute sa longueur puis elle la projeta contre la porte de l'hôtel de ville.

Sam, qui se trouvait au milieu de la rue, entendait toujours les coups de feu. Sans crier gare, Jack surgit derrière lui, le souleva dans ses bras et prit la fuite.

Ce fut une balle qui le fit tomber. Une balle perdue qui l'atteignit au milieu du dos. Ses jambes se dérobèrent sous lui et il s'affala sur Sam.

— Jack !

— C'est rien. Je… mes jambes. Je sens plus mes jambes.

Sam lut de la peur dans les yeux du garçon. Jack ne voulait pas de ce pouvoir. Il n'avait jamais rien voulu d'autre que jouer avec ses ordinateurs.

Il tourna de l'œil pendant quelques secondes, puis parut reprendre des forces.

— Laisse-moi te… balbutia-t-il, la bouche pleine de sang.

Jack, qu'on surnommait Jack le Crack, agrippa les chaînes qui retenaient Sam prisonnier et, d'un coup sec, brisa l'un des maillons. Puis il cracha un filet de sang sur la poitrine de Sam et son corps s'affaissa.

Sam se tortilla pour se libérer de ses chaînes. Il vit Gaia, dont la silhouette couverte de peinture et de sang se détachait sur la fumée, soulever un support de poutre en acier pour le jeter grâce à la force de Jack.

Mais soudain, ses bras plièrent, la poutre retomba par terre, elle fit un bond de côté pour l'éviter et, tandis que les balles pleuvaient autour d'elle, elle courut se réfugier à l'intérieur de l'église.

Drake poussa un hurlement. Comme Astrid continuait à le mordre de toutes ses forces, il la frappa à la tempe ; elle parvint à amortir le coup en se protégeant de sa main.

Il essaya d'enrouler son fouet autour de sa gorge, mais elle était trop près de lui et elle enfonçait les dents dans sa chair avec la ténacité d'un pitbull.

Alors qu'il tentait de se redresser, elle saisit sa tête à deux mains et enfonça les pouces dans ses orbites. Drake poussa un glapissement et se débattit en la frappant. Un brouillard enveloppa Astrid sous l'avalanche des coups de poing, mais, les mâchoires serrées, elle ne lâcha pas prise. Drake avait beau crier, jurer et se débattre, il ne parvenait pas à se dégager.

Elle enfonça les pouces plus profondément et se mit à hurler à son tour. D'un geste brusque, elle tourna la tête et lui arracha le nez. Elle sentit céder sous ses pouces la fragile paroi osseuse qui entourait les globes oculaires et, d'un mouvement convulsif, elle le repoussa loin d'elle. Il roula par terre et se releva d'un bond, mais elle avait eu le temps de battre en retraite. Elle lui avait crevé un œil ; l'autre pendait au bout du nerf optique. Sur son front, la queue de lézard s'agitait frénétiquement.

Il abattit son fouet à l'aveuglette, atteignit le lustre, et fit tomber les Barbie qui y étaient suspendues.

Il n'était pas mort. Elle n'avait pas le pouvoir de le tuer. Il se régénérerait et il la poursuivrait de nouveau.

Soudain, Taylor se matérialisa dans la pièce. L'apparition de la mutante – la plus grande anomalie de toutes – cloua Astrid sur place.

Taylor regarda Drake qui poussait des cris de rage en abattant son fouet autour de lui, et dit à Astrid :

— C'est Peter qui m'envoie pour te sauver.

— Merci, murmura Astrid.

— Il est très faible. Je crois qu'il ne lui reste que quelques minutes...

— Je lui ai demandé de me choisir, dit Astrid.

Taylor secoua lentement la tête d'un mouvement presque reptilien. Elle parut satisfaite de la façon dont ses cheveux voletaient autour d'elle.

— Non, pas toi. Tu lui fais peur. Mais il t'aime bien.

— Je sens parfois sa présence. Dis-lui merci de ma part.

Taylor disparut. Astrid se détourna pour fuir, hésita, prit une chaise et l'abattit de toutes ses forces sur la tête de Drake en cassant l'un des pieds au passage.

Puis elle prit ses jambes à son cou. Non loin, on tirait des coups de feu.

Jusqu'ici, le plan avait fonctionné.

Gaia était dans l'église. L'idée, c'était de l'attirer dans cet endroit, le seul où elle pourrait trouver des projectiles.

À présent, Dekka pouvait lui tendre un piège.

Gaia se tenait au milieu des ruines, bien visible maintenant qu'elle avait renoncé au pouvoir d'invisibilité de Bug. La douleur lui coupait le souffle, elle écumait de rage et elle était littéralement cernée par les gravats de l'église à demi écroulée.

Dekka l'attendait, debout près de l'autel.

— Tu as tué la personne que j'aimais, dit-elle en levant les bras.

Des dizaines de tonnes de bois et d'acier, de plâtre et de verre, de bancs, de tuiles du toit et de poussière accumulée s'élevèrent dans un tourbillon, et Gaia avec eux.

À quinze mètres de hauteur, elle retrouva ses esprits et tendit les mains. Dekka rétablit la gravité au moment où Gaia faisait feu. Les décombres s'écrasèrent sur le sol dans un bruit de tonnerre.

Dekka fit un bond de côté pour éviter le déluge qui s'abattait dans l'église, mais elle reçut quelques débris. Bien qu'elle ne puisse pas voir Gaia, elle ne voulait pas laisser passer sa chance, aussi elle suspendit de nouveau la gravité, la rétablit aussitôt, et ainsi de suite, comme des coups de marteau.

À la quatrième tentative, elle vit Gaia s'élever au-dessus du sol, le visage en sang, le corps couvert de bleus, les vêtements déchirés, les cheveux pleins de poussière, mais bien vivante. Dekka se trouvait maintenant directement dans sa ligne de mire. Elle éclata de rire.

— Très malin. Ça a failli marcher. T'inquiète, je ne vais pas te tuer. Pas encore.

Gaia regagna tranquillement le sol tandis que le tourbillon se stabilisait autour d'elle, à présent sous son contrôle.

Dekka dégaina un pistolet. Gaia le lui arracha sans aucune difficulté et l'envoya promener de l'autre côté de l'église.

— Tu as autre chose ? s'écria-t-elle d'un ton moqueur.

— Tu t'affaiblis !

— Mmmm. Comme vous tous.

— Tu ne peux pas te permettre de me tuer.

— Non. Mais je peux faire ça.

Avec le pouvoir de Caine, Gaia fit léviter un long banc en chêne massif et le lança vers Dekka, qui se retrouva coincée contre l'autel. Elle perdit connaissance.

Gaia se dirigea vers la sortie en clopinant. Pourquoi était-ce si difficile ? Elle avait perdu la vitesse de Brianna, la force de Jack et, pire, le contrôle de Sam. Il s'était enfui et il risquait de revenir pour s'en prendre à elle. À moins qu'il ne décide de s'ôter la vie… Dans l'un ou l'autre cas… Elle devait se guérir, et vite.

Le petit Pete manigançait quelque chose, elle le sentait. Elle percevait sa résolution, mais aussi ses forces qui s'amenuisaient.

Il restait tant d'enfants à tuer ! Elle devait agir vite.

Les coups de feu avaient cessé.

Edilio n'y voyait pas grand-chose à travers la fumée. Tout ce qu'il savait, c'était que les armes s'étaient tues quand Gaia avait disparu à l'intérieur de l'église.

Il aperçut Jack et Sam au loin. Sam avait fait rouler Jack sur le dos, si bien qu'au lieu du trou formé par la balle en entrant, on voyait l'endroit par où elle était sortie, un magma sanguinolent.

— Nom de Dieu ! s'exclama Edilio en les rejoignant.

Le bruit assourdissant des gravats retombant par terre leur parvint de l'église.

Edilio tomba à genoux près de Sam. Il était presque aussi mal en point que Jack : il avait des brûlures sur tout le corps, son tee-shirt était déchiré et maculé de sang.

Edilio commença à tirer sur les chaînes.

— Edilio…

— Je m'occupe de toi, mec.

— Fais-le, Edilio.

Edilio fit mine de ne pas comprendre. Un autre bruit de tonnerre leur parvint de l'église. Au-dessus de leurs têtes, des voix crièrent :

— Edilio, qu'est-ce qu'on fait ?

— Vas-y, fais-le. J'ai essayé. Je ne crois pas que j'ai la force d'y retourner. Fais-le pour moi, dit Sam d'un ton implorant.

Edilio chercha à gagner du temps tandis qu'il finissait de délivrer Sam.

— Dekka s'occupe d'elle.

— Elle va sortir de l'église et…

— Je ne peux pas te tuer, bon sang ! s'écria Edilio. Tu me demandes de commettre un meurtre !

Sam resta interdit pendant quelques instants, puis il hocha la tête.

— Oui. Donne-moi ton flingue, Edilio. Je pense que je peux y arriver tout seul. Mais ce serait plus facile si…

— Je ne peux pas, dit Edilio en se mettant à pleurer.

— Elle va tuer tout le monde…

Un autre craquement retentit dans l'église.

Edilio se leva.

— C'est moi qui vais la tuer.

— Edilio ! cria Sam dans son dos.

Edilio fit volte-face et, pointant le doigt sur lui, il s'écria :

— Je vais la tuer, tu m'entends ? Je vais la tuer ! Mais toi, je ne te tuerai pas !

Soudain, Quinn émergea de la fumée. Edilio revint sur ses pas, le saisit par les épaules et dit :

— Ce n'est pas lui qui commande. Ne l'écoute pas, tu m'as compris ? C'est moi qu'il faut écouter.

Que Quinn ait deviné ou non ce qui se passait, il savait reconnaître le pouvoir de conviction à l'œuvre.

— Oui, chef, répondit-il simplement.

— Tu sais quoi, Sanjit?

— Quoi, Lana?

— Tu vois ça? (Elle brandit sa cigarette.) C'est ma dernière. Je te le promets.

Sanjit secoua la tête.

— De quoi tu parles?

Lana parcourut la pièce du regard. Elle compta vingt et un enfants: certains étaient morts et on n'avait pas encore emporté leurs cadavres. Les autres survivraient, jusqu'à nouvel ordre en tout cas. Ils étaient encore plus nombreux dans la pièce voisine et le vestibule.

Lana se sentait vidée. Les allées et venues entre les blessés, le manque de sommeil, la tristesse que suscitaient toutes ces morts et ces mutilations… ça finissait par être trop pour elle.

Mais elle sentait encore la présence du gaïaphage, sa volonté inflexible, la joie qu'il éprouvait à tuer.

Elle tira une longue bouffée sur sa cigarette et souffla la fumée avec délectation.

— La dernière.

— Qu'est-ce que tu fais?

Lana effleura le visage de Sanjit. Il avança la main vers le pistolet qu'elle gardait toujours sur elle. Surprise, elle le tira de sa ceinture et le lui tendit.

— Non, non, pas ça, dit-elle en souriant. Je ne crois pas qu'il me possède. C'est un autre combat que j'ai en tête.

Le moment est venu. Écoute-moi, Sanjit. Je vais aller en ville et je te demande de ne pas me suivre.

À ces mots, elle sortit dans le couloir sans prêter attention aux supplications des blessés puis elle descendit l'escalier et sortit de l'hôtel. Elle tira sur sa cigarette, ferma les yeux et dit :

— Ça va faire mal.

Gaia n'avait pas pour objectif de se battre, mais de les massacrer tous jusqu'au dernier.

Peu pressée d'affronter les tirs sur la place, elle pulvérisa ce qui restait du mur au fond de l'église et déboula dans Golding Street.

Le temps lui filait entre les doigts. Dans l'immédiat, ce serait trop long de pourchasser les tireurs de la place. Aller en tuer d'autres ailleurs, voilà ce qu'elle devait faire.

Les minutes passaient, et elle ne pouvait pas courir à cause de cette balle dans sa jambe. Aucune importance, elle se soignerait une fois qu'ils seraient tous morts. Là, oui, elle aurait tout le temps qu'elle voudrait, mais elle sentait que son corps – ce corps qu'elle avait volé, ce sac de sang répugnant et faillible qui ne cessait de se percer – s'affaiblissait. C'était à cause du sang qu'elle avait perdu. Elle devait au moins enrayer l'hémorragie.

Elle se pencha pour appliquer la main sur la blessure tout en clopinant de façon pitoyable dans la rue.

Némésis manigançait quelque chose, elle en était certaine. Pourtant, il n'était plus qu'un fantôme, l'ombre de lui-même. « Meurs donc, espèce de sale marmot ! »

Le sang coulait toujours entre ses doigts. Pourquoi ça ne marchait pas ?

En atteignant l'autoroute, elle vit des enfants qui couraient, affolés, en direction des lumières aveuglantes de l'autre côté de la barrière.

— Crevez tous ! rugit-elle en déchaînant ses pouvoirs.

Mais son corps faiblissait, et sa guérison était trop lente. Pourquoi… Soudain, Gaia comprit. Un esprit luttait avec le sien, s'immisçait dans sa conscience. Ce n'était pas Némésis, non. C'était la Guérisseuse. Elle essayait de reprendre le contrôle de son pouvoir, de lui en bloquer l'accès. Elle voulait qu'elle se vide de son sang !

Gaia riposta : ses tentacules invisibles franchirent l'espace indéfinissable qui les séparait. Elle vit mentalement la Guérisseuse, elle distingua ses traits comme si elle s'était avancée sur la route pour s'interposer entre elle et ses victimes.

Lana. Quelque chose brûlait dans sa bouche. De la fumée lui sortait par le nez. Et elle ne semblait pas du tout effrayée. Elle était prête à supporter les souffrances que le gaïaphage lui infligerait. « Eh bien, tu ne vas pas être déçue ! »

Gaia vit Lana, les mains plaquées sur le crâne, vaciller sous l'effet de la douleur et l'objet incandescent qu'elle tenait entre ses lèvres tomba par terre. Mais elle luttait, elle essayait de la vider de son énergie, elle gagnait du temps.

Après avoir rassemblé toutes ses forces, Gaia frappa de nouveau. Elle sentit que la Guérisseuse faiblissait et, la tête renversée en arrière, elle poussa un cri de triomphe vers le ciel teinté de rouge.

Mais quelqu'un lui tirait dessus de derrière un camion. Ni une ni deux, elle fit basculer l'énorme véhicule pour écraser le tireur. Cette fois, quand elle toucha le trou sanguinolent sur sa cheville, il se referma. Le sang ne coulait plus, mais elle ne pouvait pas faire mieux pour l'instant ; son pouvoir s'affaiblissait car Lana l'attaquait de nouveau pour en reprendre le contrôle.

« Comment s'y prend-elle pour m'affronter ? » se demanda-t-elle.

Il lui restait encore du temps. Némésis n'avait toujours pas trouvé le corps qui l'abriterait.

Enfin, elle aperçut la barrière. Ça signifiait qu'on la verrait. Ce n'était pas du tout ce qu'elle avait prévu. Son corps, son visage seraient dévoilés au monde extérieur. Ça lui compliquerait les choses par la suite, quand Némésis aurait succombé et qu'elle serait enfin libre. Mais elle avait failli y laisser sa peau, et l'heure n'était plus aux demi-mesures et aux plans subtils. Elle devait avant tout veiller à ce que Némésis meure et qu'il emporte sa prison avec lui.

Les humains s'étaient rassemblés près de la barrière comme du bétail apeuré. Ils étaient si nombreux. Il serait si facile de les décimer. Ils se tapissaient dans un coin en implorant sa pitié. Oh, comme ce serait facile !

Gaia éprouva un grand sentiment de paix et de joie. La victoire était proche. « Je n'ai pas besoin de me soigner si je peux les tuer », songea-t-elle. Elle ouvrit les bras et deux rayons de lumière destructrice jaillirent de ses mains. L'un à sa gauche, l'autre à sa droite. Lentement, elle les redirigea vers le centre. Des cris commencèrent à s'élever autour d'elle.

Dans quelques secondes, tout serait fini.

Connie Temple se trouvait parmi la foule de parents et de curieux qui s'agglutinaient de l'autre côté de la barrière sur des centaines de mètres.

Depuis quelques jours, elle s'inquiétait de ce qui se passerait si la barrière tombait. Elle avait l'esprit obnubilé par un avenir qu'elle imaginait sombre et par la culpabilité d'avoir probablement causé la mort de la fille de son amie.

À présent, elle regardait les écrans des camions satellite avec un désespoir croissant. Ils avaient montré des images satellite de l'incendie, ou encore la vidéo d'une petite fille arrachant le bras d'un homme pour le dévorer, ainsi que d'innombrables « interviews » d'enfants terrifiés et affamés. Un drone avait filmé au moyen d'une caméra longue distance une espèce de monstre qui semblait fait de pierre et, au cours des dernières heures, une fusillade avait éclaté en plein centre de Perdido Beach.

Le monde entier observait la Zone, impuissant. En fin de compte, tout ce qu'elle pourrait dire, faire ou ressentir n'avait aucune importance. Tout dépendait des enfants prisonniers de cet horrible bocal.

Elle remerciait le ciel que la barrière soit restée opaque pendant si longtemps : si les parents avaient pu voir ce qui se passait à l'intérieur, ils seraient devenus fous.

Elle se tenait à quelques mètres de la paroi. À deux pas d'elle, des enfants pleuraient, poussaient des cris inaudibles, imploraient le ciel. Et juste derrière eux, une jolie adolescente, les bras levés, faisait jaillir de ses mains des rayons verts aveuglants qui traversaient le champ de force transparent.

Les gens de l'extérieur n'auraient jamais pris conscience du danger si un des rayons n'avait pas touché un véhicule de l'armée stationnée à quelques mètres de la barrière. Comprenant que ce n'étaient pas seulement les enfants qui étaient menacés, ils détalèrent comme un troupeau de moutons affolés en poussant des hurlements d'effroi.

Connie Temple ne bougea pas d'un pouce. Elle ne pouvait pas fuir. Elle devait assister au dernier acte, quitte à y laisser la vie.

À l'intérieur, les premières victimes tombèrent, transformées en torche, tandis qu'à l'extérieur des cris s'élevaient. Et soudain, une silhouette massive, tel un monstre sorti d'un cauchemar, dévala le versant de la colline.

30

25 MINUTES

ORC N'ÉTAIT PAS un bon coureur. Il pesait des centaines de kilos. Ses jambes gainées de gravier n'étaient pas très rapides. Mais la pente l'aidait un peu, et la fumée ne le dérangeait pas trop. Peut-être que sa gorge avait muté, elle aussi.

Elle ne l'avait pas entendu arriver.

Il ne lui restait qu'une centaine de mètres à parcourir.

Elle promenait lentement ses rayons lumineux autour d'elle, la tête renversée en arrière, riant aux éclats tandis que la foule à l'extérieur fuyait, en proie à la panique, et qu'à l'intérieur les enfants se bousculaient comme des bêtes affolées pour échapper à la mort.

Orc percuta Gaia comme un camion lancé à toute allure.

Elle fit un vol plané et tomba tête la première parmi les enfants paniqués. Emporté par son élan, Orc heurta la barrière. Il reçut une décharge d'électricité, poussa un juron, chercha Gaia des yeux et la vit rouler sur le dos, le visage déformé par la fureur, les mains levées vers lui.

Au moment où elle faisait feu, il essaya de se relever et perdit l'équilibre. Les deux rayons destructeurs l'atteignirent en pleine poitrine et il s'écroula comme une marionnette dont on aurait coupé les fils. De son énorme poing, il porta la main à son visage pour protéger la petite parcelle de peau qui en recouvrait encore une partie.

À l'intérieur comme à l'extérieur, la foule paniquée se dispersait. L'air résonnait de dizaines de hurlements.

Agenouillé, Orc regarda Gaia qui s'avançait vers lui, folle de rage.

— J'ai pas peur de toi, balbutia-t-il, la voix pâteuse comme du temps où il buvait. Je vais rester là… toujours…

Gaia marchait vers lui. La foule terrifiée avait profité de sa distraction pour fuir. La peur nouait de nouveau le ventre du gaïaphage.

Et soudain, un missile explosa contre la barrière.

Au loin, Lana voyait le feu dévorer les abords de Perdido Beach. Elle avait le goût de la fumée sur la langue.

— Ça ne sert à rien d'arrêter si l'air sent comme une cigarette géante, marmonna-t-elle.

Son combat était fini, elle le sentait au fond d'elle. Le gaïaphage avait cessé de lutter. Elle avait gagné sa propre guerre.

Soudain, Pat apparut à ses côtés.

— C'est Sanjit qui t'envoie me chercher ?

Elle lui tapota la tête.

Soudain, une énorme explosion retentit à sa droite. Il y aurait forcément des blessés. Pour la dernière fois, la Guérisseuse prit la direction des cris de souffrance.

Le missile heurta la barrière juste après Orc. Son corps massif absorba la plus grande partie de l'explosion.

Il fut réduit en miettes. Les caméras de télévision filmèrent le moment où des milliers de cailloux volaient comme autant de shrapnels. L'explosion fit éclater la pierre qui recouvrait son dos, sa poitrine, ses épaules et la plus grande partie de sa tête. C'était comme si on tapait une chaussure couverte de boue séchée contre un mur.

Pendant quelques secondes terribles, Orc tenta de se redresser. Le corps d'un jeune homme avait émergé de son enveloppe monstrueuse ; de la chair était visible sur ses jambes toujours prisonnières de la pierre. S'il bougeait encore, c'était sans doute plus par instinct que du fait d'un effort conscient, car comment survivre à une telle explosion ?

Un instant plus tard, Charles Merriman, longtemps connu sous le nom d'Orc, tomba raide mort.

Son corps massif avait protégé Gaia de l'explosion. Elle était toujours vivante, mais l'obus et le feu l'avaient quasiment dépecée ; on aurait dit une horrible reproduction de la destruction d'Orc.

Elle était devenue une créature de sang, rouge de la tête aux pieds. Mais elle vivait toujours.

Sinder s'enfuit à toutes jambes de cette scène de cauchemar en trébuchant sur des corps.

Jetant un regard dans son dos, elle vit Orc se précipiter vers Gaia. Elle respirait avec peine, le souffle entrecoupé de sanglots, et son sang battait dans ses oreilles.

Un rayon lumineux passa tout près d'elle, lui arrachant un cri. Une fille à sa droite laissa échapper un hoquet de surprise et s'effondra, un trou fumant dans la nuque.

Le bruit de ses pas sur le béton, la route, le Clifftop ! Sinder prit à gauche et commença à gravir la colline, mais Gaia la talonnait, et un autre rayon lumineux passa si près d'elle qu'elle en sentit la chaleur sur sa joue. Autour d'elle, s'élevaient les cris et les halètements des enfants suffoqués par la fumée.

Tout à coup, Caine surgit de derrière une carcasse de voiture. Il tenait à la main un long objet blanc. La foule paniquée s'écarta pour le laisser passer. Sans ralentir, Sinder risqua un regard derrière elle et vit Gaia qui courait toujours en déchaînant ses pouvoirs tandis que Caine s'avançait vers elle, l'air décidé.

— Mince, marmonna Caine. On a fabriqué un sacré monstre, Diana et moi.

Le reste des missiles se trouvaient encore dans leur caisse, sur le bas-côté de la route. Il n'aurait sans doute pas l'occasion d'en lancer un autre.

Près de lui, Edilio en sortait un d'une caisse, mais il n'aurait sans doute pas davantage de succès.

— Toi, fit Gaia en l'apercevant.

— Oui, moi, fit Caine, déçu. Eh bien, je me suis dit que ça valait le coup d'essayer. Que c'était toujours mieux que mon plan de secours.

— Ton plan de secours ?

Caine hocha la tête. Pendant quelques instants, il hésita, car l'image de Diana venait de s'imprimer dans son esprit.

Diana.

C'était une belle pensée pour en finir, ça.

— Maintenant, petit Pete, dit-il. Maintenant.

Le petit Pete était prêt, mais il s'inquiétait encore. Vivre dans un corps ne lui avait jamais réussi. Toute sa vie, son cerveau avait été son ennemi, et la seule paix qu'il ait jamais connue, c'était cet univers irréel, crépusculaire qu'il avait partagé avec le gaïaphage.

Mais il l'avait attaqué. Il lui avait fait du mal, alors même qu'il lui chantonnait à l'oreille qu'il était temps de disparaître. Le petit Pete ne se rappelait pas grand-chose de ce que lui avaient appris sa sœur et ses parents, mais il n'avait pas oublié que ce n'était pas bien de frapper.

Alors il avait vu les formes fantomatiques de tous ces gens vaciller et commencer à disparaître. Toutes ces figurines, tous ces avatars s'évanouissaient les uns après les autres, et c'était l'Ombre qui les détruisait.

Le gaïaphage ne se contentait pas de frapper le petit Pete – ce qui était très mal –, il s'en prenait aussi à d'autres.

Pete avait essayé de riposter en se servant de Taylor, mais il était trop faible pour la reconstituer et pour arrêter le massacre.

Il avait entendu l'appel de sa sœur : « Choisis-moi, Petey, et affronte-le. » Mais il n'avait pas une grande confiance en elle.

D'autres voix lui parvenaient dans son néant et, pendant tout ce temps, l'Ombre lui répétait : « Non, non, Némésis, disparais et sois heureux. »

Une fille qu'il ne connaissait pas l'avait appelé : « Choisis-moi. Je mérite de mourir. » Puis une autre voix s'était élevée : « Allez, petit monstre, où que tu sois, viens, qu'on en finisse. » Pete avait vu ses cicatrices, les marques toutes fraîches du gaïaphage. « Toi et moi, il faut qu'on parte en beauté, Pete. Ce sera l'apothéose. »

Pete ne connaissait pas ce mot. Il le trouva joli.

« Maintenant, petit Pete. Maintenant. »

L'Ombre se trompait. Ce n'était pas le moment de disparaître, mais de lui rendre la pareille.

Caine aurait préféré que ça se finisse vite. Paf, terminé. Mais un déluge de sensations l'assaillit.

D'abord, il eut cette impression de détente qu'on éprouve en prenant une douche bien chaude, quand l'eau chasse les mauvais rêves de la nuit. Il n'avait jamais ressenti un tel sentiment de bien-être si ce n'est, peut-être, après avoir fait l'amour avec Diana, lorsque allongé près d'elle, il respirait son odeur et sentait son souffle sur sa joue...

« Tu m'offres un souvenir sympa avant que je m'en aille, c'est ça, Pete ? Eh bien, c'est un bon choix, songea-t-il. Hé, je peux toujours sentir mon corps. Je... »

Diana était trempée et grelottait de froid. Elle avait fini par sauter du bateau et regagner le quai à la nage. Puis elle avait hissé son corps éreinté sur la terre ferme.

Elle avait couru aussi vite qu'elle avait pu dans les rues envahies par la fumée en suivant la direction des cris. Elle avait croisé Sam sur la place, qui appelait Astrid.

— Tu l'as vue ? Tu as vu Astrid ? avait-il demandé en l'apercevant.

Ils avaient entendu le sifflement du missile, le bruit de l'explosion, et ils avaient repris espoir. Quelques instants plus tard, de nouveaux hurlements s'étaient élevés.

Sam semblait à bout de forces mais il avait pris la main de Diana, et tous deux avaient couru vers les cris. Quelle importance que ce soit lui qui la protège ou l'inverse ? Ils n'étaient plus que deux gosses terrifiés qui remontaient la foule à contre-courant, à la rencontre de la mort, tandis que le feu les poursuivait dans les rues.

Gaia était toujours debout.

Elle avait erré pendant des millions d'années dans l'immensité de l'espace, puis passé quatorze ans dans un trou sous la terre à grandir, à muter, à devenir le gaïaphage.

Elle n'était pas encore morte. Si le corps qu'elle habitait était à l'agonie, le gaïaphage, lui, vivait encore, et il était capable de tuer.

Devant elle s'avançait Caine, le visage éclairé d'un drôle de sourire. Il n'avait rien de cynique. C'était un sourire heureux.

Soudain, Diana surgit sur la route en criant :

— Non, Caine, non !

Sam lui emboîtait le pas. « Parfait », songea Gaia. Ses pouvoirs étaient intacts.

— Salut, l'Ombre, dit Caine.

Le visage de Gaia se décomposa. De féroce, son sourire se fit craintif. Elle ouvrit de grands yeux effarés car elle venait de comprendre que ce n'était plus Caine qui se tenait devant elle.

— Némésis, souffla-t-elle.

31

11 MINUTES

VOILÀ ENVIRON UN million d'années, une lune dépourvue du moindre organisme vivant fut infectée par un virus à la structure complexe. Cette lune explosa en d'innombrables fragments qui s'éparpillèrent aux quatre coins de l'espace, sur des milliards de kilomètres, comme des graines de pissenlit dispersées par le vent.

Le but était de propager la vie là où elle n'existait pas encore. C'était un geste optimiste. Mais à un endroit précis, l'expérience tourna à la catastrophe. Un des fragments entra en collision avec une centrale nucléaire sur la planète Terre et emporta de l'ADN humain dans le cratère ainsi formé.

Lentement, la fusion du virus, des chromosomes et des radiations donna naissance à un monstre. Le virus s'étendit et, au lieu de créer de la vie, il commença à altérer le tissu même de la réalité en entraînant des mutations spectaculaires. Il fabriqua sa propre version déréglée de l'évolution.

Certains êtres vivants furent épargnés, d'autres infectés. L'un d'eux, particulièrement vulnérable, était un petit garçon bizarre prisonnier de son propre cerveau qui lui rendait la vie douloureuse, terrifiante. Intolérable.

Il faudrait du temps au gaïaphage pour comprendre qu'il avait, malgré lui, créé son propre Némésis. Quand l'altération des lois de la physique provoqua la fusion du cœur d'un réacteur nucléaire, ce petit garçon, assailli par des données sensorielles qu'il ne comprenait pas (des sirènes qui hurlaient et des écrans de contrôle qui clignotaient), créa la barrière. En un éclair, grâce à son pouvoir incommensurable, Peter Ellison fit disparaître tous ces adultes pénibles et bruyants, et se protégea du mieux qu'il put.

L'emprise malveillante du gaïaphage fut endiguée. Le monde avait trouvé le moyen de se défendre contre cette infection extraterrestre. L'anticorps était un gamin de quatre ans avec des pouvoirs créés par le virus du gaïaphage.

Et, à présent, enfin, Némésis et le gaïaphage se retrouvaient face à face.

— Pourquoi tu n'as pas... disparu? demanda Gaia d'un ton plaintif.

— Tu m'as frappé, répondit Némésis d'une petite voix de garçonnet par la bouche de Caine. Et ce n'est pas bien.

Sam lâcha la main de Diana car il venait de voir Astrid devant lui. En reconnaissant ses cheveux blonds, il faillit pleurer de soulagement. Mais quand elle se retourna, il vit qu'elle était blessée.

— Astrid!

Comme elle le faisait taire d'un geste, il jeta un regard derrière elle, et vit Caine et Gaia qui se faisaient face, à moins d'une vingtaine de mètres d'eux. Diana s'avançait dans leur direction.

— Recule, Diana, dit Edilio en essayant de la retenir.

Diana secoua la tête.

— Non, Edilio. Il voulait une apothéose. Il mérite un public.

Gaia leva les bras ; son visage ensanglanté était déformé par la peur et la colère. Une lumière verte aveuglante jaillit de ses mains.

Au même moment, Némésis riposta. Sa lumière à lui, blanche aux reflets bleus, rouges et violets, venait de toutes les directions. Elle semblait pleuvoir du ciel comme un millier d'orages simultanés.

Toute la Zone brillait comme une étoile.

La lumière de Gaia frappa Némésis et son corps sembla absorber ce gigantesque rayonnement. Sans cesser de faire feu, la fille et le garçon s'enflammèrent. Leurs cheveux et leurs vêtements partirent en fumée, leur chair se mit à grésiller, et la lumière terrible brillait toujours. Leurs jambes fondirent sous eux comme des bougies. Des trous apparurent dans leur torse, et ce n'est que lorsqu'ils furent tous deux réduits à un tas de cendres rougeoyantes que la lumière mourut.

— Eh bien, s'écria Diana, les joues inondées de larmes, quelle apothéose !

Pendant quelques secondes, le temps se suspendit et chacun retint son souffle. Puis le vent se leva. Le vent ! Il n'y avait pas eu de vent depuis…

— Courez ! cria Sam. Le feu ! Courez !

À la suite des perturbations causées par la soudaine disparition de la barrière, le vent s'engouffra dans la Zone comme un ouragan. Il raviva l'incendie et alluma de petits feux sur les hauteurs, formant bientôt des colonnes de flammes qui jaillirent dans le ciel.

La population de la Zone, asphyxiée, terrorisée, éreintée, déferla sur l'autoroute. Sam faillit être emporté par ce raz-de-marée. Il se cramponna à Astrid et, levant les yeux vers elle, il vit les hématomes sur son visage.

— Qui ? demanda-t-il avec colère.

— Sam, ça n'a pas d'importance, cria-t-elle par-dessus le rugissement des flammes et du vent. C'est fini.

— Qui ? répéta-t-il.

— Drake. Il n'était pas mort. Il est peut-être toujours en vie, d'ailleurs. Mais, Sam, la police est là maintenant et…

Sans répondre, Sam lui lâcha la main et s'avança vers le rideau de fumée.

Astrid avait du mal à respirer, mais elle ne pouvait pas le laisser partir alors que la fin était toute proche. Edilio ne lui laissa pas le choix. Il l'agrippa par la taille et la traîna à bras-le-corps sur l'autoroute jusqu'à ce qu'elle cesse de se débattre.

— Il m'a demandé de prendre soin de toi, dit-il.

Ce furent les derniers mots qu'ils échangèrent, car la fumée s'épaississait. Ils progressèrent à l'aveuglette en suivant le ruban de béton à leurs pieds. De temps à autre, une silhouette passait près d'eux en courant.

La fumée se dissipa peu à peu. Le vent retomba, remplacé par une légère brise soufflant du sud. Et c'est alors qu'Edilio et Astrid s'aperçurent qu'ils avaient franchi la limite de la Zone.

Ils étaient passés de l'autre côté.

Cent soixante et onze personnes – des adolescents, des enfants, des bébés portés par les uns et les autres – tombèrent dans les bras de leurs parents, avant d'être pris en charge par les équipes médicales.

Certains continuèrent à courir comme s'ils ne devaient jamais s'arrêter. Ils franchirent le barrage des camions satellite et des ambulances en bousculant les adultes bienveillants ou malintentionnés, et poursuivirent leur route jusqu'à ce que les cris se soient tus.

32

0 MINUTE

SAM SENTIT QU'IL respirait mieux. Ses yeux le brûlaient toujours, mais il pouvait de nouveau les ouvrir. Il jeta un regard autour de lui.

— Drake ! Viens te battre, Drake ! cria-t-il.

Mais ce furent Lana et Pat qui émergèrent de la fumée.

— La barrière est tombée, dit Sam. Le feu gagne du terrain. Tu as vu Drake ?

— Aux dernières nouvelles, il était mort. Mais dans cet endroit… (Elle secoua la tête, l'air à la fois amusé et résigné.) Sam, maintenant que la barrière est tombée, tu n'es pas obligé de faire ça.

— Il a fait du mal à Astrid. Elle est vivante. Mais il lui a fait du mal.

— Et ici, tu es le héros tragique, après tout, répliqua sèchement Lana, qui semblait d'humeur inhabituellement moqueuse : c'était la fin du monde, et elle faisait de l'esprit. Tiens, ça te sera peut-être utile, ajouta-t-elle en glissant son pistolet dans la taille du jean de Sam. Et tu sais quoi ? Moi, je crois que je n'en ai plus besoin.

Sur ce, elle s'éloigna avec son chien.

Sam toucha la crosse de l'automatique. Lana avait peut-être raison : était-il obligé de faire ça ? Avait-il réellement besoin de ce pistolet ?

— Drake ! cria-t-il.

Autour de lui, il entendait les craquements des bâtiments en flammes. La chaleur était presque intolérable. C'était comme se tenir trop près d'une cheminée. Le feu lui cuisait la peau. Des braises voletaient dans l'atmosphère. La ville entière allait disparaître dans l'incendie.

— Drake !

Le fouet lui lacéra le dos, et il eut l'impression d'être en contact avec du fer chauffé à blanc. Il fit volte-face, et le poing de Drake s'écrasa sur sa joue. Sam mit un genou à terre et tendit les mains vers son vieil ennemi.

Rien ne se produisit.

Drake parut d'abord aussi stupéfait que Sam. Puis il eut un ricanement étranglé.

— On n'est plus aussi dangereux qu'avant, on dirait, hein, Sam ?

Il abattit de nouveau son fouet, qui lacéra l'épaule de ce dernier.

— Je me suis bien amusé avec ta copine.

Sam refit une tentative, cette fois encore sans succès. Il avait perdu son pouvoir. Il dégaina le pistolet.

— Voyons, Sam, tu n'es pas si bête. Tu sais bien que les balles ne peuvent rien contre moi.

— Gaia est morte. C'est la fin de la Zone, dit Sam en braquant l'arme sur Drake. Bref, je ne sais pas ce qui marche encore, mais on va le découvrir !

Une ligne rouge sang, s'étirant sur la peau comme un sourire atroce, venait d'apparaître sur le cou de Drake. On aurait dit une marque de strangulation. Elle s'élargit lentement.

Drake ne s'en était pas encore aperçu. Avec un sourire féroce, il abattit de nouveau son fouet sur les épaules de Sam. Puis, alors qu'il reculait pour le frapper encore, il constata que son bras avait raccourci. Un segment d'une trentaine de centimètres venait de s'en détacher et gisait, tel un ver monstrueux, sur le trottoir.

— Non, dit Drake.

Le son de sa voix fut étouffé par l'air qui entrait dans la balafre de son cou.

Il voulut frapper Sam… son fouet ne bougeait presque plus et, bientôt, il se ratatina sur lui-même tel un parchemin qu'on aurait approché trop près d'un feu.

— Je vais sortir d'ici, dit-il dans un souffle. Je vais la retrouver. Et ça va durer des jours, Sam. Je vais la faire hurler. Je vais la faire…

Le doigt de Sam se crispa sur la détente. Quel plaisir ce serait de tirer ! Drake se désintégrait sous ses yeux et pourtant, quel plaisir ce serait de sentir l'arme reculer dans sa main, de voir l'impact de la balle.

Tandis que Sam hésitait à tirer, la tête de Drake se détacha et tomba par terre. Quelques secondes s'écoulèrent avant que son corps ne s'affaisse à son tour.

Quant à son fouet, il n'en restait plus qu'une membrane desséchée semblable à la mue d'un serpent.

Sam ramassa la tête, qui battit des paupières, comme s'il y avait encore de la vie dans ce regard. Il gravit d'un pas raide les marches de l'église. À cet endroit, l'incendie faisait rage. La chaleur était insoutenable : les cheveux de Sam commençaient à s'embraser et il avait les yeux secs, pourtant il attendit d'avoir atteint la dernière marche pour jeter la tête de Drake dans les flammes.

— Parfait, dit-il, bien qu'il n'y ait personne pour l'entendre. Maintenant, je peux me tirer d'ici.

La fin

TROIS CENT TRENTE-DEUX enfants âgés d'un mois à quatorze ans s'étaient retrouvés piégés à l'intérieur de la Zone.

Cent quatre-vingt-seize en sortirent. Cent trente-six autres y trouvèrent la mort.

Des cadavres, il y en avait partout. Enterrés sur la place, flottant sur le lac ou gisant sur ses berges, abandonnés dans le désert ou dans les champs.

Les causes étaient multiples : les batailles, récentes ou anciennes, la faim, les accidents, les suicides, les meurtres…

Cent trente-six morts.

C'était plus de quarante pour cent de la population totale.

L'après

1

SAM TEMPLE FUT emmené en hélicoptère à Los Angeles, où on l'hospitalisa dans le service des grands brûlés.

Astrid Ellison et Diana Ladris furent conduites dans un hôpital de Santa Barbara.

Les autres enfants furent répartis dans une demi-douzaine d'établissements, certains spécialisés en chirurgie plastique, d'autres en malnutrition.

Au cours de la semaine qui suivit, une fois leur état de santé stabilisé, ils furent tous interrogés par des psychiatres. Ensuite, des agents du FBI, des enquêteurs de la police californienne et des assistants du procureur prirent le relais.

On s'accordait à croire qu'un certain nombre de survivants de Perdido, ainsi qu'on les appelait désormais, seraient poursuivis en justice pour des crimes allant de la simple agression au meurtre.

Le premier sur la liste était Sam Temple.

Astrid essaya à plusieurs reprises de lui téléphoner de sa chambre d'hôpital, mais les appels étaient bloqués dans son service. Non, lui expliquaient chaque fois les infirmières, elle ne pouvait pas le joindre par téléphone. Non, elles ne pouvaient pas transmettre de message. Ce n'était pas leur faute. Il fallait voir ça avec le bureau du procureur.

Astrid obtint le droit de rendre visite à Diana, dont la chambre se trouvait à trois portes de la sienne.

Astrid marchait prudemment, à petits pas. Son corps était encore ankylosé et les bandages sur les brûlures causées par le fouet de Drake ne facilitaient pas ses mouvements. On lui avait donné une canne pour se déplacer.

Mais Astrid n'avait pas l'intention de s'en servir. Elle avait aussi refusé les analgésiques puissants qu'on lui proposait. Elle tenait à garder les idées claires pour affronter les questions des psys, des flics et de sa famille.

Elle n'avait pas informé ses parents du rôle qu'elle avait joué dans la mort de son frère. Elle leur avait seulement dit qu'il avait connu une fin paisible.

Elle avait perçu, au-delà de leur douleur, un certain soulagement qu'ils avaient du mal à cacher. Ils n'auraient pas à se réhabituer au handicap de leur fils. Leur réaction la peinait beaucoup, mais qui était-elle pour les juger ?

Elle entra dans la chambre de Diana. Assise sur son lit, elle zappait d'une chaîne à l'autre avec sa télécommande, l'air absent, le regard tourné vers l'écran de télé fixé au mur.

— Toi, dit-elle en guise de salut.

— Moi, dit Astrid.

— Je n'arrive pas à y croire ! Après tout ce temps, il n'y a toujours rien à la télé.

Astrid rit et s'installa péniblement dans l'unique fauteuil.

— Tu sais ce qu'on dit au sujet de la bouffe à l'hôpital ? Bizarrement, je ne suis pas du tout de cet avis.

— La soupe au tapioca, c'est tout de même meilleur que le rat, observa Diana.

— Ça m'a moins dérangée que le hachis de chien qu'on a mangé pendant quelque temps. Albert avait essayé de le relever avec du sel de céleri. D'un point de vue culinaire, c'est là qu'on a touché le fond, je trouve.

— Je suis descendue encore plus bas que ça, répliqua Diana avec colère.

À moins que ce ne soit de la tristesse… Astrid posa la main sur son bras, et elle ne tenta pas de se dégager.

— Comment va Sam ? demanda-t-elle.

— Je n'ai pas le droit de lui parler. Mais ils vont me laisser sortir d'ici un jour ou deux et je le retrouverai.

— Tes parents ne vont pas essayer de t'en empêcher ?

Astrid réfléchit quelques instants, puis elle rit. Diana rit à son tour.

— Oh là là, on a de nouveau des parents, dit Astrid en essuyant une larme. On est redevenus des adolescents.

Une infirmière passa la tête dans l'embrasure de la porte.

— Mesdemoiselles ! Les visites sont interdites à cette heure-ci, mais quelqu'un est venu vous voir.

— Qui ça ? demanda Diana.

L'infirmière jeta un regard de part et d'autre du couloir comme si elle craignait d'être entendue.

— C'est une jeune personne. Elle semble très déterminée. J'ai failli appeler la police tellement elle m'a fait peur.

Astrid et Diana échangèrent un regard.

— Noire ou blanche ? demanda Astrid.

— Blanche.

— Lana ! s'exclamèrent en chœur les deux adolescentes.

— Vous feriez mieux de la laisser entrer, déclara Diana. On ne dit jamais non à Lana. Ce n'est pas prudent.

— Et elle a sauvé plus de vies que tous les docteurs et les infirmières de cet hôpital, renchérit Astrid.

Lana arriva quelques instants plus tard, l'air étonnamment propre, avec sa nouvelle coupe de cheveux et ses vêtements immaculés. Elle n'avait ni pistolet à la main ni cigarette au bec.

— Oh, mon Dieu, dit Diana en se tournant vers Astrid. Lana est une fille.

— Très drôle. Allez-y, moquez-vous de moi, répliqua-t-elle avec sa mauvaise humeur habituelle. Quoi, il n'y a qu'un seul fauteuil pour s'asseoir ?

— Alors, tu as vu qui ? demanda Astrid.

— Dekka. Elle est avec ses parents. Et si je vous dis qu'elle n'est pas contente, c'est un euphémisme. Elle veut voir Sam. Tout le monde veut voir Sam. J'ai parlé à Edilio au téléphone. Il se planque. Il a peur que la police de l'immigration vienne les chercher, lui et sa famille.

— Edilio se planque ? s'écria Astrid avec colère. Edilio a peur d'être reconduit à la frontière ? Notre Edilio ?

— Il a un avocat commis d'office…

Mais Astrid n'avait pas fini.

— Ils devraient lui ériger une statue. Ils devraient rebaptiser des écoles à son nom. Ce garçon… Qu'est-ce que je dis, « ce garçon »… Si ce n'est pas un homme, alors je n'en ai jamais rencontré !

Lana hocha la tête d'un air approbateur : visiblement, elle partageait l'indignation d'Astrid.

— Toi aussi, d'ailleurs, tu mériterais une médaille, dit Astrid en se tournant vers elle. Non, n'essaie même pas de protester.

— Bah, j'avais un pouvoir, objecta Lana. Je n'y suis pour rien. Je m'en suis servie, c'est tout. Ça n'a rien d'extraordinaire.

— J'imagine que tu ne peux plus… hasarda Diana en montrant les bandages d'Astrid.

Lana secoua la tête avec un soulagement manifeste.

— Non, c'est fini. Je ne suis plus la Guérisseuse avec un grand G. Je suis Lana Arwen Lazar, point. Une fille comme les autres avec un nom bizarre. Je croyais que ça me manquerait. Eh bien, devinez quoi ? Pas une seconde ! Vous savez ce que je fais de mes journées ? Je mange. Je dors. Je lance des bouts de bois à Pat. Et le lendemain, je fais pareil. C'est mon projet pour le reste de ma vie. Manger, dormir, jouer avec mon chien.

— Est-ce qu'ils t'ont fait examiner par un psy ? demanda Diana.

— Ils ont essayé, répondit Lana avec une grimace. Mais ils ne sont pas près de recommencer.

Les trois filles rirent de concert, puis soudain, Diana retrouva son sérieux.

— Franchement, moi, la thérapie ne me dérange pas. Enfin, je… euh, je ne sais pas. Ça se passe bien. Pour moi, en tout cas.

Le silence retomba. On entendait les grincements d'un lit roulant dans le couloir, les pleurs d'un enfant quelque part dans l'hôpital, ainsi que les rires d'un homme et d'une femme.

Astrid regarda Lana, qui s'était adossée à la fenêtre, et Diana, perdue dans ses pensées; elle se souvint qu'à une époque elle l'avait détestée. Elle avait demandé à Sam de la tuer si c'était nécessaire. Elle n'avait pas non plus toujours porté Lana dans son cœur: elle la considérait comme une garce lunatique qui abusait parfois de ses privilèges.

Elle reporta ses pensées sur d'autres personnages de la Zone. Orc avait été le premier à commettre un meurtre. Il avait sombré dans l'alcool. Or il était mort en héros.

Mary. Considérée comme une sainte, elle était pourtant morte en essayant d'assassiner les enfants dont elle avait la charge.

Quinn s'était comporté comme un lâche indigne de confiance au début, pour devenir un pilier de leur communauté.

Et Albert... Elle ne savait pas trop quoi penser d'Albert, mais il ne faisait aucun doute que, sans lui, ils auraient été beaucoup moins nombreux à sortir entiers de la Zone.

Si les sentiments d'Astrid étaient aussi conflictuels, pouvait-on s'étonner que le reste du monde ne sache pas quoi faire des survivants de Perdido?

— Désolée, j'ai pourri l'ambiance, dit Diana d'un ton las.

— Je vais raconter notre histoire, déclara Astrid.

— Qu'est-ce que tu veux dire? demanda Lana.

— Je vais écrire sur nous. Je pourrais publier mon récit sous forme de feuilleton dans un magazine ou – pourquoi pas? – en faire un livre. Mais ce qui s'est passé dans... Non, attendez. Non, ce n'est pas la bonne façon de s'y prendre. Je ne veux pas qu'on se comporte tous comme des victimes. Je vais raconter notre vérité. La mienne, en tout cas.

Les deux autres filles la dévisagèrent et à son étonnement, elles n'eurent pas l'air de penser que son projet était idiot.

— C'est peut-être une bonne idée, concéda Lana après un silence.

— Peut-être, oui, dit Diana d'un ton plus hésitant. Ça va finir par sortir, de toute façon. L'un de nous devrait raconter notre histoire et tu es la mieux placée pour ça, Astrid. Il ne faudra rien oublier. Ni les mauvais moments ni les pires.

— Et il y aura peut-être aussi un ou deux points positifs, objecta Astrid.

— Un ou deux, admit Diana à voix basse.

Huit cent neuf maisons avaient été détruites, ainsi que trois douzaines de commerces et soixante-quatre kilomètres carrés de forêt. Près de cinq cents voitures, bateaux, bus et camions avaient été endommagés. Ils étaient presque tous destinés à la casse.

Selon les estimations, le montant total des dégâts, auquel s'ajoutaient le coût des réparations et le manque à gagner pour les entreprises, s'élevait au bas mot à trois milliards de dollars.

Albert Hillsborough était sorti de la Zone indemne… et célèbre. Il avait été interviewé par la chaîne financière et par le *Wall Street Journal*. Il avait été invité à une soirée chez le P-DG de Goldman Sachs. Des gens importants ne cessaient de lui répéter qu'ils le suivaient de près.

Même sa famille le traitait de façon bizarre et lui-même n'était plus très à l'aise avec elle. Il se sentait en décalage avec le monde de l'école, des chambres à lits superposés, des discussions autour de la table du dîner.

En ce moment, il se trouvait à l'arrière d'un 4 × 4. Il y avait un logo avec des arches dorées sur la portière du véhicule. Derrière eux venait un autre 4 × 4 et deux semi-remorques chargés de tout le matériel nécessaire au réalisateur.

La chaîne McDonald's avait proposé de financer ses études supérieures à condition qu'il apparaisse dans une petite vidéo montrant le rôle important qu'il avait joué dans la communauté de Perdido Beach en faisant tourner le fast-food aussi longtemps que possible.

Sur la route au nord de Santa Barbara, où sa famille vivait désormais, il avait vu venir de Perdido Beach des camions chargés de carcasses de voitures tandis que des convois de matériaux de construction roulaient dans le sens inverse. Le nettoyage avait commencé, comme après le passage d'un cyclone.

Mais les véhicules civils n'avaient pas le droit d'emprunter l'autoroute. Personne n'était autorisé à traverser Perdido Beach ; le secteur n'avait toujours pas été sécurisé. On découvrait encore des cadavres, quand ce n'était pas un gamin égaré. Le matin même, on avait retrouvé un garçon blessé et en état de choc errant dans la forêt.

Des hélicoptères vrombissaient dans le ciel. À leur bord, des experts, des journalistes, des cameramen. Le camp militaire était toujours là. Si les ambulances, les voitures de police et la plupart des camions TV avaient disparu, on voyait encore des hommes armés patrouiller dans le secteur.

« Ils étaient où, les gros durs, quand on avait besoin d'eux ? » songea Albert.

En approchant de la Zone, il commença à se tortiller sur son siège.

On lui avait attaché les services d'une chargée de relations publiques prénommée Vicky. C'était une jolie jeune femme qui, en tant que mère, s'était sentie « solidaire des enfants ». Elle avait discuté avec Albert pendant le trajet en insistant à plusieurs reprises sur le fait qu'elle comprenait, qu'elle imaginait tout à fait, que ça avait dû être terrible… Il avait fini par changer de sujet.

Elle s'aperçut soudain qu'il avait les poings serrés et les lèvres pincées.

— Il y a un problème, Albert ?

— Non, ça va.

— J'imagine que le fait de revenir ici…

— Non. Pardonnez-moi, je ne crois pas que vous puissiez imaginer quoi que ce soit.

Au moment de franchir la ligne, il se mit à respirer péniblement.

En apercevant au loin les premières maisons, brûlées pour la plupart, il repensa au moment où, après s'être fait tirer dessus, il avait senti la vie s'échapper de son corps. L'événement, bien qu'il remontât à plusieurs mois, était gravé dans sa mémoire. Il s'était vu mourir. Il se rappelait avoir eu la certitude qu'il ne s'en sortirait pas.

— Tu veux une bouteille d'eau ?

Il regarda la bouteille sans la voir.

— Non, ça va.

— Tu as faim ? Le déjeuner est déjà loin.

Ils avaient fait halte au McDonald's de Santa Barbara. L'endroit était si propre, si joyeux, si animé ! Une odeur de friture flottait dans l'air. Dans les toilettes, la chasse d'eau fonctionnait et de l'eau coulait au robinet.

En rejoignant sa table, il s'était arrêté devant une poubelle pour en examiner le contenu. Elle regorgeait de nourriture : restes de burgers, frites, traînées de ketchup sur les cartons d'emballage. Il en avait eu les larmes aux yeux.

— Une barre chocolatée ? proposa Vicky.

Ils ralentirent pour quitter l'autoroute et s'engagèrent prudemment dans la rue, récemment passée au bulldozer, qui menait à la place. C'était là que se trouvait le McDonald's. « Son » McDonald's.

Une barre chocolatée ? Des gens avaient tué pour moins que ça.

— J'ai vendu des rats à des gamins qui crevaient de faim, dit Albert sans crier gare.

Vicky lui lança un regard affolé.

— Si j'étais toi, je ne dirais pas ça devant la caméra.

Albert hocha la tête.

— Tu as fait ce que tu devais faire, reprit-elle. Tu es un héros.

Il fallut un moment pour installer le matériel sur la place. Albert resta dans le 4 × 4, prétextant qu'il voulait profiter de la radio et de l'air conditionné.

Vers la fin de l'après-midi, on lui demanda de venir sur le tournage.

À l'intérieur, ils avaient fait le ménage. Ils n'avaient pas tout nettoyé – ça aurait pris des semaines – mais les gravats et la déco pitoyable avaient été redisposés avec soin. Le comptoir rutilait de façon presque incongrue. La pancarte du menu avait été remplacée, les graffitis obscènes effacés ou recouverts d'une couche de peinture.

C'était une version édulcorée de la Zone qui s'offrait maintenant à la vue d'Albert.

Il entendit le réalisateur discuter avec l'un des cameramen, qui lui expliquait qu'il ne pouvait pas faire une bonne vue d'ensemble de l'extérieur parce que quelqu'un avait installé un faux cimetière en plein milieu de la place.

— C'est sans doute les gosses qui voulaient jouer, mais je trouve ça morbide. Il va peut-être falloir qu'on les vire, ou qu'on apporte du gazon pour…

— Non, marmonna Albert.

— On est presque prêts, dit le réalisateur.

— Ce n'est pas un faux cimetière. Ce n'est pas pour s'amuser.

— Tu veux dire qu'il y a vraiment des…

— À votre avis, il s'est passé quoi ici ? demanda-t-il doucement. (À sa grande honte, il s'était mis à pleurer.) Il y a des enfants enterrés sur cette place. Certains se sont fait bouffer par des coyotes, d'autres se sont fait tirer dessus. Il y en a qui n'ont pas pu supporter la faim et la peur… Il a fallu couper la corde avec laquelle ils s'étaient pendus. Quand on avait encore des animaux dans le coin, j'ai formé des équipes pour chasser les chiens, les chats, les rats pour les dépecer et les faire cuire.

La douzaine de personnes qui se trouvaient dans le McDonald's s'étaient figées et l'écoutaient en silence.

Albert essuya ses larmes en soupirant.

— Bref. Ne touchez pas aux tombes, OK ? Cela dit, on peut y aller.

L'après

2

DES POLICIERS MONTAIENT la garde devant la chambre de Sam. De temps à autre, ils venaient jeter un œil à l'intérieur pour vérifier qu'il n'avait pas disparu. Ils étaient plutôt gentils avec lui et, au bout d'un moment, ils espacèrent leurs visites.

La police et l'accusation n'étaient pas autorisées à parler à Sam hors de la présence de sa mère ou de son avocat. Connie Temple était régulièrement invitée à la télé pour promouvoir le fonds de défense juridique qui venait d'être créé pour les enfants de la Zone. Sam passait donc beaucoup de temps seul quand il n'était pas soumis à des interrogatoires.

Il s'efforçait alors de ne pas trop penser, sans succès. Un tsunami de souvenirs menaçait de l'engloutir à tout moment.

Les vidéos des dernières heures de la Zone avaient beaucoup contribué à retourner l'opinion en faveur des survivants. Des millions de personnes avaient vu le dôme entier rougeoyer dans les flammes. De nombreuses vidéos de Gaia circulaient, et on avait désormais la preuve que l'adolescente sanguinaire et l'enfant qui avait arraché le bras d'un homme pour le dévorer n'étaient qu'une seule et même personne.

En voyant cette fille massacrer des enfants avec ses rayons laser (elle avait aussi tué trois adultes à l'extérieur), les gens s'étaient demandé si les habitants de la Zone ne méritaient pas un peu plus d'indulgence.

Mais le procureur n'était pas de cet avis. Il réclamait des arrestations et un procès. Il s'était choisi une cible en particulier.

En ce moment même, la cible en question mangeait les tacos que sa mère lui avait apportés malgré l'interdiction de l'hôpital.

— Oh que c'est bon ! s'exclama Sam, les doigts pleins de jus de viande.

— Tu n'en as pas marre de manger ? demanda Connie.

— Jamais. Je vais continuer jusqu'à ce que je devienne énorme. De la bouffe, de l'eau chaude et des draps propres. Au moins, j'aurai droit à tout ça en prison.

Connie se leva de sa chaise, l'air contrarié.

— Sam, ne dis pas ça.

Il mordit dans un deuxième taco.

— Ils veulent coffrer quelqu'un. Il leur faut un bouc émissaire, et ce bouc émissaire, c'est moi.

— Arrête un peu. J'essaie de te traiter comme un adulte.

Sam reposa son taco.

— Ah oui ? Tu essaies ? D'accord. On va avoir une conversation d'adultes, dans ce cas, maman. Explique-moi comment ça se fait que j'aie un frère et que tu aies oublié de m'en parler ! Dis-moi ce qui s'est passé. Ça a causé pas mal de problèmes, figure-toi.

— Ce n'est pas…

— Il a sacrifié sa vie. Caine, ton fils est mort. Tu as vu la vidéo.

— Oui, et je me sens très mal…

— Ne te méprends pas, hein. Ce n'était pas quelqu'un de bien. C'était un meurtrier. Et pourtant… Et pourtant il a donné sa vie. C'était une façon de se racheter, j'imagine.

— Tu n'as qu'à dire ça aux assistants du procureur. Mets-lui tout sur le dos. Il y a plein d'enfants de la Zone qui en font autant.

Sam repoussa son repas avec colère et tenta de se lever. Sa mère voulut l'aider, mais il la chassa d'un geste.

Il pouvait tenir sur ses jambes, au moins. Hormis les brûlures causées par la chaîne chauffée à blanc, elles étaient intactes. Que c'était long de guérir sans l'aide de Lana ! La moitié de son corps était couverte de bandages.

— Je veux voir Astrid, dit-il.

— Tu sais bien qu'ils ne te laisseront pas, Sam.

— Dès que je me sentirai mieux, j'irai la voir. Ils ne peuvent pas nous séparer.

— Sam, tu as d'autres chats à fouetter que ta petite amie.

Il se tourna vers sa mère, à deux doigts d'exploser :

— Ma petite amie ? À t'entendre, on croirait que tu parles d'une fille que j'ai emmenée au ciné !

— Je n'avais pas l'intention…

— Dis-moi pourquoi !

Connie regarda autour d'elle et, apercevant le pichet d'eau, elle se versa un verre d'une main tremblante.

— Ça ne va pas te donner une très bonne image de moi.

Sam ne répondit rien. Ça faisait si longtemps qu'il

essayait de comprendre ! Dès l'instant où il avait appris que Caine et lui étaient des frères jumeaux nés à quelques minutes d'intervalle.

Connie prit une gorgée d'eau, secoua imperceptiblement la tête, rassembla son courage, et dit sans le regarder :

— J'étais mariée et infidèle.

Sam cilla.

— Caine et moi, on est nés le même jour.

— Oui. Mon mari travaillait à la centrale. C'était un homme très intelligent, très beau, un type bien. Mais j'étais jeune et je manquais de jugeote. J'avais entamé une liaison avec un autre homme, très différent de lui, très… sexy.

Sam fit la grimace. Les mots de sa mère évoquaient des images dont il se serait bien passé.

— J'étais donc tiraillée entre mon mari et cet autre homme. Quand j'ai appris que j'étais enceinte, j'ai aussi compris que chacun de ces deux hommes pouvait être ton père ou celui de David.

— David ?

— Caine. Ses parents adoptifs l'ont rebaptisé. Mais pour moi, c'était David. Et quand ton… quand mon mari est mort… quand il a été tué…

— Est-ce qu'il est mort dans la centrale ?

Elle hocha la tête.

— À cause de la collision avec le météorite.

Sam dévisagea longuement sa mère, qui baissa les yeux. Il hésita. Avait-il vraiment envie de savoir ? À quoi ça lui servirait ?

— Pourquoi tu as abandonné Caine ?

— Peut-être que c'était dû au baby blues. Peut-être que c'était la dépression qui me rendait parano…

Sam attendit la suite.

— J'avais l'impression que cet enfant était le mal incarné, Sam. C'était un beau bébé, pourtant. Mais… mais je sentais quelque chose… un lien avec une terrible force obscure. Il me faisait peur. J'allais finir par lui faire du mal.

— C'est ton mari qui est mort lors de la collision avec le météorite, dit Sam, évitant délibérément le mot « père ».

— Oui.

Une question resta en suspens.

— Caine et moi, on ne se ressemblait pas beaucoup, reprit Sam, les yeux fixés sur la fenêtre et le soleil au-dehors. L'un de nous deux devait ressembler à ton mari, et l'autre à cet homme.

Connie Temple avala péniblement sa salive. En cet instant, elle semblait étonnamment jeune et vulnérable. Sam avait l'impression de voir une adolescente.

— David… Caine… était le portrait craché de mon mari.

— Ah, fit Sam, un peu déçu.

— Mais ce n'est pas si simple, dit Connie.

C'est tout à fait par hasard qu'Edilio Escobar vit un reportage sur un garçon trouvé dans la forêt incendiée de la Zone.

Il était en train de manger. Il mangeait plus ou moins sans s'arrêter, parce qu'il ne pouvait pas se concentrer sur autre chose. Il n'était même pas capable de penser à ce qu'il allait faire le lendemain. Il ne pouvait pas parler à ses parents. Sa mère passait son temps à pleurer et son père ne voulait pas savoir. Il se réfugiait dans son travail. Il n'était pas prêt à entendre les histoires de son fils.

Malgré l'amour qu'ils lui portaient et leur joie de le retrouver, il était un poids pour eux, une flèche clignotante pointée sur cette famille de travailleurs clandestins.

Ils vivaient dans une caravane à Atascadero. Elle était proprement tenue mais ce n'en était pas moins une boîte en fer surpeuplée au milieu d'autres boîtes en fer surpeuplées, dont les occupants n'avaient aucun besoin de la publicité que leur faisait Edilio malgré lui.

Il devrait trouver une solution rapidement mais, pour l'heure, il était épuisé.

Sa mère le gavait de haricots, de riz et de limonade. « Un jour, Edilio, tu vas te lasser des haricots, du riz et de la limonade, se disait-il. Mais ce n'est pas demain la veille. »

Levant les yeux de la petite table, il regarda sa mère debout devant la cuisinière, puis son fusil automatique posé au-dessus des placards.

Malgré son ventre plein, il se sentait vide. Il se demanda s'ils pourraient tirer un peu d'argent de ce fusil. Il devait valoir une centaine de dollars. Ça mettrait peut-être un peu de beurre dans les épinards.

Il n'avait pas évoqué son histoire personnelle devant sa mère. Il s'en était tenu à des faits simples. Il avait répondu aux questions, naïves pour la plupart, des voisins et amis. Il se montrait poli tout en restant sur la réserve, et il ne répliquait pas quand son entourage se lançait dans des théories farfelues. Tôt ou tard, la vérité finirait par éclater.

En revanche, il n'avait pas l'intention de sortir du placard. Ce n'était pas la même chose d'être gay dans la Zone, où les gens avaient d'autres chats à fouetter, que dans sa famille. Et ce serait encore plus difficile de l'être ouvertement dans un environnement aussi machiste et inconnu pour lui que le Honduras.

La police pouvait débarquer à n'importe quel moment. Il y avait un tas de gens qui ne considéraient pas Edilio comme un héros populaire. Trop d'interviews de survivants le citaient comme l'un des chefs de la Zone. Ça le rendait suspect.

— Je ne peux plus rien avaler, dit-il en repoussant son assiette.

— Tu veux aller jouer dehors ? demanda sa mère en espagnol.

Elle essayait parfois de parler anglais avec lui mais, le plus souvent, elle revenait vite à sa langue maternelle, sa zone de confort.

« Aller jouer dehors. » Edilio sourit malgré lui. Comme s'il avait six ans…

— Non, maman, je vais regarder ce qu'il y a à la télé…

C'est alors qu'il tomba sur ce reportage où on voyait un hélicoptère atterrissant dans une clairière de la forêt détruite, puis un adolescent essayant de fuir l'équipe médicale, qui le rattrapa facilement. Il résista quelques instants avant de se laisser conduire jusqu'à l'hélicoptère. Le son de la télévision était coupé.

Le cœur d'Edilio cessa de battre lorsqu'il découvrit le visage effrayé du garçon. La caméra tremblait et ses traits étaient flous, mais il le reconnut immédiatement.

Les informations qui défilaient au bas de l'écran précisaient que le survivant encore non identifié avait été emmené à l'hôpital de San Luis Obispo.

— Je dois aller à San Luis Obispo, décréta Edilio.

— San Luis ? *¿Por qué ?*

Edilio soupira et garda le silence pendant quelques minutes, incapable de parler. Il avait l'impression que son cœur allait exploser. Il avait baissé les bras, et une petite voix dans sa tête l'accablait de reproches : « Pourquoi tu as laissé tomber, Edilio ? Après tout ce qui s'est passé, tu ne sais pas qu'il ne faut jamais renoncer ? »

Il prit une serviette en papier et s'essuya les yeux. Son cœur s'était calmé. Il n'avait plus l'impression d'être au bord de la crise cardiaque. En revanche, il se sentait au bord d'une crise de fou rire incontrôlable.

— Maman, assieds-toi, tu veux bien ? J'ai quelque chose d'important à te dire.

Connie partit après avoir répondu à toutes les questions de Sam. Il en avait appris plus qu'il ne le souhaitait, mais c'était souvent ce qui arrivait quand on obtenait des réponses.

Il s'assit sur son lit d'hôpital, un peu sonné. Il avait besoin de parler à Astrid, mais que faire ? Ils bloquaient tous ses appels et…

— Vraiment, Sam ? songea-t-il tout haut. C'est tout ce qui te retient ?

L'hôpital était un vieux bâtiment massif situé sur le campus de l'université de Californie du Sud. Ce n'était pas à proprement parler une forteresse puisqu'il avait des fenêtres qu'on pouvait ouvrir pour aérer.

Une fenêtre ouverte. Des draps. Il glissa la tête au-dehors et regarda en bas. Il était au douzième étage, mais deux étages au-dessus du toit de l'aile ouest.

Il alla s'enfermer dans la minuscule salle de bains pour ôter la plupart de ses bandages. Il passa un mauvais moment ; il était loin d'être guéri. Et ce qu'il projetait de faire n'arrangerait pas son état. Bah, au pire, ses plaies saigneraient un peu. Ce n'était rien comparé à la fois où…

« Non, Sam, se dit-il. N'y pense pas. »

Il enfila ses vêtements, noua rapidement les draps entre eux, les attacha à un tuyau et, sans réfléchir davantage, enjamba la fenêtre.

Il descendit en se cramponnant au drap et marqua une pause le temps que la douleur se calme un peu. Car, oui, c'était douloureux.

Il avait laissé un mot sur son lit, sur lequel il avait écrit : « Pouf ! » Il espérait que les policiers trouveraient ça drôle.

Une fois qu'il eut atteint le toit inférieur, il marcha le long d'une corniche qui courait sur tout le bâtiment principal. En passant devant les fenêtres, il voyait des patients dans leur chambre. L'un d'eux, un vieillard, lui fit signe, et Sam lui rendit son salut. Une femme le regarda d'un air médusé et il sourit pour la rassurer.

Après avoir trouvé une fenêtre ouverte qui donnait sur le bureau d'un médecin, il se glissa à l'intérieur et fit un rapide inventaire de la pièce. Dans un placard, il dénicha un costume pendu sur un cintre. Malheureusement, les poches ne contenaient ni portefeuille ni pièces de monnaie. Sam soupira. Une fois dehors, il aurait du mal à se débrouiller sans argent.

Un ordinateur trônait sur le bureau. Il était protégé par un mot de passe, que Sam n'eut aucun de mal à trouver : c'était « motdepasse », tout simplement. « Les gens ne sont pas plus futés qu'avant la Zone », songea-t-il en souriant.

La question qui se posait maintenant était la suivante : qui accepterait de l'aider ? Il se rappelait un seul numéro de l'ancienne époque, et il était peu probable que Quinn ait encore un téléphone, en admettant qu'il ait gardé le même numéro.

Il ouvrit la messagerie.

« C'est Sam. J'ai besoin d'aide. »

Il fouilla le bureau pour tuer le temps, s'attendant à recevoir une notification de message non envoyé. Il trouva un billet de cinq dollars dans un tiroir. Chouette ! Le docteur ne s'apercevrait même pas de sa disparition.

Un bruit s'éleva de l'ordinateur. Une réponse !

« Sam ? Sam ? »

« Salut, mon pote, tapa Sam. J'essaie de me tirer de l'hôpital. »

La réponse ne tarda pas : « Pour aller surfer, je parie. »

Sam rit. Oh, oui, qu'il en avait envie ! Avant qu'il puisse répondre, un autre message s'imprima sur l'écran : « J'arrive. Q. »

Quinn n'avait ni voiture ni permis de conduire. Mais il avait une mère à qui il avait déjà fait un compte rendu de la vie dans la Zone.

— C'est le même Sam ? demanda-t-elle. Notre Sam ? Ton Sam ?

— Mon Sam, répondit Quinn.

— Monte.

Spontanément, Quinn embrassa sa mère. Ils se trouvaient à une heure de voiture de l'hôpital. La famille Gaither avait emménagé à Santa Monica, où le père de Quinn avait décroché un meilleur boulot. À la joie de ce dernier, ils vivaient désormais à quelques pâtés de maisons de la jetée.

Sam leur avait recommandé de ne pas se garer dans le parking de l'hôpital. Il serait forcément très surveillé. Il leur avait indiqué l'emplacement d'un autre parking attenant à un autre bâtiment du campus.

Comme prévu, ils se garèrent au troisième sous-sol, dans le secteur sud-est du parking, et klaxonnèrent deux fois.

Sam émergea de derrière une voiture stationnée et se glissa sur le siège arrière.

— Salut, mon pote, lança Quinn.

— Merci, madame Gaither, dit Sam. Je crois qu'ils ne se sont même pas aperçus de ma disparition. Mais au cas où, je vais me planquer derrière le siège.

— Ne t'inquiète pas, dit Mme Gaither. Le campus n'est pas fermé. On va te faire sortir d'ici.

Ils roulèrent pendant une bonne demi-heure et, enfin, Sam releva prudemment la tête. Quinn lui lança une casquette.

— Mets ça.

Ils roulaient lentement en direction de Santa Barbara sur une quatre-voies embouteillée. Mme Gaither régla la radio sur les infos et, naturellement, Quinn se pencha pour mettre de la musique. Mais il fut un peu lent pour réagir et, quand il entendit de quoi il était question, il se figea.

C'était une conférence de presse. La voix qui parlait était calme, assurée, et très familière.

— Mon nom est Astrid Ellison. A-S-T-R-I-D. E-L-L-I-S-O-N.

— Et la plupart d'entre vous me connaissent déjà, intervint Todd Chance. Ainsi que ma femme, Jennifer Brattle.

Astrid était assise entre les deux stars de cinéma sans doute les plus célèbres au monde : le couple qu'on appelait parfois Toddifer. Ils étaient très beaux tous les deux, en particulier – du point de vue d'Astrid, en tout cas – Todd Chance. Il avait environ quinze ans de plus qu'elle – voire vingt – mais c'était toujours un homme d'une séduction remarquable. Jennifer était mignonne, elle aussi, à sa manière.

Ce fut à son tour de prendre la parole.

— Comme vous le savez, l'île de San Francisco de Sales, sur laquelle nous possédons une maison, faisait partie de la Zone. Dieu merci, nos enfants sont sains et saufs. Ils se trouvent en ce moment même dans notre autre propriété de Malibu. Hier, en retournant pour la première fois sur l'île, nous avons découvert qu'elle avait été occupée pendant notre… absence.

Ce devait être la fin de son discours car elle jeta un regard implorant à son époux qui poursuivit :

— La maison n'a pas souffert. Bon, c'est un peu le bazar. Sans parler de notre yacht. (Il passa la main dans sa crinière blonde.) Mais là n'est pas la question. Nous sommes ici pour parler de ce que nous avons découvert : deux lettres laissées sur le bureau de notre chambre.

Il y avait huit caméras de télévision dans la salle de bal surchargée de dorures de l'hôtel où se tenait la conférence de presse. Des micros avaient été placés devant Todd, Astrid et Jennifer.

Astrid avait encore quelques bandages et portait un chemisier en coton étonnamment propre, ainsi qu'un jean et une paire de chaussures intacts, qui n'avaient pas été dérobés dans la maison d'un étranger. « Elles ne sont pas faites pour courir », avait-elle songé malgré elle en les enfilant.

— L'une des lettres était adressée à Diana Ladris, une autre survivante, poursuivit Todd. Nous la lui avons remise ; son contenu est personnel. Mais l'autre était adressée à Jennifer et à moi, ce qui nous a surpris, évidemment. Nous… euh… Nous allons laisser Astrid la lire. Elle connaissait son auteur.

« Ça oui, je le connaissais, songea Astrid. Je voulais le voir mort. » Et puis elle avait changé d'avis à son sujet. La Zone continuait de lui donner des leçons.

Elle prit la photocopie de la lettre.

— « Cher monsieur Chance, chère madame Brattle, désolé pour le bazar. J'adore votre lit. D'ailleurs, j'aime toute votre maison. J'ai essayé de tuer vos gamins quand je les ai trouvés ici. C'est marrant, hein ? Peut-être pas si marrant que ça, ah ah ah. »

Astrid entendit des rires nerveux fuser parmi les journalistes, à moins que ce soit le personnel de l'hôtel qui traînait dans les parages pour apercevoir les deux stars hollywoodiennes.

— « Mais j'ai raté mon coup et ils ont réussi à s'enfuir. Je ne sais pas ce qui arrivera à Sanjit, à ce gros coincé de Choo et aux autres, mais ce n'est pas mon problème. En revanche… »

Astrid marqua une pause théâtrale.

— « En revanche, le reste, c'est ma faute. Vous allez sûrement entendre un tas d'histoires complètement folles de la bouche des enfants de la Zone. Mais ce qu'ils ne savent pas, c'est que c'est moi qui suis derrière tout ça. Je détiens un pouvoir dont je n'ai jamais parlé à personne. Je peux forcer les gens à mal agir, à commettre des crimes et ainsi de suite. Diana, par exemple : si elle a fait du mal, c'est malgré elle. Pareil pour les autres. Ils étaient tous sous mon emprise. C'est ma responsabilité. Vous pouvez m'emmener, messieurs les officiers. »

Astrid sentit soudain sa gorge se serrer, bien qu'elle connût la lettre par cœur. Pourri jusqu'à l'os… et pourtant. La rédemption, ce n'était pas un mauvais concept.

— C'est signé « Caine Soren, roi de la Zone ».

Le mensonge de Caine, s'il n'était pas très convaincant, compliquerait toutefois les poursuites judiciaires à venir. Tout le monde savait désormais le rôle qu'il avait joué dans la Zone, et le fait que d'étranges pouvoirs aient existé dans cet endroit cloisonné.

À l'évidence, Caine s'était amusé en écrivant cette lettre. C'était son avant-dernier acte de pouvoir. Même dans la tombe, il manipulait encore les esprits.

— Bien, dit Jennifer, interrompant le long silence. Nous tenons également à vous informer du contrat que nous avons signé avec Astrid concernant la parution prochaine d'un livre puis la sortie d'un film qui raconteront la véritable histoire de la Zone. (Elle se mit à lire une déclaration rédigée au préalable.) Astrid Ellison devait, dès le départ, jouer un rôle central. Elle portait déjà le surnom de Petit Génie depuis longtemps et…

Jennifer poursuivit. Todd et Astrid souriaient ou prenaient l'air humble quand les circonstances le commandaient, et bientôt les pensées d'Astrid vagabondèrent bien au-delà de la salle de bal et des caméras.

Elle ne s'aperçut pas qu'elle pleurait jusqu'à ce que Todd lui donne son mouchoir.

— Oh, fit-elle. Désolée, je… Ça arrive parfois…

À ce moment, elle leva les yeux et son regard se posa sur quelqu'un qui se tenait au fond de la salle.

La lettre adressée à Diana était beaucoup plus courte. Elle tenait en quelques lignes.

Diana,

Je suis désolé de t'avoir fait du mal. J'en ai bien conscience, crois-moi.

Je suis probablement mort à cette heure et, s'il y a un tant soit peu de justice dans l'au-delà, je dois brûler en enfer. Mais où que je sois, je veux que tu saches que je t'aime. Je t'ai toujours aimée.

Je t'embrasse,

Caine

Elle avait relu la lettre, encore et encore. Chaque fois, elle avait pleuré. Chaque fois, elle avait ri.

Les chaînes d'infos nationales et locales avaient toutes diffusé les mêmes images montrant une très jolie jeune fille blonde au regard bleu perçant, visiblement émue. Sur ces images, elle levait la tête, écarquillait les yeux, titubait un peu en repoussant sa chaise et en contournant la table.

Les caméras la suivirent tandis qu'elle courait vers un garçon au fond de la salle, qui bouscula la foule des journalistes pour la rejoindre.

Ils s'embrassèrent, et leur baiser dura longtemps.

L'après

3

Trois mois après la Zone

D'ABORD, IL Y avait eu la « confession » manifestement mensongère de Caine, puis le fait que le comité de défense ait récolté trois millions de dollars au cours des deux premières semaines. Ainsi, une chambre juridictionnelle, après avoir recueilli les déclarations d'éminents scientifiques, conclut que la Zone était un univers à part et qu'elle n'était par conséquent pas soumise aux lois californiennes.

En fin de compte, un grand changement s'opéra dans l'opinion publique à la suite de la prise de position de deux stars de cinéma très populaires, le documentaire sur Albert Hillsborough financé par McDonald's, la perspective d'une adaptation à Hollywood et le baiser diffusé dans le monde entier. D'après les sondages, soixante-huit pour cent des Californiens s'opposaient désormais à des poursuites judiciaires à l'encontre des survivants de la Zone.

Le baiser à lui seul aurait suffi à ruiner la carrière de n'importe quel procureur ou politicien tenté de critiquer Astrid Ellison ou Sam Temple.

Dans l'ensemble, les survivants reprirent le cours de leur vie.

Trois d'entre eux se suicidèrent.

Un certain nombre trouva refuge dans l'alcool et dans la drogue.

Aucun n'en sortit indemne.

Pourtant, la plupart se débrouillèrent pour survivre, comme du temps de la Zone. Ils redécouvrirent leur famille ; ils retournèrent à l'école et à l'église ; ils assistèrent à des séances d'accompagnement psychologique. Ils se promenèrent, émerveillés, dans des centres commerciaux. On les surprit parfois à fondre en larmes au beau milieu d'un supermarché.

Le mot Zone fut banni de leur vocabulaire.

Lana alla vivre à Las Vegas avec ses parents. Ils lui interdirent de porter une arme, et elle finit par s'y habituer. Ses pouvoirs avaient bel et bien disparu. Un jour qu'elle s'était coupé le doigt en épluchant des carottes, elle s'aperçut qu'elle ne pouvait pas arrêter l'écoulement du sang. Ce constat déclencha une crise de rire qui dura cinq bonnes minutes, et ses parents conclurent qu'elle avait perdu la tête.

Dekka Talent retrouva sa famille qui, bien qu'elle désapprouve son « style de vie », n'eut pas le courage de la sermonner. Elle prit contact avec les parents éplorés de Brianna, et leur parla de leur fille. Ils lui donnèrent une photo d'elle, qu'elle encadra et accrocha près de son lit.

Edilio Escobar retrouva Roger. Il fallut des mois à ce dernier pour se rétablir, mais Edilio attendit patiemment. Au cours d'une vérification de routine à un stop à cause d'un feu arrière cassé, un policier, après avoir examiné les papiers des parents d'Edilio, annonça qu'il devait les signaler comme immigrés clandestins. Mais un instant plus tard, il reconnut Edilio et insista pour passer un coup de fil à ses collègues. Quatre autres véhicules de police arrivèrent sur les lieux, et Edilio ainsi que sa famille obtinrent la garantie que, du côté de la police californienne en tout cas, on n'engagerait aucune poursuite contre eux. Edilio signa des autographes à la chaîne.

Organiser une cérémonie commémorative pour les enfants de la Zone demanda un certain temps. Le jour où elle eut lieu, à Pismo Beach, en Californie, la plupart des enfants s'étaient dispersés aux quatre coins de l'État. Mais Sam, Astrid, Diana, Quinn, Edilio et Dekka, ainsi qu'une poignée d'autres et des célébrités, des politiciens ou des gens du coin avaient fait le déplacement. Lana n'était pas venue. Elle avait fait savoir que Pat avait un rendez-vous important chez le vétérinaire pour se faire vermifuger. Quant à Albert, il avait prétexté une réunion.

Sam refusa catégoriquement de prendre la parole. Il en avait plus qu'assez d'être considéré comme le grand héros de la Zone. Astrid, devenue la porte-parole officieuse de tous les enfants, accepta de prononcer un petit discours dans lequel elle parla de Orc, de Dahra, de Duck Zhang, de Howard, de E.Z., de Jack, de Brianna, du petit Pete, et d'autres, trop nombreux pour être mentionnés.

— Il y a eu des héros dans la Zone. Mon petit frère était l'un d'eux, même s'il ne comprenait pas le sens du mot «héros». Il y a eu aussi des méchants. La plupart d'entre nous étions un peu des deux.

Les parents de Orc n'assistèrent pas à la cérémonie.

Depuis sa sortie de l'hôpital, Diana ne savait pas trop quoi faire de sa vie. Pendant un temps, elle avait été recueillie par des familles de survivants de la Zone, mais elle n'avait pas vraiment d'endroit à elle.

Après la cérémonie, les enfants se réunirent en habits du dimanche autour d'un verre de limonade ou de thé glacé. Aucun d'entre eux n'avait une arme sur lui, pas même une batte de baseball.

— Joli discours, lança Diana d'un ton sarcastique. Tu vas jouer ton propre rôle dans le film ?

— Le réalisateur y a pensé, répondit Astrid. Mais finalement, je n'ai pas le physique du rôle. Ça a donné lieu à une scène assez surréaliste.

Cette dernière remarque lui valut un concert de soupirs et de regards levés au ciel.

— Il fallait que tu places un mot compliqué, hein ? lâcha Dekka.

— Vous avez entendu parler de ce campeur qui aurait vu une fille avec la peau dorée au nord de Stefano Rey ? demanda Edilio. Un instant plus tard, pouf ! Elle avait disparu.

— On va entendre un paquet d'histoires du même genre dans les années qui viennent, dit Astrid. La Zone va engendrer des centaines de mythes. Après avoir bousculé les lois de la physique…

— Mais ce serait intéressant si c'était vrai, non ? lança Quinn.

— Ce n'est qu'une rumeur, intervint Sam en levant la main. Il n'y a plus rien là-bas. C'est fini.

Ils parlèrent jusqu'à ce que la conversation devienne pénible. Puis ils s'étreignirent et partirent dans des directions différentes. Tous, à l'exception de Sam, d'Astrid... et de Diana. Sam la rattrapa par le bras au moment où elle s'éloignait.

— Écoute, Diana, dit-il, on a eu une idée. Astrid est pleine aux as avec cette histoire de film.

— Je suis ravie pour vous. Maintenant, ta copine est plus riche que toi, le taquina Diana. Mais pas aussi mignonne.

— Euh... bon, voilà. Ma mère et moi... on n'est plus vraiment proches...

— Désolée pour toi. C'est arrivé à pas mal de gens ces temps-ci.

— Astrid doit passer beaucoup de temps à Los Angeles, de toute manière. Bref... ma mère m'a émancipé. Ça veut dire que légalement, je suis un adulte.

— Tu peux assumer cette responsabilité ?

Sam sourit.

— Eh bien, ce n'est pas facile. J'ai beaucoup de mal à me décider entre une pizza et des plats chinois pour le dîner.

— J'oubliais que tu n'es pas très doué pour prendre des décisions vitales.

— On a trouvé un endroit pas très loin de chez Quinn, à Santa Monica. La plage est à deux pas. Et ça peut paraître dingue, mais c'est trop grand pour nous deux.

Astrid s'avança vers eux.

— Tu lui as dit ?

— Je suis en train.

Astrid soupira.

— Viens vivre avec nous, Diana. Ne discute pas. Dis oui, point.

Diana baissa les yeux pour cacher son émotion puis, relevant la tête, elle demanda :

— Est-ce que ça signifie que je vais vous entendre faire votre petite affaire jour et nuit ?

L'après

4

Les meubles de leur chambre provenaient d'Ikea. Ils avaient un grand lit double, deux tables de nuit, un placard et plein de lampes.

Sam n'aimait pas l'obscurité. Mais il n'en avait plus peur.

Ils avaient une télévision, deux ordinateurs portables, une connexion Internet à haut débit et deux iPhone. Le bruit de la circulation leur parvenait du dehors. Le réfrigérateur et les placards de la cuisine étaient pleins, l'armoire à pharmacie bien pourvue en médicaments. Il y avait là de quoi ouvrir une petite clinique.

Au cas où.

Ils étaient allongés côte à côte sur des draps propres après avoir pris une longue douche chaude. Plus tôt dans la soirée, ils avaient dîné dans un restaurant thaï avec Diana.

Manger. C'était la plus belle chose au monde. Ensuite, ils étaient allés dans un Ben & Jerry's, et ils avaient pleuré comme des idiots devant ces montagnes de glace.

Sam n'avait pas encore tout raconté à Astrid. Jusqu'à présent, il avait gardé pour lui les dernières révélations de sa mère, car il avait besoin d'y voir clair. Mais il avait beau retourner les faits dans tous les sens, les considérer sous tel ou tel angle, il ne pouvait toujours pas les accepter.

— Je t'aime, Astrid, dit-il.

— Oui, j'ai compris, rit-elle. Je suis déjà au lit avec toi, tu sais, pas besoin de me flatter.

Elle posa la main sur le torse de Sam et sourit.

— Le gaïaphage, reprit Sam.

Astrid retira sa main.

— Pourquoi tu me parles de ça?

— Parce que ma mère…

Il soupira.

— Ah.

Elle se redressa pour lui donner un peu de place.

— Je t'ai déjà expliqué pourquoi elle avait abandonné Caine. Elle avait l'impression que quelque chose clochait chez lui. Elle se sentait coupable et elle le considérait comme son châtiment. Elle l'a fait adopter par un couple qui, malheureusement, a eu la même impression qu'elle. Ou alors c'étaient des nazes, va savoir. Toujours est-il que, d'après ma mère, quand ils sont venus visiter Coates, ils n'ont pas montré beaucoup d'affection pour leur fils.

Astrid opta pour la prudence.

— Ça ne m'étonne pas.

— Je t'ai aussi dit qu'elle avait admis avoir eu une liaison. Mais je ne t'ai pas tout raconté. Je l'ai questionnée là-dessus. C'est bête, mais je devais connaître l'identité de l'homme qui est mort ce jour-là à la centrale.

— Je me doutais que tu lui poserais la question. J'attendais que tu m'en parles quand tu te sentirais prêt.

— Arrête de t'imaginer que tu me devances toujours d'un pas.

— Sam. Accepte-le : je serai toujours un pas devant toi.

Il glissa le bras autour de sa taille et l'attira de nouveau contre lui.

— Donc, d'après ma mère, Caine était le portrait craché de l'homme qui est mort dans la collision avec le météorite. L'homme que je prenais pour mon père. L'homme dont l'ADN a contribué à la création du gaïaphage.

— C'était ça, le lien, dit Astrid. C'est pour ça que ta mère a senti quelque chose qui clochait chez Caine. C'était le gaïaphage.

— Sauf que ce n'était pas si simple. Ma mère est allée travailler au pensionnat après avoir appris que Caine était là-bas, tout près de Perdido Beach. En tant qu'infirmière, quoi de plus facile que de se procurer un échantillon de son sang ? Grâce à ça, elle a pu comparer nos gènes.

— Oh, mon Dieu, murmura Astrid.

« Un pas devant moi ? » songea Sam. Il poursuivit en soupirant :

— Il s'est avéré que, malgré sa liaison, Caine et moi sommes de vrais jumeaux. L'homme qui est mort à la centrale, et dont l'ADN est entré dans la création du gaïaphage, n'était pas seulement le père de Caine. C'était aussi le mien.

— Caine et toi, murmura Astrid.

— Ma mère a perçu le lien qui unissait Caine au gaïaphage. Chez moi, elle n'a rien détecté de louche. Pourtant, nous avions le même lien. Le même ADN. Mais Caine a grandi sans… tu sais…

— Sans amour, dit Astrid.

— Il a fini par le trouver.

Elle reposa la main sur son torse, puis se pencha pour l'embrasser dans le cou.

— C'est fini, Sam. Enfin.

— Oui. On dirait que oui.

— Allez, éteins la lumière.

Sam tendit la main vers l'interrupteur et la pièce fut plongée dans le noir.

Remerciements

TOUS LES LIVRES impliquent plus de personnes que leur auteur, et c'est d'autant plus vrai pour les séries. Merci à mon ami et avocat Steve Sheppard pour ses conseils lors de la vente des droits. Merci à Elise Howard d'avoir acheté la série pour HarperCollins, et à mon premier éditeur, Michael Stearns, qui fait partie des gens bien de l'édition.

Merci à Katherine Tegen, qui a dû promouvoir la série et, surtout, me supporter (ce qui n'est pas toujours facile). Elle est devenue une véritable amie.

Merci à tous les éditeurs de par le monde qui ont fait de Gone un best-seller dans de nombreux pays. Merci en particulier à Egmont Publishing, et à mes nombreux fans du Royaume-Uni, d'Australie et de Nouvelle-Zélande.

Comme toujours, merci à ma femme, Katherine Applegate, de m'avoir convaincu de devenir écrivain, et à nos enfants, Jake et Julia, d'être aussi cool, tout simplement.

À l'attention des fans :

Nous avons passé six livres et trois mille pages ensemble dans la Zone. Incroyable, non ? Vous êtes fatigués ? Moi oui.

Dès le début, j'ai eu envie que la série *Gone* soit une seule longue histoire. Je voulais des personnages qui grandissent avec vous, qui vous mettent en colère ou vous déçoivent, des personnages que vous haïriez, et d'autres qu'avec un peu de chance vous finiriez par respecter, voire aimer. Cela exigeait beaucoup de patience et une grande dévotion de votre part. J'espère que vous avez trouvé que ça valait le coup et que vous avez pris du plaisir à me lire. Moi, je me suis beaucoup amusé.

Je ne pars pas en retraite. Il y a les *Magnificent 12* (non traduits en français), que vous trouverez peut-être amusants, même si vous êtes censés être un peu vieux pour ça. Je n'ai pas prévu de suite pour *Gone* : chaque série traite d'un sujet différent. Mais si vous cherchez quelque chose à lire, jetez-y un coup d'œil.

J'ai apprécié chaque minute passée avec les fans de *Gone* sur Twitter (@TheFayz), sur Facebook (www.facebook.com/authormichaelgrant) et lors de mes visites aux États-Unis et ailleurs dans le monde. Vous êtes très malins, très intéressants, très cool. Ça a été un véritable plaisir de vous divertir.

De la part de Sam et d'Astrid, de Caine et de Diana, de Quinn, d'Edilio, de Lana et de Pat, de Dekka, de Brianna, d'Albert, de Jack le Crack, de Orc, de Mary, de Sanjit, de Choo, de Howard, de Hunter, du petit Pete, de la mienne et de celle de tous les autres (même Drake), merci.

Vous êtes maintenant libres de quitter la Zone.

Ouvrage composé par
PCA – 44400 Rezé

Cet ouvrage a été imprimé
en France par

CPI
BRODARD & TAUPIN

La Flèche (Sarthe), le 16-03-2015
N° d'impression : 3009932

Dépot légal : octobre 2013
Suite du premier tirage : mars 2015

FSC
www.fsc.org
MIXTE
Papier issu de
sources responsables
FSC® C003309

Pocket Jeunesse, une marque d'Univers Poche,
est un éditeur qui s'engage pour
la préservation de son environnement
et qui utilise du papier fabriqué à partir
de bois provenant de forêts gérées
de manière responsable.

PKJ• www.pocketjeunesse.fr
POCKET JEUNESSE

12, avenue d'Italie - 75627 PARIS Cedex 13